バノン
悪魔の取引

トランプを大統領にした男の危険な野望

DEVIL'S BARGAIN

Steve Bannon, Donald Trump, and the Storming of the Presidency

Joshua Green

ジョシュア・グリーン　秋山 勝＝訳

草思社

DEVIL'S BARGAIN
Steve Bannon, Donald Trump, and the Storming of the Presidency
by
Joshua Green

Japanese translation published by arrangement
with Joshua Green c/o The Ross Yoon Agency LLC.
through The English Agency (Japan) Ltd.

Cover photo: AFP PHOTO/MANDEL NGAN/AFP＝時事

バノン　悪魔の取引◉目次

第2章　トランプの屈辱……54

第3章　バノンの足跡……84

バノン　悪魔の取引

日本語版まえがき　途方もない野望

電話の声は高ぶっていた。コーヒーをいささか飲みすぎたような感じでもある。相手は「もうオフレコにしなくてもいい」と言っている。こんな返事がスティーブ・バノンの口から聞けるとは思ってもみなかった。二〇一七年八月十八日、にっちもさっちもいかなくなったトランプの選挙運動を引き継いだ日から約一年、そしてこの電話がかかってくる数時間前に大統領首席戦略官の職務は、なんの前触れもないまま唐突に終わりを迎えた（実はみなさんがいま手にされている本書もバノン解任に至った理由のひとつだ）。

ホワイトハウスのバノンの役どころには、場違いという思いを私は常に覚えていた。自身はいたって人騒がせな人間であるうえに、政権の手綱を握った経験がないアウトサイダーである。敵の数ということではおそらくワシントン随一で、意見を異にする相手はとことんやり込めることを信条にしている。しかも過激な急進主義者として、アメリカのみならず、世界中の政治形態に変化をもたらそうという壮大な計画を抱いている。とはいえ、ホワイトハウスにいるのであれば、何かを手放さねばならなかった。

上を下への大騒ぎで迎えた二〇一六年大統領選終盤の数カ月、その間、ほしいままにした揺るぎない力の扱い方にはバノンも慣れていた。ヒラリー・クリントンを相手に衝撃的な勝利へとトランプを巧みに導いたことで、世界的に名前を知られるようにもなった。だが、制限の多いホワイトハウスの生活にバノンはいら立ちを募らせ、誰彼かまわず衝突を繰り返した。相手はトランプの娘のイバンカとその夫ジャレッド・クシュナー（選挙運動中は親密な関係を結んでいた）から、〝グローバリスト〟と嘲笑していたゴールドマン・サックスの重役にまで及んだ。当選後、トランプはサックスの重役を政権中枢に取り込み、そのなかには財務長官のスティーヴン・マヌーチンや経済担当大統領補佐官のゲイリー・コーンがいる。

しかし、ホワイトハウスとの決別へと至った理由は、アメリカの外交政策の転換に向けたバノン自身の決意であり、とりわけ極東地域における外交方針の転換だった。この転換をめぐり、国家安全保障担当補佐官ハーバート・マクマスターとの一連の対立はエスカレートしていた。

「経済ナショナリズム運動の狙いは中国に対抗すること」

メディアは、移民やイスラム教に対するバノンの過激な考えに焦点を当てる。だが、極東越しに中国を見たとき、バノンが覚えていた脅威に勝るほどの問題はない。台頭する中国に技術移転を強いられた結果、アメリカの経済力は今後十年のうちに絞り取られ、見る影をなくしていくはずだとバノンは信じて疑わない。そんなことになれば時を置かず中国が世界を牛耳る。この恐怖のシナリオはすでにある段階に達したと考えている。バノンが〝蛮族の管理〟と呼ぶものだ。アメリカの外交政策をつかさどるエスタブリッシュメント、なかでもバノンが指さすマクマスターのような〝将官連中〟は、心もとない安心感に浸っているばかりで、いまそこにあるこの脅威に気づこうともしない。

「中国の外交の歴史は四千年、ここ百五十年を除けばすべては〝蛮族の管理〟に中心が置かれてきた」とバノンは言う。「蛮族を従属国としてどう従わせるかが一貫して考えられてきたのだ。中国に対するアメリカの貢ぎ物はテクノロジーだ。テクノロジーのおかげで彼らの市場に参入はできるが、中国は三・五兆億ドルの価値があるテクノロジーを過去十年で手に入れてきた。イノベーションというアメリカ資本主義の精髄を、われわれは中国に差し出さなくてはならない」。

バノンが見るように、トランプが打ち出した政策の核心はこの脅威に対抗するために築かれている。「経済ナショナリズム運動の狙いは中国に対抗することにほかならない」とはバノン本人の弁だ。

そのためにはアメリカが覚醒するとともに、主要同盟国との関係強化が伴う。そして、重要さの点で日本に勝る同盟国はない。首相の安倍晋三についてはバノンも一目置き、「強い男」「本物のナショナリスト」と心からの称賛を惜しまない。中国をぬかりなく封じ込めるには、環太平洋諸国の民主主義を高める以外に方策はないのだ。国際社会の安全保障と防衛について、日本がより積極的な役割を果たすうえで、再軍備は〝自然のなりゆき〟という見解をバノンは抱いているが、この見解を後押ししているのがそうした思惑だ。「日本がふたたび軍事大国へと進むにはいいころあいだ」ともバノンは語っていた。

外交政策をめぐるバノンの高姿勢な意見表明、さらにマクマスターのような政敵に向け、バノンと仲間がメディアを通じ、秘密裏にしかけた匿名の攻撃は政権内で戦争を引き起こした。その戦争は最後にはバノンに敗北をもたらす。

しかし、命取りになったのはバノンに向けられた世間の注目だった。そして、この注目が引き起こしたトランプの怒りである。二〇一七年二月、雑誌タイムがバノンに〝トランプを操る男《グレート・マニピュレーター》〟との名を授け、彼の顔を表紙に載せた号を刊行すると、バノン自身は「トランプは共演者の存在はお望みではないようだ」と私に話していた。本書『バノン 悪魔の取引』もひと悶着起こす可能性があることを踏まえ、バノンはこれまで二度にわたって刊行時期の延期を強く求めてきたが、いずれも聞き入れられなかった。七月、本書がアメリカで刊行されるやバノンは鳴りを潜め、できるだけ目立たないようにしていた。

だが、それも無駄だった。八月十八日のまさにこの日の朝、ワシントン・ポストは次のような記事を報じている。「(トランプは)バノンがブルームバーグの記者ジョシュア・グリーンの著書『バノン悪魔の取引』に協力していたことに機嫌を損ねている。とくに、同書の表紙に大統領と首席戦略官が同等の序列という印象を与える写真が使われていることにトランプは気色ばんでいる。現在、グリーンがコメントを寄せているCNNの番組で、思想家、戦略家はバノンだと言及するたびにトランプは浮かない顔だ。話が自分についてではないことに大統領はお冠《かんむり》である」。

つまるところ、自分の勝利が別の誰かに負っているという考えがトランプには我慢できなかった。そして、大統領選の勝利が誰によるものか、それを正確に知ることが本書のテーマである。ただ、これでバノンの運命は決まった。彼もそれは覚っていたはずだ。

とはいえ、バノンはそれを根に持つタイプではない。ただ、トランプの歴史的勝利は一人の人間に帰するという考えには与《くみ》しない。それどころか、今回の勝利——その意義、勝利が象徴するもの、国際情勢のなりゆきに対する潜在性——については、大統領執務室にいてかつて自分が仕えていた者よりもさらに深く理解していた。バノンが私の電話に応じ、ホワイトハウスをあとにしたことについて、はじめてのインタビューとなる機会を与えてくれた。誰もが耳を傾けてくれることはバノン自身がよくわかっていた。

「強固な国民国家を支持する者こそ歴史の勝者」

バノンには伝えたいメッセージがあった。在任中、ホワイトハウスでは粛々と事を進めたが、今後は政権の外側からポピュリズムの改革運動の実現を図っていくことを世界に知らせたかった。「混乱がそこで起これば、私がかたづけよう。ホワイトハウスはあとにするが、大統領のためにキャピトル・ヒルにいる敵、メディアにいる敵、アメリカの経済界にいる敵と戦う」と語っていた。ホワイトハウス内の敵や下院議長ポール・ライアン、共和党上院トップのミッチ・マコーネル院内総務など、党指導者に対する攻撃を打ち上げたのはそれから数週間後のことだった。トランプの政策課題について忠誠心が十分ではないと見なした党の現職議員には、二〇一八年の中間選挙に向け、対抗馬を立てることを企てた。

国内政治への企てがマスコミの関心を独占しているのは、この計画で二〇一八年の中間選挙が混沌に陥る種がまかれ、共和党が議会の過半数を割る脅威にさらされてしまうからだ。もっとも、以下の一連のインタビューからもわかるように、私が知る以上の大きな目的をたくらんでいるのがバノンという人物である。国際政治への影響さえバノンは目論《もくろ》んでいる。その手段として、トランプの大統領就任にひと役買ったときと同じく、「ブライトバート・ニュース」が使われることになるのかもしれない。ブライトバート・ニュースは、トランプの選挙運動前からバノンが経営していた極右ナショナリストのウエブサイトだ。世界中のナショナリストが持つ政治的エネルギーを煽り立てるうえで、ブライトバート・ニュースは要になるとバノンは信じて疑わない。

「世界的展開はブライトバート・ニュースの最優先課題だ」とバノン語ったのは、よく晴れわたった九月のとある午後のことだった。場所は本人が所有するキャピトル・ヒルに建つタウンハウスのダイニングである。「ブライトバート・オーストラリア、そしてブライトバート・アジアを設立するつもりだ。ブライトバート・インド、ブライトバート・ジャパンも開設されるだろう。ヨーロッパの別の国でも新支局を開設する。真っ先に取り組んでいる課題がこれらだ」。

数年前のことだが、バノンと投資集団は、香港を拠点とする日刊オンライン新聞「アジア・タイムズ」の買収を実際に進め、話は成立寸前までいったと聞いたことがある。アジア・タイムズを拠点に自分の考えを国外、とくにアジア地域へ発信する手段とする目論みだった。そして、ホワイトハウスを離れた現在、海外への発信はふたたびバノンの目標となる。「ポピュリスト・ナショナリスト運動の国際的プラットフォームになることを私たちは目指している」と言っていた。

一見したところ、設立されて日も浅いポピュリストのニュースサイトが、一国の政治、しかもアメリカ以外の国の政治に影響を及ぼす様子を想像するなど、とてもではないが信じられるような話ではない。しかし、極右ポピュリストの声を取り込むことで、一国の政治に計り知れない影響を突きつけられる事実をバノンはすでに目の当たりにした。右派の政治家と同盟関係が結ばれていれば影響はなおさらである。

ブライトバート・ロンドンは二〇一三年に設立された。「ヨーロッパ、ことにイギリスは〝坑道のカナリア〟だとはわかっていた。何かがイギリスで起こりつつあった。(アメリカの)ティーパーティー運動をさらに組織化したもの、それがイギリス独立党(UKIP)で、党首のナイジェル・ファラージだ」とバノンは言う。志を同じくするジャーナリストをロンドン支局のスタッフに採用すると、プラットフォームとしてファラージに提供した。支局はブレグジット(イギリスのEU離脱)へと国民感情を扇動するうえでひと役買い、二〇一六年六月、イギリスのEU脱退決定という驚くべき成功につながった。

イギリスの成功はドナルド・トランプの選挙戦で鬨《とき》の声として使われ、ファラージは渡米して党集会で応援演説を行うなど、トランプ陣営の風変わりなマスコットの役割を務めた。「バノンは政治に革新をもたらした。目が離せない人物だ。ブライトバート・ロンドンから支援の声が寄せられなければ、はたしてブレグジットが成立したかどうかは確かではない」とファラージは私に語っていた。

バノンの世界的な野心は、選挙運動中やホワイトハウスにいたころは脇に追いやられていた。しかし、完全に自由になったいま、バノンはふたたび同じモデルの構築を画策する。「オーストラリアにも行ける。ナショナリストの安倍晋三がいる日本にも行くことができる。インドにも行ける。インドの首相ナレンドラ・モディもナショナリストで、ナショナリスト政党の足場を固めることができるのだ。オーストラリアを見てみろ。移民問題が燃え上がり、中国の台頭が一番の問題となっている。だから私たちは、ナショナリズムとは世界的な運動で、強固な国民国家を支持する者こそ、歴史の勝者の側にいると考えている」とバノンは言う。

ファラージを支援していたころとは異なり、メッセージを強化するうえでいまや強力な味方がバノンにはついている。ホワイトハウスでは二度と働くことはないにせよ、トランプとは現在でも数日おきに連絡を取り合っている。本書のテーマである両者の深いつながりはいまも変わらずに続いている。自らの力に向けられたバノンの誇大な意識とともに、バノンの野望が一向に衰えていないのはそうしたせいだ。

なるほど、一見すると途方もない作り話にも思える野望だ。そうではあるが、ではドナルド・トランプのときはどうだっただろう。
トランプの大領就任の可能性もまた、途方もない作り話だと思われていたではないか。

二〇一七年十二月

ジョシュア・グリーン

はじめに　その男、バノン

二〇一一年、間もなく夏というころ、私のもとに一本の電話がかかってきた。アラスカ州元知事のサラ・ペイリンのドキュメンタリー映画を上映するので、ぜひご来駕願いたいという広報担当者からの招待だった。そのころ私はアトランティック誌の政治記者として働いていた。アラスカへの取材から戻ったばかりで、失政といわれたペイリンの知事職について、世間の見解とはいくぶんか異なる長文の記事を書き上げた直後だ。

世間が考えている以上の業績をペイリンは残したというのが記事の趣旨で、[1]州内共和党の腐敗を一掃するとともに、石油関連税の引き上げで州の財政をペイリンは改善していた。そして、ペイリンが二〇一二年の大統領選に出馬した場合（当時は十分にありうる話だった）、ペイリンはポピュリストの本能に立ち返ると私は書いていた。記事を読んだ映画製作者は大いに気に入っていたと広報担当者は話していた。

数日後、バージニア州アーリントンの録音スタジオを訪れた私は、そこでくだんの映画製作者と対面した。相手の名前はスティーブ・バノンといった。バノンが製作したのはペイリンを称賛する一方の記録映画だった。『敗れざる者』というちぐはぐなタイトルの映画で（ジョン・マケインの副大統領候補として彼女が関係した二〇〇八年大統領選では共和党は敗退）、どんな内容かはすぐに忘れてしまった。

だが、忘れようにも忘れられなかったのがバノンその人である。海軍のフィールドジャケットを着込んだバノンは気迫が横溢していた。当時はまだ賛同者が多かったティーパーティー運動の隆盛と、台頭してきたポピュリズムという保守主義の先駆者であるペイリンの位置について、バノンは熱を込めて語った。頭が切れる人物で、有無を言わせぬカリスマ性に恵まれ、常ならぬ明確な政治的信条を奉じているのがひと目でわかる。さらに、自分はゴールドマン・サックスで働き、ハリウッドでは映画プロデューサー、香港では大手ビデオゲーム会社を経営し、つい最近アメリカに帰ってきたと語っていた。

私がそのときくだしたバノンの評価は、ワシントンにありがちなタイプ、つまり時流に乗じてひと儲けをたくらむ政治屋のペテン師で、そのなかでも口八丁手八丁を極めたタイプというものだ。二〇一一年、注目という点ではペイリンに勝る政治家はいない。ワシントンではティーパーティーでひと儲けをたくらむ輩が横行していたのだ。もっとも、連絡はその後も取り合う約束を相手とは交わしていた（ペテン師は有力な情報源になる場合が少なくない）。

その後、ちょっとした好奇心から私はゴールドマン・サックスに電話を入れ、スティーブ・バノンなる人物が本当に勤務していたのかを確かめた。話に嘘はなかった。ショーン・ペンの映画やアンソニー・ホプキンスが主演する映画を製作していた事実もすぐに明らかになった。バノンの物語をめぐる多面多彩で奇っ怪な経歴はこれで裏が取れた。

雑誌記者の役得のひとつは、これぞという人物をコレクションし、その後、堂々と彼らについて書ける点に尽きる。バノンを記事にしようと即座に決めたが、実際に書き出すまでにはそれから数年を要した。ただ、その間も政治イベントや二〇一二年にバノンが引き継いだブライトバート・ニュースのキャピトル・ヒル本部などで顔はつないでいた。こうした月日を通じ、私はバノンの新たな一面（と矛盾点）を際限なく発見していった。

買っている人物はキャスターのレイチェル・マドーで、党派的な論争をめぐり、事実を旨とする論客として彼女の右に出る者はいないとバノンは考えている。また、アリゾナ州の人工生態系プロジェクト「バイオスフィア２」の件は論争を控えて見守っている［訳註：バノンはこのプロジェクトの所長代理を務めた］。キリスト教神秘主義と深淵なヒンズー教にも深い関心を抱いている。とりわけ心酔しているのは、世にはあまり知られていないが二十世紀初期のフランスの知識人ルネ・ゲノンで、ゲノンはイスラム教に改宗するとイスラム法《シャリア》を遵守した。バノンが折に触れて表明する仰々しいイスラム嫌悪《フォビア》とはなんとも不釣り合いな人物だ。

さらに明らかになったのは、右翼のティーパーティー運動にうかがえるポピュリズムは世界的な現象だと心から信じていた点だ。ペイリンは間もなく表舞台から消えたが、それにもかかわらず自身の政治理念に向けたバノンの確信はますます深まっていく。そして、映画を見た時点では私も知らなかったが、ドナルド・トランプと会ったのがこのころで、非公式ながら自身の政治理念をめぐるバノンのアドバイスがまさに始まろうとしていた。

二〇一五年、私の記事の視点が最終的に定まる。バノンがビル・クリントンとヒラリー・クリントンの調査をひそかに進めて二年、フロリダにあるシンクタンクの調査チームを総動員してクリントン財団の資金提供者を調べ上げていた。素性や動機も定かではない海外の寄付者にクリントンが求めて受け取った献金は、ホワイトハウスを目指すヒラリーに深刻な政治的ダメージを与えるとバノンはにらんだ。私にはむしろ巧妙な策略としか思えない手口を整えると、主要メディアもこの問題を取り上げざるをえないように算段を整えていった（この計画については後述する）。

その年の夏、ピーター・シュバイツァーの『クリントン・キャッシュ：外国政府と企業がクリントン夫妻を「大金持ち」にした手法と理由』が刊行された。大統領選はたちまち形勢が逆転して、見方によってはクリントンのイメージは回復不能なほど汚される。同年秋、この件に触れた私の記事がブルームバーグ・ビジネスウィーク誌の表紙を飾った。

もちろん、この記事はさらに大きな物語のほんのさわりにすぎないことがのちに明らかになる。その物語とはアメリカの現代史上、かつてない規模で起こりつつあった政治的混乱であり、ドナルド・トランプとスティーブ・バノンがともにホワイトハウスに乗り込む場面で幕を閉じる。過去三年、仕事として右翼政治に浸かってきた者として、そして多数の大立て者を間近で見てきた者としては、この物語をどのように予測したのかはやはり語っておきたい。

しかし、私のそんな物言いは事実に反している。私自身、トランプが共和党の他候補を押しのけて予備選を制するとは思ってもみなかったし、トランプが選挙運動にバノンを引き込むとは考えてもいなかったからである。まして、本選挙でヒラリー・クリントンを破るなど想像すらしていなかった。いまになって考えれば、バノンはこの選挙にかかわったほとんどすべての者のなかで――おそらくドナルド・トランプを除き――アメリカの選挙民が抱える不安を誰よりも敏感に感じていたのはまちがいない。

本書は過去にさかのぼり、そもそもの始まりからこの物語を語ろうとする試みだ。似ても似つかない二人の出自を明らかにしつつ、物語の震源たる二人の関係――両者がどのように手を携え、どのように勝利し、その関係がついえていったのかを追っていく。種子に相当するのは、当初書いた記事に加え、八カ月以上に及んで行われたバノン本人と、ワシントンとフロリダに駐在するバノンの部下たちとの二十時間を超えるインタビューである。さらに、これらと前後して交わされた話も利用した。そのなかには後続の記事としてビジネスウィーク誌に書いたトランプやトランプ陣営の話、陣営トップの顧問たちの話も含まれている。

共和党の大統領候補指名を得て間もなくの時期、トランプはまるまる九十分に及ぶインタビューを私に認めてくれた。場所はトランプタワーにあるオフィスである。その際に交わされた話も本書では使われている。選挙運動中、また政権移行中の期間やトランプ政権が成立して数カ月という期間も私は本書に記されている面々とのインタビューを続けていた。こうした方々には、ラインス・プリーバス、ジェフ・セッションズ、ショーン・スパイサー、スティーブン・ミラー、デビッド・ボッシー、ケリーアン・コンウェイ、ニュート・ギングリッチ、ルドルフ・ジュリアーニ、ロジャー・ストーン、ナイジェル・ファラージなどのほかに、氏名の公表を控えたトランプの顧問やトランプとごく親しい人物がいる。

電子メールや戦略メモ、投票データ、図表資料、覚書を提供してくれた方もいた。そうした資料のいくつかは本書でも触れ、引用した。

私を信用して秘密を打ち明けた関係者の話や現場の記録をもとに再現した場面も少なくない。ほかのジャーナリストが書いた記事については、本文中もしくは脚注に引用文である旨を明記した。とくに記されていない引用は私の記事による。二十二名（私の試算による）に及ぶ主要候補者で繰り広げられた選挙戦だけに、この種の著作で紆余曲折のすべてがくまなく説明できたなどと望むべくもないが、私としては物語の核心にははっきりと光を当てることができたと考えている。

トランプとバノンの暗黙の取引の中心にあるのは、私がはじめてバノンと会ったとき、サラ・ペイリンと関係を結ぶことでバノンが得ようとしていたものである。つまり、ふさわしい人物に自身の極右ナショナリズム政治を託したうえで、ホワイトハウスに送り込むことなのだ。それが達成されたあかつきには、大統領の権限はこの目的を忠実に果たすために使われる。

トランプもまた自分の名前が売れるという、根っからの確信を抱きながら、「極右ナショナリズム」というブランドのイデオロギーを売りさばいた。自身が本当に奉じているかいないかはともかく、自らの人生最大の契約を結ぶ鍵であることはトランプ本人にもよくわかっていた。

第1章　大統領選投票日

なんだ、これは――スティーブ・バノンは思った。あきれて首を振るしかない。トランプタワーに設けられた作戦司令室のテレビモニターには、「ニュース速報」を知らせるテロップが横切っていた。大統領選の投票日当日、時刻は午後七時二十二分、投票はまだ終了していない時間だ。それにもかかわらずCNNのジム・アコスタは、トランプ陣営の上級顧問から匿名で聞き出したコメントだとして、

「奇跡でも起きない限り勝てない」と息を弾ませながら大げさに報じていた。

犯人は詮索するまでもない。選挙対策本部長のケリーアン・コンウェイの顔が浮かぶ。あの女に何がわかる。コンウェイは世論調査の専門家だが、言葉をもてあそぶばかりだ。これは競馬の予想ではないのだ。数週間前、選挙陣営からコンウェイを締め出したのは、テレビで話し続ける彼女を見たいとトランプが望んだからである。

その気になればすぐに犯人は突き止められたが、それは控えた。アコスタのレポートを最後まで見ていれば出所がおのずとわかる。それだけでコンウェイだといつも突き止めることができた。トランプの上級顧問のなかではコンウェイはただ一人の女性だ。記者がうっかり〝彼女〟と口を滑らせればニュースソースの正体がばれる。

コンウェイのコメントを匿名で引用する場合、記者たちは女性とわかる代名詞の使用を避けていた。代わりにぎこちない表現だが、性的には中立の「この顧問」「この人物」という言い方が使われた。こんな言い方が三度、四度と繰り返されればその意図はおのずと明らかだ。それが話の〝出所〟である。陣営内の顧問の誰かがずいぶん前にこの事実に気づいてから笑い草にしてきた。続けてアコスタが口にした語は「この顧問」、「彼」「彼女」の二語が聞こえてこない。見事、読み通りだ。しかもアコスタのレポートの終了前、トランプの宿敵で鬼門であるCNNは、「奇跡でも起きない限り」という引用のテロップをモニターいっぱいに掲げてクレジットしていた。

しかし、バノンはすでに気持ちを切り替えていた。コンウェイのような連中が記者（大半の記者は現実に進行しつつあることについて、地に足がついた考えを持たない馬鹿者だとバノンは思っている）の歓心を買おうと躍起になり、見てくればかりを過剰に気を揉むのがバノンにはどうしても理解できなかった。

バノンが見てくれを気にしていないのはひと目でわかる。少なくとも自身の身なりに無関心なことはこのうえない。実際、これはバノンという人物を決定づけるまぎれもない特徴のひとつだ。それまでの人生の大半は、所属していたさまざまな組織の制服を着て過ごしてきた。ベネディクティンカレッジ付属高校では士官候補生の制服、この学校はバージニア州リッチモンドにあるカトリック系のミリタリーハイスクールで生徒は全員男性、バノンの兄弟もここに通った。駆逐艦に乗り組んで太平洋、ペルシャ湾に派遣されていた八年間は糊のきいた海軍士官の白い軍服。ゴールドマン・サックス在職中は、銀行マンの制服である高価なスーツを着込んでいた。

しかし、大金を稼いでそれを使っているうちに、仕事着に縛られることをさっさと投げ出し、自分なりの奇妙な着こなしを採用していた。重ね着したポロシャツのうえからしわくちゃのオックスフォードシャツをまとい、下はよれよれの半ズボン、ビーチサンダルと、世界中のドレスコードに中指を立てて侮辱しているようなものである。

六十三歳のこのとき、右翼系のメディア帝国を数カ月前に辞任すると、バノンはトランプ陣営の選挙参謀の責任者に就任した。トランプが仕切る役員室の規範には心もちの譲歩を示し、半ズボンは作業パンツに変え、重ね着したシャツのうえからブレザーをはおった。投票日当日の夜、トランプタワーの周囲にはテレビ局の中継車が何ブロックにもわたって並んで待ちかまえたが、バノンはひげもそらず、髪もぼさぼさで整えようという気すらない。シャツの胸ポケットには風変わりな肩章のように五、六本のペンが挿されていた。「石鹼と水の使い方をスティーブに教えてやる必要があるな」と陣営で長く政治顧問を務めたロジャー・ストーンは言っていた。どう見てもバノンは、これから公園のベンチで夜を過ごそうとしている人間にしか見えなかった。

だが、トランプはバノンを必要とした。事実、億万長者でリアリティー番組のスターが選挙に勝つという揺るぎない信念を持っていたのは顧問のなかでもバノン一人で、トランプに勝利をもたらす作戦を持ち合わせていた。「大荒れになるな。だが、道はある」。選挙戦の終盤、バノンがそう口にするのを周囲はよく耳にしていた。

歩く手榴弾スティーブ・バノン

トランプがバノンに泣きついたのは選挙まであと三カ月という二〇一六年八月、この時点で選挙運動は危機的な状況に陥り、壊滅的な大敗を喫するという点で衆目は一致していた。選挙対策本部長二名がすでに解任されている。最初は向こう気が強いコーリー・ルワンドウスキーだった。ボスに命じられれば二つ返事で壁にも突進していく盲目的な献身と、いかなるそしりにも立ち向かう気の強さはトランプも買っていた。

しかし、肝心なトランプファミリーとの確執を抱えており、とくに娘婿のジャレッド・クシュナーとの折り合いは悪く、そのうえ戦略的なビジョンも持ち合わせていなかった。六月、ルワンドウスキーは解任。後任がポール・マナフォートで、長年ロビイストとして活動、国外の独裁政治家との怪しげな関係を深めてきた。マナフォートはトランプの面目を新たに整え、それまでずっと控えてきた、富裕な共和党エスタブリッシュメントに受け入れられるタイプに変えようと試みた。

八月、ウクライナの親ロ派政治家が振り込む現金何百万ドルの指定受益者として、マナフォートが浮上する。トランプとしてはこの報道に、「活気がない」というなんとも忌々しいひと言を添えてマナフォートの解任に応じるしかなかった。「活気がない」とは、共和党の対立候補で低迷するジェブ・ブッシュにトランプ自身が捧げたひと言だった。「父は選挙運動に支障が生じるのを望まなかっただけだ」。解任当日、トランプの息子エリックはフォックス・ニュースに語っていた。

八月十七日、「トランプ、選挙参謀にバノンを抜擢」。この知らせにワシントンでは激震が走る。内部関係者には質《たち》の悪い冗談だ。選挙運動にかかわった経験はバノンには皆無だが、民主党のみならず共和党でも毛嫌いされていたのは、両党に執拗な攻撃を繰り返してきたからである。その経歴はトランプには危険ですらあるという見出しで新聞は彩られていた。バノンは人種問題を引き起こしかねない極右ポピュリズムを掲げるウエブサイト「ブライトバート・ニュース」の経営執行役会長だったのである。二〇一三年、民主党政権下で政府機関の業務停止(政府閉鎖)を引き起こすきっかけをブライトバート・ニュースが作ると、その後、下院議長だった共和党のジョン・ベイナーを辞任に追い込んだ。

バノンが奉じるモットーは「ハニーバジャーは屁とも思わない」。ハニーバジャーはアフリカに生息するイタチ科の怖いもの知らずの捕食動物で、ユーチューブで人気を得るやハニーバジャーのこのうたい文句はクチコミで大評判を呼んだ。

ワシントンの共和党員には、バノンの参謀はトランプが選びうる選択肢のなかでも最悪の選択だった。バノンを選んだことで、党は上院下院で議席を保持し、体面を繕った敗北へと舵が切れなくなった。その代わり、すべてが灰燼に帰すまで戦い、党が解体するほどの無様な敗北をトランプは喫するだろう。トランプの場合、絶好調のときでさえ自爆し、党もろとも破滅する状態と紙一重という点で党員の意見は一致していた。バノンやブライトバートを知る者は、この選択でトランプはますます追い詰められていくと信じて疑わなかった。

バノンは歩く手榴弾のような人間だ。映画『博士の異常な愛情』でスリム・ピケンズが演じた役柄を、ネット時代にふさわしくバージョンアップしたようなタイプである。映画のなかでスリム・ピケンズは、投下された核爆弾にロデオさながらまたがり、投下中ずっと叫び声や大声をあげ、人類滅亡に向かってまっしぐらに突き進んでいく。ブライトバートのあるスタッフは、「どこかで爆発や火事が起きたら、近くにはたぶんスティーブがマッチを手にして立っているかも」とまんざらでもない調子でたとえる。

だが、自身もまたハニーバジャーのトランプの目には、バノンは好ましさに勝る人物として映った。満々たる精気、寝食そっちのけで猛烈に語り続け、メディアの新陳代謝にかけてはトランプにひけをとらない体力を備えていた。本能が真っ先に命じるのは常に攻撃だ。艦艇の汽罐室と八〇年代のウォール街が入り交じったバノンならではの言葉遣いもトランプには響いた。

海軍退役のブルーカラー一家の出として、バノンはトランプの支持者さえ軽んじて冷笑した。エリート主義のヒラリー支持者も、トランプ支持者のことは〝小者《ホビット》〟や〝小便たれ《グランドーン》〟［訳註：「グランドーン」はアメリカのコミックストリップ『ポゴ』に登場するおむつをしたウッドチャックの赤ん坊。この作品は同時代の政治家が動物に戯画化されて描かれている］、あるいはヒラリー本人が口を滑らせた〝嘆かわしい人たち《デプロラブルズ》〟と呼んで、見くだしているとバノンは得々と言い立てていた。

そのヒラリーも執拗な嘲笑の標的である。くたくたで最終ラウンドを迎えたボクサーにハッパをかけるセコンドさながらの意気込みで、トランプの偏見と不安に向け、噛んで含めるようにバノンは訴え続けた。ヒラリーは〝レジュメを読みあげるだけ〟〝根っからのペテン師〟〝ステージでは無惨〟〝使えない豆挽き機〟〝独りよがりのメディアを楯にした物笑い〟〝ワシントンDCの司法試験に落ちた太鼓持ち〟〝自分の番だと思っている〟が〝これまで人生、何事も中途半端〟だとしつこく食いさがった。これだけでは足りずに〝レズ野郎《ブル・ダイク》〟とまで言い放った。

トランプは気に入った。バノンは歴史と戦記の熱心な読者で、浮いていた自陣の選挙運動を広範な歴史の一環として取り込んだ点にも気をよくしていた。ヨーロッパとグレート・ブリテンで起きた右翼ポピュリズムについて、バノンはここ数年の経緯をたどり、時には煽り立てて語ってきた。トランプの出馬が冗談や独りよがりと見なされているとき、この選挙運動を同様なパワーのアメリカ版という必然の物語に仕立てあげる。そして、トランプこそ「われわれ」対「彼ら」というポピュリズムの化身で、選挙を通じて多数派を決起させ、腐敗したエスタブリッシュメント打破へと導くという物語を作り出す。

この物語ではバノン本人の役回りもあった。バノンのオフィスの壁には自身の肖像画がかけられている。描かれたバノンの姿は、テュイルリー宮殿の書斎に立つナポレオンと同じ服をまとっている。画家のジャック＝ルイ・ダヴィッドが描いたあの絵のスタイルだ。絵はナショナリストとして志を同じくする友人のイギリス独立党党首ナイジェル・ファラージの贈り物である。

バノンの選択は衝撃的だったが、見かけほど行き当たりばったりの決定ではなかった。バノンがはじめてトランプの領域に足を踏み入れたのは数年前のことで、共和党のベテラン選挙参謀デビッド・ボッシーの求めに応じ、大統領選出馬の可能性について非公式ながら助言を与えた。当時、トランプの可能性についてはほとんど検討せず、こうした面談も遊びや冗談半分と見なしていた。トランプは出馬しないと踏んでいたのだ。だからといってナショナリストとしての世界観──とりわけ不法移民に対する憎悪──を吹き込むことを控えてはいない。トランプに対しては、出馬を宣言するはるか以前からブライトバート・ニュースを読ませるようにしむけ、記事をプリントアウト（トランプの好みは紙に出力した形）すると、マニラ紙のフォルダーにはさんでスタッフに届けさせていた。

トランプが正式に大統領選への出馬を宣言したのは二〇一五年六月十六日。同時にアメリカのナショナリズムが苦い讃歌の声をあげ、ただちにその矛先をメキシコ移民に向けて、「彼らは犯罪者や〝レイピスト〟」として攻撃を始めたのは偶然ではない。また、まぎれもない大統領候補者としてはじめて行った視察が、アメリカ－メキシコの国境が走るテキサス州ラレドへのサーカスじみた訪問だったのも単なる偶然ではなかった。

この視察をお膳立てするため、バノンは賛同を寄せる国境警備官とともに何週間も根回しをしていた。二〇一三年には移民問題のため、テキサスにブライトバートの支局が開設されている。トランプの発言はマスコミや身内の共和党員からも大々的に吊るし上げられたが（ジェブ・ブッシュは「ことのほか醜悪」と断じ、下院議長のポール・ライアンは「吐き気がした」と語った）、トランプにはどこ吹く風である。テキサスをあとにしていた時点で、トランプは党の予備選に向けた世論調査でトップに踊り出ていたのだ。

敗戦責任のなすりつけあい

しかし、それもすでに一年以上も前の話。いまや本選挙の最初の投票結果が明らかになりつつある。五番街のはるか高み、金ピカのトランプタワーのペントハウスで大統領候補は考えをめぐらせていた。夫人のメラニアがいっしょだ。信頼に足る全国世論調査で数カ月前にヒラリーをリードしたことは十二分に承知している。だが、投票当日の夜、階下の部屋に選挙陣営の上層部が集まるころには、ボスが勝利するには奇跡が必要だと大半の者が考えていた。

投票について陣営では三カ所のソースを利用していた。自陣営の独自調査、ケリーアン・コンウェイの調査、党運営の三つの世論調査組織――広範囲の調査は共和党系の市場調査会社ターゲットポイントが実施し、共和党全国委員会（ＲＮＣ）のマイクロターゲティングにデータを提供する。さらにもうひとつがロンドンのデータサイセンス会社ケンブリッジ・アナリティカが実施する調査で、トランプ陣営が精密な予測モデルを独自に立ち上げる目的で契約していた。そして、いずれの調査もトランプ勝利を示してはいなかった。

陣営は、情け容赦なくヒラリーの票を切り崩し、勝利はわれにありと唱え続け、うわべは平静を取りつくろっていた。だが、舞台裏では間近に迫りつつある敗北に備え、すでに容赦ない責任のなすりつけあいが始まっていた。ＲＮＣは私的な説明会を開くために政治担当のトップ記者をひそかに集め、トランプのために委員会として何をしたのかを洗いざらい明らかにしていた。この秘密の会合は委員会の無罪の立証が狙いだ。割を食わされたＲＮＣ委員長ラインス・プリーバスと、委員会の首席戦略官で不屈のショーン・スパイサーは「敗北は私たちのせいではない。すべてはトランプ本人とトランプ陣営の失敗」というメッセージを伝えた。投票当日までスパイサーは主要ネットワークの重役らと面談を重ね、同様なメッセージを発するよう個人的に圧力をかけ続けた。

　こうした密会を伝えるニュースがめぐりめぐってトランプと側近の耳に届くと、多くの者がＲＮＣに対し、深い疑念と軽蔑を覚えた。ＲＮＣは共和党のエスタブリッシュメントを育むゆり籠だ。トランプの擁護と支持に関し、プリーバスとスパイサーの二人は人目もはばからず格別な努力を尽くしてくれた。とはいえ、党員の多くが二人のことをいまや靴をなめてでも追従する人間と見なし、二人の個人的な評価は急落していく。投票当日の夜、プリーバスとスパイサーが早々に私物を整理している姿が人目にとまると、その話はただちに司令室を駆けめぐった。あっけない敗北を二人は見込んでいたようである。

　内心で「もはや」と思った瞬間はバノンにもあった。ワシントン・ポストが芸能ゴシップ番組「アクセス・ハリウッド」の録音テープをすっぱ抜くと、トランプはこれ以上ないスキャンダルでどん底に追い込まれる。テープには女性に関する卑猥なコメントと、「プッシーをつかむ」のが大好きだというトランプの肉声が録音されていたのだ。「ここまでだ」と陣営のメンバーの一人にバノンも認めている。だが、落胆はしなかった。致命的な打撃がこれ以上広がる目はないと踏んだようである。

「われわれの支援戦略は徹底してヒラリーを叩いて、手に負えなくしてやることだ」と語っていた。「ヒラリーの得票が四三パーセントにとどまれば、勝利宣言はできない」。そうやって自らを奮い立せて役目に戻ると、「私のゴールは十一月八日までに、あの女の名前を聞いただけで、有権者が吐き気を催すまでにさせることだ」と言葉を添えた。

それから数週間、トランプは課された任務を精力的にこなし、十月二十一日に開催された二大政党のチャリティー晩餐会では、同席したヒラリーに面と向かい、「腐敗している」とさえ言い放った。一週間後、連邦捜査局（ＦＢＩ）長官ジェームズ・コミーがヒラリー・クリントンの私的メールサーバー問題について捜査の再開を決定すると、さらに強力なダメージがヒラリーを見舞う。遊説中、トランプのヒラリー批判はますますボルテージをあげ、もはや言いたい放題に近い状態だった。「ヒラリーに投じる一票とは、この国の立憲システムの存続を脅かす公人の腐敗や汚職、縁故主義に政府が屈するのを認めることにほかならない」。十月二十九日、アリゾナで開催された決起集会でトランプは絶叫した。「アメリカ国民が偉大なのは、この国が法治国家で、法のもとにおいてわれわれ全員が平等だからだ。ヒラリーの腐敗はこの国の礎たる原理をずたずたに引き裂いている」。

トランプはそこでとどまらない。ヒラリーは知的にも道徳的にも腐敗した暗黒の網の目の一部だ。その網にはグローバルな権力構造、すなわち銀行や政府、メディア、世俗文化の守護神のほか、大富豪の投資家ジョージ・ソロス、連邦準備制度理事会（ＦＲＢ）議長のジャネット・イエレン、ゴールドマン・サックスの最高経営責任者ロイド・ブランクファインといった金融界の巨人さえ取り込まれている。

演説や政治広告を通じてほのめかすことで、トランプはバノンが奉じる陰謀史観を広めていった。

「われわれ労働者階級から富をもぎ取り、アメリカの富をはぎ取り、その金をごく限られた大企業や政治エリートの懐に押し込んだ経済決定の責任はグローバルな権力構造にある」と物議を呼んだ選挙広告のなかでトランプは忠告した。広告は投票前日の選挙運動として掲載されている。「この腐敗を押しとどめることができる唯一の手段こそあなたたちだ」。

金融界をめぐる国際的陰謀という陰湿な言及に加え、ソロス、イエレン、ブランクファインの三名がみなユダヤ人という事実に、アメリカ最大のユダヤ人団体、名誉毀損防止同盟（ＡＤＬ）は警告を発した。ＡＤＬ会長ジョナサン・グリーンブラットは、〝苦痛に満ちた〟反ユダヤ主義のステレオタイプと〝根拠のない陰謀論〟をまき散らしているとトランプを激しく非難する。トランプ陣営は攻撃を否定すると、ＡＤＬこそ党利党略を優先していると相手を非難した。バノンは「暗黒こそ打ってつけの言いまわしだ」とトランプに助言している。「手を緩めてはならない」。

この時点でトランプ陣営は、大半の世論調査に見られたヒラリーとの差を縮めていた。まったくの当てずっぽうではない。数日前、テキサス州サンアントニオにオフィスを構える陣営のデータ分析員が送ってきた「今後五日間の予想」と題した報告書には、ヒラリー圧勝という大方の予想に反する驚愕の知らせが記されていた。ＦＢＩの捜査をコミーが再開したことで有権者が混乱している事実が突然明らかになる。「クリントン元国務長官の捜査再開が最近公にされたことで、ここ数日、有権者の心理に大きな変化が生じていることが裏付けられた」と報告書は続き、「序盤の世論調査に表れていたクリントンの支持率は低下し、トランプ氏支持へと変わっていることを示唆している」。さらに「この変化は選挙結果に根本的な影響を及ぼすかもしれない」と書きくわえられていた。

報告書の作成者は、さらにアフリカ系アメリカ人の有権者のあいだで民主党候補者の支持が早くも急落し（二〇一二年から一八パーセントの下落）、「地方に比べ、都市部の投票率が減少」している点を明らかにしていた。以上のことから、オハイオ州、バージニア州、ノースカロライナ州といった勝敗の鍵を握る激戦州《スイング・ステート》では、選挙人の数という点でトランプ有利へと急速に変化しつつあることを示していた。データをさらに検討すれば、トランプが唱え、大半のアナリストがあざ笑った〝隠れ〟トランプ支持者の存在がまぎれもない事実であり、しかも投票所に足を運ぼうとしている姿がますますはっきり浮かび上がっていた。

公的な世論調査、あるいはトランプ陣営の世論調査会社やRNCが実施した調査ではこのような有権者の存在は把握されていない。そこで分析官が気取った専門用語を駆使し、「今回の選挙サイクルで一貫して明らかなように、投票に行く確率が低い政治意識の希薄な有権者のあいだで、投票率が上昇した場合をシミュレーション」すると、有権者がどのような姿を呈するのかモデル化した。分析官は〝トランプ効果〟とこのモデルを命名した。こうした作業でトランプが選挙人を獲得する道がはっきりと姿を現した。それも十本の道があり、その多くでフロリダ州、ペンシルベニア州、オハイオ州の勝利が伴っていた。今度ばかりはまちがいない。バノンにとって奇跡はもう必要ではなくなっていた。

トランプタワーの司令室

命名者に似てトランプタワーにも誇張が施されている。アコーディオン様式の南西正面は折りたたまれた外観を持ち、こうすることで典型的なガラス板張りのビルに比べ、手品のように何十ものオフィスやマンションの角部屋が現れる。最上階は六十八階と記されているがこれもまやかしだ。バノンのオフィスがある十四階の階段を降りると、いきなり五階だ。階数を表示するときにトランプは水増ししていたのだ。市の記録では五十八階しかないと登録されているが、六十八階と表示すれば（虚構にほかならない）五十九階から六十八階を、高級感と価格をせり上げて売りつけることができる。

五階はまだ工事を終えていない。かつてこの階にはトランプが主演していたリアリティー番組「アプレンティス」のプロダクション事務所が置かれていたが、選挙《エレクション・デー》の日の指揮所とする準備が投票日の一週間前から始まっていた。午後も遅い時間になるまでには、弁護士や選挙スタッフのほか、共和党関係者、取り巻き連中といった種々雑多な人間が並べられた折りたたみテーブルを囲み、落ち着きかない様子でざわつきながら投票の結果を待っていた。

なかでも目立ったのは、バノン、コンウェイ、スパイサー、プリーバス、広報担当のホープ・ヒックス、副大統領候補のマイク・ペンス、そしてトランプの子供たちとその連れ合いといった面々で、石膏ボードのパーテーションで即製された一〇×一五フィート（三×四・六メートル）の貯蔵室に順に入っていく。選挙参謀のデビッド・ボッシーはこの物置を「コカイン《クラック》の隠れ部屋《デン》」と命名した。小部屋の壁には威勢のいい目標宣言（「ドナルド・トランプ：かならずやり遂げる男」）が記されたバンパーステッカーやポスターが貼られていた。それと並ぶように、テディ・ベアとまだらのヒマワリにとまって微笑んでいる青い蝶の絵が脈絡なく飾られていた。

ビル・ステピエンがプロジェクションテレビをセットすると、全米の選挙人を示したノートパソコンの地図が壁に映し出された。ステピエンはニュージャージー州知事クリス・クリスティのもとで主任補佐官を務めた百戦錬磨のスタッフで、トランプの選挙キャンペーンでは全米フィールド担当ディレクターとして働いていた。ステピエンのパソコンにはRNCの統計ダッシュボードが入っており、

ＡＰ通信の郡レベルの投票結果が出るたびに自動的にデータが追加されていく。

前触れのない恐怖に見舞われた。午後五時ちょうど過ぎ、一回目の出口調査の結果がニュースサイトの「ドラッジ・レポート」から流れてきた。有権者は現状に大きな不満を抱き、〝変化〟を望んでいることを数字は示している。しかし同時に、激戦区という激戦区でトランプはヒラリーと互角の戦いを繰り広げるか、もしくはそのあとを肉薄している事実を伝えていた。バノンはクシュナーを「コカインの隠れ部屋」から連れ出した。自分たちの動揺を気取られてはならない。

「見通しはどうだ」と、クシュナーは尋ねた。

「この数字を見る限り、考えられる展開は二つ。一番目の展開を信じるなら、変化の選挙となり、すべてはこちらが考えた通りに進んでいく。だがな、もうひとつの展開だったら、私たちは破滅に一直線だ」とバノンは答えた。

まぎれもない正念場で、見通しの立たない窮地だった。ケンブリッジ・アナリティカが示したモデルには、トランプに対する有権者の分析で最新の動向が取り上げられている。しかし、その分析はモデルにすぎない。だが、一回目の出口調査は、実際に票を投じた者を相手に何千という規模で実施されたインタビューを基にしている。まったく異なる結果をそうした調査は示している。

ほかにどうしていいのか妙案も浮かばず、バノンはドラッジ・レポートを運営するマット・ドラッジに電話して相手の考えを尋ねた。

「大手の商業メディア《コーポレイト・メディア》はクソみたいなもんだ。どれもこれもでたらめだ。今回の件でも当てにはできない」とドラッジは答えていた。

最初はためらいがちな安堵だったが、やがて堰を切って一気にほとばしっていく。ステピエンが激戦州をクリックするたびに隠れ部屋の壁に映し出された数字は跳ね上がっていく。オークションの競売人さながらだ。陣営では選挙の出足を占うため、指標の郡をあらかじめリストアップしていた。そのリストにはケーブルニュースの専門家が決まってくどくど説明する地区、たとえばバージニア州ラウドン郡、コロラド州ジェファーソン郡のほかに、年配で労働者階級の白人という〝トランプ支持の共和党員〟であふれる地域、フロリダ州の取っ手部分のオカルーサ郡、オハイオ州東部のマホニング郡などが選ばれていた。こうした地域が決然とトランプへの投票を鮮明にしてくれれば、勝利への道を築くうえで頼りにする北中西部という広範な一帯がトランプ支持へと流れを変える。陣営ではそのように読んでいた。

この数日、ラテン系の住民が多い郡——たとえばフロリダ州マイアミ・デイド郡やネバダ州クラーク郡などで、期日前投票が急増している事実をケーブルニュースがしきりに報じていた。勝利はヒラリーにあり、トランプには天罰がくだるといわんばかりだ。だが、ステピエンが操作するプロジェクターは別の急増ぶりを示した。オカルーサ郡の数字が際立って突出し、二〇一二年の大統領選で共和党が得た得票数をはるかにうわまわるのはまちがいない。「必要票数をすでに超えている」とステピエンが声を張り上げた。

オハイオ州の出口調査で繰り広げられたデッドヒートも現実のものとは思えなかった。ヒラリーがこの州を落としたことが間もなく明らかになる。CNNではホストのウルフ・ブリッツァーが、フロリダ州で民主党が地盤とする未集計の郡（ブロワード郡、マイアミ・デイド郡）をめぐる壮大なドラマを語っていた。トランプ陣営の顧問らはフロリダ州の取っ手部分に位置する郡の桁はずれの投票率を踏まえ、フロリダでの勝利をとっくに確信していた。さらに言うなら、フロリダを制したらケンブリッジ・アナリティカのモデル——このモデルは仰々しくも「激戦州制圧〈勝利への道〉最適化装置」と命名されていた——は、トランプが勝利する確率は八〇パーセント前後に高まると予測していたのだ。

しかし、最後にものをいうのはトランプが勝てないと目されてきた州の行方である。バノンはミシガン州にこだわった。「もう一度クリック」とステピエンを絶えず促し、マコーム郡などの指標とする地域を拡大表示させていた。三〇パーセントを示していた数字は四〇パーセント、それから五〇パーセントに達し、トランプのリードは安定していた。むしろ盤石になっていく。夜がふけていくにしたがい、ウィスコンシン州でもトランプがリードしていく。これは陣営のデータ分析員でさえ思ってもみない展開だった。

せわしなくプロジェクターを操作していたステピエンの動きがつかの間とまり、部屋が静まり返った。すし詰め状態でいた者のうち、のちに何名かがこのときのことを思い返す。つぎの瞬間、「やばいな。本当に大統領になってしまうぞ」と誰かがつぶやいた。誰がつぶやいたのか覚えている者は一人もいない。

マット・ドラッジの話に嘘はなかった。商業メディアはやはり誤っていたのだ。

どうなるのかは彼らにもわかっていた。電話とメールの嵐だ。午後九時五分、すっかり取り乱した記者がバノンにメールを寄こした。「目の前の現実が信じられない。このままではあなた方の勝利ですよね」。「その通り」。返信は素っ気ない。編集室という編集室で「クリントン、大統領選を制す」という予定稿の書き直しが大慌てで進められ、あるいはそのまま没にされた。

前触れもなく動き出した歴史のさなかに自分はいるのだと出し抜けに気がつき、顧問のなかには携帯を取り出して写真を撮り始める者がいた。何が起こりつつあるのかビル中に知れ渡っていくにしたがい、さらに大勢の人間が部屋に詰めかける。ニュージャージー州知事のクリス・クリスティが姿を現すと、身をよじってイバンカ・トランプの横に張りついた。

イバンカのもとに父親から電話がかかる。ペントハウスからメラニアとともに階下に向かうと言っている。二人とも狭苦しくてお粗末な隠れ部屋に割り込む気など毛頭ないことはすぐにわかった。代わりに向かった先は十四階の司令室で、そちらには三〇フィート（九メートル）にわたってテレビの壁が設けられている。関係者や家族がエレベーターや階段へと急ぎ、隠れ部屋はたちまち空っぽだ。パソコンとプロジェクターのせいで、ステピエン一人が退出に手間取った。

十一月八日午後十時

午後十時、トランプは司令室の中央に立つと、壁に固定された五台のテレビの大画面に向き合い、自らがいま起こしつつあるケーブルニュースの狂乱をあますところなく見入っていた。副大統領候補のマイク・ペンスが妻のカレンとともにひっそりと横に並ぶ。間もなく大勢のスタッフやトランプの家族が三人を囲み、トランプが諸州を着実にものにしていく様子を伝えるケーブルニュースを見守った。部屋の隅の奥まった一画、政策担当上級顧問でスピーチライターのスティーブン・ミラーのデスクの近くでは、ステピエンがプロジェクターを設定していた。プロジェクターが示す最新の選挙人集計を司令室に伝えるため、古代ローマ帝国の皇帝に戦況を伝える兵士よろしく、下級職員の一人が伝令に駆り出されていた。上階で起きていることをくまなく記録しようと、スパイサーは五階にいるビデオ撮影班を呼びつけた。

部屋は間もなく人でいっぱいになった。トランプはテレビモニターに釘づけだ。新たに獲得した選挙区が地図に加わるたび、側近らは「これは州のどの地域だ」「まだ残っている地域はどこだ」ととりつかれたように話している。トランプは細かな違いを突くささいな基準にこだわり、自らの当選確率を確かめていた。「二〇一二年の選挙ではこの地区でオバマはどうだった」。郡の票数が更新されるたびにトランプは問い続ける。

確かめていたのはミシガン州、ペンシルベニア州、オハイオ州の主要郡で、二〇一二年の選挙ではオバマが僅差で勝利した地域だ。今回の選挙でも僅差でトランプが勝利した地域だが、なかにはそれほど僅差ではない地域も珍しくはなく、むしろトランプがリードしていた。テレビではメインキャスターがドラマの展開に追いついていこうとした。しかし、彼らが紡ぎ出したヒラリー勝利というシナリオは刻一刻と見込み薄の話になり、なんとも信じがたいものに変わっていく。

いつの時点で自分が次期大統領だと考えたのか、その瞬間を確実に知っている者は誰もいない。友人や側近、家族に囲まれていたが、それでもなお直接声をかけるのをためらわせる見えない磁場をトランプは放っていた。本人の代わりに、支持者の多くは喜びにあふれるマイク・ペンスに祝いの言葉をかけ、ハイタッチをしながら「副大統領閣下《ミスター・バイスプレジデント》」と敬意を表した。

しばらくしてトランプが動き出し、椅子に腰を降ろした。おそらく事のなりゆきの重大さを腹に収める必要を感じたのだろう。だが、いくらもしないうちにクリス・クリスティがトランプの磁場を破って押し入り、そのとなりに腰を降ろす。

「なあ、ドナルド。大統領と以前こんな話をした」。二〇一二年のハリケーン「サンディ」の災害支援でともに働いて以来、クリスティはオバマを知っていた。

「もしもあんたが選挙に勝てば、私に電話をかけて寄こすと言っていたよ。電話がかかってきたら、あんたにまわそう」

トランプが顔をしかめる。クリスティのずうずうしさに腹を立てているのは明らかだ。側近たちがよく知るように、トランプは病的なほどの潔癖性で、自分の顔にクリスティの携帯電話を押し当てるなどご免被るはずだ。それに、ヒラリーを破ったとはいえ、バラク・オバマから祝いの言葉を聞いても心から満足できるものでもない。

周囲が驚いたのは、トランプがぴしゃりと言い返したときだ。「クリス、お前は私の電話番号を知っているはずだ。だったら、それを大統領に教えてやれ。誰がお前の携帯を使いたいと思うか」。目撃していた一人は、クリスティの振る舞いは「取り返しのつかない誤算」だとのちに思い返す。クリスティには立ちなおることのできない失態となる。

椅子からようやく身を起こしたトランプは、大勢の人たちと言葉を交わし始めた。祝勝パーティーは数ブロック離れたヒルトンホテルである。ただ、結果が確認できなければトランプは参加しないという話は、当日の早い段階ですでに伝わっていた。この時点でバノンはトランプの判断がついたと陣営に伝える。「彼もヒルトンに出向くことになった。ただ、その前に上階にいったん戻るそうだ」。

つまり全員でヒルトンに出向くのだとスパイサーは気づいた。どういうわけか、これでトランプの勝利が公のものになったようにスパイサーには感じられた。ペントハウスに戻って気をとりなおすため、トランプはエレベーターに向かっていく。スパイサーは意を決すると前へ進み、間もなくアメリカ合衆国の次期大統領になる男に敬意を表した。「おめでとうございます」と声をかけた。

相手はスパイサーをただ見詰め返し、わずかに言葉を発した。「まだだ」。

史上かつてない番狂わせ

最終的な知らせを伝えたのはバノンだが、そのころには驚きもすでに薄れていた。「見てほしい。この件に関して勝ちはまずまちがいない」と説明すると、トランプは選挙参謀の言わんとすることを察してうなずき、「仕上げにとりかかろう」と答えた。

言わんとしているのは勝利演説の件だ。何も用意されていなかった。敗北演説も準備していない。トランプが非常に縁起を担ぐ人間であるのはバノンもわきまえている。食事の前、肩に塩を振っているトランプを目撃した記者がいる。あらかじめ二通りのスピーチ原稿を用意しておくのは政界では古くからの約束事だが、トランプはこのしきたりに快く応じまいとバノンは踏んでいたので、口に出すことさえはじめから控えた。きっと験《げん》を担ぎたがると予感していた。古くから伝わるかずかずの伝統にためらわず「知ったことか」と言い放つ向こう気の強さ——実を言えばバノンは、トランプのそんな一面が気に入っていた。根っからのハニーバジャーだ。選挙が敗戦に終わった場合、わざわざ壇上にあがるかどうか何度か思いをめぐらし、トランプは拒むだろうという半信半疑の思いをバノンは抱いていた。

だが、そのシナリオはもう不要だ。

ペントハウスに到着すると、トランプ、バノン、スピーチライターのスティーブン・ミラーらはイバンカと彼女の夫ジャレッド・クシュナーを交えてキッチンに集まり、大きな衝撃を受けている国民、同じように大混乱している世界に向け、どのように語るべきなのかを決めていた。自分が語ろうとする話は何かをトランプは明らかにした。国に一体感を与え、悲惨な選挙戦で負った傷をいやし、茫然自失のうちに自分の立ち位置はどこかとあがいている何百万というヒラリー支持者に向け、少なくともドアをこじあける〝大統領たる者にふさわしい〟ものを語ってみたい。

ステージに立ったトランプは、家族に囲まれ、今後この国の人々をリードしていく男として、これまでにない自信とやわらぎに満ちた眼差しで国民に向かい合うことになる。「分断によって生じた傷を縫い合わせる時をアメリカは迎えた」「国民がひとつになるときがきた」は、スティーブン・ミラーが書いた概要に応じたくだりだった。

午前零時の鐘が鳴り、ヒラリーの馬車がカボチャになったころ、ペントハウスはＶＩＰであふれ始めていた。トランプの息子のドナルドJrとエリック、それに二人の妻たち、メラニアと十歳のバロン、ケリーアン・コンウェイ、広報顧問のジェイソン・ミラー、元ニューヨーク市長のルドルフ・ジュリアーニと妻ジュディス、ペンス夫妻らの顔があった。

そのとき、大声をあげ、高笑いしながらエレベーターから姿を現した者がいた。案の上、クリス・クリスティである。あいかわらずのことながら、なんとかしてパーティーに加わりたがっていた。そのままトランプのほうに一直線で向かっていく。「クリスティが弾かれた一番の理由がこの一件だ」と参加者の一人はのちのちそう言って譲らない。「トランプは暑苦しい人間を毛嫌いしている。クリスティは逆鱗に触れたんだ」。トランプと原稿執筆チームはダイニングルームに席を変える。

いつの間にか三十、四十人の人間が集まり、目の当たりにした番狂わせに興奮しながら言葉を交わしつつ、次期大統領が祝勝パーティーに出発するのを待っていた。獲得した選挙人の胸のすくような数からして、トランプが優勢に転じたこと、あるいは勝負を制したことはすでに疑いようがない。しかしトランプは、ＡＰ通信がペンシルベニア州の勝利を伝え、ヒラリーに残された一〇〇万分の一の確率が完全に封じられるまでヒルトンには向かわないと決めていた。

午前一時三十九分、ＡＰ通信がペンシルベニア州の結果を報じると喚声があがる。ヒルトンへ向かうときが訪れた。

シークレットサービスがトランプと家族を待機する車の列へと先導していく。バノンとミラーはそのうしろに従った。スパイサーはＲＮＣの同僚数名とビルの階下にいて、ジャケットをはおっていた。四ブロック先にあるヒルトンへは歩いていくつもりだ。勝利はすでに動かしがたいが、トランプがどう口火を切るのかと考えあぐねていた。ヒラリー陣営からはまだひと言もなかったからである。

一週間前、ヒラリー陣営の選対本部長ロビー・ムックからケリーアン・コンウェイに対し、選挙当夜の段取りについて打診があった。ムックが言うには、ヒラリーが敗れた場合、ＡＰ通信の判定から十五分後に電話を入れ、それから敗北を宣言する――一方、勝利した場合、「十五分後にそちらから連絡がなければ、登壇して勝利演説を行う」と言い添えた。傲慢な要求だとバノンは思った。トランプはこちらの話に従って当然とばかりの遠回しの威嚇だ。「放っておけ」とコンウェイに命じた。

ＡＰ通信が選挙について最終的な結果を報じると、トランプはヒルトンのステージに立つ用意を始めた。午前二時三十四分、「速報：ドナルド・トランプ、合衆国大統領に選出」とニュースが報じる。バノンとＲＮＣ委員長ラインス・プリーバスはトランプと身を寄せあい、演説内容をざっと確認した。そのときである。ムックの約束通りヒラリーから電話がかかってきた。ためらうことなく率直に自らの負けを認める相手に、さすがのバノンも「見事」と認めるほかない。この連絡を最後に選挙運動にも終止符が打たれ、トランプは家族ともどもステージにあがり、当選を正式なものにした。

ステージ左端、なかばコンウェイにさえぎられるように立つバノンは、ＡＰ通信が伝えるニュースに熱狂し、大騒ぎする聴衆に目を凝らした。「何から何まで番狂わせだった」と満足していた。確かにそうだ。聴衆のなかにはバノンの一族も大勢いたからなおさらだ。二十名を超える親戚が集まり、そのなかには九十五歳になった父親のマーチンもいた。親戚のなかにはちょっとした有名人になった者もいる。翌日のブルームバーグ・ビジネスウィーク誌が「トランプの兄弟」として表紙に選んだのは、「アメリカをもう一度偉大な国に」のロゴが入った赤い野球帽をかぶり、カメラに向かってジャッカルのように笑う人物というういかにもの写真だった。バノンが「どうしようもない間抜け」と愛おしそうに語る甥シーンである。

ヒルトンの狂宴が落着して熱烈な支持者が六番街に流れていったあとも、RNCの首席戦略官スパイサーにはいま起きたばかりのことをどう納得すればいいのかわからなかった。歴史的一夜をこのまま終わりにできそうもなく、気がつくと一人マンハッタンの通りを歩き続けていた。北に向かって進み、セントラルパークで東に転じる。この混沌にもやがて夜明けが訪れるのだとようやく納得すると、ホテルに戻ろうと南に向かった。

五番街の通りを進み、トランプタワーをまさに過ぎようとしたときだ。五十六番通りを渡ろうとしていたスパイサーは、車の閃光に気がついて顔をあげた。トランプを乗せた車列がタワーのエントランスに入ってきた。車がとまってドアが開くと、なかから男が飛び出してきてスパイサーを両手できつく抱きしめる。満面の笑み、白髪交じりのぼさぼさの頭、シャツの胸ポケットには二本のペンが挿さっている。スパンサーも歯を見せて大きく笑い、手を伸ばして携帯を取り出し、自分たちの姿を写真に収めていた。

午前三時二十七分、漆黒の夜のなか、トランプタワーのすぐそばでバノンとたたずんでいたまさにその瞬間、自分たちが成し遂げた事の重大さをようやく納得することができた。アメリカ史上かつてないほどの政治的な番狂わせをもたらし、ドナルド・ジョン・トランプをホワイトハウスに送り込んだのだ。

王座のうしろに控えた戦略家

こんなことがあっていいのか——選挙を終えてからも世界は何日も思いあぐねた。いまもまだ多くの人が思いあぐねている。理由づけに必要なスケープゴートと悪玉には事欠かない。FBI長官ジェームズ・コミー、ロシア人、メディア、フェイクニュース、性差別などとリストは膨らんでいく一方だ。しかし、それで心から納得している者など誰もおらず、どれほどの衝撃か推しはかろうにも十分ではない。多くの人が抱える、世界がずれた感覚を解消することもできない。

その感覚とは、実現などするはずはないと思いながら、みんなの目の前でトランプが当選し、目が覚めたら何か尋常ではないこと——手のつけられないほど過激な何かが起きていたと気づいたときの感覚だ。ハリウッドのスリラー映画のオープニングに似ている。出し抜けの衝撃的なシーンに居住まいを正すと、そのあとはこみいって、目も離せられない物語のいきさつが徐々に解き明かされていく。だが、トランプの当選についてはまだ何も明らかにされてはいない。パズルを解き明かす決定的なピースがいくつも見失われたままなのだ。

その失われたピースがスティーブ・バノンだった。

マキャベリからカール・ローブ［訳註：ジョージ・W・ブッシュ政権の大統領顧問・次席補佐官。〝影の大統領〟とも呼ばれた］に至るまで、支配者に代わって策を練り、謀議を図る天才が存在した。政治にはこうした天才たちの豊かな歴史という一面があり、彼らは王座のうしろに控える隠れた手、あるいは狡猾な戦略家として国務をひそかに先導した。こんな物語に馴染みすぎたせいで、アメリカでは政治ジャーナリズムの陳腐な定番の筋書きになっている。有能な戦略家に恵まれていない大統領候補の場合、メディアがその役目を買って出て、当の候補者も知らない人物を戦略家として勝手に仕立ててくれる場合も珍しくはない。この物語衝動をわきまえている戦略家は、その地位を得ようとおおっぴらに立ちまわる。

バノンはこの役割にあるものの、本人はそうしたたぐいの人間ではない。トランプがどこからどう見ても〝典型的な大統領候補〟の型にふさわしくないように、バノンもまた典型的な戦略家の型には当てはまらない。この人物はそうではなく、アメリカの政治の外縁部から現れた有能な理論家――同時に機に敏いビジネスマン――なのだ。そして、本来なら交差するはずもないバノンの道とトランプの道が、歴史上まさに絶好のタイミングで交わる。

バノンは長年にわたり、自身のポピュリズムとナショナリズムの理念を体現できる人間を探し続けてきた。サラ・ペイリンやミシェル・バックマン［訳註：政治家。ティーパーティー議員連盟の創設者］などのティーパーティー運動に関係する政治家を試し、最後には断念した。同時に、自身の理念や中道右派を奉じる者すべてに対し、手強い敵となる人物がホワイトハウスに至る道を阻む精巧な仕組みを立ち上げてきた。その強敵こそヒラリー・クリントンだった。一九九八年、ヒラリーが自分と夫を破滅させる「巨大な右翼の陰謀」が存在するとはじめて断定したとき、大方の者が鼻で笑った。しかし、ヒラリーは誤ってはいなかった。二〇一六年の大統領選にヒラリーが出馬したころにはバノンは広範囲に及ぶ陰謀の中心にいた。陰謀の規模と目標をヒラリー陣営が見抜いたころにはすでに対抗のときを逸していた。

当初、バノンは探し続けてきた人物をついに見出したとは思っていない。トランプは生真面目な候補者ではなく、カール・ローブのような立場の人間に一挙手一投足を管理されたがるような人間ではなかった。そんなことははじめからはっきりしていた。だが、トランプの個人的なパワーをもってすれば、他の政治家では歯が立たない障害も叩きつぶせることにバノンはやがて気がつく。トランプはトランプで、バノンが尋常ではない政治的直感を集中させ、あざといほどの成功をもたらすことができるただ一人の人物だと認めていた節がうかがえる。

カール・ローブがジョージ・W・ブッシュを大統領に育てたような方法で、バノンはトランプを大統領にしたわけではない。だが、バノンという存在がなければ、トランプは大統領にはなれなかったはずだ。二人がひとつになることで、そのパワーと範囲は一人で達成するよりはるかにうわまわるエネルギーと影響力を二人に授けていた。

それだけにトランプの大統領就任をめぐるいかなる研究も、バノンの物語を避けて通ることはできない。そして、この物語をトランプが歓迎しそうにもないのは、主人公がかならずしも自分一人だけではないからである。さらに自身が大声で言い張っている事実とは裏腹に、今回の勝利は地滑り的でもなければ、ひとえにトランプ本人の魅力あるいはビジネスセンスに負っていたわけでもない。取り巻くもろもろの状況が、ものの見事に一致したことでたまたま得られた勝利にすぎないのだ。そしてこの一致は、もっぱらヒラリーを陥れようとバノンがしかけた罠のおかげであり、この罠が功を奏したことで信じられないほどの大穴をトランプはせしめることができた。

バノンをめぐる物語《サーガ》とは、トランプのそれと比べ、徹頭徹尾謎めいて似ても似つかない物語だ。一分の狂いもない厳格な条件がそろったときにのみ萌え出し、花開く植物――黒いランにも似た生命体である。

こうした条件がいかに整えられたのか、その成り立ちをめぐる物語が本書である。それはまだ誰も見たことがない映画の一部だ。トランプの比類なき台頭を知りたければ、いったん振り出しに戻り、スティーブ・バノンという人物を知ることから始めなくてはならない。そうでなければトランプ台頭の物語など、まったく意味不明なものになる。

第2章　トランプの屈辱

ラスベガスでの訴訟沙汰

トランプとバノンの関係は、訴訟沙汰という奇妙でひと筋縄ではいかない話にさかのぼる。トランプの人生ではそれほど珍しくはない話だ。一九九〇年代半ば、ラスベガスのカジノ王スティーブ・ウィンは、ニュージャージー州アトランティックシティーへの進出を目指した。だが、この進出はトランプ・プラザホテル、トランプが経営するカジノ、トランプ・タージマハル、また当地のボードウォークで賭博を営む面々には死活問題の可能性をはらんでいた。行く手を阻まれたウィンのミラージュ・リゾートは、反トラスト法でトランプが経営する会社とヒルトンホテルを訴え、壮大な最終決戦のお膳立てを整える。

当時、トランプとウィンはともに四十代、ペンシルベニア大学の同窓だった。カジノ産業ではともに猛烈に好戦的な巨人として知られ、並はずれたエゴを抱え、権力の絶頂にあって采配を振るっていた。そして、あまりにも似通っていたせいなのだろう、二人は不倶戴天の敵として反目しあった。「心底からいがみ合っていた。毒のように嫌っていた」[1]とフィラデルフィア・インクワイアラー紙に語った業界関係者がいたほどだ。

訴訟直後から状況は奇妙奇天烈《きてれつ》を極めた。トランプ側の探偵がウィンとミラージュの不祥事を探ろうと動き出したが、途中この探偵は心変わりを起こして相手側に寝返る。事情に通じた探偵——捜査活動の手段のなかには秘密のテープレコーダーとベルトにマイクをしこんだ「改良型局部サポーター」が含まれていた——は、トランプのために盗んだ情報をウィンに引き渡してしまう。くだんの探偵、良心の呵責にさいなまれたあげく、こうした行動に及んだとのちに主張する（トランプ側の弁護士は、ミラージュと交わした月一万ドルのコンサルティング契約のためだと指摘した）。

　ウィンとトランプは双方でふたたび告訴しあい、今度はトランプの会社がウィンの企業機密を盗み出す陰謀に手を染めていると訴えた。機密には大口の韓国ゲストのリストが含まれている。ウィン側の訴状では、このリストを基にマネーロンダリングやマフィアとのつながりという悪意ある風評を流し、ウィン・リゾートに対する州の許認可を阻もうと画策している（このほかにも興味深い詳細は多々あるが、例の探偵は、この対諜報活動に「ソウルトレイン作戦」と命名していたという事実が明らかにされている）。トランプ側の弁護士がくだんの探偵をイスカリオテのユダになぞらえたのも無理はない。一件は「もっとも不埒な不正行為で、リゾートホテル産業史上、法と正しき行いに対するもっとも目にあまる侵害」の典型とウィンは主張した。

　公判へと急展開しようとした矢先の二〇〇〇年二月二十三日、訴訟は突然取り下げられる。一週間後、その理由が明らかになった。ＭＧＭがミラージュ・ホテルの買収をもちかけ、筆頭株主のウィンにおよそ三億ドルの利益が転がりこんだからである。アトランティックシティーにカジノを建設するというウィンの目論みは結局実を結ばなかった。トランプとウィン、両者はともに都合よく〝勝ち〟を収めたことになったが、このごたごたを契機に二人はむしろ親密になっていく。

　数年後、ワシントンDCに国立小児医療センターを設立する資金調達のため、スティーブ・ウィンは親友ドナルド・トランプに電話をかけて寄こし、ある人物を紹介する。このの ち、思いがけない政治的台頭へと至る道をトランプに用意した人物だ。その人物がデビッド・ボッシーである。

好ましからざる人物

デビッド・ボッシーがトランプと出会ったのは二〇〇〇年代後半のことだった。当時、ボッシーはまだ四十代そこそこだが、政争激しいワシントンではすでに歴戦の強者だった。ロナルド・レーガンに心酔してボストンで成長した十代、一九八八年の大統領選では若くして上院担当のディレクターを務め、共和党が下院多数党に返り咲いた一九九四年の中間選挙では、ニュート・ギングリッチが進める〝共和党革命〟の渦中で一兵卒として働いた。それから間もなく、丸刈りで筋骨隆々、しかも汲めども尽きぬ情熱の持ち主(というより当人はディック・トレイシーに出てくる悪党に似ている)は下院監視・政府改革委員会の主任捜査官の職を得る。

この職を通じてボッシーは、当時、勢いを増しつつあった共和党の反クリントン運動のまさに脈打つ心臓部に配属され、インディアナ州選出の共和党下院議員にして苛烈な検察官ダン・バートンのもとで働く。バートンが裁定の小槌を振り上げる以前の一九九七年、打倒クリントンに対するバートンの抑えがたい熱意はすでに語り草になっていた。その数年前、一九九三年に起きたクリントンの次席法律顧問の自殺について、実は冷酷な殺人だと確信したバートンは、自説を立証するため裏庭に置いたスイカを拳銃で撃ち抜き、事件の再現を行っていた(大勢の人間を納得させることはできなかったが、この件で〝ウォターーメロン・ダン〟という不朽のあだ名を頂戴する)。

下院監視・政府改革委員会の委員長に就任すると、バートンは威厳ある超党派的な慎みという委員会の伝統をないがしろにし、少なからぬ法的権限——とりわけ召喚状発付に関する権限——を掌握すると、クリントン家を追い込むべく、主任捜査官をたびたび派遣しては一家に協力していると思われる者をつけまわした。

ボッシーには格別な後押しは不要だった。当人の入れ込みぶりは、ボスの入れ込みに匹敵するどころかそれ以上なのは日頃の仕事ぶりからも明らかだった。一度ニュース記事でボッシーをとりあげたニューヨーク・タイムズは、本人は〝しつこいイタチ〟[2]と記した。異彩を放つ人物だった。消防団の一員としてメリーランド州バートンズビルの消防署で暮らし、眠るのは署内の二段ベッド、緊急通報のたびに飛び起きた。[3]

消防活動は事の真偽にかかわらずクリントンの背信行為を追っていないときに限られたが、大統領のスキャンダルのいくつかはまぎれもない事実だった。そのような場合、ボッシーが最初に記録する機会がたびたびあり、政治記者には格好のニュースソースだった。本人もクリントン家をめぐるうしろ暗い話については、最新の情報を記者に漏れなくリークした。こうした方法が同僚の感情を逆なでしようがかまわない。ボッシーの着任から間もなく、委員会の法律顧問が突然辞任する。同報ファックスで記者に送りつけた辞表には、「委員会の調査コーディネーターによる執拗な自己PR」という一文が添えられていた。

〝執拗な自己PR〟とはギングリッチの共和党政治では褒め言葉である。しかし、いかなる代償を払ってもクリントン家を追いつめていく狂気じみた衝動で、最後にはボッシーも破綻を迎える。問題が多い一連の無謀な振る舞いで、バートンが仕切る委員会は途方もない過ちを犯す。中国の提供者からクリントンが資金を不法に受け取っている事実を明らかにするという強い決意のもと、バートンの部下は何百という召喚状を連発、そのなかには別人が捜査対象になる場合が少なくなかった。

一例をあげよう。一九九七年、捜査官らは誤って、ジョージタウン大学教授でチュ・ウアーンという名前の年輩の学者に召喚状を発付した。民主党の大物献金者の名前とたまたま同じだったからだが、しかし、手違いを知らされてもなおボッシーは手を緩めない。「この人物が召喚状に値するのかどうか、われわれはまだ決定をくだしていない」と無実の教授について語り、「過ちを犯したなら――われわれが過ちを犯したかどうかは不明だが――それを調べればいいだけだ」とうそぶいた。

しかし、ボッシーに失墜をもたらしたのは、クリントンの別の調査で見せた当人の執拗ぶりだ。このときの調査に関連していたのはホワイトハウスの元司法次官で、当時拘留中だったウェブスター・ハッブルである。一九九八年、バートンは拘留中のハッブルが私的に交わした電話の内容を記した文書を公表する(ハッブルは弁護の不正請求で有罪判決を受けていた)。バートンは「ナイトライン」「ミート・ザ・プレス」に出演、文書の会話からヒラリー・クリントンも詐欺事件に関与していると番組で発表する。この時点ではメディアもバートンの告発を大々的に報道し、新たな大スキャンダルになりそうなほど過熱した。だが、敵の罠にまんまとはまろうとしていたことにバートンは気づいていなかった。

民主党代表として委員会でバートンと同格の地位にあったのが、カリフォルニア州選出のヘンリー・ワックスマンだった。捜査官としてすでに語り草の人物で、ボッシーの無謀ぶりには、目を光らせていた有能な部下の警告を通じてすでに把握していた(当時、ワックスマンはタバコ産業の不正を調査中で、この一件が『インサイダー』として映画化されると、出演していたアル・パチーノ、ラッセル・クロウはアカデミー賞にノミネートされる)。ハッブルの文書について、ワックスマンは独自の検証を徹底して行った。[4] そして調査チームは、バートンがメディアにリリースした文書の抄録は、ヒラリーが加担しているように見せかけるために改竄され、原本とはまったく違っていた事実を突き止める。誰の仕業かはよくわかっていた。

この件についてワックスマンは、メディアにありのままを公表するのではなく、世間の関心をさらに集め、もっとドラマチックに盛り上げようと工夫を凝らした。つぎの日曜日、「ミート・ザ・プレス」ではバートンの再出演が予定されていた。番組ホストのティム・ラサートは、ハッブルの文書について二通の違いをすでに熟知していた。[5]* つぎの日曜日、カメラがまわり始めたとき、バートンはむざむざとラサートの術中にはまった。ワシントンの政治ジャーナリズムの司祭にして、相手を追い詰めるインタビューにかけては天下一品のラサートは、改竄された文書という証拠を生放送で委員長に突きつけた。

間髪を容れず、激しい非難が湧き起こる。面子をつぶされたギングリッチは、バートンの委員会は〝道化芝居〟だとなじった。共和党員はバートンが引き起こした失態に怒りを爆発させ、不始末に対するあがないを迫った。「バートン、共和党にわびを入れる」。ワシントン・ポストの一面に見出しが躍った。党が営々と築き上げてきた高潔と専門性の殿堂は、クリントン家を追い詰める大義のよりど

＊ バートンに対して行われたこのような政治的打撃を与える活動は、対象者に覚られないよう常に偽装して行われる。ラサートの成功についての公的な記事はのちに雑誌ニューヨークに詳しく記されるが、そのなかで文書の齟齬は自分で発見したと書かれている。しかし、これは違う。本人は有能なジャーナリストだが、この件についてはは外部の協力を得ている。

ころのはずなのに、その殿堂が一気に崩壊したようなものである。「バートンの事例は、議会が実施する調査の悪しき見本のケーススタディーとして、また茶番じみた調査の代表例としてこれからも記憶されることになるだろう」[6]と断じたのは、議会研究で有名な保守系シンクタンク、アメリカン・エンタープライズ政策研究所のノーマン・オルンスタインだった。

もっとも苛酷な影響に見舞われたのがボッシーだ。さらし者のように職を解かれた。共和党の権力構造のもっとも奥深く神聖な場所で活動し、一度は恐れられ、畏敬さえ集めていた人間が、いまやそこから遠く隔たった埒外の場所、保守政治の世界の端っこに追いやられた。ビル・クリントンの弾劾要求に対する有権者の反動で、その後に起きた共和党の権力構造の崩壊（ギングリッチは下院議長を辞任）の結果、「好ましからざる人物《ペルソナ・ノン・グラータ》」というボッシーの立場は、党主流派のお歴々に改めて追認された。

「クリントンヘイター」たち

しかし、ボッシーは消えもせず、ワシントンDCをあとにもしなかった。打倒クリントンの執念も捨ててはいない。その代わり保守系政治団体「シチズンズ・ユナイテッド」の代表に就任した。この地位を得て、ボッシーはおそらくはじめから申し分のない状態で、思い通りに振る舞うことができるようになった。反クリントンの戦士として、行動は制約されることなく、フルタイムで活動にも専念できる。報酬も申し分ない。自身が企てる筋書きと陰謀は、いまや富裕な保守イデオローグの資金援助を受けることができたのだ。

小規模ながら狂信的で過激なクリントン嫌いの世界で、ボッシーがひとかどの人物として頭角を現せたのはこの仕事のおかげだ。ただ、当人は極めて重要な時期を迎えていた。集団のメンバーはクリントンの弾劾を大勝利と見なしたが、国民は総じてこの考えを拒み、首謀者と考えるギングリッチのような共和党員を罰した。クリントンにダメージを与えようと、これまで長く厳しい戦いを挑んできた者には予想外の展開で、彼らは敵意をさらに募らせ、共和党主流派との溝をますます深めた。当然、その影響力もおのずと低下していく。そして、共和党の新大統領にジョージ・W・ブッシュが選出される。これまでとは異なる〝思いやりのある〟保守主義を守ることでブッシュは当選を果たしたが、一方で右翼の火吹き男《ファイアー・ブリーザー》たちは追い詰められていった。

ボッシーの仲間は反クリントンにこだわり続けた。資金調達の声をあげ、過激な政治映画を製作し、クリントン家を軸にして繰り広げられる邪悪な陰謀を糾弾した。政治大会めいた会合を開き、過激な右翼思想の熱狂的な支持者がテーブルに待機してメンバーの勧誘を図り、政治的信条を記したグッズの販売を手がけた。ヒラリー・クリントンを模したくるみ割り人形や「人生はくそったれ《ビッチ》だ。ビッチには投票するな」と書かれたバンパーステッカーなどである。

熱に浮かされたそんな努力にもかかわらず、グループが起こす波紋は独りよがりな幻想にとどまり、外の世界に伝わっていくことはめったにない。メンバーはおおむね変人ばかりで、もっぱら仲間うちの話し合いに終始した。共和党の政治家は彼らの投票を喜んで受けていた。実際、その票を当てにした候補者は大勢いたが、個人的にはこうした変人を見くだしていた。共和党の予備選で選挙対策本部長を担当したある人物は、彼らは「靴からこすり落としたような代物だ。ろくな連中ではない」と評した。

しかし、大きな躍進という点では、苦心の末にそれをもたらしたのが「クリントンヘイター」たち考えたシチズンズ・ユナイテッドは、非道なクリントンスキャンダルをめぐり、錯綜した実態をつまびらかにすると称した激烈なドキュメンタリー映画を製作した。とはいえ、その内容の大半はディック・モリス、アン・コールターといった冴えない保守派のコメンテーターが元ファーストレディーを中傷するインタビューから構成されていた。

二〇〇八年一月、ボッシーはこの『ヒラリー〈劇場版《ザ・ムービー》〉』をケーブルテレビからオンデマンドで配信する予定を立てた。民主党の予備選が進められているさなかだ。もっともこの配信は、民主党の投票者に揺さぶりをかけるより、運動の資金調達という点に重きが置かれていた。支持する政党の大統領候補が攻撃される映画などわざわざ見るはずもなく、まして右寄りのトークラジオの司会者が主要な登場人物で、そんな彼らの意見に基づいてヒラリーが攻撃されるならなおさらだ。

しかし、ボッシーに待ったがかかる。『ヒラリー〈劇場版〉』が選挙広告として構成されていることを理由に、連邦選挙委員会（FEC）はシチズンズ・ユナイテッドに対して映画の宣伝を禁じた。マケイン・ファインゴールド選挙募金活動改正法では、予備選当日までの三十日以内、大統領選挙の六十日以内は連邦の候補者に関するいわゆる意見広告は制限されている。これに対してボッシーは、この映画は「営利的言論」として保護されるもので、したがって選挙運動に関連する法律の適用は免れると訴えた。三名の裁判官で構成されるコロンビア地区米国連邦地方裁判所の審査員は、差し止め命令を求めるボッシーの訴えを退けた。映画は事実上、九十分に及ぶ選挙広告で、「有権者に対し、ヒラリー・クリントン上院議員は大統領府には不適格であり、ヒラリー政権下の合衆国は危険な状況に置かれ、この映画を観た者に対して反対票を投じさせることを目的としているとしか解釈できない」

と述べていた。

しかし二〇一〇年、シチズンズ・ユナイテッド対ＦＥＣ裁判で連邦最高裁判所はこの判断に同意せず、ボッシーに味方する。歴史的な判断となる判決で、政治献金は憲法修正第一条で保障された表現の自由として守られている。したがって企業や政治団体は選挙における候補者に対し、無限ともいえる資金を投じて支持もしくは公然と非難することが可能になった。共和党員にとってはまさに天にも昇る喜びだった。

最高裁の判決でボッシーは一躍保守派の〝時の人〟になる。映画がヒラリーになんらかのダメージを与えたからではない。再選に向けたオバマを前に、ヒラリーはすでに出馬を見送っていた。そうではなく、この判決が運動資金にかけられた制限を排除する手段となり、企業からさらに多額の政治献金が選挙政治に流れ込んでいく水門を開くことになったからである。ドナルド・トランプが本気になって大統領選を見すえ、あちこちで助言を求めていたころ、ボッシーはこの判決で共和党の世界では大物という時代の栄誉にあずかり、つぎなる担い手と見なされていた。

トランプには政界の伝手はほとんどなく、一方でオバマの出生証明書は偽造されたもので、実はアメリカ国内で誕生していないと言い立て、どうしようもない騒動を引き起こしていた。だが、政界でまともに取り合う者は一人もいなかった。

それでいながらトランプは他人の忠告を聞こうともしない。火急の問題に専門的な見解を述べられる人間であろうと、誰かれかまわずいつも相手の考えを問いただそうとするのがこの男の流儀だ。当時、トランプの心中では、政治とそれを具体化することにかけ、友人のスティーブ・ウィンの意見はあらゆる点で無視できるものではなく、むしろ傾聴に値していた。その点では経験豊富な政治コンサルタントにも引けをとらない。むしろそれ以上だったのは、ビジネスのみならず政治に関し、ウィンもトランプとよく似た道をたどってきたせいなのだろう。

トランプ同様、ウィンも民主党員だった時代があり、二〇〇八年の大統領選ではオバマに投じたと言っていた。しかし、選挙後、ウィンはオバマと民主党に背を向ける。のちにこの件をめぐり、俳優のジョージ・クルーニーとタブロイド紙好みの派手な喧嘩を演じる。ウィンのディナーパーティーに招かれたクルーニーは、カジノ界の大物がオバマを〝大ばか者〟と呼ぶのを聞くや、席を蹴って会場をあとにした。[7] 国の舵取りを理解しようとしていたトランプには、ボッシーはそのウィンが太鼓判を押した人物で、ボッシー自身もまたシチズンズ・ユナイテッド後の盛名を図る思惑があり、こうしてたがいの価値を大いに認め合うことになる。ボッシーを自陣に招いたトランプはのちにこんなふうに評した。「意志強固にして、思慮に富んでいる。政治を心から愛している。勝つ術《すべ》に通じている」。

二〇一一年三月、トランプはオバマの市民権をめぐる〝出生疑惑《バーセリズム》〟危機を演出して政界に混乱を引き起こし、国内の話題の中心人物に自らを仕立てあげていた。間もなくお馴染みになるトランプのあの流儀が使われていた。もっともこのころ、トランプは二者択一のジレンマに悩んでいた。四月三十日、三日間にわたって続くウィンの結婚式に招待されていたのだ。セレブが集まるきらびやかなラスベガスの挙式で、新郎の介添え役はクリント・イーストウッドが務める。しかし当日夜、ワシントン・ポストも、恒例のホワイトハウス特派員協会夕食会にトランプを招待していた。ポストとしては前触れもなく高まったトランプの悪評にあやかろうと真剣だった。トランプは両方の招待に応じた。[8]

結局、金曜日の夜はラスベガスでウィンと婚約者のアンドレア・ヒッソムを祝うパーティーに参加し、プールサイドではシルベスター・スタローンやヒュー・ジャクソンと話を交わした。翌日の朝早く、ジェット機でワシントンDCへと向かう。こちらではコメディアンのセス・マイヤーズが特派員協会夕食会の司会を務める。マイヤーズとオバマが自分の到着をいまかいまかと待ち受け、国中の物笑いにしようと手ぐすねを引いていたことにトランプはまったく気づいていない。そして、周到に準備されたこの侮辱を契機にトランプはホワイトハウスへの道を突き進んでいく。そんな結果を招くことになろうと考えた者は誰一人としていなかった。

ホワイトハウス特派員協会夕食会

お膳立てははじめからできていた。特派員協会夕食会にトランプを招待したのはラリー・ウェイマスと、例年の行事としてワシントン・ヒルトンで開催されるパーティーに合わせ、ゲストとしてスターやセレブとの折衝に当たる担当者だった。ウェイマスはワシントン・ポストの発行人として、その人ありといわれたキャサリン・グラハムの長女だ。ポストの編集室ではトランプの招待をめぐって不満の声があった。この国ではじめの黒人大統領になった人物に対し、人種差別的な陰謀論の流布に努めるような輩をポストが招待するのははたして妥当か。夕食会の基調講演者が大統領であるのも偶然ではない。

一九八七年、当時、イラン・コントラ事件の余波を受け、ジャーナリストのマイケル・ケリーは、渦中にいた主だった人物の一人、オリバー・ノース中佐の秘書で、書類をシュレッダーにかけたファウン・ホールを夕食会に招いた。以来、悪評にまみれ、ネタになりそうなゲストを招くため、有力メディア各社は暗黙のうちにしのぎを削るのが習わしである。ワシントンに住まうエリートの社交上の文脈では、トランプをまんまと誘い出したポストは「してやったり」ということになる。誰に聞いても、例年特A級の晩餐会に押し寄せる俳優やスター、テレビタレントと同席できることにトランプは有頂天だったという。夕食会では出席者のなかから誰かが酷評のために選出されること、しかもトランプこそ格好の標的である点を踏まえ、からかわれる覚悟はできているのかとすでに何名かのポストの記者が当人に念を押していた。「そんなことは平気だ[9]」とこたえ、トランプは質問をはねつけていた。

　トランプの席は夕食会会場のまさに中央に用意されていた。ていねいにセットされた金髪はまばゆい照明を受けて燃え立つように輝き、首を伸ばして見ていたメディアや政界の白髪交じりの名士も、スターならではのオーラの前では見る影もなかった。トランプの無礼な中傷について問い詰める者もいなければ、オバマを貶《おとし》めることになぜあれほど熱心なのかと問いただす者もいなかったのは、今夜の趣旨に背くことになるからだ。その代わり、トランプは同席したゲストとおしゃべりを交わして相手を褒めあげ、お返しに相手もトランプとおしゃべりして褒めあげていた。

　ただ、大統領とスタッフはそれほど優しくはなかった。そのことにまだ誰も気づいてはいない。出席のニュースが明らかになった瞬間から、オバマたちはトランプのワシントン到着をじりじりしながら待ち続けた。屈辱的な仕返しを実行するまたとない機会だとよくわかっていた。オバマのスピーチライターは助っ人を手配していた。コメディアンで映画監督のジャド・アパトーは、スタッフのなかでもっともコミカルな才能に恵まれたジョン・ラベットを助け、トランプのために辛辣で身も蓋《ふた》もない筋書きを書き上げていた。ホワイトハウス・デジタル戦略室もビデオ素材の製作に応じていた。

　夜もふけようとするころ、オバマの声に合わせて照明が落とされ、会場いっぱいに広がる巨大なスクリーンからリック・デリンジャーが歌う派手な讃歌「リアル・アメリカン」のけたたましいミュージックビデオが大きな音をあげた。はためく星条旗、鋭い鳴き声をあげる鷲、アンクル・サム――この曲に合わせてデジタル戦略室は愛国心たっぷりの画像をこれでもかと盛り込んでいた。そのときだ。スクリーンいっぱいにたなびくオバマの出生証明書の原本が映し出される。三日前にホワイトハウスが公表したばかりの証明書だ。本当はハワイ生まれではないから提出できないとトランプが何カ月ものあいだ延々と言い続け、その末に公表されたオバマの出生証明書である。

会場に照明が戻ると、オバマその人が満面の笑みをたたえ、講演台からトランプを見すえていた。「ありがとう、わが同胞《マハロ》たるアメリカ国民のみなさん。すでにお聞きおよびの方もいるように、ハワイの当局が私の出生証明書の原本を発行してくれました。私としてはこの証明書で疑念が残らず解消されることを望むばかりです。しかし、それでも疑念をぬぐいきれない場合に備え、今晩、私はもう一歩先を行く用意をしておきました。こよいは政府公認の私の出生ビデオをご覧いただくことにしましょう」と挨拶していた。

スクリーンに浮かびあがったのは、ディズニーの『ライオンキング』の誕生場面で、記されたタイムスタンプは一九六一年八月四日――オバマの誕生日だった。出席者から野次と笑い声があがる。「本日はドナルド・トランプ氏にもお越しいただいています」とオバマは声高らかに告げた。「このところ、彼にはいささか批判が寄せられているのは私も知っています。しかし、この出生証明書問題が収まることについて、彼ほど喜びを覚え、誇りに思う者はいないでしょう。なぜなら、ご本人はこれでようやく本来関心を向けるはずの課題に戻れるからです。その問題とは――たとえば、人類の月面到着はでっちあげなのか。ロズウェルで実際に何が起きていたのか。殺されたはずのビギーと2パックの生存説という問題などです」。

会場の哄笑はいよいよ高まっていく。口をひきつらせ、トランプは凍りついたまま座っていた。

オバマは肉薄の手を緩めない。「冗談はさておき、われわれ全員、氏の経歴と幅広い経験について存じあげているのは言うまでもありません……」とひと息つき、聴衆の笑い声が静まるのを待った。「いやいや、これは真面目な話です。つい最近、ステーキハウスで行われた『セレブリティ・アプレンティス』のエピソードでは、男性陣チームの誰一人としてオマハ・ステーキ社の審査員をうならせることはできませんでした。誰の責任なのか、みんながめぐりめぐって言い合っていたとき、さすがにトランプ氏には問題の本当の原因がわかっていました。リーダーシップの欠落です。結局、氏はリル・ジョンやミート・ローフを非難せず、ゲイリー・ビジーに首を宣告しました」。

オバマはクスクス笑い出したが、それでも話は続いた。「私なら一晩中頭を抱えてしまうような決定です」。会場は歓声に包まれた。「いやはやお見事です、さすがに先生《サー》。申し分ないお手並みでした」。

つぎにセス・マイヤーズが立った。まず、二〇一二年の共和党予備選の有力候補たちを念入りにやり込めたのち、マイヤーズはついに真の標的に狙いを定める。「それから、言うまでもありませんがドナルド・トランプがきています」と禍々《まがまが》しい笑顔で語った。「ドナルド・トランプは共和党から大統領選に出馬すると言い続けてきましたが、これには驚き通しです。てっきり、冗談とばかり思っていたからです」。

トランプの顔が真っ赤になった。

「ドナルド・トランプはよくフォックス・ニュースに出ますが、これは皮肉がきいていますね。なぜかといえば、狐《フォックス》がよく出没しているのはドナルド・トランプの頭のなかだからです。もし、ワシントン・ポストのテーブルでトランプと同席することになり、主菜を食べきれなくても心配ご無用。

その狐が平らげてくれます」

哄笑がますます響きわたる。

「ゲイリー・ビジーが最近こんなことを言っていました。『ドナルド・トランプなら、偉大な大統領になれるはずだよ』。もっともビジーは、自分で見つけた古い錆だらけの鳥かごについても同じことを言っていましたがね」

トランプの様子からは、言われている当の本人が楽しんでいる気取りさえうかがえなかった。自分を笑い飛ばせる度量もなかったようだ。大きな笑みを浮かべ、そんな度量があると見せかける政治家ならではの能力さえ持ち合わせていなかった。トランプはなぶられる一方だった。それをまざまざと見せつけていた。

マイヤーズの話が終わると、トランプはそそくさと退散にかかる。震えているようにも見える。トランプは「信じられないほど奥ゆかしく、最後までその様子に乱れはなかった」[10]とポストの上級編集者マーカス・ブラウチリはのちに語った。だが、完敗を喫したトランプは〝これ以上ない手際のよさ〟で夕食会の会場をあとにした。

オバマの出生をめぐる中傷

どこから見ても、トランプは容赦なく打ちのめされた。はぎ取られた威厳、政界進出への野心に早くも水を差された。自分とは縁がなかった世界に乗り込んでいこうと、勇んで居住まいを整え、貪欲に突き進んだ侵入者は、当人にふさわしい場所に追い払われた。見かけはいいが尻の軽い女たち、ピンクマーブルのネイル、リアリティー番組、ゴシップ記事でいっぱいのけばけばしい世界だ。それまでにもトランプは大統領選への出馬を時に応じて触れてきた。今回もあのばかばかしい見せかけの一例だったにせよ、宣伝のためとはいえあまりにも深入りしすぎた。そのあげく救いようのない屈辱にさいなまれることになった。いまや世界はもとの状態に復して安定を取り戻し、トランプはつまみ出された。今回の一件に関し、ワシントンの関係者は全員そのように理解して数年を過ごす。こんなことはこれがはじめてではなかった。

実際、トランプは出馬についてそれまで何度もちょっかいを出してきた。[11] 最初は『トランプ自伝』の刊行を控えた一九八七年、ニューハンプシャー州の共和党の活動家が大統領選の選抜キャンペーンを打ち上げたときだ。同年秋のある日、当時四十一歳のトランプはニューハンプシャー州ハンプトンの飛行場に舞い降りた黒のヘリコプターから姿を現すと、地元のロータリークラブの会員五百名の前で演説した。聴衆の多くが「トランプ、一九八八年」「トランプを大統領に」と書かれた紙を振っていた。[12]

目を引かれるのは二〇一六年大統領選の主張がすでに語られていた点である。日本やイラン、サウジアラビアといった国々に〝蹴り返され続け〟、アメリカはいまや〝災難〟に直面、これらの国は〝われわれを笑い者にしている〟と断言すると、「もう、うんざりだ」と言い添えていた。出馬には至らなかったものの、人々は黙ってはいなかった。話は新聞の見出しを飾り、自伝はベストセラーになった。

一九九九年、トランプはさらに一歩踏み出した。共和党を離党すると、改革党の候補者選出に向けて選挙運動を積極的に繰り広げる。改革党はロス・ペローが北米自由貿易協定（ＮＡＦＴＡ）と戦い、均衡財政を推し進めるために設立した政党で、一九九二年と一九九六年の二度にわたりペロー自身が大統領選に出馬した。その後、改革党は記憶から薄れていくが、一九九九年、指名選挙を五十州とワシントンDCで実施し、連邦選挙委員会(FEC)からの公的資金を受け取り、のっぴきならない存在感を示していた。

検討中の指名候補者として、オプラ・ウィンフリー、シビル・シェパード、ウォーレン・バフェット、パット・ブキャナンなどの名前があがっていた。トランプはオプラ・ウィンフリーを大スターだと評価し、自分の副大統領候補として申し分ないと褒めたたえた。世間の注目を浴びて当人はご満悦だったが、一方でペローの成功を鼓舞したさまざまな理念や戦術を吸収していたようである。NAFTAを糾弾する『われわれにふさわしいアメリカ』(未邦訳)という本を急ぎ刊行している。ペローは国内雇用がメキシコへと南に向かうさまを「轟音をたてて吸い込んでいる」という有名な警告で現したが、トランプのこの本はその真似をしたものだ。ペローは〝原トランプ〟のような存在だった。

ツイッター登場以前の時代、トランプは八〇〇番サービスのフリーダイヤルやCNNのラリー・キングが出演するニュースショーにたびたび姿を見せるなど、慣例にとらわれない方法で信奉者を組織し、選挙運動に対する関心を引きつけた。トランプは癖の強いほら吹きだが一億ドルを投じると誓い、ペローを手本にしてもっぱらフリーメディアの集中的なキャンペーンを頼りにしていた。改革党の予備選ではミシガン州とカリフォルニア州の二州を押さえたものの、最後には選挙戦から撤退した(ニュースショー「トゥディ」に出演中に表明)。

二〇〇四年の大統領選では、ジョージ・W・ブッシュへの対抗という考えをつかの間もてあそび、このときは左派に好機ありとにらんだ。「こんなことを言えば驚くだろうが、いろいろな面を踏まえると、もしかしたら自分は民主党のほうに近いのかもしれない」とCNNのウルフ・ブリッツァーに語った。国民の心情は再選を果たしたブッシュに落胆していたので、トランプはさらにブッシュ批判を重ね、ニューヨーク・ポストを相手に二〇〇八年の大統領選には出馬するかもしれないとほのめかした。とはいえ、各紙に意味ありげな話を漏らすことはあっても、それ以上決して踏み出そうとはしなかった。

こうした逸話はいずれも、そのときどきのトランプの下心――自著の売り込み、二〇〇四年に放送が始まった「アプレンティス」のプロモーション――と時期的に一致しているのがあけすけだった。政界関係者も徐々に慣れてしまい、当人が販促キャンペーンを手がけるたびにあきれ果てていた。そのため、オバマの当選以降、トランプが以前にもまして積極的に政治にかかわるようになっても、誰も十分な注意を向けようとはしなかった。

二〇一一年二月、保守政治活動協議会（CPAC）のスピーカー名簿の最終追加者にトランプの名前が記されていた。CPACは共和党大統領選の有力候補者を品定めするために例年ワシントンDCで開催される集団オーディションで、この年、トランプははじめて姿を現していた。ホワイトハウスに対する最新の陽動作戦をめぐり、さらに関心を煽ろうとたくらんだトランプの弁護士の一人は、「トランプは出馬すべきか（ShouldTrumpRun.com）」というサイトを立ち上げた。「今回は大統領候補として名乗りをあげるつもりはいまのところないが、候補者の一人になるかどうかは六月には決めたい」とCPACで厳粛に宣言した。ただ、宣言した期限はテレビの視聴率調査週間にまさに重なっていたので、視聴率稼ぎの演出だと記者は見なした。大統領選をダシにしたいつもの誇大広告がまたもや始まっていた。

そのせいで、とりわけ重大な点が見落とされていた。同じスピーチでトランプは、オバマ攻撃のために興味深い発言をしており、その発言とは、これまで極右のウエブサイトの伝染性貧血症だと大半が片づけられてきた話だった。「私たちの現職大統領はどこの馬の骨とも知れない」とトランプは首を振りながら話した。「さらに言おう。同級生たちは大統領を一度も見たことはなかった。彼の正体については同級生もさっぱりだ。尋常ではない」。

それから数週間後、トランプはトークショーの巡回におもむき、訪問先で自分がCPACのスピーチで示唆した件について率直に語った。トランプの主張はこうだ。オバマはアメリカ生まれではなく、その出生証明書はひょっとしたら偽造されたものかもしれない。であるなら、オバマは非合法の大統領だ。「私が望むのは大統領が出生証明書を公開することだ。証明書には本人にとって望ましくない何かが記されているのだろう」。三月、トランプはABC放送のトーク番組「ザ・ビュー」で語っていた。

一週間後、今度はフォックス・ニュースでつぎのように話していた。「国民は出生証明書を持っている。[13] 大統領は持っていない。持っているかもしれないが、それは――信仰に関するものかもしれないし、大統領がイスラム教徒である事実を告げるものかもしれない。私にはわからない。ひょっとしたら本人はそれを望んでいないのかもしれない。あるいは出生証明書を持っていないのかもしれない。ただ、これだけは言っておこう。大統領がこの国の生まれでないなら、この件は史上最大の詐欺事件にほかならない」。

トランプは大統領に向けられた人種的憎悪がどれほど根深いのか探り、その底に大きな怒りが横たわっていることに気づいた。こうした感情には政界の誰もが気づいていたが、公の場にふさわしくないという積年の総意が一方ではあった。二〇〇八年の大統領選で共和党の大統領候補ジョン・マケインが選挙集会を開いたときのことだ。オバマについて、「彼はアラブ人だ」と口にして質問に立った女性をマケインはすかさずたしなめた。この女性の発言を正したことで聴衆はマケインに非難の声をあげた。

二〇一一年春、出生をめぐる中傷は、共和党の活動家と強固な関係を築くうえで役に立つとトランプは直感した。聴衆の心を読む点では、トランプはただならぬ才能に恵まれている。こうした振る舞いを禁じる規範は、手厳しいペナルティーは伴いつつも、神聖にして犯すべからざるものではない。過ぎ去った時代の品格あふれる繊細な感情を捨てられない政治家が必要以上に抱く感傷にすぎないのだ。だが、トランプなら罰を逃れ、対価を支払うことなく規範を破れた。事実、共和党支持の有権者はトランプの挑発にスリルを覚え、その見返りをトランプに与えていた。四月中旬、例の特派員協会夕食会の二週間前に行われた全国世論調査では、二〇一二年大統領選の共和党候補としてトランプはリードしていた。[14]

党の重鎮でさえこの件に異を唱えなかったのが痛快だったと、のちにトランプは友人に語った。共和党全国委員会(RNC)の新委員長ラインス・プリーバスには、初の全国放送となるインタビューはC-SPANで放送された。トランプが共和党の候補者になる可能性、出生をめぐるオバマ攻撃について新委員長は問いただされていた。「出生に関する論争は党利に沿っているのか」[15]とニューヨーク・タイムズの記者ジェフ・ゼレーニーは尋ねた。

「候補者は皆、信頼に足ると思う」とプリーバスは答えたものの、どこか吐き捨てるようにも見えた。「私としては、候補者を決めるのは予備選の投票人しだいだと考えている。言うまでもないが、人によっては違った意見を持つようになる。ご存じのように出馬する候補者の顔ぶれは多彩で、その時々に応じて違った話についても口にすることになるだろう（略）。私としては多様な意見を持つことはすばらしいと考えている」。

自分の振る舞いに一人怖じ気づき、その出馬を望まないような共和党の門番なら、かりに自分が出馬すると決めても、まったく恐れるに足りない。そんな教訓をトランプは得ていた。

トランプの復讐劇

特派員協会夕食会でオバマが与えた屈辱によって、トランプが何カ月もかけて組み立ててきた大風呂敷は息の根を断たれた。それから数年後、トランプが共和党の大統領候補者として選出されたとき、研究者はその台頭となぜそれが予見できなかったのかを調べた。そして、夕食会の一件について振り返り、この件を契機に、アメリカ政治の絶頂へと至る道へとトランプを奮い立たせたと分析した。大統領職に向けられたトランプの執念とは要するに、自分をさいなんだ者に対する復讐劇であり、自分をあざ笑った者みなすべてに対し、圧倒的な確信をもって支配を打ち立てることにあった――研究者はそのような理解に達した。

もっとも、トランプ自身はこんな見方を否定する（少なくともそれを認めてしまえば、実際に面目をつぶされたという沽券にかかわる感情を受け入れることになるからと見る向きもいる）。「嘘っぱちもいいところだ」と二〇一六年に不平をこぼした。「あのときはすばらしい時間を過ごせた。最高の夜だった」と説得力に欠ける調子で言い添えた。トランプにすれば、選挙運動の終盤を特徴づけたテーマ――中国の為替操作の悪弊からＮＡＦＴＡが国内の大多数の労働者を苦しめている経済的損失まで――の多くは、自分がずっと以前から練り上げてきたテーマだと申し開きすることとさえできた。

とはいえ、いまとなってみれば政治に対するトランプの関心はあの夕食会の直後から拍車がかかり、以前の戯れの興味のようにすぐには消えなかった。「本気になって出馬しなければ、真剣にとりあってもらえないと覚った」[16]。

トランプは長年、ロジャー・ストーンに政治上のアドバイスを仰いできた。ストーンはリチャード・ニクソンの腹心の部下のなかでも最年少の側近で、その後ロビイストに転進した。悪評紛々の売り込みと政界の魔術師として油断なく築き上げたイメージは、トランプのような裕福でおめでたい人間をその気にさせてきた（ニュー・リパブリック誌はかつて、新参者をカモにする手腕に、「ワシントンで最先端をいくゲス野郎《スリーズボール》」というあだ名を賜った）。トランプは政治顧問の輪をさらに広げようと決めていた。ボッシーには、選挙運動の手はずについて初歩から教えを請おうと考えた。

ボッシーと組んでも、たぶんトランプには願いさげの結果を招くことになる。手を組んだその瞬間、反クリントン運動に深く関与することになる。そこではボッシーがボスだった。そうではあるが、この組み合わせは避けられるものではない。トランプは、共和党の主流派に近く、大統領選の経験があるコンサルタントにも面会を求めていたが、真剣になって耳を傾け、一国の政治を司る未来を思い描ける相手は一人としていない。出生問題の騒動で負った社会的失墜のあとだけになおさらだ。オバマとマイヤーズにとってそうであったように、トランプの存在はもっぱら二人が演出したジョークの落ちとして周囲から見なされていた。

だが、ボッシーとの関係は、実に多彩な人物との出会いをトランプにもたらす。彼らは倦むことなく知恵を貸してくれ、この先抜き差しならない関係をトランプと築いていく。その多くは党内のはるか傍流に属していた。反クリントンを専門とする活動家だ。ボッシーが書いた概要が示すように、クリントン夫妻は、国政において長いあいだ――この時点で二十年――民主党のひときわ目立つ顔だった。保守党員には、夫妻と対峙し、攻撃する対策法を専門にしてキャリアを築くことも可能だった。民主党にはこれに相当する職務は存在しない。たとえば、ミット・ロムニーやブッシュをやり込める能力を専門に磨いても、党員としてのキャリアは維持できない。ブッシュ王朝がそうだったように、選挙の周期を乗り越えて政権は継続されてはいかないし、永続的な対抗措置を続けていくうえで必要な、骨の髄からの憎悪が敵対勢力からもたらされるわけでもない。ところが、クリントン夫妻の場合、共和党員の多くにとって、一番の敵として変わることなく常にそこにあり続けていた。

「私のバノンはどこにいる?」

ボッシーを通じてトランプは、ケリーアン・コンウェイのような人物との関係を築いていった。コンウェイは一九九〇年代後半、まず保守派評論家のブロンド三人娘(ほかにアン・ハート・コールター、ローラ・イングラハム)の一人として、ケーブルニュースで名前が知られるようになる。また、モニカ・ルインスキーとのスキャンダルとその後の大統領弾劾裁判の期間中、反ビル・クリントンの顔のような存在となった。* 夫のジョージ・T・コンウェイ三世は、アーカンソー州知事時代のクリントンの部下ポーラ・ジョーンズがクリントンを訴えた際、訴状を書いたことで大統領弾劾に手を貸していた。この民事訴訟について、大統領は応じるようにというコンウェイの主張を最高裁判所は認めていた。

---

* 二〇〇〇年代のある時期、コンウェイと彼女の夫はトランプ・ワールドタワーに住んでいたのでトランプともつきあいがあった。また、コンウェイは二〇一三年にトランプの世論調査を実施していた。

ている（モニカ・ルインスキーとの性的関係を否定したことで、最終的に弾劾裁判へと進展）。伝えられるところでは、ジョージ・コンウェイはマット・ドラッジに大統領のペニスの形について質《たち》の悪い垂れ込みをメールすると、ドラッジはすぐさまこの件を記事にした。この一件でジョージ・コンウェイは保守仲間の語り草となり、そのなかでも格別な地位を得ることができた。[17]〝ゲス野郎〟のロジャー・ストーンさえここぞとばかりに一躍作家に転身して、熱のこもった反クリントンの糾弾本を書き上げていた。

こうしたもろもろの影響はトランプが自身の政治観を築くうえで役に立った。大統領選への出馬を本気になって考え始めていたちょうどそのころ、本人は反クリントンに向けて鋭く舵を切っていく。二〇一二年、トランプはミット・ロムニーに対し、強引かつ執拗に自分の支持を申し出てロムニー陣営を驚かせた。ロムニーはあまり乗り気ではなかったが、ネバダ州の党大会の二日前、ロサンゼルスのトランプ・ホテルで推薦に応じた。会場はまだ青いカーテンで覆われていなかった。カーテンが引かれていれば、ロムニーがこの「けばけばしい舞台、もしくはサダム・フセインの宮殿のような建物」に立っている印象は薄まり、トランプとの関係も最小限にとどめられたと顧問の一人ライアン・ウィリアムズはのちに語っている（両名がスピーチした〝トランプ〟の金文字があしらわれた講演台は見落とされた）。

ロムニーの飛行機に同乗して、自分も地方遊説に出向こう。ロムニー陣営もそれを望んでいるとトランプが思い込んでいたことに別の顧問は驚いた。「最後には『ありえないことだ』ときっぱり言わなくてはならなかった。断られたことに、相手は納得できなかったようだ」と当の顧問は語る。どうやらトランプは、四年後の自身の選挙運動のリハーサルのつもりで自分の役回りを考えていたようである。

ボッシーがトランプの軌道内に送り込んだ者のなかでも、バノンほど絶大な影響力を発揮した人間はいない。ボッシー自身、バノンのことは傍流の保守サークルを通じて知った。運命を決したあの夕食会からしばらくしたころ、ボッシーはバノンを伴ってトランプタワーを訪れた。出馬の準備についてトランプにレクチャーするためである。どの話を聞いても二人はただちに意気投合したという。

トランプ同様、バノンも何度か結婚を繰り返し、金も持っていたが面の皮も厚かった。カリスマ性にあふれ、激情的で決して自説は曲げず、疑心暗鬼にも惑わされない。しかも実業家にして仲介者の能力を備え、CNN創業者のテッド・ターナーからハリウッドのマイケル・オービッツといった大御所らにもにらみをきかせていた。ウォール街やハリウッドの隠語を交えてバノンは雄弁に語ったが、専門はメディアの世界で、テレビショーや映画への融資を手始めに自分でも映画を製作していた。トランプのような並はずれて攻撃的なエゴを持つ億万長者のあしらい方も心得ており、こうした相手とのかかわり方については第六感さえ持ち合わせているようだ。

おそらくそうした背景のせいもあり、トランプはほかの顧問のアドバイスより、バノンの助言には真剣に耳を傾けたのだろう。トランプの周囲といえば、こびへつらう追従者ばかりだ。「トランプの世界では（バノンが）ただ一人の指導者だった」とトランプの部下の一人は言う。たとえば、ボッシーが例年司会を務める「サウスカロライナ・フリーダム・サミット」などの保守系が集う集会を訪れた際、トランプはかならずバノンの姿を探した。「サミットに訪れたトランプが、そこで『私のバノンはどこだ、バノンはどこにいる』と口にしていたのを覚えている」と陣営の選挙参謀を務めたことがあるサム・ナンバーグは語る。ロジャー・ストーンも「あの結びつきに裏表はないのは確かだ」と言う。「バノンは不精者だ。トランプは不精者を毛嫌いしていたにもかかわらずだ」。

当初、トランプの息のかかっていない者たちがそうだったように、バノンもまた大統領選に向けたトランプの野心には真剣にとりあおうとはしなかった。候補者としてはテッド・クルーズ、ランド・ポール、ベン・カーソンなど、もっとましな候補者と会っていた。いつも新しいスリルはないかと目を光らせているバノンは、トランプとの面談を楽しみ、また数多い活動のひとつとして使える機会があると考えていた。

あるとき、面談の準備として、ボッシーはトランプに関するネガティブ情報の調査《オポジション・リサーチ》・収集を大急ぎで実施したことがある。情報の多くは公的な記録を利用したもので、トランプがどの点からの攻撃に弱いのか、その意識を当人に自覚させるのが目的である。結果を携えてバノンとボッシーはニューヨークに向かった。トランプがごくたまにしか投票に行かない事実、民主党の政治家に献金した事実を伝えたとき、相手は目を剝いた。「どこでその話を知ったのか」と二人にただしていた。公文書が利用できることにトランプは気がついていなかった。

トランプの元側近の話では、二〇一二年大統領選の二週間前、トランプが糸を引いていた意地の悪い行為の背後にもバノンが控えていた。出生証明書を見せろとオバマに対して執拗に言い立てていたその前年、トランプはすでにオバマのパスポートと大学の成績証明書もまた偽造されたか、あるいは紛失していると暗にほのめかしていた。「とにもかくにも、大統領が出生証明書の原本を公開してくれてとても光栄だ」[18]とトランプは、ユーチューブにアップしたビデオで語った。「私には大統領と交わしたい取引がある。大統領なら拒むはずはないと信じる取引であり、彼なら拒むはずはないと願っている。もし、バラク・オバマが大学時代の学業記録と出願記録を隠さずに公開したら、もし、バラク・オバマがパスポートの申請記録と渡航記録を公開してくれたら、彼の寛容ある選択に対し、私は小切手でただちに五〇〇万ドルを提供しよう」。バノンは友人に「寄付金の半額は自分も喜んで用意する」と語っていた。

出生証明書の一件に懲りていたメディアは、この話には食いついてこなかった。だが、トランプとバノンの絆は深まり、トランプもすでに二〇一六年の大統領選に照準を合わせていた。「二〇一三年には本人も出馬を決めていた」と当時、選挙参謀を務めていたナンバーグは語る。「二〇一二年の選挙の際に味をしめたからだろう。(世論調査とはいえ)トップに立ったことに当人は驚いていた」。二人が調査をいじくり回していないか確かめようとナンバーグはバノンに電話を入れた。「バノンとはこんな話をした。『私たちは集票組織《マシーン》に激しい怒りを募らせることになるはずだ』」。さらにナンバーグは言う。「バノンは結果にご満悦だった。その返事はいまも覚えている。こう言っていた。『すごいじゃないか、兄弟』」。

二人とも最後にはどうしたかったのか、それについては何もわからない。だが、バノンはこれから数年後、極めて重要な意味を持つ二つの貢献を果たしていた。この貢献がなければトランプはおそらく大統領にはなれなかった。第一の貢献として、バノンはトランプに世界観を授けていた。理路整然として、内容も首尾一貫した世界観だ。トランプ自身が唱える貿易と他国への脅威も取り込まれており、トランプによって最終的に〝アメリカ第一主義《アメリカン・ファースト》〟と命名されるナショナリズムである。バノンの心をとりわけ占めていた問題のひとつ――不法移民の脅威――は、二〇一五年六月十六日、トランプタワーのエスカレーターから降りてきたトランプが、共和党から出馬すると表明した瞬間から支持者を奮い立たせるテーマになる。

このころ、バノンはすでに金融界とハリウッドを離れ、二〇一二年に死亡した創設者アンドリュー・ブライトバートのあとを継ぎ、好戦的な極右ポピュリズムのニュースサイト、ブライトバートの経営に携わっていた。人種、犯罪、移民、イスラム過激派、過度のポリティカル・コレクトネスに向けられたブライトバートの敵愾心は、このサイトが帯びる悪意と扇情的なスタイルとともに、トランプのポピュリスト的性向を形作り、当人が使う政治的な言辞を刷り込んでいった（もっとも、選挙後に書き込まれたツイッターの分析では、トランプが使っているニュースの一次情報源とブライトバートのあいだにはかなり隔たりがうかがえる[19]）。

バノンの第二の貢献とは、数年の時間をかけ、保守主義を奉じるいずれの組織にも通じる基盤を構想し、実際にそれを構築してきた点だ。この基盤を通じ、時には主流派のメディアと協力しながら、各組織がひとつになり、二〇一六年の大統領選で民主党候補になると誰もが信じた女性に待ったをかけた。その女性がヒラリー・クリントンだ。バノンが築いていたのは、ヒラリーその人が一九九八年に「巨大な右翼の陰謀」と言い立てて嘲笑された陰謀そのものであり、ヒラリーを粉砕する目的で練られた策略だった。

この陰謀はトランプのためにわざわざ仕組まれたものではない。というより、政敵を貶《おとし》める精緻な計略の恩恵にトランプは運よく浴することができた。運とともに洞察力にも優れていたのだろう。選挙前、ゴール直前の追い込みで危機的状況に陥ったとき、トランプは選挙運動の当事者としてこの計略に乗った。世界が震撼する結果がこうして生み出されていく。

どのようにしてこんな結果がもたらされたのか。なぜ、誰もこの結果を見通せなかったのだろうか。そして、前回のビル・クリントンの糾弾では手ひどい失敗に終わっていたのに、なぜこのとき、保守勢力はヒラリー・クリントンを阻むことに成功したのか。

その答えの多くがオズの魔法使いのようなバノンへと収斂していく。バノンはボッシーとも仲がよく、反クリントン運動にかかわる古強者たちにも友人は多い。だが、ビル・クリントンが大統領だったころは、こうした運動の世界の一員ではなかった。

距離を置いて目を凝らすことで、なぜ彼らが失敗したのか、バノンは鋭い見通しを深めることができた。「一九九〇年代、保守系メディアがなぜクリントンを打倒できなかったのかといえば、彼らが口にしていたのはご高説であり、私見にすぎず、いつも結論だけを誇大に押しつけるばかりだった。つまり『弾劾は当然だ』」。スイカを撃ち抜いた共和党のダン・バートンやボッシーの記録改竄といった見世物は、国民の信頼という代償を保守派に払わせたが、有権者が権力を取り上げるまで、当の彼らはそのことに気づいてさえいなかった。共和党の致命的な欠点に向けられたバノンの診断は単刀直入だ。「彼らは反響室のなかで自分に向かって話しかけていただけだった」。

保守勢力が確実にクリントンを阻もうとするなら、ご高説ではなく事実に基づかなくてはならないとバノンは信じている。リベラル派や無党派層をヒラリーと敵対させるという保守派の幻想は、乗り越えなくてはならないのだ。反クリントンという謀議をめぐる自閉的な世界は、こうした作戦をしかけるようにできていない。その代わりバノンは自身の風変わりで多彩なキャリアからある教訓を得ていた。その教訓を通じてバノンは、この陰謀を成功させるうえで必要な手段と理論を身につけることができた。

第3章　バノンの足跡

右翼カトリック系ミリタリーハイスクール

一九五三年、バノンは労働者階級のアイルランド系カトリックの家に生まれた。民主党支持の一家だった。バージニア州ノーフォークにある自宅からは海軍の基地が見える。父親のマーチン・バノンは電話の架線作業員で母親のドリスは専業主婦、夫妻にとってバノンは五人いる子供のうちの三番目の子供だった。誕生からしばらくして、一家はバージニア州ノースリッチモンドにある緑に恵まれた地域へと越している。[1]

バノンはことあるごとに伝統主義にどっぷりつかりながら育った。教会や学校、家庭生活は、民主党政治を信じる労働者階級のアイデンティティーに基づいていた。一九五三年、南部はまだ民主党支持が強固に根づいており、バージニア州では前知事で上院議員のハリー・F・バードSrの集票組織「バード機構」が君臨していた。伝統を重んじる民主党は公民権運動の進展を必死に阻んだ。バノンが成長期を迎えたころには、バード機構もかなり衰退していたものの、リッチモンドのような都市部ほどではなく、田舎では依然として地方政治の行方に影響を与えていた。

しかし、一家の場合、多くのアイルランド系カトリックの家庭と同じように、別の意味で熱烈に民主党政治を支持していた。ジョン・F・ケネディである。「うちは骨の髄からケネディ支持だった[2]」

とバノンの弟クリス・バノンは言う。「父親は何かといえばケネディだ。アイルランド系の子供はみんな自分もジャック・ケネディになりたがっていたよ。わかるだろう」。

ケネディに対する両親の考えと入れ込みは、政治というより、むしろ労働者としてのアイデンティティーと自己像の形成として一家の子供たちに染み込んでいった。勤勉の価値と自らの責任を果たせる人間になるという期待、それらをきちんとわきまえながら子供たちは育てられた。バノンは小学生のころから庭の芝生を刈り、新聞を配達し、地元の廃品置き場で働いた。「家に帰ってくると、母親がパンツ一枚にひんむいて、ホースで水をかけてから家のなかに入れていた[3]」とクリスは語る。

父マーチンと母親のドリスは敬虔なカトリック教徒で、日曜日のミサは一家でかならず参列した。三人の息子はいずれもリッチモンドにある私立のカトリック系ミリタリーハイスクール、ベネディクティンカレッジ付属高校に進んでいる。一九六二年から六五年に行われた第二バチカン公会議以降、ローマカトリック教会が改革に取り組み、近代化に向かうようになると一家はこれに背を向け、より教会の伝統を重んじ、神秘的で荘厳な美しさをたたえた古《いにしえ》からの儀式とのつながりをますます深めていく。

そして、教皇ヨハネ・パウロ二世がそれまで規制されていたトリエント・ミサの実施を認める。このミサはラテン語だけで執りおこなわれ、第二バチカン公会議では禁止されていた。一家の年長者はトリエント・カトリックの教徒となる。「(ローマカトリック教会が)規制を解き始めた八〇年代半ば、それまで四年所属していた教会区を離れ、リッチモンドの聖ヨセフカトリック教会に通うようになった。この教会ではトリエント・ミサが行われていた」とバノンは記憶している。

バノンが高校を卒業した一九七二年、バード機構はすでに衰退していたが、ベネディクティンカレッジ付属高校は自由化が進む世界に対し、防塁のように立ちはだかっていた。「通っていたのは右派のカトリック系ミリタリーハイスクールだった」と語るのはバノンの子供時代の友人ジョン・パドナーである。バノンの家とは二ブロック離れた場所に住み、やはりベネディクティンに入学した。「とても小さな学校で、全校でちょうど四百名しかいないが、生徒の結束はとても強かった」。

授業をきっかけにバノンは古典と歴史に耽溺していく。カリキュラムに基づき、学校ではカトリックの文脈に基づく伝統的な西洋文明観が教えられていた。「西洋文明は五百年前、レコンキスタ（国土回復運動）を通じ、フェルナンドとイサベルがムーア人を打ち破ったスペインで救い出されたと教えられた。イスラム教徒が世界を支配していたかもしれないと授業では習った。そして、イスラム教徒を阻んだ偉大なる戦いがそこで行われた。『こうやってカトリックは生きながらえてきた』という世界観を教え込まれた。生徒はみんなこの世界観を受け入れていたと思う。しかし、バノンが授業から学んだのは、自ら進んで脅威の正体を見極める信念だったようだ。私たちが大人になったころには、脅威は無神論であり、共産主義のソ連だった。いまではイスラム教徒が私たちを吹き飛ばそうとしている」とパドナーは言う。

生徒は圧倒的に白人の子弟が多く、富裕な家の出の者はほとんどいない。また、学校は白人、黒人、ユダヤ人など、さまざまな人種が暮らす地区に建っていた。自分たちは労働者階級の息子なのだと考え、リッチモンド郊外にあるカレッジエイトとセント・クリストファーズの二つの付属高校は、お高くとまった目の敵だった。「スポーツでもやりあったし、パーティーでも喧嘩した。俺たちは労働者階級、連中は鼻もちならない金持ち。あいつらはいつも身分の違いを鼻にかけ、私たちをからかっていた。『お前たちが大人になったら、俺たちのために働くんだぞ』。その鼻目がけてパンチをぶち込んでいた」。

どの話を聞いても、バノンはブルーカラーのアイデンティティーに誇りを抱き、むしろそうであることを喜んでいた。熱情あふれる側をたちどころに選ぶ天性の信奉者だ。お坊ちゃん高校との喧嘩ともなれば、たいていの場合、真っ先に一発お見舞いする一人がバノンだった。しかし、同時にこの学校で知ったさらに壮大な理念にバノンは心を奪われていく。西洋文明は正体も定かではない謎めいた敵から、これまで気を抜くことなく、常に守り抜かれてきたという思想だ。そして、規模にかかわらず現代の闘争もまた、歴史的な意味を帯びた重大な岐路に直面していると考えるようになる。単にひとつの社会階級にとどまらず、西洋文明そのものを守護するため、自らが颯爽と駆けつけていく。この理念を通じて、そんな荘厳なイメージがバノンのなかで育まれていった。

職業人としてのバノンは世界的な組織――ハーバード・ビジネススクール、ゴールドマン・サックス、ハリウッド――に身を置き、エリートとして常に成功してきた。多くの観察者がとまどうのがまさにこの点で、黙示録さながらの、火を吐くように激しい右翼ポピュリストというイメージとはどうしても重ならない。しかし、当人を古くから知る者にはまったく謎ではない。彼らがホワイトハウスで見るバノンは、リッチモンド時代のバノンその人だ。こうと決めたら頑としてやり遂げる十代のバノンの拡張版で、政治に対する考えは以前にも増して揺るぎないものになったがやはり変わっておらず、ベネディクティンで教え込まれたままの信仰が根づいている。

「現在の保守主義を支える三つの立脚点を見てほしい」とパドナーは言う。パドナーは共和党の政治コンサルタントだ。「まず軍事と外交上の保守主義がある。バノンはミリタリースクールに在学していた。社会的な保守主義という点では、あいつは妊娠中絶に反対するカトリックにほかならない。そして、経済をめぐる保守主義が存在する。私たちにとってその経済とは、金持ちが優遇税制を死守するということではない。私たち労働者階級の者みなすべてに雇用がいきわたっているという意味だ。平均的な労働者に手を差し伸べるたぐいの保守主義だと私たちは信じている。こんなふうにして考えてみれば、ベネディクティンにいた一九七二年のスティーブ・バノンと二〇一六年、ドナルド・トランプのかたわらにいるバノンとのあいだに違いなどまったくない」。

学生自治会選挙での反乱

軍人としてのキャリアを築きながらバノンは成長した。本人の希望は海軍士官だった。だが、ベネディクティンでは生活の一部になっていた厳しい軍事教練からつかの間の休みがほしかった。そのままバージニア軍事大学に進学する多くの卒業生を尻目に、クラスのほかの仲間とともにバージニア工科大学に入学している。大学に進んだ者のなかには、新しい人間関係とこれまで知らなかった考えにさらされ、すっかり別人になる者もじきに現れたが、バノンにはまったく無縁の経験だった。大学に進んだことで、入学時の当人がそのままバージョンアップし、ますます精気にあふれて猛烈ぶりを極めていく。

トレードマークである戦闘的な流儀を早くもうかがわせたのは、大学三年のときで、学生自治会委員長選に向け、反乱めいた選挙運動をぶち上げた。それまでとくに学生運動に興味を示していたわけではない。[4]ただ、好みの政治活動のやり口はこのころから同じで、ポピュリズムに基づく徹底した攻撃だった。女性の副候補を立てていたのも当時としては珍しい。また、対立候補を中傷するビラを印刷、そこに書かれていたのは「口先だけの公約とスローガン」のみ。また、冷ややかで特権階級である大学管理部とのつながりがあるとほのめかした。

これに対して自身を記したビラには、自分は「ダイナミックなリーダーシップ」という独自の売り文句で、「変化を生み出す」と約束していた。対立候補は学生自治の経験が豊富だったが、選挙運動のさなかに闖入してきた手段を選ばない新参者の出現に不意を突かれた。「おもしろくはなかったよ」。選挙戦を戦ったマーシャル・デベリは最近になって改めて思い返した。「本当に否定的な内容ばかりで（略）。だが、よくよく考えてみると、トランプの選挙運動と、私が直面した一九七五年の自治会の委員長選にはなにやら通じる点があるようだ」。

バノンの挑発に対する相手側の反応も、その後本人に向けて大っぴらに寄せられる非難を予感させるもので、非難は不満を募らせた味方からさえ寄せられた。「バノンにかつがれてはいけない。彼は普通ではないカリスマ性を秘めているが、何事かを成し遂げるうえで必要な、これという方針に向けられた熱意を持続する能力は持ち合わせていない」と、当時、現職の自治会委員長だったゲイリー・クリシャムは、学生新聞カレッジエイト・タイムスへの投書で警告していた。「スティーブ・バノン氏は責務において、ことごとく混乱を巻き起こしてきた」。

血の気の多いバノンの支持者はこの投書に激怒した。その一人、バノンのルームメイトのダレル・ネビンはその後開催された討論会でクリシャムを小突いてしまう（〝大討論会で乱闘〟とカレッジエイト・タイムスに見出しが躍った）。「まだ子供だったからね。相手をステージから押し出してやろうと考えたんだ」とネビンはばつが悪そうに振り返る。「後味の悪い選挙運動だったよ」。

後味は悪かったが、バノンには勝ちをもたらした。六〇パーセントを超える投票数に後押しされ、武闘派の自治会委員長に収まっていた。

イラン・アメリカ大使館人質事件

一九七六年、都市計画で学位を得て卒業すると、バノンは軍に進む決心を固めた。ただちに海軍予備役に登録した。思い描いていた人生は海軍の尉官——義務と名誉と愛国心を軸にした職務——に任官されることだったが、一九七七年、ロードアイランドの海軍訓練センターに入所したバノンが出くわしたのは、それとは似ても似つかない現実だった。自身も慎ましい野望で収まるタイプではなく、いつの日か国防長官になるという願望を抱いていた。海軍に入隊したころ、大学の自治会委員長をやっていたせいで、自分は偽善者と思っていた。「海軍に入ったら、みんな志願兵で（選抜徴兵登録要求が終了してしばらくたっていた）、私は技術部に配属された。仕事についたよ。部署の全員、仲間という仲間がどう見ても刑務所か海軍に入るしかなかったような連中ばかりだ。あとになってみんなすごいやつらばかりだとわかったが、あのころの全志願制の軍隊とはちょっと風変わりな制度だったな」とバノンは笑ってこたえる。

海軍でキャリアを積むのは、映画『愛と青春の旅だち』のリチャード・ギアのようなものではないかと漠然と考えていた。人格を鍛え上げる一連の試練を通じ、強さと勇気が確かに身に備わり、最後には自分がそうあれかしと望む、軍人としての名誉がことごとく授けられる。だが、バノンが代わりに手にしたのは、映画『パラダイス・アーミー』のビル・マーレイの役どころに極めてよく似た体験だった。しかし、当の本人はあるがままの海軍に順応していく覚悟はできていたし、乗組員とのあいだに結んだ仲間意識をたたえ、愛国心について熱く語る当時の海軍の文化を謳歌していた。海軍の士官室に伝わる文化について、のちに何度となくしみじみと語っている。バノンにとってこの文化はその後の人生において、節目ごとに再現しようと試みるなにものかにほかならなかった。

バノンはスプルース級の駆逐艦USSポール・F・フォスターに乗り組んだ。スプルーアンス級の艦艇は対潜水艦専用に建造されている。太平洋艦隊に編入され、サンディエゴを拠点に任務についていたが、一九七八年、西太平洋とインド洋方面に派遣され、二年近くをこの海区で過ごすことになる。対潜戦を目的とする駆逐艦の任務は、空母に従って航行し、敵からの攻撃を防御する。太平洋ではとりたてて何も起こらないまま、バノンは補助機関士として太平洋での最初の航海を終えた。ソビエトの艦艇が時折ちょっかいを出して艦の腕前を試してくるが、海上生活ははてしなく続く退屈で満たされていた。本人は禅に関する本を読んだり、バスケットボールをしたりして時間をつぶした。パスをまわさず、コートの端から端までドリブルしていくバノンには〝コースト・トゥ・コースト（太平洋岸から大西洋岸まで）〟というあだ名が授けられた。

二度目の任務では航海士として任務につき、USSポール・F・フォスターにはアラビア海北部への派遣が命じられた。一九八〇年三月二十一日午前零時をちょうど過ぎた時点で、イランの南海岸沖で操艦していたバノンは超大型空母ニミッツと会同、ニミッツのあとに続けとの命令を受けていた。

前年十一月、アーヤトッラー・ホメイニー・イマームを支援する学生組織「戦列支持ムスリム学生団」に属する革命家が、テヘランのアメリカ大使館に侵入、アメリカ人五十二名を人質にした。この事件はアメリカ各紙のトップを埋めつくし、政権終盤を迎え、トラブル続きのジミー・カーター政権を混乱に陥れた。ポール・F・フォスターとニミッツはオマーン湾へと航行、その後カーターの責任問題へと発展する秘密任務の準備に取りかかった。ニミッツに搭載されていたのは八機のヘリコプター、RH－53Dシースタリオンで、デルタフォースがヘリに分乗してテヘランに急襲をしかけ、アメリカ人の人質を解放する。暗号名「イーグル・クロウ」と呼ばれた電撃作戦である。

「私たちはくる日もくる日もそこで寝ずの番をしていた。二個の空母機動部隊が派遣されていて、ひとつはキャメル・ステーション、もうひとつはゴンゾー・ステーションだった。合衆国海軍がこの海域に進出するのははじめてだったので、どこにでも移動できるよう空母や潜水艦、駆逐艦、巡洋艦、ヘリコプターを用意していた」。海軍時代を通じ、バノンは司令官たちの能力に対する信頼をなくしていくが、作戦準備を目の当たりにして、今回のこの任務の見込みについて不安を覚えていた。「手に負えない状況に陥るのは見ればわかったよ」と語っていた。

案じた通りだった。一九八〇年四月二十四日、イーグル・クロウ作戦は開始されたほぼその直後に破綻する。八機のシースタリオンは夜の闇に乗じてテヘラン遠方のルート砂漠の着陸地点、通称「デザート1」まで飛ぶ予定だった。そこで待機して燃料を補給したのちデルタフォースを移乗させ、つぎの夜、二六〇マイル（約四二〇キロ）内陸に位置するテヘラン近郊の「デザート2」に運ぶことになっていた。隊員はデザート2から車両でテヘランに移動、大使館を急襲して人質を救出すると、通りの向こうにあるサッカー場に急ぎ、そこからヘリコプターで砂漠に戻って解放は完了する。AC－130対地攻撃機がテヘラン上空を覆って支援攻撃を行う予定になっていた。ゴンゾー・ステーションに置かれた第八空母航空団がバノンの担当領域で、空母航空団がニミッツから発艦したあとで航空支援を実施する。

だが、計画通りに作戦を進めることはほとんどできなかった。デザート1への移動中、シースタリオンの一機がローターの破損を感知して砂漠に着陸する。残った七機で続行したが、予期しない砂嵐に遭遇するとさらに二機が任務から脱落。この時点で司令部はまだ作戦中止に同意していないが、ついにカーターは中止を命じる。だがデザート1からの撤収中、一機のヘリコプターが駐機していた輸送機EC－130の尾部と衝突、このEC－130には補給用の燃料が積み込まれていた。激しい爆発で八名が死亡、二名が重度の火傷を負った。残ったシースタリオンは砂漠に投棄するよりほかなかった。ホワイトハウスの面目は丸つぶれになり、翌日、救出作戦の失敗を明らかにした。

民主党への失望、レーガンへの傾倒

バノンはデザート1の大失態に直接関与していない。乗組員にすれば無念だったが、不運に終わるこの作戦をカーターが発動する以前、ポール・F・フォスターは真珠湾への帰投を命じられていた。バノンら乗組員は、帰還中に作戦の顛末について知った。「負けたと思った」とアンドリュー・グリーンは言う。グリーンはバノンとともにポール・F・フォスターに乗艦していた。

バノンはカーターを非難し、軽蔑を隠そうともしなかった。両親が支持する民主党政治に抱いていた自身のゆるやかなつながりを振り払うには十分だった。「軍役中はそれほど政治に関心を向けていたわけではないが、しかし、それからというもの、カーターのような人間を見ると、こうした連中が大物事をとことんやり損なうのだと考えるようになった。私の政治観は、中東の真ん中でアメリカが大敗を喫するように仕向ける無能なリーダーを目にしたことで形作られてきた」。自身は世界をめぐる根源的な真実に目覚めたような思いを覚えていた。警告に満ちたかずかずの真実だった。全員志願兵という雑多な兵士の集まりを通じ、海軍生活に抱いていたロマンチックな思いは消えた。

湾岸でポール・F・フォスターに勤務したことで、闇を深めていくバノンの世界観はますます広がっていき、ついには文民統制の司令官たちさえのみこんでいく。その矛先はとりわけカーターに向けられた。いよいよというときにカーターが見せた女々しい弱腰と無能なリーダーシップ。この国の尊厳が損なわれていくことに対し、バノンは自分がその責任をじかに負っていると感じていた。

海軍士官として湾岸で勤務した経験は、民主党政治に対する失望にとどまったわけではない。この経験をきっかけにバノンは別の政党に支持を変えていく。心酔したのが共和党のロナルド・レーガンだった。タカ派で歯に衣着せない物言いと対決も辞さない姿勢、昂然と軍を支持するレーガンは口を極めてカーターの弱腰を非難した。その点でも自分の考えと一致している。数年に及んだ乗艦勤務を通じ、高まりつつある脅威にバノンの目は向けられていく。それはソ連が課すような、いまここにあるたぐいの危機ではない。それはまだ地平線のうえにようやく姿を見せた、遠く離れた場所にある脅威、すなわちイスラム教という脅威だった。

それから三十年、バノンをとらえて離さないイスラム嫌悪《フォビア》という病理の原点をたどる者は、テヘランと当時の中東にまでさかのぼる。あの人質事件こそ、ある日、西洋を脅かすなにものかに変貌する敵意のはじめての兆しだった。のちにバノンはそう信じるようになる。そして、それは三十年後、本人をして「イスラムファシズムとの世界戦争」を必然的に伴うと認めざるをえない、なにものかにほかならなかった。

「私は下級士官だったが、あそこにいると日々脅威が高まっていくのが本当によくわかった。パキスタンのカラチのような場所にも寄港した——一九七九年のことはいまでもよく覚えている——港でまだ働いていたイギリス人が乗艦してきた。当時、カラチには一千万人の人間がいたが、出港したとき、この町にいた八百万人は十五歳以下だった。まったく目が覚めるような体験だよ。貧困がはびこるフィリピンのような国にも寄港したが、中東のような国はまったくない。完全に目が覚めたね。中東は地上のもう一方の果てだった」

事実、パキスタンやイランのような国をバノンはこの世のものとして理解しておらず、この不可解で禁断の土地はあまりにも世界と隔絶していた。だが、こうした国々の敵意は、アメリカ国内の文民指導者の失策を招いたにしても、合衆国軍の総力を奮い立たさずにはおかなかった。「イランについて言えば、ここは月のような場所としか語る言葉がない。アメリカから文字通り何カ月もかけて太平洋を突っ切り、本当に途方もない海原を越え、その地にたどり着けば、そこは月にでも着陸したかのような場所だ。あるいは五世紀の世界で、まぎれもない太古の世界だった」。

軍のヒエラルキーにいらだつ

駆逐艦ポール・F・フォスターがサンディエゴに帰投すると、海上勤務はもう十分務めたと考えた。レーガンの選挙に触発されたバノンは、新政権の仕事に携わることを強く希望して国防総省に転任する。レーガンが就任式に臨んだまさにその日、海軍作戦部長の補佐官として勤務を始めた。「合衆国に帰ってきて、レーガンがいかに国を奮い立たせているのかをこの目で見た。レーガンには文字通り心酔していたよ」。カーター政権に覚えた幻滅が激しかっただけに、レーガン政権のもとで軍事予算が急増していく様子にバノンは胸を熱くした。役職は高くなかったが、海軍がどのように軍事予算を配分し、戦力を増強する方法を案出していくのか、それを最前列の席に座りながら見ていた。機密を目の当たりにできる資格を持っていたのだ。

国家安全保障の修士号を得るため、ジョージタウン大学の夜間コースに通い始めたのは当局での昇進が目的だ。「海軍の予算に関しては上級大将とともに働き、かなり深くかかわっていた[5]」と語るのはピーター・ハリスである。バノンとともにペンタゴンで働き、ジョージタウン大学の同じコースに通っていた。「海軍がどのように政策方針を策定し、戦力体制を二十年越しに見ているのかを理解するには格好の機会だった」。

制限が多い下級の地位と、昇進を阻む軍のヒエラルキーにバノンはいつしかいら立ちを覚えていった。ひとかどの意思決定者になれる機会が自分の前に開かれるのは何年も先、事によったら何十年も先だと気がつく。「制服組として、一人の人間にできることなどたかが知れているのは、そのころ実にはっきりとしていた。働き詰めに働いても、大きな事案に自由かつ柔軟に対応できる任務など、実際にかかわれるもんじゃない」。

七年に及んだ海軍在籍中、この間バノンはウォールストリート・ジャーナルの熱心な購読者で、素人ながら金《きん》と銀の商品取引でかなりの成功を収め、同僚の乗組員が投資情報を聞きたがっていた。レーガン在任中の八〇年代の好景気に酔いしれ、バノンの信念はしだいに揺らぎ出し、現実の戦いはワシントンではなく、ウォール街にあると感じ始めるようになっていた。一九八二年、経済は長い後退期を脱しつつあり、前触れのない好景気に沸き立とうとしていた。「ウォール街への転進を決め、誰かにそのことを話したら『あそこで働くなら、ハーバード・ビジネススクールに行かなくては』と言われた」。そして、ハーバード・ビジネススクールは彼を受け入れた。一九八三年、バノンは二十九歳で入学を果たした。

ハーバード・ビジネススクール

バノンがマサチューセッツ州ケンブリッジを訪れた当時、ダウ平均株価は右肩あがりに上昇し、八カ月で五〇パーセントも続伸していた。バノンやビジネススクールの同級生には、レーガンは資本主義を蘇生させ、新しい命を吹き込んだように思えた。ウォール街はきらきらとした魅力を放った大金持ちを引きつけ、熱気をはらんだ経済はこうした金持ちを限られたエリートに委ねた。大半のエリートはハーバード・ビジネススクールの卒業生で、業界トップの金融機関で働いていた。いっときは休眠状態にあった投資銀行業の世界は、ほぼ一夜にして活気を得、世の中心になるほど勢いづいていた。その様子を想像できる者など誰もいなかった。投資銀行業はまさに八〇年代の時代精神を凝縮した仕事だったのである。

学生のなかにはウォール街の好況に煽られ、八〇年代の投資銀行ならではの放蕩を極めた幻想に駆られた者もいた。バノンはそんな乱痴気騒ぎにかかわることをよしとしなかった。カーキのズボンにポロの黄色いセーターという、金持ちのプレッピーじみたなりはしていたが、たいていの場合、パーティーは断り、学業に専念しようと心がけた。「彼は横紙破りのようなタイプではなかった」[6]とバノンの友人でクラスメイトのスコット・ボースは記憶している。「造反して問題を起こすために あの学校に進んだわけではない。ハーバード・ビジネススクールは当時、名門中の名門だったから誰もがあの学校を選んだ」。

また、クラスの学生には、自分はほかの学生と違う点はわきまえていることを油断なく伝えていた。年齢は彼らよりいくつか歳上であり、すでに結婚もしている(相手のキャスリーン・〝スージー〟・ホフはリッチモンド出身で、バージニア工科大学に進んだ)。アイルランド系の労働者階級出身で、ここには海軍を経て入学し、同窓のよしみや仕事上のつながりが結べるエリート大学を出ているわけではない。

ハーバード・ビジネススクールの学生ならではの特権として、サマージョブの期間中、大手投資銀行にアシスタントシップとして働くことがあげられる。卒業生の誰もが羨望する仕事へと至る恒例のプレリュードである。競争は熾烈を極めた。友だちづきあいに長けたバノンは、育ちのいい同級生から、希望する投資銀行に職を得るには、学業に秀でていなければならないという忠告を受けていた。「海軍出の私はほかの学生と横並びにはとうていなれないので、初年度の優等賞を目指すべきだと言っていた」。

この忠告は、バノンが持つ過剰なほどの競争心と意欲、本人が確かに備えていたカリスマ性をさらに高めるうえで役に立った。ハーバード・ビジネススクールに入学した初年度の学生は、八十名前後に分けられ、それぞれ競い合うことを通じて評価が定まる。評価の半数は授業への出席で、競争心を涵養しようと、生徒にはプレッシャーがかけられ、下位七パーセントの学生は落第する仕組みだ。バノンのクラスはＨ組で、ボースが言うには〝群のボス〟としての頭角を早くも現していた。

バノンはわかりやすく話すコツに通じ、傲慢と紙一重の自信を抱いていた。ビジネススクールのカリキュラムで要求される能力を発揮するうえでこの二つは役に立った。「たいていの場合、正解などない問題ばかりだった。問題といえば、ビジネスでうまくいった部分のどこが重要で、どこがそうでないかを分析するという事例があった（略）。バノンは雑音に惑わされずに問題を解明し、成功に直結する部分の分析にかけては誰にもひけをとらなかった」とボースは語る。

授業には熱心だったが、こびるような真似はしなかった。座る席はいつも教室の後方、これ見よがしに最前列の席に陣取り、貪欲に教師の関心を引こうとする《タイアー・バイター》連中を仲間たちとせせら笑っていた。そんな振る舞いに興じたのは、自身の性向だけではなく、成績についても揺るぎない自信をますます抱くようになっていたせいだ。「知的能力の点では、彼は私たちのクラスの上位三名だったのは確かなはずだ。おそらく一番頭がよかったのかもしれない」と言うのはバノンといっしょにクラスのうしろに座っていたデイビッド・アレンである。「しかも彼には、この知力にロジックとよく練られた論点が備わっていた。彼が話し始めたら、私ができる忠告は『しっかり耳を傾けて理解しろ』と言うだけだった」。

クリスマス休暇でリッチモンドに帰ったバノンは、サマージョブのために面接を求める手紙を何十と書き送った。クラスの大半の生徒が希望していたように、バノンの第一志望もやはりゴールドマン・サックスである。例年、二十五人にも満たないゴールドマン・サックスの採用枠を目指し、何百という数のハーバード・ビジネススクールの生徒が殺到していた。初年度の優等賞を獲得して、本人は〝かなりの有望株〟と思い込んでおり、ほかの採用者の大半よりチャンスに恵まれていると踏んでいた。

しかし、数週間たっても面接を知らせる返事がない。さらに数カ月が経過した。バノンは愕然とした。申し込みがはねつけられたのだ。ほとんどの企業がなしのつぶてである。「あまりにも短絡しすぎて考えていたようだ。これだけのスーパースターだ、引く手あまただとは思わないかい。だが、そうじゃなかった。どこも門前払いだ。全滅だったよ」。

春を迎え、これではだめだと考えたバノンは、リクルーターに売り込もうと決心した。彼らは自社の宣伝とともに、次回のアシスタントシップの対象者を選定しようとキャンパスにきていた。「ディロン・リード社――投資銀行としてはウォール街でも老舗の大所――の担当者のもとに出向き、『面接を申し込んだのですが、どうなりましたか』と尋ねた。すると相手は、『ちょっと待ってください。

バノン、バノンと……これだ、君の面接はお断りさせてもらった』」。バノンの顔が紅潮したのを認めた同級生がいた。さらに悪いことに、ディロン・リード社の担当は、バノンの採用について自分の友人がこう警告した話を伝えた。

「こうも言われた。『君がすばらしいのは確かに認めよう。君ならたぶんロックスターにだってなれるかもしれない。だが、わが社は小さな投資会社だ。君は年齢もいっているし、もとはと言えば海軍の士官だ。うちがほしいのは金融ができる人間で、人選に関しては私も失敗が許されない。うちはダラス・カウボーイズじゃないんで、ドラフトで選手の補強はできないんだ。探しているのは、自分の立場をきちんとわきまえているプレイヤーだ』」。成績や席次がよくても、自分は就職どころか、どこも面接にこぎつけることもできない。そう見切りをつけながらバノンはその場をあとにした。

このまま売り込みを続けるほか手はなかった。しばらくしてゴールドマン・サックスのリクルーターがキャンパスを訪れる。のちに同社のシニアパートナーとして君臨する若き副社長ケビン・ケネディのプレゼンテーションに、バノンは神妙なおももちで出席した。入社を希望するハーバード・ビジネススクールの学生を前に語った嘘偽りないケネディの口説き文句は、それから三十年たったいまもバノンは事細かに思い出せる。

当時、ゴールドマン・サックスは固い結束で結ばれたパートナーシップ（共同経営）で経営をとりしきる非公開企業だった。「ケネディは言っていた。『ここでは働き詰めに働いている。会社の外には豪華なリムジンなどとまっていない。すべては会社であり、パートナーシップであり、チームワークだ。パーティーを予定している。全員にきてもらい、いっしょに飲んでもらいたい』。私には申し分なかったよ。ケネディはゴードン・ゲッコー〔訳註：映画『ウォール街』の主人公で冷酷な投資家〕ではなかった。〝これは行かなくては〟と自分に言い聞かせた」。

翌日、一番のスーツを着込んでサックスのリクルート・パーティーに乗り込んだ。きっかけをなんとかものにして、面接までこぎつけようと意気込んできた。「行ってみると七百人ぐらいの人間がいて、会場のテントに入ろうとしていた。『ちくしょう、これじゃチャンスも何もあったもんじゃない』」。クラスのほぼ全員がリクルーターに好印象を与えようと競い合い、どう考えても自分には目がない。出鼻をくじかれ、人混みを遠巻きに眺めながらビールを手にたたずんでいた。

しかし、バノンもまた社会的動物である。近くでうろうろしていた二人の見知らぬ男性と言葉を交わし始める。「ビールを飲みながらそこにいると、となりにあの馬鹿たれの二人が立っていた。言葉をかけたら野球の話で大盛りあがりだ。この二人が誰かわかったのはそれから一時間半ほどしてからだ。一人はジョン・ワインバーグで、やつの父親がゴールドマン・サックスを経営しており、もう一人がロバート・カプランで、のちにシニアパートナーになった」。カプランはその後、ダラス連邦準備銀行の総裁に就任する。

当時、カプランとワインバーグはともに若手のアソシエイトだった。二人は予期せぬ即興の会話を大いに楽しむと同時に、リッチモンドからハーバードという経歴を持つ海軍士官のカリスマ性に深く感じ入っていた。アイルランド喜劇の伝統という点では、バノンは豊かな才能に恵まれた根っからの語り部である。そのバノンがハーバードからレーガンはもとより、世界を股にかけた自らの偉業をめぐる話で二人を楽しませた。

その晩、ゴールドマン・サックスの重役は一室に集まると、資料を比較して応募者の精査にとりかかろうとしていた。当日この場にいあわせた一人はのちにこう説明する。*彼らは採用候補の名前をボードに置いていった。バノンの番になったとき、誰かが「彼の採用は見送ったほうがいい。アシスタントシップとして使うには年齢が高すぎる」と口にした。これに声をあげたのがカプランとワインバーグである。「二人は『見送ってはだめだ。彼と話した。これほどの人間はいない』と話していた」。バノンいわく、「文字通りのるかそるかの大ばくちだった。しかし、これで仕事にありつけたね」。

＊ 当日夜、同席したゴールドマンの重役の一人は、バノンが二人に話した事実に関して確認をとっている。この重役の名前については伏せるように求められている。

第4章　危険な世界観

ゴールドマン・サックス

一九八五年、ハーバード・ビジネススクールを卒業したバノンは、そのままパラシュートで戦場に舞い降りた。着地点はゴールドマン・サックスのニューヨークオフィスで、当時、敵対的買収のブームが頂点にあったころだ。課された職務は、まさしく本人が望んでいた通りヒリヒリする圧力にさらされるような仕事、敵味方双方でなりふり構わない熾烈な消耗戦となる仕事だった。ゴールドマン・サックスはバノンを最前線に送り出した。

この時点から数年前の一九七〇年代後半、マイケル・ミルケンという若き債券トレーダーによって、ウォール街では革命の準備がひっそりと進められていた。ミルケンは厳しい環境に遭遇し、不適格の烙印を押された元優良企業各社の債券――堕天使債《フォーリン・エンジェル》――をひとつにまとめる手法を生み出した。その債券は、信用価値に勝る優良企業の債券の運用を一貫してしのぐことができた。経営不振の企業は破綻の危機を常にはらんでいるので、フォーリン・エンジェルは投資適格債よりも高い利回りを提示して購入者を引きつけなければならない。

破綻する債券はあるものの、利回りの点ではフォーリン・エンジェルで組んだポートフォリオは、投資適格債のポートフォリオの利回りと比べた場合、ほとんど変わらず常にうわまわる。ただ、投資家の大半はこうした債券を〝紙くず《ジャンク》〟として避けてきた。これら債券の購入を無分別だと考え、投資家は購入を忌避しているようだが、実際よりも過小評価されているとミルケンは見抜いていた。見た目にとらわれなければ、それだけ途方もないチャンスが目の前にころがっている。

ジャンク債の取引でミルケンは大金をつかんだ。そして、ジャンク債のチーフ・エバンジェリストとして、さらに莫大な財産を築いた。その途上、アメリカ企業の財務状況にミルケンは決定的な影響を与えていた。ほかの投資家にジャンク債は賢明な投資だと納得させることで、ミルケンは独力でジャンク債市場を作り出していたのだ。市中銀行が融資に二の足を踏んでいた二タイプの企業――新興で小規模な会社と大規模で業績が悪化している企業――は、流動的なジャンク債を利用することで、ある日突然直接金融が可能になった。ミルケンが生み出した需要とはつまりそういうことなのだが、破綻した企業もあったとはいえ、大手電気通信事業のMCI、クライスラーなどでは大成功した。並はずれた富と名声を得ていたが、ミルケンには反エリート主義者として振る舞う大胆さがあり、名門銀行から鼻であしらわれ、融資を拒絶された企業のために資金を用意していた。

バノンがハーバード・ビジネススクールを卒業するころには、ミルケンが起こした革命で何百億ドル規模のジャンク債が生まれ、その資金量は金融市場から見放された全企業に資金を供給できるほどだった。ミルケンとミルケンが勤務するドレクセル・バーナム・ランバート社はさらにこれらの資金の使い途について、それまでにない新たな運用法を編み出した。過小評価されている優良企業を乗っ取る資金調達手段としてジャンク債を使ったのである。ミルケンとドレクセルは、標的となった会社の資産を担保として保証することで、敵対的買収の資金を調達した。

こうした買収でロン・ペレルマン、カール・アイカーン、T・ブーン・ピケンズ、ネルソン・ペルツなどといった企業乗っ取りを専門とする一群が台頭する。彼らはドレクセルが引き受けたジャンク債から得た資金で、「フォーチュン１００」に掲載されているＴＷＡ、ディズニー、レブロン、フィリップス石油のような企業に対し、小が大を呑む買収をしかけていった。ミルケンの評判はそら恐ろしいものとなり、時にはミルケンに狙われているという噂が流れただけで、当の企業を防衛的合併に走らせるには十分だった。

　ミルケンとドレクセルにすれば敵対的買収は巨大な利益を生み出すビジネスだ。バノンがウォール街で常勤を始めた一九八六年、ミルケンはウォール街で名うての悪党としてすでに知られ、ドレクセルはドレクセルで莫大な収益を叩き出す投資銀行となり、売上四〇億ドルで五億四五五〇万ドルの運用益をあげていた。バノンやゴールドマン・サックスにとってなにより重要だったのは、アメリカの名門企業の経営責任者の心にミルケンと彼の仲間が恐怖心を植え付けた点にあった。「中西部はことごとくミルケンにやられっぱなしだ。まるで火災旋風だ」とバノンは言う。

　もちろん、ミルケンの標的とされた企業はそれに応じた反応を起こした。野蛮人の襲撃を門前で追い払う助っ人たちが必要だ。この需要もまた収益性に富んだ新しいビジネスチャンスを生み出す。当時のゴールドマン・サックスは、いまのように金をせびり倒す〝吸血イカ〟ではなく、由緒ある投資銀行《ホワイト・シュー》として、敵対的買収で乗っ取り屋の代理人を務める真似などまず手がけることはなかった。代わりにドレクセルやファースト・ボストンなどに狙われた一流企業向けに、乗っ取り防止の特別手段を開発する。そして、バノンが着地したのがゴールドマン・サックスのＭ＆Ａ（企業の合併・買収）部門だった。乗っ取り屋の襲撃を受けたとき、企業の求めに応じてアドバイスを与え、保護に当たるＳＷＡＴ部隊である。

ブロードストリート八十五番地に建つゴールドマンの旧本社ビル二十三階に身を落ち着けたバノンは、以来数年にわたり週百時間働き、クリスマスを除く毎日をここで過ごした。「日曜日、パートナーから朝七時にその日の仕事の予定を知りたいという電話がかかってくる」とバノンは言う。当時、ゴールドマン・サックスのM&A部門を率いていたのは、尋常ではない信念に駆られた〝超大型M&Aの黒幕〟(ニューヨーク・タイムズの命名)のジェフ・ボッシーン、それにマイク・オーバーロックだった。オーバーロックはベトナム戦争に従軍、陸軍長距離偵察部隊に所属した。「私は駆け出しの〝小便たれ《グランドーン》〟にすぎなかった。しかし、ハンク・ポールソン(のちに合衆国財務長官に就任)といっしょに働くようになったが、シカゴ事務所で勤務していたポールソンはこれまでとは違うビジネスをやる男で、人間性の点ではこれほど激しい者はいなかった」。苛酷を極めた生活だったが、バノンはこうした毎日を大いに歓迎していた。「すさまじい環境だったが、同僚はすごいやつらばかりだ。海軍を思い出したよ。まるで艦内の士官室にいるようだった」。

バノンが入社した当時、ゴールドマン・サックスはパートナーシップを採用するファームとしてはウォール街最後の大手投資銀行だった。「いまと比べれば、あのころのゴールドマンはだいぶ違った。パートナーの数も極めて限られ、当時としても極めて保守的なところだった」。会社の用心深さは共同経営のゆえである。投資を見誤れば、パートナーは自分自身の金だけでなく、無限の負債を背負わなければならない。「ミルケンが現れて乗っ取りが始まり、これはいい儲けになりそうだと取締役会で主張したとしよう。だが、それは最高裁判所で異を唱えるようなものになる。控えたほうが賢明だろう。もし、その判断が誤りでもしていれば、株主がきて情報が誤っていたことを理由に共同経営者が告訴される」。こうした環境にあったから働く者には厳格さが植え込まれた。その厳格さとは、投資銀行の株式が公開され、株主の金で自由に博打が打てるようになったときに失われたとバノンが信じるものであり、マイケル・ルイスをはじめ、ウォール街のベテランたちが指摘する厳格さだ。「八〇年代のゴールドマン・サックスは聖職者のようだった。仕事という仕事には禁欲的に向かい合い、クライアントには衷心から仕え、会社を立ち上げ、育て上げてきた」。「長期間にわたる強欲《ロングターム・グリーディー》」がこの会社の考えで、それが意味するのはクライアントのために尽くすことで、当のクライアントは何年、何十年にわたって仕事を依頼する形で自分たちに報いてくれる。「会社を立ち上げて育てるのは天職で、イエズス会に入会するようなものだった。一度こう言われた。『ゴールドマンのM&A部門にいまも歴史の深い川が流れているのは、この国がリストラクチャリングして脱工業化社会へと進むのを私たちは最前線で手伝ってきたからだ』。そうに違いないと私たちは信じている」。

バノンは高僧の薫陶をわがものにした。だが、十年後の株式公開の際、パートナーたちが自分の持ち株を売り払ったことで、周到に考え抜かれた利害のバランスを踏みにじる道をゴールドマン・サックスはたどっていく。無限の負債という足かせがなくなったことで、この会社は上場を果たした他の投資銀行の振る舞いを真似るようになった。こうした企業の不品行が積もり積もって、ついに二〇〇八年の金融危機へと転げ落ちていく。「二十年後に目を転じれば、ウォール街は納税者がケツを持つ《ベイル・アウト》カジノになっている。私がウォール街に愛想を尽かした理由はほかのみんなと変わらない。ウォール街の救済でこの国の納税者は、クソみたいな取り決めを押しつけられた。どこから見てもフェアじゃない」。

ウォール街が破綻するはるか以前の八〇年代、ゴールドマン・サックスに入社したばかりのころ、バノンは自分や同僚が時として一戦を交えなければならない敵役に称賛の思いを抱いた。ワスプの血統に連なり、自制の文化のもとで代々の資産を築いてきたファームは当初、ミルケン――まったく似合わないカツラをかぶったユダヤ人――とのかかわりを避け、その後は見くだすようになっていくが、そうした彼らの牙城を猛襲してビジネスを覆し、最後に勝ちを制したのはミルケンだった。そうこうしているうちに既存の金融機関はミルケンが終始行ってきた方法の正しさに気がつき、同様なビジネス、つまり自らの利益のために大企業の株式買い占めに手を出すようになっていく。

バノンはハーバード出のエリートで、ゴールドマン・サックスの神童にふさわしい頭脳と社会性を持ち合わせていたが、もっと根深い部分ではミルケンに通じるものを自分に感じていた。ミルケンは向こう見ずな一匹狼の闘士として敵を震え上がらせている。「好戦的で創造性に富み、しかも猛烈に働く。ミルケンの特徴である強みのすべてをバノンは評価している」と、ゴールドマン・サックス時代の同僚は語る。当の本人が認めるかどうかはともかく、バノンにはサックスよりもこちらのほうが似つかわしい。

ミルケンはその後インサイダー取引で刑務所に送られた。バノンはこの間、ミルケンの息がかかった会社には指一本出していない。出所後、イメージ回復にミルケンが努めるようになると、バノンは主要講演者としてその手の会議のひとつに姿を現した。

なりふりかまわずチャンスを取りにいくとき、人はどこまで突っ走ることができるのだろう。なにより、ミルケンはそうした想像をかき立てずにはおかない人物で、また実際にその例を示した格好の見本《スピリチュアル・アニマル》だった。ミルケンが残した教訓は忘れようにも忘れられるものではない。マイケル・ミルケンとドレクセルを一九八五年のウォール街から二〇一五年のワシントンDCに瞬間移動させたら、その結果はスティーブ・バノンとブライトバードとの関係に非常によく似たものになるはずだ。ぬくぬくと肥え太り、すきだらけのエスタブリッシュメントを包囲していくアウトサイダーたちの一団である。

MGM買収とハリウッド参入

一九八〇年代後半、ゴールドマン・サックスは大きな変化を迎えていた。グローバリゼーションによって、世界の資本市場では規模の大きさが突然ものを言うようになったのだ。共同経営による民間企業であるゴールドマン・サックスも、競合他社に遅れまいとするなら、株式の公開もゆくゆくは実施しなくてはならない。また、商業銀行と投資銀行の分離を定めたグラス・スティーガル法が廃止されれば、合併の嵐が吹き荒れると金融関係者は見ていた。バノンのような若手バンカーは総合職としての訓練を受けてきた。しかし、きたるべき世界では専門職にプレミアがついてくるだろう。ゴールドマン・サックスのロンドン支社で一年を過ごすと、バノンはロサンゼルスに転任、当地でメディアビジネスとエンターテインメントビジネスを学ぶことになる。

一九八〇年代を通じ、大手メディアは成長を続け、企業価値を高めつつあった。テレビショーや映画を求める観客の数が増えていたということもあるが、当時のレーガン政府によって反トラスト法の制限が緩和されたことによるもので、石油や天然ガス産業、衣類小売業、製薬産業と同じように、メディア業界とエンターテインメント業界もまたウォール街を手本に、すさまじいM&Aに乗り出していた。

一九八九年、そうした例のひとつとしてタイム・インクが一四〇億ドルでワーナー・コミュニケーションズと合併、エンターテインメント業界では世界最大のコングロマリットが誕生した。そもそもこうした合併は自己防衛のためで、乗っ取り屋の餌食に陥らないだけの規模にしようという意図のもとで行われた。このほかにも、GEが一九八五年に行ったRCAと同社のメディア事業部門NBCを六三億ドルで合併した戦略的企業買収がある。この買収では、GE側のアドバイザーであるゴールドマン・サックスの担当としてバノンが交渉に携わっていた。「メディア企業を買収しようと、業界外から大勢の人間がやってきていた。巨大な統合体が誕生しつつあった」とバノンは語る。

テレビ局や映画会社の買収に向けられた狂乱は、こうした交渉の便宜を図って利益とするゴールドマン・サックスのような投資銀行に、とりわけ厄介な仕事を背負わすことになった。気まぐれということではつとに名高いハリウッドの映画製作会社だけに、価値の相場は最近どれくらいヒット作が続いたかで決まる。さらに確たる価値の源泉ということでは、理屈上は少なくとも、映画会社の多くが所蔵する膨大な本数の映画の良し悪ししだいということになる。というのも『風とともに去りぬ』のような傑作映画を見たいという視聴者はかならずいるので、テレビ局も進んで放送しようとする。

問題はこうした映画の価値をどう判断すればいいのかである。これはテレビの放送網といった有形資産というより、知的財産にかかわる問題だ。投資家の大半が好むのは容易に算定できる有形財産、たとえば工場や飛行機、不動産などである。映画会社の配給権などを避けて敬遠していたのは、正確にその価値を判定するのがひと筋縄ではいかなかったからである。

しかし、バノンと同僚らはその算定方法を編み出した。VHS方式のビデオカセットの販売数と視聴率という信頼できるデータを利用しながら、有形資産を算定するように知的財産の価値を判断するモデルを思いつく。障害が取り除かれたことで、アメリカン航空やクライスラーの資産価値を査定するように、コロンビア映画の資産価値が容易に判断できるようになった。ある種の才能にバノンは恵まれていた。その才能があるから、スタジオに一歩足を踏み入れるや、ひと目で総売上にとどまらず、錯綜している部分がたがいにどう連結し、かけ値なしの価値はどれかと概略をくまなく突き止められた。ある種の透視能力といった才能である。「数学はお手のものだった」と同僚だった人物は言う。「部屋に入ってくるなり一瞥すると、『この馬鹿たれが。会社をつぶすつもりか』と言っていた」。

一九九〇年、バノンはゴールドマン・サックスを退社、副社長だった仲間とともに投資顧問会社バノン&カンパニーをビバリーヒルズに設立する。給料のために働きたくはなかったのだ。さらに日本の商社経由で一億ドルの融資を受け、映画の製作会社を立ち上げた。[1] 社長にユニバーサル・ピクチャーズの元社長トム・マウントを据えた。ショーン・ペンの初監督作品となる一九九一年の『インディアン・ランナー』ではバノンも製作総指揮としてかかわっていた。映画にはデニス・ホッパー、ベニチオ・デル・トロ、ヴィゴ・モーテンセンらが出演していたが、興行的には大失敗に終わり、収入はアメリカとカナダの両国をあわせて一九万一一二五ドルにとどまる。

バノンと間近で仕事をしていたマウントは、だいたいにおいて相手に不満はなかった。今日では誰もが認める人物の雄々しいほどの仰々しさについては、つぎのように記憶している。「フン族のアッチラ王のような歴史に出てくる一騎当千の強者、皇帝を打倒する強者の物語をいつも口にしていた。軍事史に記された勝利に興味を抱くことと、それに執着することとは別問題だ。どのような代償を払ってでも勝利を得ようとするのは世界に対する危険な見方だ」とマウントは言う。

八〇年代にウォール街が迎えた西部開拓時代には、混沌や金融破綻へと至る気配は微塵もなかった。優良企業を所有する威信、絶頂期を迎えて激しく対立しあう投資家のエゴ、そして莫大な富。その富に引かれて野心満々の詐欺師や強引な売り手など、ごろつきの群れが集まり、世に知られた名門企業をことごとく吹き飛ばすか、破綻に追いやろうとしていた。ましてハリウッドだ。輝くばかりの魅力とショービジネスならではの華やかさは、名声と富に途方もない野心を抱くペテン師どもをますます引き寄せていた。一九九〇年、目をみはるような倒産の直後に借入金を投じて行われたメトロ・ゴールドウィン・メイヤー（MGM）の買収劇は、この時代を特徴づける見境いのない愚行の好例として語り草になっている。そして、この買収劇を通じてバノンは富をものにしていく。

一九九〇年、テッド・ターナーやルパート・マードックらの買収が不調に終わると、MGMのオーナー、カーク・カーコリアンは由緒あるスタジオを無名のイタリア人投資家ジャンカルロ・パレッティというかがわしい輩に一三億ドルで売却する。[2] 低予算の外国映画のプロデューサーでもあるパレッティは、シシリー島のしがないペテン師として人生を歩み出すと、債券偽造、小切手詐欺、暴行事件の容疑などの罪状を重ねた。しかし、八〇年中頃にはイタリアで生命保険会社やホテル、不動産会社を経営するまでになっていた。

ローマカトリック教会がパレッティに伝記映画の製作を依頼したのがこのころだ。一八五〇年代、ルルドで聖母マリアの出現を目撃し、聖人に列せられたフランスの小作農の娘の生涯を描いた『ベルナデッタ』という伝記映画である。これをきっかけにパレッティは映画ビジネスのとりことなる。破産寸前の配給会社キャノン・グループに対し、フランスの銀行クレディ・リヨネの融資を受け、二億五〇〇〇万ドルの買収話をまとめた。ハリウッドに乗り込んだパレッティは、ロールスロイスを乗りまわす映画界の大立て者をさっそく演じると、その間も賄賂をばらまき、ペーパーカンパニーを作っては不正な融資を受けていた。豪華なヨットも買い込んだ。バチカンに飛んで、教皇ヨハネ・パウロ二世のために『ベルナデッタ』の上映会も催した。

クレディ・リヨネの重役連に鼻薬を効かせたのち、さらに一〇億ドルの追加融資を求めたのは、カーク・カーコリアンからＭＧＭを買収するためで、担保物件として同社の所蔵フィルムを差し出すと約束した（融資の一部はペーパーカンパニーに隠匿された）。買収話がまとまった当日、パレッティはシャンパンパーティーを催した。会場のＭＧＭのオフィスには四〇〇ポンド（約一八〇キロ）の生きたライオンもお目見えしていた。そして、略奪が始まる。財務担当重役のトップを解雇すると二十一歳になった自分の娘を後釜に据えた。のちに明らかになる裁判記録では、囲っていた愛人たちの手当もＭＧＭから給与として支払われていた。

クレディ・リヨネはハリウッド最大の融資元にまたたく間にのし上がり、そのころにはパレッティのＭＧＭを手始めに、十数社に及ぶ独立系製作会社にも同様な融資を行っていた。それから八カ月とたたないうちに融資先は残らず破綻する。ＭＧＭも債務先の数社に返済を怠ると、債権者はＭＧＭを破産へ追い込もうとした。パレッティの犯罪歴を知り、証券取引委員会（ＳＥＣ）と連邦捜査局（ＦＢＩ）も捜査に着手する。クレディ・リヨネの不正融資が明るみに出されていく。パレッティは公金横領と国内銀行への詐取を告発するフランスの令状に従ってロサンゼルスで逮捕されると、[3]デラウエア州の大陪審は偽証罪と証拠改竄で起訴を決定、またクレディ・リヨネからＭＧＭ買収と偽って融資を受けたことでＳＥＣから詐欺罪で告訴されるという報いを受けた（この件についてパレッティと二名の共同経営者は最終的に罰金を支払った）。面目を失ったフランス政府はクレディ・リヨネの最高責任者を解任、銀行はＭＧＭを差し押さえたものの、損失金額は一〇億ドル前後に達していた。

おのれが倒産の縁に立たされているにもかかわらず、クレディ・リヨネはＭＧＭと三十余りの独立系の映画会社を背負ってしまった。だが、こうした映画会社の評価と売却についてクレディ・リヨネは地に足がついた考えを持ち合わせていなかった。このごたごたの整理に選ばれたのがバノンの会社である。「惨憺たる状況だった」と言うのはスコット・ボースだ。ボースはハーバード・ビジネススクールではバノンと同級で、その後、バノンの新会社に共同経営者として参加した。「どの会社も沈没寸前だった」。バノンといっしょに帳簿類を調べ上げてみると、このままではいずれも倒産は必至であることが間もなくはっきりする。この現状に二人は「やりたい盛りの三十代《ダーティー・サーティー》」というありがたくない呼び名を授けることにした。

華やかなハリウッドのライフスタイルに幻惑され、自堕落なフランスの銀行家は必要だと把握する以上の資金をプロデューサーや配給会社に注いでいた。しかし、映画産業の経済性にはまったく通じていない。映画産業の関心事は映画を作り、プロデューサーのギャラをかき集める点にあり、さらにきらびやかなスターのキャスティング、監督は誰で、レッドカーペットのプレミアショー、バラエティ誌の見出しに向けられていた。

しかし、投資家にすれば本当の儲けはそのあと、つまり放映権の使用で、完成した映画の国内および国外への配給である。つまり、債務担保証券が何百という個々の裏付資産を合計したものであるのと同じように、映画の実質価値とは、個々のライセンス契約の残高にほかならない。債務担保証券にせよ、映画の実質価値にせよ、そうした点をわかっていない投資家はあっという間に破滅する。会計報告を逐一調べ上げたバノンは、MGMとダーティー・サーティーが所有する資産の多くはほとんどが焦げついた状態で、価値などまったくない事実に気がついた。

「ハリウッドで金を稼ぐことは、恐ろしいほどタフなビジネスを意味している。クレディ・リヨネのせいで、とんでもない事業計画であっても、とてつもない大金が関係者に貸し出されてきた。こうしたプロデューサーや配給業者はどいつも浮ついた者ばかりで、銀行の連中はハリウッドの高級ホテルでいつもつるんでいた――本当に惨憺たるものだった」とボースは言う。

こうした状況はバノンの望むところだった。「山ほど仕事があった。事のなりゆきを見通せるまともな神経の持ち主は私しかいなかった」。バノンの会社がクレディ・リヨネにかわってＭＧＭの経営を請け負うと、遅ればせながら同社の資産を調べる一方、同様な業務をダーティー・サーティーにも提供する。クレディ・リヨネにとって幸いだったのは、世界中のメディア・コングロマリットの多くが映画産業への参入をいまなお望んでいた点である。[4] しかし、ＭＧＭの崩壊を契機に、買収対象の正味について正確に理解しておく重要性が浮き彫りにされると、その点をきちんと教えてくれる専門のアドバイザーを探そうという分別が備わっていく。ポリグラムが映画産業への参入を決定した際、バノンの会社をアドバイザーとして雇い、ダーティー・サーティーの買収について相談した。

そのポリグラムはカナダの酒造メーカー、シーグラムに買収された。この買収でポリグラムに助言したのがバノン＆カンパニーである。シーグラムが方針を転換してポリグラムを売却することに決めた際には、この会社の資産価値に精通している投資銀行に依頼している。言うまでもない。バノンの会社だ。「私たちはパイロットフィッシュみたいだとよく冗談を言い合っていた。〝水先案内〟とも呼ばれるあの魚だ。ＭＧＭの仕事で毎日を過ごし、この業界のミクロ経済を学び、そして同一の資産の売却を何度も何度も繰り返してきた」とボースは言う。一九九六年、この買収の物語はめぐりめぐってついに大団円を迎えた。クレディ・リヨネは元オーナーのカーク・カーコリアンにＭＧＭを売り戻したのである。[5]

バノン＆カンパニーが注目を集めた取引はこれだけではない。シルビオ・ベルルスコーニが所蔵するフィルムの査定をめぐり、助言を与えるためイタリアに飛んだこともある。ベルルスコーニは持ち株会社ベルルスコーニの創業者でのちのイタリア首相だ。また、サウジアラビアの実業家でもあるアルワリード・ビン・タラールの代理人として働いたこともある。ＭＧＭによるオライオン・ピクチャーズ買収にもかかわった。一九九三年にはウェスティングハウス・エレクトリックが保有するキャッスル・ロック・エンターテインメントの持ち株の売却も手がけている。コメディアンのビリー・クリスタルの映画やテレビ番組を製作していた会社で、ＣＮＮのテッド・ターナーのターナー・ブロードキャスティングが買収した。バノン自身も予期しないほどエンターテインメント業界に深入りさせ、宝くじのような幸運を授けることになる取引だ。

これより三年前のＭＧＭ買収では願いが果たせなかったものの、映画界に帝国を築きたいというテッド・ターナーの野心は消えていなかった。「ターナーは巨大なスタジオを建てるつもりだった」とバノンは言う。「そこで私たちはニューヨークのセントレジス・ホテルで取引について交渉を進めた。ターナーには珍しいことではないが、いよいよ交渉成立間近という段になって資金が足りなくなった」。ウェスティングハウスは手を引きたがった。交渉の席から立たないようにとバノンは懇願した。『『この取引は受けるべきだ。これほどの話はない』と説得した。すると向こうはこう応じた。『この話がそれほどのものなら、では、君たちの手数料を保留し、その代わりテレビドラマの一括権利を保有したらどうか』という話になった」。

バノンは再放送の権利に食指は動かなかったが、その点ではウェスティングハウスも同じだ。バノン＆カンパニーが手数料と再放送の権利の交換に応じなければ、今回の取引はなしだとウェスティングハウスははっきりさせた。「こんな調子で再放送権を引き受けることになった」。

満額の手数料の代わりに、バノンの会社は、キャッスル・ロックが製作した五本のテレビドラマの権利を譲り受けた。そのなかの一本が「となりのサインフェルド」のサードシーズンである。譲り受けた番組のなかではもっともヒットの見込みが薄いドラマで、当時、ニールセンのトップ30にも入っていない。だが、一年後、このドラマは歴史的なヒット作となった。「ネットワーク以外のシンジケーションでも流通させたら、利益がどのくらいかは計算していた。実際はその五倍だった」[6]とバノンは語る。

ネット水面下にうごめく者たち

ハリウッド参入という海外のメガバンクの切望はやむことがなかった。よくわかっているはずのフランスの銀行筋もその点では変わりがない。だが、ソシエテ・ジェネラルにはクレディ・リヨネの轍を踏まない自信があった。一九九六年、独立系の映画配給ビジネスへの参入計画の一環として、ソシエテ・ジェネラルはバノン&カンパニーの買収話をまとめたからである。契約金が支払われた一九九八年、バノンには断然有利な話だった（ソシエテ・ジェネラルのほうはそうではない。そのころまでには独立系の映画配給ビジネスもすっかり干上がっていた）。

これ以上本業にいそしむ必要がなくなったバノンは、マイナーではあるがハリウッドの権力者たちの王国に手を伸ばしていく。製作総指揮者として映画作りにかかわるようになり、関係した作品のなかには、一九九九年のアカデミー賞衣装デザイン部門にノミネートされたアンソニー・ホプキンス主演の『タイタス』などがある。これほどの大作ではないが、ほかにもマイケル・ミルケン、ヤフーCEOのテリー・セメル、『ボーン・アイデンティティー』を製作・監督したダグ・リーマンらの一連の映像作品などへと手を広げていった(ダグ・リーマンが製作してフォックスで放映された十代向けのテレビドラマ「The OC」について、バノンは「掛け値なしの知的財産」とバラエティ誌で自慢した)。「バノンは根っから仕事が好きだった。なんにでも手を出していた」とボスは言う。「ホメオパシーの鼻炎スプレーからバーガーキングの商標入りビデオゲームの製作会社までと、多くの事業に投資して役員を務めていた」。

そして、知り合ったのがイケイケのバンドマネージャー、ジェフ・クワチネッツだった。ニューメタルのロックバンド「コーン」を見出し、「バックストリート・ボーイズ」のマネジメントをしていた。新しい刺激と心躍る体験を求めるバノンは、クワチネッツの会社ザ・ファームに共同経営者として参画すると、この会社の大胆不敵な挑戦に手を貸し[8]、ディズニーの元社長マイケル・オービッツの会社アーティスト・マネジメント・グループ（AMG）を買収する。

オービッツはハリウッド征服の拠点たらんと、一〇億ドルを投じて巨大企業を建設した。しかし、AMGは大赤字を垂れ流し続ける。オービッツにすれば、ザ・ファームに売却する土壇場の取引で面目を保たなくてはならない。ところが、ある日ビバリーヒルズに建つオービッツの豪邸に現れたバノンが差し出したのは、屈辱に満ちたとどめの一撃だった。提示されたAMGの買収金額は五〇〇〇万ドル。オービッツの豪邸の評価金額にも満たない。「オービッツはビジネスに必要な基本の数字がわかっていない。結局、オービッツ側の銀行であるJPモルガンと話を詰めた」とバノンは言う。

この買収でザ・ファームは顧客名簿を手に入れた。マネジメントを代行する芸能人には、キャメロン・ディアス、レオナルド・ディカプリオ、アイス・キューブ、リンプ・ビズキットなどの名前が載っている。バノンは言う。「私たちは海賊だ。ジェフは海賊の王様でハリウッドを震え上がらせていた」。二人が描いた壮大なビジョンは、A級アーティストのクライアントに自社ブランドを刻みつける広範な垂直統合の構築である。それは音楽と映画のみならず、コンサート、衣装、アニメ、ビデオゲーム、テレビまでと、まばゆく輝きわたるいくつものプラットフォームを横断していた。のちに大スターでもあり、政治家でもあるドナルド・トランプに入れ込むように、バノンはラッパーで俳優のアイス・キューブのようなクライアントに夢中になった。「革命の始まりだ。私たちはビン・ディーゼルとの仕事やフレッド・ダーストとの仕事を進めている」とバノンは持ち前の快活さでワシントン・ポストのエンターテインメント担当記者に宣言した（クワチネッツはコカイン使用について元従業員から告発される。否定していたにもかかわらず、説明がないまま姿をくらまし、最終的にザ・ファームを去る[9]）。

バノンは革命に執着しなかった。二〇〇五年、ハリウッドをあとにすると地球の反対側にある香港へと向かい、万華鏡のように目くるめく当人の経歴のなかでもおそらくもっとも摩訶不思議なビジネスにかかわる。だがこのビジネスを通じ、バノンは秘められたる世界へと導かれていき、おのれの精神世界を深く掘り下げたばかりか、ある種のコンセプトを築いていく。のちにブライトバート・ニュースの支持者を獲得し、さらにネット上で〝荒し《トロール》〟と呼ばれる連中や国内政治を蹂躙するアクティビストを組織化する際に使われ、ドナルド・トランプの台頭にひと役買った発想である。

ビジネスは「ワールド・オブ・ウォークラフト」という、いわゆる大規模多人数同時参加型（MMO）のゲームを主軸としていた[10]。「アゼロス」という名の神話の王国を舞台に繰り広げられるエルフ、ドワーフ、トロール、ゴブリン、ドラゴンのファンタジー世界のゲームで、登録ユーザー一〇〇〇万人がたがいに競い合う。スキルに勝るプレイヤーは武器や防具、ゴールドを勝ちとることができた。

もちろん、これらはゲーム内で獲得して使える〝バーチャル〟なアイテムであるのは言うまでもない。しかし、熱狂的なファンは、リアルな世界でリアルな金を使ってこれらアイテムを購入――リアルマネー・トレーディング（RMT）――して、「ワールド・オブ・ウォークラフト」やほかのMMOの制覇に役立てようとした。やがて、ゲーマーのなかから起業家精神に富んだ者が現れ、こうしたデジタルの戦利品を販売することで、年間何万ドルから何千万ドルを稼ぎ出す〝オンラインマネー農場《ゴールドファーミング》〟の仕組みが整えられていく。

バノンが加わった香港のインターネット・ゲーミング・エンターテイメント（IGE）は、オンラインマネー農場を事業として成り立つ規模に拡大させようと目論んでいた。[11]低賃金の中国人労働者を雇い入れてサプライチェーンを構築すると、シフトを組んで休みなくゲームを継続し、モンスターやドラゴンと戦闘させた。アイテムを切望する西側のゲーマーに向け、IGEはこうやってバーチャル商品の安定供給を図って販売を行っていた。

IGEの創業者ブロック・ピアスは元子役で、ディズニー映画『飛べないアヒル』に出演している。IGEによってRMTはかなりの市場規模であることが明らかとなる。IGE自身、その市場価値は一〇億ドル近いと主張していた。ただ、こうしたビジネスが合法かどうかは不透明さが残った。「ワールド・オブ・ウォークラフト」を発売するブリザード・エンターテイメントはRMTに難色を示した。利用者の多くも、こうした商売を毛嫌いして不正行為だと見なしていた。彼らはゲームボードの前に殺到し、反中国の辛辣な言葉を書き込んでは、金アイテムを集める業者《ファーマー》とそのスポンサーに抗議の声をあげた。

IGEには正当性が必要だとピアスにもわかっていた。ゲーム会社から最終的に認可を得ようと考えたピアスは、資金を集めるためバノンに協力を求めた。バノンは、ネット上の金《きん》をめぐる通貨市場はリアルな世界の金とまったく変わるところはないという考えを打ち出すと、ゴールドマン・サックスをはじめとする投資家から六〇〇〇万ドルの融資を引き出した。

だが、タイミングが悪かった。ゲーム利用者の突き上げをくらうブリザード・エンターテイメントは、ライセンス契約の同意どころか、ゴールデンファーマーと販売業者とおぼしき人物たちのアカウントの閉鎖を始めたのだ。競合他社にも悩まされ、IGEの利益は減少していく。さらにフロリダ地方裁判所に提出された集団訴訟にも直面した。IGEに激怒した「ワールド・オブ・ウォークラフト」の熱狂的なファンは、金アイテムを集める行為はこのゲームで共有されるはずの喜びを〝事実上損なう〟と主張していた。なんとかこの危機をしのごうと、会社はIGEという汚れた看板を捨ててピアスの首を切る。そして、新たに命名された「アフィニティ・メディア」の最高経営責任者として任命されたのがバノンだった。

財務上の点でも、ビデオゲームの世界でバーチャル商品を販売するサードパーティービジネスを無理に立ち上げるのは、関係するほぼ全員にとって鬼門だった。当然、こうした商品はゲームメーカーが利用者に直接販売し始める。一方バノンといえば、ビジネスを構築しようと努めながらも、そこで見出した実態に心を奪われていた。自分の知らない地下世界が存在し、そこには何百万という熱情的な若い男たち（ゲーマーの大半は男性）が生息しており、数日、時には数週間にわたってもうひとつの別の現実に姿をくらます。

社交家ではないだろうが、彼らは知力に勝り、集中力にも恵まれている。しかも比較的裕福で、自分たちにかかわる問題には極めてモチベーションが高い。その団結力はIGEの目論みを頓挫させ、ブリザード・エンターテイメントの方針を自分たちの意向に従わせるパワーを秘めていた。のちに自身でも認めているように、この啓示を通じてバノンはオンラインコミュニティーが持つ広がりと力強さに早くも納得するとともに、インターネットの水面下を流れるパワフルな潮流を評価するようになっていく。こうした勢力を取り込むことができたら、また取り込めたとしたら、その勢力をどのように使えばいいのかとバノンは考え始めていた。

アフィニティ・メディアはオンラインマネー農場《ゴールドファーミング》事業を大幅に値引いて競合他社に売り払った。しかし、会社が買収していた三つの巨大MMOの情報サイト(「ワウヘッド」「アラカザム」「ソットボット」)はバノンも手元に置いた。これらのサイトは、何百万というゲーマーたちが集まるハブになっていた。

トランプの大統領選の時系列をさかのぼれば、すぐに血気盛んなゲーマーたちのオンラインネットワークと、4ちゃんねる、8ちゃんねる、レディット〔訳註:米国版2ちゃんねると評される掲示板〕といった熱狂的なトランプ支持者が集まる掲示板に書き込むネット民にたどりつく。選挙運動の期間中、こうした掲示板の住民は、ユダヤ人団体「名誉毀損防止同盟」が憎悪のシンボルと断言した反ユダヤ主義のキャラクター「カエルのペペ」のような人種差別的な侮蔑、オルタナ右翼的な罵倒の拡散に熱心に励んだ〔訳註:オルタナ右翼とは従来の保守主義に代替《オルタナティブ》する右翼思想で、ネットを発信源にした運動。「オルトライト」ともいう〕。さらにもう少しさかのぼればブライトバート・ニュースとバノンその人にたどりつく。二〇一五年、バノンは反フェミニストの〝荒し《トロール》〟として知られるマイロ・ヤノプルスをブライトバートの編集主幹に雇い入れ、こうした勢力をますます煽り立てていった。

だが、イスラム教に向けられたバノンの反感と西洋文明が攻撃されているという思いがふたたび燃え上がる事件がなければ、彼の進路はハリウッドからそれず、その道をまっすぐに目指していたかもしれない。

アンドリュー・ブライトバート

二〇〇一年九月十一日、テロリストによるワールドトレードセンターとペンタゴンへの攻撃は、バノンには一九七九年にテヘランのアメリカ大使館人質事件に通じる同質の衝撃をもたらした。この二十年間というもの、アメリカに向けられたイスラム過激派の脅威はなにひとつ鎮められなかったとバノンは覚った。事実、イスラム過激派のテロリストは人々の想像をはるかにうわまわる力で攻撃を加え、自身がゴールドマン・サックスの一員として働いていたウォール街の金融地区をまさに攻撃目標として定めていた。

イランの大使館人質事件をきっかけに、バノンはロナルド・レーガン支持へと駆り立てられた。アメリカの安全と世界に対する影響力を絶やさないためには、レーガンの力強さが不可欠だとバノンは確信していた。軍を去ってすでに十数年、敵の新たな攻撃に対し、これというはけ口もなかった。中年に達したハリウッド専門の投資銀行家が新兵募集のオフィスに出向き、再入隊するなどできる話ではない。

翌年、歴史と政治史の熱心な読者であるバノンは、刊行されたばかりの一冊の本を手にしていた。保守系の政治研究家ピーター・シュバイツァーが書いた『レーガンの戦争：四十年に及ぶ共産主義との闘争の歴史、最後の大勝利』（未邦訳）という本だった。新たに公開された公文書を使いながら――そのなかにはレーガンに関するソ連国家保安委員会（ＫＧＢ）の資料も含まれていた――シュバイツァーは敵の目から見たレーガンの横顔を描いていた。専門家の意見をも退ける意欲とともに、確たる信念と洞察力、冷戦に勝利をもたらしたのはひとえにレーガンのこうした資質なのだと（大げさの域を超えて）シュバイツァーは断言していた。

ハリウッドで働いた年月、バノンは間近にいて映画ビジネスの経験を重ねてきた。だが、仕事はあくまでも財務上の面に限られた。これまで無数の投資家がそうだったように、バノンも製作面にかかわりたいと願うようになる。アイデアや信念にはまったく不足はしておらず、いまや自分の情念のおもむくまま恥られる財力も手中にしていた。シュバイツァーの本の映画化権を獲得すると、それを原作にした映画『イン・ザ・フェイス・オブ・イービル』（二〇〇四年）を監督した。「この映画はまぎれもないメタファーだ。９・11直後の映画で、民主主義が過激なイデオロギーとどう戦うのかという物語を描きたかった」と自身の映画について語った。バノンはシュバイツァーを口説いて、この映画作りへの協力を仰いだ。「ピーターと私は、六十年に及んだレーガンの共産主義との格闘を物語る映画を製作した。そして最後に、イスラム過激派に対するアメリカの格闘がどういうものなのかという点を結びつけた」。

映画の出足はまずまずで、保守系の観客の絶賛を浴びた（右派のラジオパーソナリティ、ラッシュ・リンボーは「すばらしい出来映えだ〈略〉。極めてよく表現されている」と評価していた）。「リバティー・フィルム・フェスティバル」では最優秀賞を受賞している。この映画祭はリベラルなハリウッドで保守派の足場を築くために創設された。そして、バノンがアンドリュー・ブライトバートとはじめて出会ったのがこの映画祭である。ブライトバートその人が映画祭の主催者で、バノンはこの人物の軌道に引き込まれていく。「映画を上映していたビバリーヒルズの会場で、人ごみから熊のような人物が現れ、私をぎゅっと抱きしめた。頭が破裂しそうな勢いだった。『文化を取り返さなくてはならない』と言っていた。相手が何者なのか本当に知らなかったんだ」とバノンは振り返る。やはりロサンゼルスに住んでいたブライトバートは、バノンにただちに深い影響を与えた。ザ・ビートルズにとって瞑想家のマハリシ・ヨーギーがそうだったように、ブライトバートはバノンにとってある種の尊師《グル》に当たる存在となる。出会ったころのブライトバートは、マット・ドラッジとともに「ドラッジ・レポート」を立ち上げ、またアリアナ・ハフィントンが創設したリベラル系ニュースサイト「ハフィントン・ポスト」の手伝いを終え、自身の名前を冠したニュースサイトを開始した直後だった。

ブライトバートこそバノンの好みにかなった人物だった。押し出しがきき、自分の意見を持ち、戦闘的だが陰湿ではない。言葉に真の意味を持たせるという、バノンにはうらやむしかない才能も持ち合わせていた。「保守派の人間で、これほど器の大きな人物に出会ったことはなかった」とバノンも語っている。ブライトバートもオンラインの住人には鋭い鑑識眼を持ち、彼らを深く理解するとともに、どのように影響力を行使すればいいのかという点で意見を同じくしていた。その影響力はネットの利用者にとどまらず、彼らに情報を提供するメディアにも及ぶものだった。

バノンが驚いたのは、ブライトバートがドラッジ・レポートを通じてマスコミ報道を左右していた点だ。テレビ局のプロデューサーも新聞社の編集者も、悦に入ってドラッジ・レポートの報道を追いかけた。ニュースがどう循環するのか、ブライトバートは理屈抜きの直感をどうやら持っていたようだ。また、文化に対するバノンの見識を高めたのがブライトバートである。世俗のリベラリズムと戦い、二人ともに、自分に抜きがたく染みついていると思える弱点を克服する要の分野こそ文化だ。

「政治は文化の下流にある。私が変えたいのは私たち自身をめぐる物語《カルチュラル・ナラティブ》だ[12]」という言い方をブライトバートは好んだ。つまり、ブライトバートの関心はワシントンに直接働きかけるのではなく、この物語を形作ると自身が信じる制度（と〝ポリティカル・コレクトネス〟のような制度に対して二人が用いる手段）にむしろ向けられていた。

新しい海賊の王様だと了解したバノンは、ブライトバートの新事業について財務上のアドバイスとオフィスを提供した。バノンはバノンで、メディア向けに狙いを定めたインターネットの立ち上げを目の当たりにした。「未公開株を扱う連中のうち何人も、ハフィントン・ポストに投資するのを肩越しに見てきた。巨大な評価額について聞いた説明のひとつは、コンテンツではなくテクノロジーにあるというものだ。ハフィントン・ポストにはジョナ・ペレッティというまぎれもない天才がいて、当時、このビジネスの技術面についてひと通り説明して、『つまるところアクセス数ではなく、ネットコミュニティーについて考えろ』と教えてくれた。このひと言は私の頭のなかに焼きついている」とバノンは言う。

ブライトバートを通じてバノンは、敵対を表明した相手から公然と侮蔑されるときに覚える、敵役であることの高揚感と湧き上がる力のありどころを知った。二〇一〇年、ブライトバートは「自分は人に好かれるより、憎まれるほうが性に合っていることを覚った。ゲームはそのときに始まった」とタイムの取材に答えた。しかし、敵に向けられたバノンの〝憎しみ〟が時折ぎらりと輝くのは、敵対関係における自分の役どころをブライトバートよりも文字通りの意味でとらえているからだ。

それから数年、バラク・オバマが大統領に選出され、反動としてティーパーティー運動が始まると、バノンはドキュメンタリー映画を続けざまに監督・製作した。いずれもワーグナーの楽曲と好戦的な画像に富む、壮大で徹底して自説に固執した映画だ。アメリカ－メキシコ国境での衝突を描いた『国境戦争：不法移民との戦い』（二〇〇六年）、ティーパーティーの興隆をたたえた『祖国のための戦い』（二〇一〇年）。そして『ジェネレーション・ゼロ』（二〇一〇年）では金融システムの溶解をもたらしたルーツが検証されている。

このころまでにはバノンも、ポピュリストとして臆することなくウォール街を批判するようになっていた。「変わってしまったのはここだ。一九八〇年代、ゴールドマンが意味していたのは資本形成の主たる供給者であることだった。要は成長（を育むこと）に関係した。成長は正しい。私が勤務していたころ、会社のエリート部門は投資銀行業務であり、さらに精鋭を極めたのがM&Aだった。トレーダーはクイーンズ地区の連中だ。金融工学を駆使する分析専門家《クオンツ》の時代がまさに始まろうとしていた」。バノンは自分がかつて熟知し、理想を抱いた世界をこれ以上認めないと言い切った。その後釜に居座った新たなるものによってバノンは追いやられる。この変転には映画じみた辛辣さが伴っていると自身は考えていた。「映画『ウォール街』で、チャーリー・シーンがはじめてトレーディング・ルームに足を踏み入れるシーンを見ているようだった」と語りながら、若かりし日の自分を重ねる。「それから場面は二〇〇八年に変わり、私がアジアから戻ってみると、投資銀行は高レバレッジのファンドに成り果てていた。彼らが金を生み出していた場所がここで、ここで彼らは経済を破綻させた」。

これは金融危機に関するポピュリストの一般的な批判で、リベラルと保守派の多くもこの批判は変わらずに支持する。バノンの父親が引退後の貯蓄のかなりの部分を失ったこともあり、この見解には本人の個人的な思いがとくに重なる。しかし、危機の原因をめぐる見立てこそ、マイケル・ルイスやウォール街では主流の批評家とバノンの意見を分かつ点だ。『ジェネレーション・ゼロ』は、アンドリュー・ブライトバートの影響に満たされた映画である。映画のなかでバノンは、ついには崩壊へと導くウォール街に大甘な文化を生み出したリベラルな社会政策を非難している。

「一九九〇年代後半――」とナレーターが厳かに語り出す。「政府、メディア、アカデミズムなど多くの機関の権力は左派によって奪い取られた。こうした立場や権力の座を通じ、彼らは制度を分断し、ついには資本主義体制を崩壊させる戦略を実行することができた」。

ブライトバート経営執行役会長に

二〇一〇年の中間選挙が近づいてきたころ、サラ・ペイリンがバノンに接触、自分をビデオに収めることに興味はないかと打診してきた。二〇〇八年の大統領選の選挙運動で注目株となったサラ・ペイリンだが、この時点でも変わらず波に乗っていた。バノンには時機、人物、政策ともにほぼ完璧な組み合わせであると思えた。サラ・ペイリンはティーパーティーという広範囲な現象の化身《アバター》で、彼女が大統領戦に出馬することを真剣に考えている者もいた。ビデオカメラをただまわすのではなく、ペイリンに関するドキュメンタリー映画を撮影することにした。伝えられるところでは、『敗れざる者』(二〇一一年)のためにバノンは一〇〇万ドルの私費を投じたといわれる。バノンは総力戦でこの映画に取り組んでいた。

バノンが撮る映画のレパートリーは、暗喩とは無縁の直喩の作品だ。『敗れざる者』では無力なガゼルを襲うライオン、あるいは地面を割って成長した苗木が見事な花を咲かせる。その実を食べるペイリン。六月、ペイリンはアイオワ州に家族とともにおもむく。ペラで催されたプレミアショーにはバノンも姿を現した。ペイリンを追っていた何百という記者たちは、全米ではじめて党員集会が開かれるアイオワ州だけに、これは二〇一二年の大統領選出馬への含みではないかと考えた。

開演の幕があがる前、バノンはペイリンの粗削りなポピュリズムを褒めたたえた。「ペラ・オペラハウスに敷かれている激しくすり減ったレンガこそ、ペイリンが必要とするレッドカーペットそのものだ」。気配は熱を帯びていった。この日、ペイリンの娘ブリストルは、母親は出馬への気持ちを固めたとテレビのレポーターに話している。仕切り役としてペラを訪れていたアンドリュー・ブライトバートは、バノンがペイリンを持ち上げたように、監督のバノンは「ティーパーティー運動におけるレニ・リーフェンシュタール」とのちに語って手放しでたたえた。

だが、ペイリンは踏み出さなかった。ペイリンほど大統領にふさわしいと思える候補者もほかにはいない。右翼ポピュリズムの中心はむしろネットの世界、とくにブライトバート・ニュースへと動いていた。「保守派の大半は個人主義者だ」とブライトバートは言っていた。「彼らは何年ものあいだ、メディアやハリウッド、ワシントンを牛耳る集団主義者に叩かれてきた。いま覚醒しつつある地下の保守運動とは、私のサイトにアクセスするように考えて組み立ててきたシステムなのだ」。

ブライトバートがしかけた地下運動の目玉のひとつは、人目を引くジャーナリズムの採用とともに、ショーマンとしてのアンドリュー・ブライトバート本人の天賦の才能で、時には大きな話題になることさえあった。ブライトバート一流の手法は、リベラル派のこれという人物や組織に狙いを定めた入念な〝荒し〟作戦で、標的の活動の核心に秘められた偽善をすっぱ抜く。

最初の当たりは二〇〇九年、ジェームス・オキーフとハンナ・ジャイルズという二名の保守派活動家が行った素人のおとり捜査の様子を映した動画を掲載したときだ。標的はリベラル派の地域社会活動家グループ「ACORN」で、保守派には格好の敵役だった。動画のなかでオキーフは、売春業の経営をめぐるアドバイスをACORNに求めてレクチャーを受けていた。この動画はACORNが売春に加担しているかのように編集されていることがその後の捜査で判明したものの、いずれにせよ連邦議会はACORNに対する財政支援を一時的に見送った。

翌年、ブライトバートは、シャーリー・シェロッドという農務省の黒人職員による全米黒人地位向上協会（NAACP）への発言を隠し撮りした動画（保守派活動家によってまたもや改竄されていた）をアップ、これまでをうわまわる大騒動を引き起こした。動画のなかのシェロッドは反白人の人種差別主義者として語っているような印象を与えていた。動画が掲載された数時間後にシェロッドは農務省を解雇、ケーブルニュースはこの事件一色になった。しかし、間もなく動画はブライトバートによって改竄されていたこと、彼女の意図は映像とは真逆であることが編集前のテープから明らかにされる。それまでシェロッドのニュースを語気荒く放送してきたフォックス・ニュースは、今後アンドリュー・ブライトバートを生放送のゲストに呼ぶことを禁じた。

バノンといえば、そのころサイトの運営と関連ビジネスに積極的にかかわっていた。シェロッドの一件が問題になったときには、ブライトバート・ニュースの拡大とリニューアルのための資金を集めていた。しかし、悪評と人種差別という汚点で、資金集めはなんの前触れもなく〝核の冬〟に遭遇する。ブライトバート自身はこんな不名誉に免疫——恥という意識はあるにせよ——ができているので、非道な個人攻撃に出ようが良心の呵責を覚えることはない。ジョン・F・ケネディの末弟で、上院議員のテッド・ケネディの死去に接すると、ケネディは「悪党」で「愚劣」「二枚舌のろくでなし」とツイートし、さらに「〝この男《ジス・マン》〟の天国行きを阻めるなら、礼儀など喜んで捨ててやる」と書き込んでいた。[13]

ブライトバート・ニュースの村八分は長くは続かなかった。一年とたたないうちに今度は、民主党の下院議員アンソニー・ウィーナーがツイートした自身の股間写真をサイトに掲載する。バノンによれば、ブライトバート・ニュースはウィーナー失脚にひと役買った。女性支持者によからぬ関係を求めるウィーナーの性癖について証拠を得ようと、サイトでは追跡者を雇い、四六時中ウィーナーのツイッターのアカウントを追い続け、ウィーナーがうっかり公開した運命の股間写真を最後に抑えることができたのだという。*

あたかも何か高位の力に操られているかのように、ウィーナーの醜聞は直後からあまりにも奇妙な場面でクライマックスに達した。ウィーナーの一件をめぐり、ブライトバート本人はニューヨークの記者会見の注目を一身に集め、度肝を抜かれた記者の質問攻めもうまくさばいた。会見の様子はテレビでも生中継されていた。フォックス・ニュースはブライトバートの出演をさっそく上機嫌で受け入れた。バノンはこの経験を通じ、まがいものではないニュースの影響力と有効な使い方を学んだ。そ

---

* ジャーナリストのグレッグ・ベアートがサウンドビトン・コムに書き込んだように、誰がアンソニー・ウィーナーの証拠を押さえたのか、その人物は誰のために作業にかかわったのかという問題をめぐっては激しい論戦が繰り広げられた。二〇一五年のインタビューでバノンは、この件に関してニュースサイトで人を雇って追跡したと私に語っていた。ベアートの記事によれば、不幸にもウィーナーのキャリアに終止符をもたらした股間の画像つきツイートを最初に見つけてシェアした人物、あるいは@PatriotUSA76というアカウントの背後にいた人物はダン・ウルフと名乗ったが、この人物の正体についてはとくに検証されていない。アンドリュー・ブライトバートは、ダン・ウルフなる人物と接触したのはこのツイート以降で、彼の正体については知らないと言い続けていた。

して、間もなくこの教訓を実践する事情をバノンは抱え込むことになる。

二〇一二年三月、ブライトバート・ニュースのリニューアルまであとちょうど四日というその日、ニューヨークで投資家相手にプレゼンをしていたバノンは一本の電話を受け取る。この日の朝、カリフォルニア州ブレントウッドの自宅周辺を散歩していたアンドリュー・ブライトバートが突然倒れ、心不全で息を引き取ったという知らせだった。四十三歳だった。激しい衝撃とともに自らに課された義務から、バノンは正式にブライトバート・ニュースに参加すると、経営執行役会長に就任した。

葬儀の際、マット・ドラッジは何か目算はあるのかとバノンに尋ねた。「とにかくウエブサイトのリニューアルを急がなくてはならない」とバノンは答えていた。

第5章　国境の「壁」

大ヒットTV番組の人気者

スティーブ・バノンに出会う二十年以上前からトランプは大統領選への出馬を考えてきた。この期間の大半を通じ、二人の政治的信条が同じだったわけではない。ただ、特定の問題をめぐり、トランプは長年にわたり強い関心を抱いてきた。その問題についてはバノンも異論はなかっただろう。一例をあげれば、トランプもバノンも対外貿易においてアメリカは絶えず食い物にされてきたと信じていた。だが、国内問題になるとトランプの意見はニューヨーク州の民主党員の考えを反映した程度にとどまる。つまるところ、自分の暮らすニューヨークが世界そのものだった〔訳註：トランプは二〇〇一〜二〇〇九年、一九八七年以前まで民主党員だった〕。

そしてバノンと出会う。トランプの考えは一変した。バノンが奉じるポピュリスト・ナショナリズムを、叩き上げの労働者階級の精神と、腐りきった〝グローバリスト〟のエリートへの侮蔑とともに吸収していった。しかし、その一方で捨て去ることを選んだものもあった。ホワイトハウスへと至る道同様、トランプが何を手放さざるを得なかったのかについても見逃すことはできない。

二〇〇四年一月八日、NBCはプライムタイムに新番組を放送した。この日、テレビを見ていた視聴者は、間もなく世間に一大センセーションを起こす番組の初回放送に立ち会うことになった。画面には鳥瞰図でとらえたマンハッタンの地平線が浮かび上がっている。決して動じない、自信たっぷりのトランプのお馴染みの声がオープニングの紹介を始める。「ニューヨーク。ここは私の町だ。世界経済の行方を決めるハンドルはこの町で休みなくまわり続けている」。リムジンの後部席に深々と身を投げ出した、よく知られるあの姿だ。「私の名前はドナルド・トランプ、ニューヨーク一番のデベロッパーだ。世界中に私のビルが建っている。モデルエージェンシーを経営し、ミス・ユニバースを運営している。ジェット旅客機、ゴルフコース、カジノを持っている」。リムジンから降りたトランプは待機するヘリコプターに向かう。機体には〝トランプ〟というロゴが麗々しく記されている。決め台詞《ぜりふ》が語られる。「私は事業の秘訣を極め、トランプという名前をもっとも価値あるブランドに変えた。達人として、この知識を誰かに伝授したい。私が求めるのは――そう〝弟子《アプレンティス》〟だ」。

第一回の放送から「アプレンティス」は大反響を呼んだ。第一シーズンの放送期間中、番組の平均視聴者数は週二〇〇〇万人を超えた。リアリティー番組時代の幕明けで、トランプの漫画じみたキャラクターも新しい番組に見事にマッチした。毎週の放送で十六名の参加者が課題の事業計画をめぐってたがいに競い合うが、トランプ本人はトランプタワーの上階にあるクルミ材張りの贅を尽くした役員室で仕切っていた。* その後全員が役員室に集まり、トランプの苛烈な審判に身を差し出す。毎週、トランプは番組の最後で参加者の一人にあの決まり文句を言い放つ――「お前はクビだ」。

思いがけないヒットを得てNBCの経営陣は舞い上がる。リアリティー番組としてはNBC初のヒットシリーズで、それまでNBCはCBS（「サバイバー」「ビッグブラザー」）やABC（「ザ・モール」）など大手他局の番組に後れをとっていた[1]。トランプの成功がそれ以上に意味があったのは、木曜日のゴールデンタイムという、極めて重要な時間枠の放送だった点だ。NBCが長年にわたり一番力を注いできた枠で、つい最近までアンサンブルコメディーの「フレンズ」が守り抜いてきた。しかし、「フレンズ」の最終シーズンは二〇〇四年春に終了していた。「アプレンティス」が救いの手を差し伸べ、バトンをつないでくれたことにNBCはすっかり安心した。

あっという間の成功はNBCに大きな経済的利益をもたらす。トランプ本人に対してもそうだったとはいえ、単なる成功をはるかに超えていた。これぞトランプという消しがたい印象が国中に知れ渡ったのだ。番組プロデューサーのマーク・バーネットがNBCに売ったそもそもの企画では、トランプが務める番組ホストの役どころは一シーズンに限られ、その後のシーズンについては、たとえばバージン・グループのリチャード・ブランソン、大富豪のマーク・キューバン、カリスマ主婦のマーサ・スチュワートといった誰もが知る実業界の大立て者の出演を考えていた。[2] しかし、そうしたアイデアもこれでおしまいとなる。「放送第一回目でずっとトランプでいこうと話し合った」と、NBCでリアリティー番組を担当するジェフ・ギャスピンは言う。

NBCには、ゴールデンタイムに大勢の視聴者を引きつけるトランプの力がどうしても必要だった。二〇〇〇年代半ばごろから主要ネットワークは、ケーブルテレビなどのメディアに軒並み視聴率を奪われ始めていたからである。トランプで視聴率が確実に稼げるなら、NBCとしては大手の広告主を集めやすい。NBCはつぎのような企業の広告を集めていた。マクドナルド、ペプシ、ホーム・デポ、

＊ 実際の役員室はトランプタワーの上階にはない。これは番組プロデューサーが演出したしかけで、毎回番組の最後でトランプの裁定を仰ぐためにエレベーターに乗り込んだ参加者たちの緊張したシーンが挿入された。撮影で使用された役員室はタワーの五階にあり、前述のようにトランプ陣営の初期の作戦司令室に改装され、投票日当日には〝隠れ部屋〟が設置された。

ビザ、フォード、キャピタル・ワン、ケロッグ、パナソニックといった多くの優良企業が「アプレンティス」の放送に合わせて広告を流した。また、十年近くにわたって続いた番組につき合い、最後までスポンサーを続けた企業も少なくない。木曜日の夜に二〇〇〇万人の視聴者が番組にチャンネルをまわした。週末にかけて封切られる新作の宣伝に熱心なハリウッドの映画会社にも、「アプレンティス」は理想的な出広先だったのである。

しかし、トランプの訴求力にはもうひとつ別の面があった。主流メディアの関心はほとんど引かなかったが、広告主がトランプの番組を望ましいと考えた理由こそこの訴求力だ。この時期、政治的には休眠期にあったが、トランプをして、共和党の主だった政治家とは劇的なまでに異なる国民的有名人に押し上げた本当の理由である。トランプはことのほかマイノリティーに人気があったのだ。

「アプレンティス」は多くの視聴者を獲得していたが、とくにアフリカ系アメリカ人とヒスパニック系が高い比率を占めていた。特定の購買層に狙いを定める「フォーチュン500」のような企業にとって、この番組のスポンサーになればアフリカ系とヒスパニック系の両方のいいとこ取りができる。

二〇〇四年当時、マクドナルドで最高マーケティング責任者を務めたエリック・レイニンガーは、「何はともあれ、広告主は絶対に確実な購買層を獲得しようとします。トランプは本当にいい数字を持っていました」と語る。「つぎに狙うのは特定層とは異なる購買層です。マクドナルドのような企業では、規模で劣る五つの番組で視聴者層を集めるより、分母の大きな購買層を持つ一番組を買ったほうが有利です。多様な視聴者がいる人気番組を押さえられれば、これほど申し分ないものはありませんよ」。

それだけではない。マイノリティーに受けたのは、単にビジネスコンペのドラマだからではなく、トランプその人と、番組のなかで本人が放つ世界に根差していることが間もなく明らかになる。ユニワールドの最高経営責任者モニーク・ネルソンはこう言う。「熱心なマーケターとして番組を見れば、『アプレンティス』のすばらしさは、見事なほどバランスがとれた番組だという点です」と指摘する。ユニワールドはマイノリティーの視聴者を専門とする広告代理店で、番組ではホーム・デポとフォードの二社をクライアントとして抱えていた。「この番組には有色人種や女性、さまざまなバックグランドを抱える人たちがいつも登場してつながっています。マーケティングの見地からひとつ言えるのは、自分自身を彷彿させる登場人物を目にすると、人はもう目が離せなくなります」。

さらにトランプと番組製作者は、従来のテレビや映画で描かれてきた少数派のキャラクターとは異なる役どころでマイノリティーの参加者を紹介していた。「アプレンティス」では、必死にがんばる大志ある起業家としてマイノリティーは描かれた。番組九週目で〝クビ〟は宣告されたが、ハワード大学卒業のアフリカ系アメリカ人の女性オマロサ・マニゴールトー・ストールハウスは、アル・ゴア副大統領のホワイトハウスで地位の低い仕事に甘んじていた。しかし、「アプレンティス」の初回シーズンに参加、人気が沸騰すると一躍スターとなる。リアリティー番組の典型的な憎まれ役として振舞い、彼女はいまも語り草だ。二〇〇五年の第四シーズンの優勝者でトランプの弟子《アプレンティス》となったランドル・D・ピンケットは、アフリカ系アメリカ人のビジネスコンサルタントでローズ奨学生だった。[3]

視聴者はそうした点に気がついた。

「当時のアメリカは——多民族国家、多人種国家、多世代国家であるこの国を知らしめるというすばらしい仕事をこなしていました」とネルソンは言う。「(番組は)マイノリティーの視聴者への訴求を模索している企業にはアピールしていたし、ゴリ押しすることなくその役割を確かに果たしていました。マーケティングとはそれに尽きます。マーケティングというレンズを通すと、かなりの広がりでアメリカを確実に見通すことができるのです」。

この人気はトランプ自身にも及び、当時、民間の統計調査会社が実施した調べでは、白人視聴者よりアフリカ系アメリカ人、ヒスパニック系にトランプは高い人気があった。「ゴールデンタイムの番組で露出、しかもNBCは高い視聴率を取っていたので、トランプの好感度はプラス、マイナスのいずれも平均をかなりうわまわっていました」と世論調査会社Qスコアズの執行副社長ヘンリー・シェーファーは言う。Qスコアズは有名人やテレビ番組の好感度や訴求力を計測し、そこから抽出した〝Qスコア〟を広告主に提供している。「トランプはある種の強烈な個性の持ち主で、リアリティー番組『カーダシアン家のお騒がせセレブライフ』のカーダシアン一家、マーサ・スチュワート、きわどいジョークを口にするハワード・スターンなどのカテゴリーに属していると私は考えていました。つまり、悪口をどうしても言いたくなるセレブなんです」。

人気が絶頂にあった二〇一〇年、トランプに関するQスコアのプラス評価は黒人視聴者で二七ポイント、英語を話すヒスパニック系では一八ポイントだった。しかし、非黒人視聴者のQスコアのプラス評価はわずか八ポイントにすぎない。白人の視聴者もほかの視聴者同様、トランプを見ようとチャンネルをまわしたが、彼らはとくにトランプを好んでいるわけでもないし、単に悪口を言うために番組を見ていた。シェーファーに言わせると、どちらにせよ「黒人とヒスパニック系のあいだでは、トランプの好感度は高かったのが確かだったのです」。

シリーズが回を重ねるにつれ、このような好感度の価値が高まったのは、当時、企業国家アメリカ《コーポレイト・アメリカ》でブームの〝目に見える多様性[4]〟として知られるマーケティング戦略に合致していたからである。その戦略のもとでは、企業国家アメリカは人種的に多様な国との単なる〝触れ合い〟にとどまらず、アメリカ自身が能動的（でしかも開放的）な参加者というメッセージを持つコマーシャルが理想とされていた。

「アプレンティス」が人気を博していくと、企業国家アメリカでは、この番組は多文化に関して先見の明に富む典型だと見なされるようになる。とくに二〇〇八年、白人と黒人のあいだに生まれた大統領が選出されて以降、多くの広告主がこうした番組をますます求めるようになっていく。「将来を見すえれば、広告という広告が多文化を極めていくのは当然と言えば当然です。大半の州で、今後は多数派を占める人種が消えてしまうからですよ」[5]。二〇〇九年、多文化を専門とする広告代理店センシスの最高幹部ダニー・アレンは断言した。オバマがこの国の人種間問題の向上を示すシンボルだったように、「広告主たちもまたこうした切なる願いに歩を合わせ、とくに若い層に向け、人種的断絶を克服してさらに統一された形で前に進もうとしていました」と語った。

いまとなっては思いもつかないが、トランプと「アプレンティス」という番組は、放送期間の約十年を通し、アメリカの多文化主義の勝利だと広告主と視聴者から見なされていたのである。

背を向けるマイノリティー有権者

セレブとポップカルチャーの偶像として、トランプの盛名はこれまで以上に高まる。だが、当の本人といえばますます政治に執着していった。誰もその思いには気がつかなかったが、しばらくして明るみに出たのは、ホワイトハウスを念頭に置く並の共和党員なら、血迷ったかと思えるほど無謀な試みに手を出そうとしていたからだ。トランプはマイノリティーの有権者との関係に火をともそうとしていたのだ。

政治というレンズを通して見た場合、二〇一〇年時点のトランプは、共和党の政治家が四十年近い年月を費やして奮闘してきたものの、なしえることなく不毛に終わったある試みをすでに達成していた。つまり、黒人とヒスパニック系のあいだで不動の人気を幅広く獲得していたのだ。もちろん視聴者は政治家としてトランプを見ていたわけではない。それはまだ先の話だ。しかし、大統領職を目指すスタート地点として、共和党がいつかそうありたいと望んだはるか向こうの地点にトランプはすでに立っていたのだ。

忌憚なく言えば、共和党は進むべき方向をまったく誤っていた。一九六四年の共和党の大統領候補バリー・ゴールドウォーターは〝州権〟を擁護——公民権運動には反対の意向だと理解された——すると、マイノリティーの有権者は共和党に背を向けた。また、一九六八年の選挙ではリチャード・ニクソンの〝南部戦略〟——白人の人種差別主義者の票を取り込む——も黒人の離反をますます固定化させた。ゴールドウォーターの大敗以降、十一度の大統領選において、共和党は黒人有権者の一五パーセント以上を獲得できなかったのだ。[6] もっとも直近の二〇〇八年大統領選の出口調査では、共和党候補ジョン・マケインの獲得は黒人有権者のわずか四パーセントにとどまった。[7]

急速に拡大するヒスパニック系の有権者に対してはやや持ち直し、二〇〇四年の大統領選でジョージ・W・ブッシュは最高四四パーセントを獲得している。しかし、ここでも共和党の後退は始まっていた。マケインが押さえたヒスパニック系の有権者は三一パーセントにすぎなかった。将来動向を見すえた共和党の戦略担当者はすでに不安を募らせていた。アメリカの人口動態の変化は、マイノリティーの登録有権者の割合が確実に増えていくことをまざまざと示していたからである。

トランプは人種問題に関してまったく身に覚えがないというわけではない。一九八九年、ハーレム出身の黒人とヒスパニック系の十代の若者五名がセントラルパークでジョギング中の女性をレイプするという事件が起こると、トランプは八万五〇〇〇ドルの私費を投じてニューヨークの各新聞に、「強盗や殺人犯には苦痛を与えなくてはならない。人を殺せば、その罪によって彼らは処刑されるべきなのだ」[8]と死刑復活を求める意見広告を掲載した（ＤＮＡ鑑定で犯人とされた五名《セントラルパーク・ファイブ》が冤罪だったことが明らかになったあとも、トランプは謝罪を拒んだだけではなく、五名は犯人という自説を曲げようとしなかった）。にもかかわらずトランプは、どれほど信じがたい話にせよ、マイノリティーの何百万という有権者のかなりの支持をとりつけていたのだ。

　ではトランプは、何に駆り立てられ、なんの前触れもないままバラク・オバマの出生攻撃に乗り出していったのだろう。オバマはケニア生まれという疑いを口にしただけでは収まらなかった。この空想じみた人種差別的暴言を徹底させようと、トランプはどうしてフォックス・ニュースからＡＢＣの「ザ・ビュー」までメディアを総動員した大規模な電撃作戦を展開したのだろうか。

　話の出所はトランプ本人ではない。オバマの出生をめぐる疑いは右翼の謀略サイトやチェーンメールなど、インターネットの暗い片隅で流通してきた話だ。そして、このままでは大統領選の運動にも影響が出ることが明らかになったとき、にっちもさっちもいかない状況に置かれてはじめて、トランプは渋々ながら自らの発言を撤回した。選挙の二カ月前、ワシントンDCのトランプ・ホテルのロビーで、退役した将軍に囲まれながら行われた異様な記者会見でのことだ。

　トランプと同世代の共和党員には、政治家としておそらく一流の本能に恵まれた者がいる。その本能を持つ一人として、トランプは黒人の大統領に人種差別的な攻撃を加えた。共和党を支持する草の根の有権者に取り入るには、それが一番確かな方法だと気づいていたのはまちがいないはずだ。新たな聴衆にアピールする手段として、マイノリティーの有権者とのあいだに築き上げてきた好感度をトランプは容赦なく踏みにじった。

影響はほぼ直後から現れた。最初はトランプが出演する番組の視聴率である。二〇一一年春、出生疑惑に対する攻撃が本格化しつつあるころ、NBCは「セレブリティ・アプレンティス」の新シーズンを放送していた。テレビ向けの政治広告を行うナショナル・メディアが実施した調査では、ゴールデンタイムの番組のなかでも「セレブリティ・アプレンティス」にチャンネルをまわした視聴者はもっとも多かった。トランプが魅了してきた膨大なマイノリティーの視聴者に大いに負っていたのだ。だが、オバマの出生問題をめぐる告発が放送されると、ニールセンの視聴率はあっという間に下方に転じる。[9]「いままでこれだけいたトランプの視聴者が減少していくトレンドを踏まえると、トランプが共和党員として振る舞えば振る舞うほど、視聴者のあいだに二極分化をどうやら引き起こしていくようだ」と、共和党のメディアセールス担当者はからかい気味に話していた。

オバマ攻撃の影響がさらにあからさまに現れたのがトランプ本人のイメージだ。マイノリティーがトランプに寄せていた好感度はなし崩しになろうとしていた。アフリカ系アメリカ人がトランプに抱いていたQスコアのプラス評価は二〇一〇年に二七ポイントに達していたが、攻撃が始まった翌年には二一ポイント、さらに一〇ポイント、九ポイントと下降が続き、二〇一四年には六ポイントの最低値に達する。同じ二〇一四年、かつて三〇ポイント台だったマイナス評価は五五ポイントに跳ね上がる。当時、トランプの攻撃はまだ始まっていなかったが、ヒスパニック系も「アプレンティス」のホストには幻滅していた。英語が話せる十代のヒスパニック系のあいだではQスコアのプラス評価はおおむね安定していたが、マイナス評価は四〇ポイント半ばまで急騰していた。

「トランプの正体見たりと、大勢の人が思ったのでしょうね」とQスコアズの執行副社長ヘンリー・シェーファーは語る。トランプは友好条約を破棄したとマイノリティーの視聴者が感じたとき、彼らの審判は熾烈だった。Qスコアズは議員の人気は調査しておらず、対象はもっぱらセレブと芸能人に限られる（トランプに関しても、本人が政治家として名乗りをあげた二〇一五年以降は調査を打ち切った）。しかし、ノンポリの著名人としてもトランプの人気凋落はどん底を極めた。

シェーファーは言う。「元KKKの最高幹部デービッド・デュークのような人物は、本人がどこかの番組に出演しない限り私たちも調査はしません。しかし、トランプの調査も最後になると、黒人視聴者のマイナス評価は歴代セレブのワースト二位に達していました。ワーストの単独一位は誰だと思いますか。〝状況《シチュエーション》〟こと、あのマイクですよ」［訳註：マイクは『マカロニ野郎のニュージャージー・ライフ』の登場人物の一人で、「この状況は自分がコントロールしている」という台詞からこう呼ばれる。この番組はイタリア系アメリカ人の男女八人による、一つ屋根の下の生活に密着した人気のリアリティー番組］。

「移民問題は選挙に利用できる」

掛け値なしの政治的見地からすると、マイノリティーの有権者を怒らせ、疎外するという目論みをトランプが選んだことは、見るに堪えないものであったにせよ、結果として当人にはプラスと出た。トランプは間もなくこの方針を強化し、攻撃の矛先を不法移民へと広げていく。トランプがこうした行動に出たのは、共和党全国委員会（RNC）委員長のラインス・プリーバス（のちにトランプ政権で首席補佐官になる）に率いられた共和党の重鎮が、二〇〇八年大統領選でオバマに敗退したミット・ロムニーの〝検視報告書〟を発表したちょうどそのときだった。報告書には共和党の立て直しに関する詳細な計画も記されていた。

提言されていた最重要事項には、マイノリティーの有権者の支持を取り込むため、包括的移民制度の改革法案が含まれていた。党員は一兵卒に至るまで、絶頂期の「アプレンティス」に出ていたトランプのように振る舞う必要があると党の重鎮ははっきりと語っていた。だが、当のトランプといえば、バノンの熱心な勧めを受け入れてそれとは真逆の結論に達し、ことごとく白人有権者を中心にした政治運動を打ち立てていた。

大衆の感情を狡猾に操る男は、ニューヨークという町で育ったことで、人種をめぐる鬱積した感情が持つ力に通じていた。オバマの出生疑惑を攻め立てることについて、自分が何をやっているのかトランプはよくわきまえていた。二〇一一年春の世論調査で共和党候補者のトップになったことで、自分の本能の正しさは裏付けられている。しかも、出生疑惑の代償をトランプは負っていない。気高い自己イメージに関するトランプの〝交換法則〟では、黒人もヒスパニック系も人気絶頂時の「アプレンティス」と変わらない熱い思いで自分を支持しているのだ。当人はそう信じて疑わず、かりにニールセンの視聴率や世論調査の裏付けなどなくとも、そう噂されるだけで十分だった。

共和党予備選に勝利し、トランプの指名が確定して数日後の二〇一六年五月のことである。「マイノリティーの有権者が抱くイメージがよろしくないが」という問いに、トランプタワーの上階のオフィスに鎮座していた当人はつぎのように語って質問を受け流した。「ラジオのアナウンサーは、『そんなことを裏付ける世論調査のことは知らない』と言っていた。彼はニューヨーク出身のヒスパニック系だ。スペイン語で番組に電話してくる『リスナーはみんなトランプを支持している』と話していた。

ヒスパニックとはうまくやっていけると思う」。

トランプ本人の思い込みかどうかはともかく、マイノリティーの有権者への対応という点では、かつてのトランプほどまともに向き合った政治家は共和党にはいなかった。少なくとも支持率上の記録としてはドワイト・アイゼンハワー以来だ。二〇一〇年、多文化に向けられたトランプの訴求力をもってすれば、これまでとはまったく異なる選挙運動が繰り広げられるという好奇心に満ちた考えがかき立てられる。その運動とは、共和党員なら当てにしないのが当然の有権者の支持を得た強さに基づき、テレビ番組で見せていた起業家という異質のイメージのうえに築こうとする運動だ。

「みんなに向かい、トランプが話しかけていた時代がありました」とユニワールドのモニーク・ネルソンは言う。かりにトランプがさらに話しかけ続けていたら、「アメリカをふたたび偉大にしよう」と過去へ誘うようなスローガンではなく、「アメリカをさらに偉大にしよう」という前向きな選挙運動が繰り広げられていたのかもしれない。その代わりトランプは、人種問題の沼にどっぷりと浸っていった。

二〇一一年の特派員協会夕食会での吊るし上げ以降、フォックス・ニュースのレギュラー出演を除けば、トランプは政治のメインストリームからこぼれ落ちていった。事はひとまず収まった。出生問題で大騒ぎしたにもかかわらず、クーポンサイトを運営するグルーポンだけは広告主として「アプレンティス」の窮状を救った。朝は新聞、夜はテレビのニュースを見る人々の目には、トランプは政治とは無縁の世界に逃れたように映った。

だが、実はそうではなかった。トランプは右翼サイトとラジオのトーク番組という別の世界にコースを乗り換えていたのだ。著名人であるがゆえに、おのれが常に欲する正統性と卑屈な追従者にも事欠きはしない。この時期、トランプのもっとも忠実な追従者が「ニューズマックス」社主のクリストファー・ルディだった。

ルディはクリントン陰謀論の熱烈な支持者で、一九九七年に『ビンス・フォスターの不自然な死：ある調査について』（未邦訳）を刊行、一九九三年に自殺したクリントン大統領の次席法律顧問で、ビル・クリントンの長年の友人でもあるビンセント・フォスターは殺害されたという、なんとも暗澹たる説を唱えていた。ルディは「フォスター事件」を調べるクルーゾー警部だ[10]——当人について印象深く記すのはジャーナリストのマイケル・イシコフである。ヘマかもしれないが、確たる意志をもつニューヨーク・ポストの元記者ルディは、陰謀論を完璧なものに仕上げる会社を文字通り自分一人の手で立ち上げる。そして、ビンス・フォスターの死をめぐる状況は、邪悪で怪物じみた隠蔽工作で覆われているという説を心から信じていた。

二〇〇六年、ルディはフロリダ州ウエスト・パームビーチの自宅近郊に右翼系の出版帝国をまんまと築き上げた。著名な共和党の議員が訪れてきては援助を求めた。トランプと親交を結ぶようになったのもこの地で[11]、トランプの招きを得てパームビーチにあるプライベートクラブ「マー・ア・ラゴ」の加入に応じた。ルディはニューズマックスを通じ、トランプの面目を保つうぬぼれ薬を提供するとともに、トランプが秘めている政治手腕（いわゆる〝トランプ効果〟）を褒めそやす証言を途切れることなく流し続けた。このころ共和党内の有力者は、トランプがのどから手が出るほど望んだ敬意を払おうともしなかった（「トランプ、ゴールデン枠で放送の共和党会議のスピーチを断る[12]」と記事には書かれたが、そもそもこんな依頼など受けてはいない）。

相乗効果を狙い、あの手この手のプロモーションがにぎにぎしく展開されるなか、ルディはその一環としてニューズマックス主催で、二〇一二年大統領選の共和党候補者に関する討論会をアイオワで開催することにした。[13] 討論会の司会にはトランプが予定されていた。「本誌の読者や一般市民は心からトランプを愛している」と開催に向けてルディは触れまわった。だが、参加に応じたのはニュート・ギングリッチとリック・サントラムの二名にとどまり、トランプはこの大役を降りて討論会は結局中止される。[14]

トランプがいまだ政治的な立ち位置を手探りで模索していたころ、二〇一二年大統領選で共和党候補者のミット・ロムニーがオバマに敗れた。トランプはニューズマックスを通じ、ロムニー敗退の理由について辛辣に非難した。いまになって振り返れば、これがあのトランプかと呆然とする指摘だ。元マサチューセッツ州知事の大統領候補が移民問題で示したスタンスを、トランプは左寄りの立場から叩いていたのだ。「ロムニーが掲げた不法滞在者が自ら進んで帰国する選択《セルフ・デポテーション》という馬鹿げた政策は常軌を逸している」[15] と訴えた。「聞こえが悪いばかりか、これによってラテン系の票を失った。アジア系の票もなくなった。この国へと駆り立てられる者みなすべてが失われたのだ」。ロムニーの取り組み方はあまりにも〝卑劣〟で、すべからく落選すべき運命にあったとトランプは断じていた。*

* トランプの相談役の一人は、匿名を条件につぎのように語る。一見すると穏健とも思える移民問題に対するトランプの対応は、政策というよりもビジネス上の利害に駆り立てられたものだった。トランプは二〇一二年、マイアミにあるドアル・リゾート&スパを倒産に乗じて一五〇億ドルで買収、八〇〇エーカー（約三二五ヘクタール）のゴルフリゾートの改修工事を進めていたさなかだった。マイアミが〝移民の震源地〟であることは理解していたが、トランプとしては建築規制の適用除外を必要としていたので、移民を刺激しないように細心の注意を払っていた。

しかし、伝染性が高い強硬右派の世界で舵を切っていくにしたがい、トランプその人が不法移民に向けられた一般市民の沸き立つ怒りにいち早く同調する。この怒りこそまさに右翼に由来していた。「移民問題は選挙の新たな課題として利用できるとトランプは直感的に覚った」と前参謀役のサム・ナンバーグは語った。自分の支持基盤はカントリークラブでゴルフに興じる、お高くとまった共和党員ではないと見抜いた。そして、上品さなどさっさとかなぐり捨てると、ロムニー批判で自分があげつらったばかりの偏狭な信条をぶちあげた。ナンバーグは言う。「トランプはその信条をわがものにした。自分の話に耳を傾けるのは誰なのかよくわかっていた。政治論争をしたがる人たちではないだろう。それは年配の人たちであり、額に汗して働いている人たちのはずだ」。

トランプが遭遇した政治的な断層は、長年にわたり共和党政治の表面下に潜んできた問題である。不法移民の問題をめぐり、党内は秩序を重んじる保守とビジネス志向の保守に分断されてきた。前者は違法な移民の国外退去を求め、後者は安価な労働力の供給源が維持されることを望んでいた。さらに大局的な見地からも、ラテン系の有権者が疎外されることに不安を覚えていた。両者は事あるごとに緊張を高めた。たとえば二〇〇七年、ジョージ・W・ブッシュ大統領は「移民の国」アメリカとの歓呼の声をあげ、一二〇〇万人もの不法移民にアメリカの市民権を授ける移民法改正案の通過を試みた。しかし、法律を破った者に〝恩赦《アムネスティー》〟を与えようとしていると党内保守派の攻撃を受け、ブッシュのたくらみは完膚なきまでに叩きつぶされた。

ヒスパニック系の有権者に対するロムニーのお粗末な選挙結果を受け、共和党はふたたび移民法の改正に取り組んだ。しかし、同様な緊張が高まり、両派の指導者のみならず、オバマ大統領まで加わり、なんらかの対策を講じる時期を迎えたという点で話がまとまる。この試みにトランプは正面から異を唱えた。トランプの背中を押していたのが増え続けるツイッターのフォロアー数だった。当時、政治テクノロジーとしてツイッターはまだ型破りなツールだった。

「私たちにとって、ツイッターのフォロアーはフォーカスグループだった。二〇一三年、二〇一四年、トランプが〝恩赦〟に反対するツイートを流すたびに、何百何千という異様な数のリツイートがトランプのもとに寄せられていた」とナンバーグは語った。

完璧な極右ポピュリスト

オバマの再選が決まってしばらく、ようやく調和の時が訪れたかのように思えた。オバマ政権の一期目は、八〇〇〇億ドルの緊急経済対策から新医療保険法まで、あらゆる問題をめぐり共和党と民主党の果てしない戦いが続いた。ひと筋縄ではいかない経験で苦い失望を味わったものの、二期目を勝ちとったいまこそ、超党派による法律制定に向けて動ける時機がついに到来したとオバマは考えた。いつもなら感情を排した論理一辺倒の厳密さで分析し、こうした基準で共和党に応じることはめったにない。だが、今度は党派の垣根を越え、これまでにないさらに生産的な対応に向き合えるとオバマは期待した。

二〇一二年の大統領選の際、オバマはミネアポリスの演説で、「今回の大統領選に勝利すれば、争いの熱は冷めるでしょう。共和党には熱に浮かされるより、常識を尊ぶ伝統があるからです。この選挙を終えれば、二選目の私は選挙に出ることはなく、打倒オバマの目標は意味をまったく失います。私たちはふたたび手を携えて何事かを始めることができるのです。それが私の希望であり、私の期待なのです」[16]と宣言していた。

当初は幸先よく進んだ様子で、全員の関心が移民問題に集まった。誰もが予想しなかった大統領選の敗北に共和党員は呆然としていたが、党の重鎮は、包括的移民制度改革法案の通過は党の存続を左右する義務だという判断をくだしていた。二〇一三年早々、この問題に対処する民主党・共和党それぞれ四名の上院議員からなる超党派グループの手で、いわゆる〝ギャング・オブ・エイト〟法案が策定される。当時、国内に不法滞在していた一一〇〇万人に市民権獲得の道を開く一方、農業のように高い技術を必要としない産業部門に向け、外国人労働者の雇用拡大を図ることを目論んでいた。

一見いいことずくめに思えた法案だが、そこにはフロリダ州選出の上院議員マルコ・ルビオの大統領選を踏まえた野心という思惑が盛り込まれていた。ルビオはテレビ映えのするキューバ系若手議員で、フォックス・ニュースの覚えも愛でたい。このころ共和党では、もっとも聡明で若手のホープとして人気が上昇していた。そのルビオが主導していただけに、法案は勢いづいているという様相を呈していた。

日頃は保守を看板にするフォックス・ニュースがこの法案を手堅く支持し、民主党の支援もとりつけていたが、保守の地下世界では法案通過に対抗する中心勢力が頭をもたげていた。ブライトバート・ニュース、ドラッジ・レポート、共闘するラジオのトーク番組などが広範な反移民法のネットワークを形成していたのだ。

アンドリュー・ブライトバートの死後、サイトの運営を継承したバノンには、法案の成立阻止はまぎれもない使命にほかならなかった。その目的を果たすため、ブライトバートでは物議を醸す記事を連日にわたって掲載し、残忍な不法移民の大群が南の国境から流れ込み、背信的な連邦議会の共和党政治家はその脅威にあえて目を閉ざしていると報じた。映画『国境戦争：不法移民との戦い』のテーマを通じ、劇的効果を最大限に生かしながら自分の見解を伝える術にバノンは長けていた。バノンの強い主張もあり、テキサスにブライトバート・ニュースの支局を開設すると、メキシコ国境に駐在する移民税関捜査局（ＩＣＥ）の捜査官をはじめ、記事を一層生々しく報じる情報源のネットワーク作りに励んだ。

「移民をめぐる報道のなかでも、（ギャング・オブ・エイト法案は）寝耳に水だった――まっとうなアメリカ人へのひどい仕打ちだ」。アラバマ州選出の共和党上院議員ジェフ・セッションズはそう語っていた。当時、不法移民に真っ向から反対したセッションズは、のちにトランプ政権のもとで司法長官に就任する。セッションズやバノンのような右翼ポピュリストがいら立ちを抑えられなかったのは、主流メディアのみならず、フォックス・ニュースなどの保守系メディアでさえ、彼らの意見をまったく取り上げようとはしなかったからである。

フォックスを所有するニューズ・コーポレーションの最高経営責任者（ＣＥＯ）ルパート・マードック[17]、フォックス・ニュースのＣＥＯだったロジャー・エイルズの両名はともに移民法の改革法案の熱心な支持者で、ニュース番組にも彼らの意向ははっきりと反映していた。改革法案が提案された直後、「フォックスに幸いあれ」と熱く語ったのはサウスカロライナ州選出の上院議員リンゼイ・グラムで、ギャング・オブ・エイトの共和党側メンバーの一人だった。「予備選で私に投じた人間の八〇パーセントはフォックス・ニュースを見ている[18]」。

フォックスに代わり、ブライトバートが改革法案に反対する者にニュースを供給し、右翼系ラジオはブライトバートの記事で持ちきりとなった。「とりわけ保守派や共和党員にとって極めて重要な話題に関し、彼らはすばらしい観察眼を持っていた。その影響力たるや尋常ではない。ラジオのトークショーではホストが連日ブライトバートの記事を読み上げていた。ラジオを通じてインタビューを受けているような気がしていたものだ」とセッションズは言う。

トランプもそう感じた一人で、時間を置くことなくただちに反応を示した。前参謀役サム・ナンバーグの話では「マーク・レビンショー」〔訳註：保守派の論客として知られる弁護士。ホストを務める「マーク・レビンショー」は全米有数の人気を誇るラジオ番組〕をはじめ、右派の人間がパーソナリティーを務める番組に出演すると、トランプは移民問題について絶えず意見を求められた。こうしたことでトランプの目は開かれていった」。アメリカは敵対的な外国勢力につけ込まれている――。トランプが長年抱いてきた見解に、移民問題は矛盾するものではなかった。

保守政治活動協議会（CPAC）でトランプがスピーチをしたのは二〇一三年三月十五日。移民問題をめぐるロムニーの〝卑劣〟な攻撃をトランプがののしってまだ四カ月と経過していないが、共和党の候補者として三年後の選挙でホワイトハウスに邁進する姿をまざまざと思い浮かべることができた。「われわれはアメリカをふたたび強い国にしなくてはならない。アメリカをふたたび偉大な国にしなくてはならないのだ[19]」とCPACの聴衆に向かって語っていた。「移民問題の件で言うなら、ご存じのように一一〇〇万人の不法移民がいて、投票権を認めれば（略）一一〇〇万人の不法移民はことごとく民主党に票を投じることになる」。移民法改正を支持する共和党の政治家は〝自爆任務〟を懸命に行っていると警告した。

移民制度改革法案は上院を通過、だが夏の下院の審議で否決される。理由は保守派の巻き返しだ。とどめを刺したのがブライトバート・ニュースだった。国境警備の係官の内報を得て、国境で不法移民の子供たちが起こしている危機について、ブライトバートは世間の関心を最初に集めた。メキシコや中央アメリカから越境しようと押し寄せる大勢の子供の波を前に、当局者はお手上げ状態で、収容施設はあふれかえっている。全国ネットのメディアを通じ、そうした生々しい画面が広く伝えられたことで、改革法案が下院を通過する芽はことごとく摘まれた。

そのさなか、バージニア州選出の共和党議員で、下院院内総務の実力者エリック・カンターはこの巻き返しのあおりで失墜した。六月、下院中間選挙の党内予備選で、デビット・ブラットという経済学専攻のまったく無名の大学教授に敗北を喫したのだ。その後トランプは、ブライトバートのインタビューに応じてつぎのように語った。「抑制のきかない移民増加は、党の指導力が驚くほど欠落しているからだ」。保守派ポピュリストはこのコメントに溜飲をさげていた。

カンターの敗北は「大いなる狼煙《のろし》だった。人々は自分の家のなかはきちんと整っているのを望んでいることを物語っていた[20]」。トランプは二〇一四年のインタビューでこたえた。「いまこの瞬間、テキサスやほかの州で起きていることに目を向ければ、まるで門戸開放政策を認めたかのように、この国にひたすら人間が流れこんでいる。彼らには、医療を提供し、教育を施せと、ありとあらゆるものを提供してしかるべきだと思われている（略）。自分たちのことは二の次にして、その他もののもろの人間の世話が優先されている」と訴えた。

トランプはいまや完璧な極右ポピュリストに変貌を遂げ、政治家としての気配を紛々と放っていた。大統領選出馬への決心もすでに固まった。政治顧問を務めたロジャー・ストーンは、「二〇一三年の新年当日、祝いの電話をかけると、トレードマークとなったあの〝アメリカをふたたび偉大にしよう〟を口にして、自分は出馬すると言い切っていた」と証言する。しかし、それに感づいたり、真に受けたりする者は皆無に等しい。トランプが口にしても冗談でしかなかった。

このころ共和党はわが世の春を謳歌しようとしていた。二〇一四年中間選挙の結果、上院、下院、州知事、州議会と政府の全部門において圧倒的な勢力伸長を果たし、上院では支配政党の地位を獲得する。きたる大統領選を見すえ、立候補が予想される党内の人材の顔ぶれに共和党の指導部は目がくらむような恍惚感を覚えていた。上院議員や州知事が綺羅星のように並んだ候補者名簿、州知事のなかには二代にわたり大統領を輩出したブッシュ家から、一番出来がいいとされるジェブ・ブッシュの出馬が噂されていた。

トランプはすでに〝みんなに話しかけて〟はいない。この時点では保守の草の根に向けて言葉を発し、対立を煽り立てる文言を躍起になって唱え続けた。もっとも、共和党の投票者が覚える恐れや怒りに対し、反移民を喧嘩腰で主張するトランプというポピュリストが、鳴り物入りの共和党候補の誰よりもちゃんと向き合うことができるのかどうか、それが明らかになるのはまだずっと先のことである。

それだけではない。広い世間に向け、まだ明らかにされていないことがあった。トランプの周囲では、民心を操作するうえで不法移民の問題が持つ影響力がすでに自明のものとされていたのだ。トランプの顧問らは、焦点が定まらないわれらがボスのメッセージに筋を通すにはどうすればいいのか、その手口をめぐって知恵を絞っていた。必要としたのはある種の売り文句、脳裏に焼きつくようなひと言だ。二〇一四年夏、彼らはついにこれという文言をひねり出す。「ロジャー・ストーンと私が思いついたのが〝壁《ザ・ウォール》〟だった。スティーブ（バノン）にもこのアイデアについては話して聞かせた」とナンバーグは言う。「このひと言で、トランプが移民問題について話していると際立たせることができた」。

トランプはといえば、当初このアイデアには乗り気ではなかったようだ。実際に口に出したのは二〇一五年一月、シチズンズ・ユナイテッドのデビッド・ボッシーらのグループが大統領選に向けた集団オーディションとして開催した「アイオワ・フリーダム・サミット」でのことである。ナンバーグの話では「公約のひとつとして『壁を建設する』とトランプが誓うと、会場は熱狂でひたすら燃え上がった」。提案をさらに印象づけようとトランプはここで間を置いた。そして、さらにこう言い添えていた。「誰もこのトランプのように壁を築き上げることはできない」。

ニューヨーク州知事選に出馬？

二〇一三年後半、大統領職に向けたトランプの行進は、予想もしない話が持ち上がったことであやうく頓挫しかける。ニューヨーク州知事選への出馬である。同州選出の議員数名と身内の二名の顧問が勧めた話だった。この話にはトランプもまんざらではなかった。

政治家として立候補したい願望について、自分は長年にわたって考えてきたとトランプは顧問に漏らしていた。「やはり出馬したい。この願いをなんとか実現させなくては気が収まらない」と語った。二〇一二年大統領選の際、ストーン、ナンバーグ、顧問弁護士のマイケル・コーエンは共和党の予備選にトランプが名乗りをあげると期待していた。このときは見送ったものの、出馬に対する当人のうずきは収まっていなかった。

二〇一三年、ビル・ノジェイとデビッド・ディピエトロというニューヨーク州議会所属の二名の共和党下院議員がトランプのもとを訪れる。二〇一四年の州知事選で現知事のアンドリュー・クオモに挑戦する気はないかと当人に尋ねた。トランプの顧問マイケル・カプートは、ロジャー・ストーンのもとで働いていた二〇一〇年、実業家カール・パラディーノがクオモに対抗して州知事選に立候補すると、その選挙運動を仕切っていた。カプートもトランプには名乗りをあげ、選対会議を招集してほしいと望んだ。

目指す目標は大統領に置かれていたが、州知事選出馬にはトランプの気を引かずにはおかないかずかずの条件がそろっていた。ハードルは知事選のほうが低く、なんといっても地元の選挙だ。移動の必要も限られ、ジェット機ではなくヘリコプターで間に合う場合もある。ニューヨークは大好きな町で、メディアにも通じている。トランプタワーで寝起きすることもできるだろう。さらに「アプレンティス」の出演をめぐり、連邦通信委員会（ＦＣＣ）と軋轢が生じる可能性に気を揉む必要はなくなると指摘する顧問もいた。

相手の最終的な野心がホワイトハウスだと察したビル・ノジェイは、州知事選出馬は大統領への大いなる飛躍につながるとトランプを諭した。ノジェイはトランプのために用意した「大統領への道」と題する戦略メモのなかで、政治家を目指した実業家の経歴について簡単に触れていた。敗戦のリスクについてはつぎのように記されている。

「能力と成功に恵まれた実業家の場合、民間の企業部門にとどまったほうが当人と家族のためには都合がよいという結論に決まって至るものである。政治家の場合、代替となる収入源が皆無となることは多いが、一方で政界のほうが実業界にいるより好機に恵まれているととらえられている（一例として、ハリー・トルーマンは衣服販売業では倒産し、政治家として一家を養った）（略）。実業家はリスクを負うことに慣れているとはいえ、ビジネスで負うリスクは有限で、共同経営者、提携先、供給業者やあるいは保険、法的な保護もある。たとえば法人格によって個人が矢面に立たされることは軽減されるなど、リスクに対する緩衝は多く、リスクそのものは薄まる。それに比べ政治家が負うリスクは純然たる個人に帰しており、他に振り向けられることはない。敗戦のリスクとは一〇〇パーセント候補者が負うものである（選挙参謀や外部要因に責任を求めることは言い訳だと通常思われている。選挙運動の責任はひとえに候補者本人が負うものと世間では見なされている）」

しかし、その一方でノジェイは、大統領選でトランプが勝利するには、ニューヨーク州の選挙人の票が必要だという（もっともらしい）意見を言い張った。そればかりか、州知事選を制すれば、二〇一六年の大統領選で共和党の最有力候補に踊り出られるという、なんとも強引なこじつけさえ弄していた。

　この話を十分に検討するため、トランプは側近に命じて見通しをさらに調査させた。彼らには「州知事選に出馬してみたい」と漏らしていた。可能性について詳しく検討しようと、州共和党の当局者との会談も行われている。「大統領選への出馬を望んでいるとトランプは明言していた」[21]と証言するのは、当時、共和党のマンハッタン支部議長のダニエル・W・アイザックで、アイザックもこの会談に同席していた。「われわれの口説き文句は、州知事選に出馬して当選したあかつきには、きたる大統領選で指名にもっとも近い有力候補になれるというものだった」。

　州知事選出馬の見込みがますます現実めいてくるにつれ、トランプの顧問のあいだでは主導権争いが表面化する。民主党の色合いが濃い州だけに、ストーンとナンバーグには聞き捨てならない話だ。この選挙に負けようものならトランプのイメージに傷がつき、先々の大統領選さえだめになる。だが、顧問弁護士のコーエンはこの選挙を推していた。共和党が露払いしてくれるなら、トランプは真っ向勝負でクモオに勝利することができるかもしれない。「鬼門のひとつは、できるわけがないと面と向かって言おうものなら、是が非でもやり通すのがトランプだからだ」とストーンは言う。

出馬がどれほど不毛なのかを説得しようと、ナンバーグはボッシーに世論調査の実施を依頼した。十二月、トランプの情勢をはっきりさせようとボッシーはケリーアン・コンウェイを雇い、ニューヨークの有権者の動向を調査させた。

トランプは三五ポイントの差でクオモに敗退――調査の結果はストーンやナンバーグが予想した通り芳しいものではなかった。しかし、コンウェイはこの点を伏せ、トランプ勝利の可能性を示唆する分析をひねくり出していた。「こびへつらった報告書を書き上げ、トランプはケネディ家のような存在だとあの女はほざいていた」とナンバーグは文句を言う。

コンウェイの報告書はこんな調子で記されていた。

「再選の年に向け、現職のニューヨーク州知事アンドリュー・クオモは安定した好感度と職務に対する高い支持率を謳歌しているが、これらの支持率からは案に相違して選挙をめぐるいくつかの弱点がうかがえる。ニューヨーク州の有権者の多くがそうであるように、高い税金と低迷するビジネスと経済情勢、オバマケアことメディケイド・エクスパンションの影響に伴う医療費のつけに怒りを覚える者は、ビジネスリーダーシップの経験を有する州知事による真の解決と雇用の創出を待ち望んでいる」

クオモの支持率は高いとしながらも、再選を望むニューヨーカーの割合は〝危険なほど低い〟とコンウェイは書いていた。オバマケアと税金をめぐるクオモの弱点を強調しようと、さらに以下のような文言を特筆大書していた。

「再選に向けたクオモの得票数はニューヨーク市（四七パーセント）と郊外の各地区（四五パーセント）で高い数字を示している。しかし、仮想上の〝新人〟はそれ以外の地域で二〇ポイントあるいはそれ以上の差をつけて勝利する。

有権者の大半（七〇パーセント）と過半数近く（四九パーセント）が、ニューヨークが必要としているのは『雇用を生み出し、財政の均衡を図るとともに、民間部門では事業の促進をもたらす知事』という点で意見の一致を見ている。同様に抽出した有権者（一九八名のインタビューに基づく）の半数、ほぼ六〇パーセントの有権者が、ビジネスリーダーシップの経験を有する州知事を選出することが〝極めて重要〟だと考えている。アンドリュー・クオモはこうした知事ではないが、ドナルド・トランプはその条件を備えているだろう」

コンウェイは追従の声をひときわあげ、トランプより見劣りがすると思われるクオモの弱点を決めつけていた。

「ニューヨークが愛しているのはこの町の著名な政治家であり名家だ。ケネディ、モイニハン、バックリー、クリントン、そしてクオモさえその一人だ。ドナルド・トランプも条件は（ほぼ）満たし、選挙戦に打って出た場合、勝ち抜くための財力と気概を備えている。ただ、前回のPOTUS《ポートゥス》（アメリカ大統領選）で見せた一般への周知という点を踏まえれば、半信半疑な有権者に向けて立候補の意志をきちんと伝えておく必要があるだろう。州知事もしくは大統領ということなら、ニューヨーク市民は大統領選（一二パーセント）にほぼ倍する以上の支持率で、トランプの州知事選（二七パーセント）への出馬を支援している。三番目の選択はいずれの選挙にも出馬しないというものだ。クオモは無敵というわけではない。リーダーシップの欠落同様、当人の虚勢を見抜き、在職中の欠点を暴く正面攻撃を加えることで打倒が可能だ。腐敗は進行して州都オールバニの復興を進められなかった。クモオをめぐる好材料には事欠かないが、その一方で、（オバマケアが原因で）民主党を見舞うであろう二〇一四年の中間選挙への逆風、自身が生み出したこの町を悩ます問題（高い税金、ビジネス環境の低迷、〝大胆な対応策の欠如〟など）から免れられるという保証はない」

州知事選出馬を思いとどまらせるのではなく、コンウェイの報告書は逆の効果をもたらした。「トランプならニューヨークの州知事選で勝てるとコンウェイは思っていた」[22]とカプートは言う。ストーンはこの分析を「とんでもないいたわごと」と言い、ボッシーは「政治センスのひとかけらもない馬鹿の極みで、語り草になるほどだ」と言い放った。しかし、そんなことを言っても前に進もうというトランプをとめることはできない。トランプはエリー郡やオノンダガ郡へと出向き、地元の共和党員を相手に資金集めのイベントを行った。またウエストチェスター郡の郡長で、やはり州知事選出馬を考えているロブ・アストリノと会うために招待している。

面談の席上、トランプはアストリノに向かい、知事選辞退に応じるなら副知事の座を約束しようと申し出た。「トランプは本気だった。当時はまちがいなく出馬する意向だった」とナンバーグは言う。この申し出をアストリノは断る。しかし、それから数週間、トランプの顧問は、アストリノの返事はブラフだとわれらのボスが決めつけ、州知事選挙出馬に名乗りをあげることを恐れた。ナンバーグは共和党の当局者にこっそり電話を入れ、アストリノが州知事選出馬への意向をもっと頻繁かつ公然と口にするようたきつけてほしいと頼み込んでいた。そうすれば、トランプも州知事選への出馬を取りやめてくれると願ってのことである。

ホワイトハウスへという考えはトランプも諦めてはいない。三月早々のことだ。ケンタッキー州選出の上院議員ランド・ポールからフロリダでゴルフはどうかという誘いを受けた。ランド・ポールもやはり大統領選への出馬を見すえており、誘いの狙いはトランプの腹をさぐることにあった。それから数日後、トランプは例年通り保守政治活動協議会（ＣＰＡＣ）に姿を現し、反移民に関する演説で大いに喝采を浴びていた。それから間もなくしてアストリノが正式に州知事選の出馬を表明した。

アストリノの立候補を押しとどめなかった党当局者に立腹したトランプは、怒りのままつぎのようにツイートした。「ニューヨーク州の共和党トップはまったく機能不全に陥っている。ここ何年にもわたって大きな選挙を落としてきた」。また、別のツイートで州知事選への出馬断念を正式に伝えると、「ニューヨーク州知事に出るつもりはない。勝てた選挙ではあったが、さらに壮大な計画を考えている――チャンネルはそのまま、乞うご期待」と書き込んでいた。

それから数週間を経た二〇一四年四月十二日、トランプはマンチェスターで開催された「ニューハンプシャー・フリーダム・サミット」に参加、ランド・ポール、テッド・クルーズらとともに大統領選早々の集団オーディションに臨んだ。演説のなかでトランプは、この時点でまだ有力な大統領候補者と見なされていたジェブ・ブッシュを激しく非難している。ブッシュが最近口にした不法移民の問題は〝愛に〟動機づけられているというコメントに向けられたもので、このスピーチに群衆はブッシュに対するブーイングで応じた。さらにトランプは、政治家に対する即興の攻撃でますます大きな反応を引き出していた。「政治家をめぐる問題とは、（彼らは）口ばかりで、まったく動こうとはしない点だ。動かしがたい事実である。すべては口先だけ、どれもこれもクソだらけだ」。いあわせた聴衆は立ち上がって歓声をあげた。

トランプの思いが聴衆に通じていたのは明らかだった。意気揚揚とニューハンプシャーをあとにした。ゴルフをしたがっていた。「ニューハンプシャーからへリコプターで戻ると、ニューヨーク市の北にあるブライアクリフ・マナーで降りた。トランプはここにゴルフコースを所有している。みんなでゴルフをやり、私は私で彼の演説から報道用の記事をプリントアウトしていた。記者という記者がトランプのことと、ブッシュがどんなふうに非難されていたのかを書きたがっていた。『どうだ。これはうまくいきそうだ』と私は口にしていた」とナンバーグは振り返った。

第6章　マーサー家の人々

大富豪のコンピュータ科学者

二〇一五年十二月初旬のことである。スティーブ・バノンは革ジャケットにゴーグルという完全装備の爆撃手の衣装を着込むと、仕上げにヤギ革のフライングヘルメットをかぶった。一番好きな映画の主人公フランク・サヴェージ准将の出で立ちである。第二次世界大戦のさなか、准将は志気衰えた爆撃部隊を引き継ぐと、厳しい訓練を課して戦列に復帰させた。一九四九年公開の名画『頭上の敵機』、不屈の航空司令サヴェージ准将はグレゴリー・ペックが演じた。もとよりコスプレに関心があるバノンではないが、今回ばかりは事情は違った。隠遁生活を営むビリオネラー、ロバート・マーサーが例年主催するクリスマスパーティーに出向くためである。ロバート・マーサーは風変わりなコンピュータ科学者で、金融工学を駆使することですでに伝説と化したヘッジファンド、ルネッサンス・テクノロジーズの共同最高経営責任者である。

バノンは多弁で歯に衣着せない物言いを好む一方、同時に内省的で人目に触れることを避けるところがある。一方、マーサーはといえば、火のような激情をほとばしらせている人物だ。マシンガンのコレクターで、アーノルド・シュワルツェネッガーが映画『ターミネーター』で使ったガス圧作動式のアサルトライフル「ＡＲ‐18」を所蔵している。また、二七〇万ドルを投じて模型の機関車のセットを敷設、この機関車には小型のビデオカメラが装備され、操縦者は機関車の運転席にいる目線で操作が行える。好戦的なポーカープレイヤーでもある。一番のリラックス方法は宝石を原石から削り出すこと。そして、コスプレも心から気に入っている。

例年、クリスマスになると一家は、年ごとにテーマを決めた手の込んだパーティーをオウルズ・ネストの自邸で催していた。[1] ロングアイランドのノースショア、ウォーターフロントに建つ、贅を尽くした豪邸だ。これまでのテーマには「カウボーイとインディアン」「怒濤の一九二〇年代」などがあり、この年のテーマは「第二次世界大戦の終焉」。マーサー本人はダグラス・マッカーサーの姿を真似ていた。自邸の芝生には第二次世界大戦中に使われていた本物の戦車が置かれ、上空にはニューオリンズの国立第二次世界大戦博物館から発進した戦闘機が飛んでいた。この機体は真珠湾の底に眠る戦艦アリゾナから引き揚げられた部品で組み立てられた。

パラシュートの絹布で作られたウエディングドレスは、かつて米軍兵士のフランス人妻の持っていたものである。また、名誉勲章は海兵隊の若き兵士アーサー・ジャクソンに授与された本物だ。一九四四年、南太平洋のペリリュー島の戦いで五十名の日本人兵士を一人で殺害した功績でジャクソンに授けられた勲章である。招待客らは、約一万五〇〇〇坪という芝生の庭に張られたあちらこちらのテントで立ち話を交わしていた。大戦中、ヨーロッパに慰問に出向いていた「アンドリューズ・シスターズ」に扮した歌手たちはこの夜のために一興を添えていた。

このときマーサーは六十九歳、遅ればせながら最近になって新しい興味の対象を見つけた。政治である。政府に対するマーサーの強硬な姿勢は、一見この国のどこにでもいる絶大な力を持つ金融産業の大御所と大差はなく、築いた財産を共和党や党傘下のシンクタンク、圧力団体に融通してきた。しかし、まじまじと目を凝らせば、マーサーの場合、やはり違っていた。当人はアイン・ランド［訳註：ロシア系アメリカ人の小説家、思想家。代表作に『水源』『肩をすくめるアトラス』がある］の小説に登場する冷血な資本家の主人公に似ている。マーサーが望むのはかつての金本位制の復活で、近代経済が礎とする部分準備銀行制度の廃止にほかならない。

また、環境法の変更を先導するアイダホのアクティビストにも資金を提供していた。環境法はアメリカの農村地方を過疎化させようとする国連の謀略の一環だと彼らは声を張り上げている。第二次世界大戦中、日本に投下した原爆から放たれた放射線は、実は、爆心地の外側では健康改善の効果をもたらしていた――。以前、マーサーがそんな説を唱えていたことを小耳にはさんだルネッサンス・テクノロジーズの同僚がいる。「極めて独自な考えを持っている人物」と評するのは、マーサーと同僚の保守派のヘッジファンド・マネージャー、ショーン・フィーラーで、マーサーといっしょに金本位制に戻すためロビー活動を行っている。「自分の考えをしっかり持っている人物で、しかも実に進んだ考えの持ち主だ」[2]と言う。

マーサーが右翼政治に興味を覚え始めたのはタイミングもよかった。積極的にかかわるようになったのは、デビッド・ボッシーが提訴した二〇〇一年のシチズンズ・ユナイテッド対ＦＥＣ裁判のころである。連邦最高裁判所が違憲判断の判決をくだす準備をまさに進めていた時機に重なり、この裁定をきっかけに富裕な個人が選挙政治でこれまで以上に手広く、さらに能動的に役割を担える水門が開かれた。ポーカーの才能に恵まれていたが、政治的な意図についてはブラフをかける気などマーサーにはなかった。これという候補者や理念には自ら進んでどころか、時には是が非にでも莫大な賭け金を積み上げるなど、マーサーは共和党政治にのめり込んだ。

この大富豪の眼鏡にかなおうと振る舞ってみても、並の共和党候補者にはいささか手にあまる奇矯な人物である。マーサーがはじめて本格的に手懸けた人物は、それまで右派勢力でも非主流派にいた候補者で、その名前を出しただけで信じられないほどの失笑を買うような人物だった（実際、マーサーは頻繁に笑われた）。候補者の名前はアーサー・ロビンソンという。オレゴン州南部にあるシスキュー山脈の山奥の羊牧場に暮らす六十八歳の化学研究者で、二〇一〇年、ロビンソンは同地区選出の下院議員として長く務めてきた民主党のピーター・ディファージオに対抗して出馬を決意した。

ロビンソンを〝化学研究者〟と呼ぶのは厳密にはなんらまちがいではないが、この人物が追い求める風変わりな研究対象をあますところなく評価したことにはならない。医療の背教者として自らを頼み、人間の寿命を延ばす研究に専念して、死を押しやり、病を免れる秘密は人の尿のなかに見つかるはずだと信じてきた。この目的を果たすべく、これまでロビンソンは何千、何万にも及ぶ尿サンプルを収集してきた。採集した尿は小さなガラス瓶で凍結、羊が歩きまわる牧場に設置された巨大な冷蔵庫に保存されている。ロビンソンはニュースレターを発行して発見を分かちあうとともに、尿の提供をさらに求める呼びかけを載せた（「私たちはあなたの尿の提供を必要としています[3]」がお決まりの広告文だ）。マーサーはこのニュースレターの購読者だった（このあたりについては、マーサーが主張する放射線を浴びることは人体の健康にとって有益とする、いわゆる〝ホルミシス〟理論の情報源と相通じる点がある）。

対立候補のピーター・ディファージオにすれば、ロビンソンは自分を脅かす存在ではなかった。それについてはロビンソン自身、下院選挙の戦略を検討する全国共和党議会委員会（ＮＲＣＣ）の支援をとりつけるのは難しいとわきまえていた。尿研究に費やす資金に事欠いていたように、下院選挙戦に投じる資金はほとんど持ち合わせていなかった。しかし、選挙まであと六週間というときだ。ディファージオは下院民主党多数派のリーダー、ナンシー・ペロシの言いなりという広告が地元のテレビで繰り返し放送され始めたのだ。

ロビンソンにはこの広告の出所がどこか皆目見当もつかなかった。広告主となった組織に資金を援助しているのがマーサーであることを記者が突き止めたとき、ロビンソンは驚きもしたが感謝もしていた。「マーサーのことは詳しくは知らない。選挙運動に手を差し伸べてくれるなら、私は喜んで応じたい」[4]と本人は正直だった。選挙では勝てなかったものの、対ディファージオの選挙としてはここ数十年でもっとも接戦となる戦いをロビンソンは繰り広げた。*

その後もいろいろなタイプの受益集団に向け、マーサーの政治的寛大ぶりは広がっていく。アーサー・ロビンソンよりもさらに保守運動の主流に近い組織に支援が行われる場合も少なくない。保守系シンクタンクのヘリテージ財団、保守系法曹団体のフェデラリスト協会などとともに、デビッド・ボッシーが率いるシチズンズ・ユナイテッドもそうした団体のひとつだ。原則としてマーサーは政治上

---

* ブルームバーグ・ニュースのザカリー・マイダーが報じるように、ロビンソンに対するマーサーの寛大な支援は下院選に向けた選挙運動にとどまるものではなかった。ロビンソンがニュースレターで「質量分析計」という、より高性能な研究装置を購入するための資金提供を募った際、マーサー家は二〇〇万ドルの資金援助を申し出た。以来、納税申告書の記録によると、ロビンソンが「オレゴン科学医学研究所」と称する研究所に少なくとも一六〇万ドルをマーサーは送金、これまでに採集した膨大な尿サンプルを保存する冷凍庫をさらに買い足すことができる金額である。ロビンソンが集めてきたサンプルは容器にしてついに一万四〇〇〇個に達した。ニューヨーカー誌のジェーン・クレーマーの記事によると、トランプの当選後、娘のレベッカ・マーサーはロビンソンを大統領科学顧問に任ずるように働きかけたという。この試みはまだ実現していない。

の支配層に信頼を寄せておらず、その点ではウォール街のお偉方を遠ざけてきたのと変わりはない。

とはいえ二〇一二年には、チャールズ・コークとデビッド・コークのコーク兄弟が組織した保守系富裕層からなるダーク・マネーのネットワークに、二五〇〇万ドルを献金するまでマーサーは接近している。また、ブッシュの側近カール・ローブのスーパーPAC〔訳註：特別政治行動委員会と呼ばれる政治資金管理団体〕である「アメリカン・クロスロード」に数百万ドル規模の献金を行い、ミット・ロムニーにも支援の手を差し伸べている。このころ、真ん中の娘のレベッカが一家の政治献金に関する活動に熱心に取り組んでいた。だが、大統領選でロムニーはオバマに敗退、ローブはローブで厳選した上院選挙の候補者名簿が一人残らず落選すると、マーサー家は怒りを露わにし、共和党主流政治への支援を全面的に引き揚げる。レベッカが先導するもと、一家は右に向けて舵を鋭く切っていく。コーク兄弟のネットワークに匹敵する組織を立ち上げ、主流派とは無縁の候補者や彼らの理念を支援するために自らの資産を使うようになっていった。

黄昏《たそが》れていくオウルズ・ネストの空に星々が瞬き始めたころ、この社会に属するありとあらゆる地位出身の知人や追従者がマーサーの屋敷の広大な芝生をそぞろ歩いていた。こよい一夜限りとはいえ、あたりは魔法にかけられたかのように一九四五年の世界に戻っていた。カーキ色の軍服を着込んで歩いているのは著名な動物学の専門家ジャック・ハンナだ（一家はハンナの動物園に一〇万ドルを寄付していた）。

しかし、この夜はいずれも政治の話でもちきりである。つぎの大統領選挙まで一年を切り、リタ・ヘイワースに扮したレベッカ・マーサーはひときわ目を引いた。レベッカがとくに推しているのがテキサス州選出の上院議員テッド・クルーズだった。クルーズはこの日、ウィルソン・チャーチルに仮装していた。こよいマーサー邸の青々とした芝生に集った者全員が敏感に察知したように、二〇〇八年以降、マーサー家はすでに七七〇〇万ドルを超える資金を保守系の政治家と組織に提供していた。

クリスマス恒例の催しでは、ロバート・マーサーのご機嫌を取るために才気煥発の化学者である必要はないし、まして取り入ろうと相手の話に合わせなくてはと気をつかう必要もない。だが、コスプレなど想像したこともない大の大人――スティーブ・バノンのような大人をして、好印象を与えるためにパーティーのテーマに一番ふさわしい衣装をあれこれ探させるほかならぬ理由がこれなのだ。努力の見返りは半端ではない。バノンもすでにこの見返りは受けていた。バノンが考案し、あるいはコントロールしていた政治集団とメディア集団が連動した広範なネットワークに対し、過去三年にわたり主要な資金提供者だったのがマーサー家である。大統領選に向け、ロバート・マーサーは死命を制する存在になりつつあった。マーサーのためなら仮装もいとわない。〝ゴッドファーザー〟だとバノンは考えていた。

「世界で一番金を生み出す機械」

トランプの大統領選に参加するまでの数年、バノンはとくに人目を引くことがないままワシントン在住の一人として、どちらかといえば共和党政治の非主流派を居場所と定めていた。バノンには居心地がよかった。時には表舞台へと出てくることもあったが、そんな場合、主流派の全米保守連合（ACU）などの中道右派は、バノンや彼の仲間に眉をひそめた。全米保守連合はアメリカ最古にして最大の草の根の保守組織で、例年、保守政治活動協議会（CPAC）を開催している。バノンにすればまったく気にならないばかりか、むしろ不評を買うことを大いに楽しみ、ガーデンパーティーのスカンクの役どころを積極的に演じた。

二〇一三年、この年の保守政治活動協議会では、礼節の欠如と反イスラム教感情を理由にスピーチを禁じられた発言者が多出すると、バノンはブライトバート・ニュースでスピーチ討論会に対抗する協議会を整えると、その会を「招かれざる客《アンインビテッド》」と命名し、討論会の司会も自分から買って出た。[*] 参加者にはイスラム教徒を〝野蛮人〟と呼んでいたブロガーのパメラ・ゲラー、レーガン政権の元官僚で、ムスリム同胞団はオバマ政権に浸透していると言い放ったフランク・ガフニー、「アメリカのイスラム化を阻止するジハード監視団」の創設者ロバート・スペンサーなどがいた（パメラ・ゲラーとロバート・スペンサーはのちに〝コミュニティー間の暴力〟を誘発する懸念からイギリスへの入国を禁じられる）。

保守系の富裕な後援者は、アメリカの政治をラディカルに作り直す意図のもと、何百万ドルという資金を差し出そうとする。バノンという人物は、別の言葉で言うなら、そのような金を受け取るタイプとはもっともほど遠い人間としか思えない。

しかし、そんなふうには考えなかった後援者が一人だけいた。

バノンの存在はマーサーにはアピールしても、それ以外の者には理解できなかった。マーサーという人物が一種特別で、特権的な生き方を通じ、ありきたりな思考を拒み、人が目を向けない、あるいは見ることができない地点に立つ優位性を本能的に求めていたからである。こうした姿勢を通じて、マーサーは自分の世界観を築き、破天荒な富を手に入れた。マーサーがルネッサンス・テクノロジーに持ち込み、活用した世界観に基づく独特な方法——たがいに連携して機能する一連のモデルをひとつにつなぎ合わせる——は、バノンが政治について考えをめぐらし、その秩序を破壊しようとする際に用いるのと同様の方法だった。

マーサーが信条とするモデルは、数学者のジェームズ・シモンズによって考案された。シモンズは暗号解読官として、かつてペンタゴンの秘密主義を極めた防衛分析研究所（ＩＤＡ）で働いていた。一九七〇年代後半、シモンズはロングアイランドにあるニューヨーク州立大学ストーニーブルック校の数学科の学科長を務めるかたわら、アマチュアの熱心な投資家として商品相場を行っていた（結婚資金は大豆の先物取引に投じられている）。

シモンズは、商品相場という直感に委ねた取引に、数学的厳密さを導入できるとかたく信じていた。同僚の数学者と暗号解読の研究者を採用して、最善の取引を発見する手順の自動化を手伝わせた。このような難解な技術は、彼らが当初考えていた以上に金融の分野に馴染むものだった。軍事における暗号解読という作業は、ノイズの大海で信号を送ったり、特定したりするシステムを考案することで

＊　スティーブ・バノンとブライトバート・ニュースの編集者は過激かつ攻撃的な説を数多く流布してきたと非難されるが、「バーセリズム」すなわちバラク・オバマはアメリカ合衆国で誕生してはいないという出生をめぐる虚偽の主張は、彼らによるものではない。この点についてはここで明言しておいたほうがいいだろう。オーリー・テイツはモルドバ系アメリカ人の歯科医で弁護士の資格を持っていた。二〇一三年のＣＰＡＣや「招かれざる客」の招待を受けていないにもかかわらず、オバマの出生疑惑について頻繁に口にしていた変わり者の一人だ。テイツはこの時期、常習的に売名行為を繰り返し、安っぽいテレビやラジオショーに頻繁に登場していた。「招かれざる客」にも依頼がないまま実際に押しかけ、パネルディスカッションに続く質疑応答のさなか、バノンと激しいやりとりを演じてひと悶着を起こす。手こずりはしたが、バノンとブライトバートの編集者はオバマがアメリカで誕生した事実についてはなんら疑いを抱いていないことを繰り返し明言し、バノンは最終的にテイツを黙らせている。

あり、信号はできるだけ微かで、他者の注意を引かないのが理想的だ。シモンズが気づいたのは、信号を構成するパターンの発見とは、一見すると無秩序な市場データの海を流れていく不可視のパターンを特定することとなんら違いはないということだった。そのパターンによって市場取引の予測が可能となり、結果として利益をもたらす売買の好機を知ることができるようになる。

ウォール街という金融世界の王国で、シモンズと彼の暗号解読者が偶像破壊者と崇められたのは、この王国では彼らが探し求めていた不可視のパターンは存在しないと考えられていたからだ。当時、アカデミックな経済学者のあいだで優勢な見解とは、価格とは極めて効率性に富むという説だ。株式にせよ大豆にせよ、それらの高騰や下落が前もってわかるなら、その価値評価額はすでに変動した状態、すなわち、関連する全情報は価格として、市場に宿る全知の頭脳に織り込まれている状態と考えられていた。資産運用会社はつかの間の幸運に恵まれれば、指標銘柄をしのぐ運用益をあげられる。だが、効率的市場説は長期にわたって市場を支配しているので、運用会社は市場をうわまわるリターンを一貫してあげてはいけない。

シモンズは考えた。ふさわしい専門知識を用いれば市場平均を常にうわまわることは可能だ。専門の暗号解読者に株式市場の秩序だったパターンを見抜かせ、精緻なアルゴリズムを数学者に書かせることで、一九八二年に設立したルネッサンス・テクノロジーズはコンピュータ処理された兆候に基づき、取引を行うプログラムを構築した。自己裁量に基づいて売買するトレーダーを常にうわまわる実績を示すまで大して時間はかからなかった。会社の成長に合わせ、数学者、天文学者、コンピュータ科学者をさらにリクルートしたが、経済学者やウォール街の実務経験者は断じて採用しなかった。

シモンズにすれば、金融市場に対するウォール街の証券会社の手法は、偏狭で好奇心のかけらもうかがえない。知的な点で彼らはまぎれもなく腐敗している。シモンズ自身はアカデミックの出身で、そうした経歴に培われた独立心に自負を覚えていた。そして、ウォール街の大手のファームが思いもつかない発想ができる自分の能力こそ成功の源泉にほかならないと信じた。エスタブリッシュメントの発想の限界に愕然としたシモンズは、マンハッタンの金融地区から遠く離れたロングアイランドにルネッサンス・テクノロジーズのキャンパスを構えると、抽象思考の訓練を受けたアカデミックな専門家に限って採用を認めた。一九九三年、そうした一人として採用されたのがロバート・マーサーだったのである。

採用当時、マーサーと同僚のピーター・ブラウンはＩＢＭの研究センターで働き、機械翻訳の分野で二人は革命を起こしていた。マーサーにとってコンピュータとは生涯にわたる憧れである。ニューメキシコで過ごした十代の成長期、本を読んでコンピュータのプログラミングを独習した。リングノートに長々とプログラムを書き込んでいたのはコンピュータがなかったからだ。高校時代、近くの空軍基地の兵器研究所になかば騙すようにして職を得ると、フォートランでプログラムを書いていた。

マーサー自身はインタビューをほとんど受けることもなく、進んで話すこともめったにない。一民間企業だからなおさらだ。だが一度だけ、来し方の仕事を振り返って感に堪えないように語ったことがある。「なんであれ、コンピュータにかかわることは心から愛してきた」と二〇一四年、集まった言語学者を前にして話した。「夜遅くコンピュータ研究室で一人過ごすことが好きだった。あの部屋のエアコンの臭いが好きだった。ディスクがあげる回転音やプリンターが立てるカタカタという音が本当に好きだった」。アーバナ市にあるイリノイ大学でコンピュータ科学の博士号を取得すると、マーサーはニューヨーク州ヨークタウン・ハイツにあるＩＢＭのトーマス・Ｊ・ワトソン研究所に入所、コンピュータに人間の言語の翻訳を教える研究班に配属された。

当時、機械翻訳の分野は言語学者の独壇場だった。了解された手法はコンピュータに構文と文法を教え込むことで、コンピュータそのものが十分な〝言語的直観〟を発達させていき、最終的に「英語からフランス語」のような翻訳を可能にしていく。要するにこの手法は、人間の言語習得の方法にほかならない。マーサーとブラウンが選んだのはこれとは真逆の手法で、文法に向けられた関心をいっさい破棄し、その代わり〝EMアルゴリズム（期待値最大化法）〟――暗号解読者がパターンを発見する際に用いる手法――と呼ばれる方法に依っていた。

二人は英仏二カ国語で記録されたカナダの国会議事録を入手すると、これをIBMのコンピュータに入力して英仏両語の相関関係を探すよう指示した。翻訳に向けられた二人の型破りな方法は、IBM以外の世界では敵意をもって迎えられた（ある言語学者は「コンピュータの荒削りな力わざに頼るのは科学ではない」と二人の仕事ぶりについて専門家会議で息巻いた）。しかし、パターン探索法はうまくいった。コンピュータは文法にかかわりなくパターンを認識することを学習し、しかも見事に翻訳までやってのけていた。「統計的機械翻訳」として知られるようになるプロセスで、間もなく旧来の方法にとって代わり、現在の音声認識ソフトウェアやグーグル翻訳の基礎をなしていく。[6]

ルネッサンスに移った二人は、市場に向けてこの手法を広く応用し、あらゆる種類の難解なデータをコンピュータに入力すると、隠された相関関係を求めて果てしない探索を続けた。時には思いもしてみない場所で出くわすことがあった。複雑さでは偏執的であることが当たり前の金融工学を駆使したヘッジファンドの世界でも、手法をめぐるルネッサンスの秘密主義は有名だ。しかし二〇一〇年、たまたま見つかった摩訶不思議なパターンの一例が公表されている。

ジャーナリストのセバスチャン・マラビーの『ヘッジファンド：投資家たちの野望と興亡』には、ヘッジファンドの歴史が詳細に綴られている。そのなかでルネッサンス・テクノロジーの旗艦ファンド「メダリオン・ファンド」の科学者グループが、天候パターンと市場パフォーマンスの相関関係を発見した話が記されている。「ごく単純な一例として、好天に恵まれた午前の都市部では、証券取引は上昇基調が予想されることを専門家集団は発見した。朝食の時間帯の明るい日差しのもとで買い、しばらくしてから売りに転じる。メダリオンはこれで優位に立つことができた」とマラビーは書いている。

こうした兆候の大半はごくささやかで、その存在に気がつくことも容易ではなく、まして多くの人がそこから利益を得るのはさらに困難だ。しかし、ルネッサンスにすれば二つの優位点がある。兆候が際立つと、それだけ他の分析専門家《クオンツ》に気づかれる可能性が高まり、その結果、市場の非効率性は修正されてしまうからだ。好天と市場の上昇に見られる関係のように、相関関係はより微妙でなおかつ摩訶不思議であればあるほど、他社に特定されることが少なくなり、修正を引き起こす可能性も低まっていく。「十五年間邪魔されることなく取引してきた兆候が無意味になる。そうでなければ、誰かほかの者が発見していたかもしれない」。二〇〇八年、本人にしては珍しいインタビューのなかで、マーサーはセバスチャン・マラビーにこたえていた。

ルネッサンスのもうひとつの優位点とは、兆候のひとつひとつが微細でも、そうした微妙なパターンを生かす能力をこの会社が備えている点だ。取引はアルゴリズムに従いコンピュータで行われているので、何百何千回に及ぶ迅速な取引で小規模な利益を取っても人の手をあまり要しない。こうした利益も積もり積もって重なっていく。人間が持つ創造力が本領を発揮するのはインフラを構築する点にある。そこでは、これらの全プログラムがひとつに束ねられ、継ぎ目なく、活発にうなりながら躍動するマシンと化している。システムの構築と領域はマーサーの心を常に占領している関心事だ。「すべてのものをどう配置すればいいのか、その問題を考えることに自分の時間を費やしてきた」。二〇一四年、マーサーはそう語った。

奇妙な結びつきに向けられた屈託のない姿勢、当然とされる見識に対する懐疑心を通じ、ルネッサンスとこの会社の社員は途方もない分け前にあずかってきた。二〇一六年、ブルームバーグはルネッサンスのメダリオン・ファンドは「おそらく世界で一番金を生み出す機械」というお墨付きを与えた。創設から二十八年、そう指摘された時点でこのファンドは通算約五五〇億ドルもの利益を叩き出していた。ルネッサンスの成功の多くはマーサーとブラウンに負い、二〇〇九年にシモンズが引退すると、二人は共同最高経営責任者に就任した。

右翼政治に向けられたマーサーの関心は二年後に花を開き始めるが、当人の本能は共和党エスタブリッシュメント層の見識――たまたまではなく、二〇〇八年の選挙でホワイトハウスと上下両院で破滅的な敗北を生み出した見識――を求めることをよしとしなかった。その代わり本能に導かれて会ったのが、カリスマ性に富み、表舞台に立っていないが強い印象を与え、世界を変えるような理念を秘めた人物、つまりアンドリュー・ブライトバートのような人間だった。マーサーがブライトバートと出会ったのは二〇一一年、保守派グループ「クラブ・フォー・グロース」が開催した会議だった。それからしばらくして、やはり本能に命じられるままスティーブ・バノンにも会った。

クリスマスのころに訪れたマーサーの庭をひと目見て、この屋敷の主人の関心と惜しみない財政支援は、多彩で広範囲に及ぶとブライトバートは確信した。話をするたびにマーサーも娘のレベッカも、政治を逆転させるブライトバートの手法に徹頭徹尾魅了されていった。意表を突いたアウトサイダーならではの手法だ。共和党中枢部の大半は大口を叩く道化師ばかりだとブライトバートが見なしていた事実は、マーサーの目からすればブライトバートのいかなるアピールを損うものではなく、むしろ長所と見なされるべきものだったのかもしれない。党のお偉方の意見が一致したからといって、はたしてそれにどれほどの意味があるのだろう。

バノンを通してマーサー家は、ブライトバート・ニュースが長年計画してきたリニューアルに一〇〇〇万ドルを融資すると応じていた。リニューアルのお披露目は二〇一二年春に予定されていたが、その結果をブライトバート本人は見届けられなかった。アンドリュー・ブライトバートの突然の死は、リニューアルのわずか数日前だった。一家はバノンがブライトバート・ニュースを引き継ぎ、サイトを継承することに賛同していた。だが、バノンにすれば、このニュースサイトは自分が築こうとする、さらに巨大なシステムのほんの一部にすぎない。ほかにもまだ必要とする部分があり、すべてがそろえばひとつになって完璧に機能する。ロバート・マーサーと一家がこの構想の熱心な支援者になったのは、マーサーにとってこうしたやり方こそ自分の直感にかなうものだったからである。

マーサーが支援した三つの組織

マーサー家がトランプの最大の資金提供者だったわけではないが、大統領選を制するうえでもっとも重要な支援を提供したことに疑いの余地はない。この件に関し、話が極めて皮肉めいているのは、二〇一六年大統領選において、一家が当初推していた共和党予備選の候補者はトランプではなかったからである。最初に支援したのはテッド・クルーズだった。党内の有力者に向けられたテッド・クルーズの対決姿勢を一家は買っていた。二〇一三年十月にはオバマケアの予算成立を阻むため、連邦政府を停止状態にまで追い込んでいる。共和党の指導者はクルーズを毛嫌いしたが、当の本人は倦むことなく上層部批判を繰り返し、急先鋒な右翼政治を譲らなかった。クルーズの立候補を支援するため、マーサー家はスーパーPACを設立、一一〇〇万ドルの政治献金を行った。ケリーアン・コンウェイを雇って管理を任せると、同様の支援を行うために富裕な献金者を組織した。

クルーズが大統領選から撤退すると、マーサー家は支持をトランプに切り替え、本選挙の支援に何百万ドルという献金を行う。だが、一家がトランプに与えた最大の影響は、間接的であるにせよ、クルーズ支持を踏まえたものだった。バノンや複雑に連動しあうバノンの組織網を経由し、マーサー家は、トランプの最終的な敵対者になると目されたヒラリー・クリントンを失墜させる計画に資金を融通した。民主党の大統領候補は結局ヒラリーで決まると、政治にかかわる者は誰もが早くからそう見込んでいた(一家はヒラリーの対抗馬はテッド・クルーズと端《はな》から考えていた)。

ロバート・マーサーにすれば、ヒラリー・クリントンを粉砕する筋書きは、共和党の代わりの候補を支持するより、はるかに訴えるものがあったのかもしれない。かつてルネッサンスで働いていた者の話では、マーサーはかなり以前からクリントン家の〝背信行為〟について信じて疑わなかったという。一九九〇年代、マーサーとともに働いていた計算生物学者のニック・パターソンはつぎのように語る。ビル・クリントンが大統領職にあったころの話だ。ルネッサンスのスタッフ昼食会の席上、アーカンソーの州知事時代、クリントンはCIAの支援を受け、中近東・北アフリカとアーカンソーの飛行場を拠点に、麻薬の密売にかかわっていたとマーサーは断言していたという――この話は当時、極右のサークルで出回っていた陰謀論である。「ロバートは、麻薬取引に関係する殺人事件にもクリントン家が関係しているはずだと私に話していた」[7]。

ヒラリー・クリントンを阻止するバノンの計画は多方面から取り組まれ、下準備に数年を要した。計画は主に四つの組織に基づいて立案され、いずれの組織もマーサー家が資金を提供しているか、あるいは一家が株を保有する組織だった（マーサー家はバノンにも直接資金を補填していた）。

一番目の組織はブライトバート・ニュースである。二〇一二年にマーサー家から一〇〇〇万ドルの融資を受けて以来、スタッフの数と閲覧者数を急速に増やしていた。サイトに投じられたエネルギーは共和党の有力者——元下院議長のジョン・ベイナー、後継議長のポール・ライアンなど——の攻撃に向けられたが、クリントン夫妻をめぐる激烈な批判記事もひっきりなしに流し続けた。ドラッジ・レポートのように、注目度の高いクリントン嫌悪のサイトとして、批判材料を安定供給する情報源だった。保守派の読者がここを結集地点とするのはごく当然のなりゆきである。

二番目がフロリダ州タラハシーに拠点を置く非営利の調査集団「政府アカウンタビリティー協会」（ＧＡＩ）である。設立は二〇一二年、ここは保守系ジャーナリストのピーター・シュバイツァーの自宅でもある。二〇〇四年、バノンはシュバイツァーが書いたロナルド・レーガンに関する本を原作に、映画監督としてデビュー作を製作した。この本の刊行後、シュバイツァーはワシントンで横行する縁故主義について調査を深め、関心はワシントンに宿るこのような習慣を暴くことに向けられていった。二〇一一年には調査報道に基づく新刊『やつらを残らず叩き出せ：インサイダー取引、土地取引で政治家とその友人はどうやって金を貯め込んでいるのか。そして、残りのわれらを刑務所に送る縁故主義の跋扈』（未邦訳）を刊行、本の反響はすさまじく、ドキュメンタリー番組「シックスティー・ミニッツ」の関心を大いに引きつけ、連邦議会で法案を通過させるまでに至った。インサイダー取引を禁じた「議会知識に基づく取引禁止」法（頭文字をとってSTOCK法）で、シュバイツァーが指摘する情報の濫用の抑制を目的にしていた。

つぎのテーマとして、クリントン家にはびこる縁故主義に焦点を当てるべきだとバノンはシュバイツァーに語り、話に応じられるなら金銭的な支援が用意できると伝えた。「バノンは『この種の仕事に関して力を貸してくれる人間を知っている』と話していた」とシュバイツァーは語る。二〇一三年、マーサー財団は一〇〇万ドルをGAIに寄付し、シュバイツァーを協会の会長として雇い入れた。レベッカ・マーサーも理事会の席に連なる。翌一四年、財団はふたたび一〇〇万ドルをGAIに寄付すると、一五年さらに一七〇万ドルにまで引き上げて寄贈しており、この額はGAIの潤沢な主要予算を補ってあまりあった。

投資した甲斐は十分にあった。この年、シュバイツァーの『クリントン・キャッシュ：外国政府と企業がクリントン夫妻を「大金持ち」にした手法と理由』がハーパー・コリンズから刊行、ちょうどヒラリー・クリントンが立候補に名乗りをあげようと準備しているさなかに重なった。中央政界は本の話題で何週間も持ちきりとなったばかりか、ヒラリー・クリントンはこれまで以上に負のイメージをまとうことになる。共和党の政治家でこれほどのダメージを与えることができた者はいない。

マーサー家が支援した三番目の組織は映画製作会社「グリタリング・スチール」で、映画と政治広告を製作するためにバノンとレベッカが設立したスタジオだった。バノンの話では、グリタリング・スチールには政治への働きかけという野心にとどまらず、キリスト教をテーマにした映画でも商業的成功を収めることを目的にしていた。宗教をめぐって、レベッカは自分の四人の子供は学校に通わせず自宅で教育していたので、この事業にはことのほか期待を寄せた。

バノン自身もこの事業には心引かれていた。ハリウッド時代、バノンはウィルバーフォース・フォーラムが右派キリスト教系の映画人を対象に組織する、世間的にはあまり目立たないネットワークに関係していたからである。このフォーラムは、ウォーターゲート事件で有罪判決を受けたニクソン大統領の側近の一人、チャールズ・コルソンが改心後に設立した福音派グループで、「聖書に書かれている見地から文化を形成する」ことを使命とした拘束の緩いネットワークだった。俳優で監督のメル・ギブソンもメンバーの一人で、ギブソンがメガホンを取った二〇〇四年の映画『パッション』は予想外のヒットとなった。また、短期間ではあったがバノンは、教皇ベネディクト十六世のドキュメンタリー映画を製作した際、この映画のプロデューサーとチームを組んでいた。

結局、グリタリング・スチールは商業的に成功した映画は送り出せなかったものの、映画版『クリントン・キャッシュ』を二〇一六年に発表している。大統領選の幕が切って落とされた直後だった。映画がはじめて公開されたのはコート・ダジュール（フレンチ・リヴィエラ）で開催されるカンヌ国際映画祭だった。[*8] 二〇三フィート（約六二メートル）ある一家の豪華スーパーヨット「シーアウル」で現地入りしたレベッカは、船上でバノンを含む招待客らをもてなした。

マーサー家の出資による四番目の組織は、ロバート・マーサー本人が希望するビジネスで、イギリスのデータ分析会社SCL（戦略コミュニケーション研究所）のアメリカ事務所だった。この会社は心理戦で用いられる手法を使い、影響を及ぼす選挙や世論について外国政府や軍部に助言するサービ

＊　映画版『クリントン・キャッシュ』は二〇一六年五月にフランスのカンヌで上映されたものの、この上映は国際映画祭の一環として行われたものではない。カンヌでの上映は配給会社向けに実施された。

スを提供している。SCLの主要株主であるロバート・マーサーはアメリカ事務所をケンブリッジ・アナリティカと命名した[9]（バノンもこの会社の株を一部保有して取締役に名前を連ねた）。

データ関連会社の株式を過半数獲得するのは、マーサーが持つネットワークにある種の最新鋭のテクノロジーを備えるためで、前回のミット・ロムニーの大統領選では明らかに不足していた。マーサーはこれによって代わりばえしない共和党に頼る必要がなくなり、精緻なメッセージと戦略を可能にする基盤を築き上げることができた（これはコーク兄弟の二人をはじめとする大富豪たちとも共有する強い思いで、兄弟の場合、何千万ドルという資金を投じ、共和党に代わる組織も築き上げたほどだ。彼らはそれほど共和党の愚劣ぶりに幻滅している）。レベッカは自分が推す政治家の選挙運動に積極的にかかわっていくという評価を早いころから得ていた。そのレベッカも財政上の支援を提供する条件として、データ分析のためにケンブリッジ・アナリティカを雇い入れてもらうと明言していた。バノンも必要に応じて重要な役割を担った。

ヒラリー・クリントンが大統領選に向けて選挙運動を立ち上げた二〇一五年四月、以上の四組織すべてが始動し、目論み通りの正確無比な活動を始めていた。だが、この時点では四つの力を結集したバノン‐マーサー計画の全容は、多くの目にはまだ明らかにされてはいなかった。トランプの出馬は依然カーニバルの見世物と思われ、ブライトバート・ニュースに集まるのは変人かいかれた連中、バノンに至っては一国を左右する重大事にかかわるほど大物ではないと見なされた。これらはいずれもヒラリー陣営のブレーンがほぞを噛むことになる思いちがいである。「思うにヒラリー陣営が見抜けなかった事実のひとつが、ブライトバート効果だった」[10]とヒラリーの広報部長を務めたブライアン・ファロンは選挙後に振り返る。「保守系メディアで独自の協調関係を育成し、そのなかで選挙運動の期間中、われわれの盲点となっていたある種の物語と言説を、極めて攻撃的かつ極めて効果的にプロモートしていた」と打ち明ける。

大富豪が財産の一部を使い、選挙政治に介入することを決めた常の出来事として――しかも、その大金持ちがかなり奇矯な人物――世間の関心はますますマーサー家に向けられていった。共和党政治の腹黒い黒幕という世間が抱く一家のイメージは、トランプの大統領選勝利でいよいよはびこっていく。だが、なんといっても興味深いのは、今回の選挙でそもそも一家が果たした役割とは、息を吞ませるようなこの壮大な選挙に関与することではなかった点だ。なんだかんだと言いながら、一家が当初推していた候補は勝利することはできなかった。その代わりほぼ無尽蔵という一家の財力は、別の候補者のために働き、ついにはこの男、つまりバノンが推していた候補者に勝利をもたらす。

献金先の判断をめぐり、顧問を雇い入れて助言を求めるのは、政治に関心を抱く大富豪の常識だ。しかし、バノンとマーサー家との関係がことのほか異例であるのは、通常の力関係が逆転していた点である。顧問とはいえ彼らは端的に言えば高給な雇い人で、ホテルの支配人よろしく、雇い主に代わって政治上の実務を手配し、個人献金を監督したり、ワシントンの重鎮との面談を整えたりしている。あくまでも裕福な後援者の部下として仕事をしている。だが、バノンの場合、この関係がひっくり返っていた。助言の代わりに、自らのために金主を操っていた。その点を万事心得ていたのかどうかはともかく、マーサー家は投資銀行となって、懐の広いバノンの野心に対し、せっせと資金を差し出していた。

第7章　ブライトバート

「ブライトバート大使館」

間もなく深夜零時になろうとするころ、バノンはリビングルームを抜け出した。部屋ではブルーグラスのバンドが演奏を行い、下院議員やスタッフがたむろしている。そのなかには人気リアリティー番組「ダック・ダイナスティ」の出演メンバーも何人かいた。迷子になったのかうろうろしている。人をかき分けながらバノンが向かう先は、シリウスXMラジオが放送するトーク番組「シリウスXMパトリオット」のスタジオだ。最高裁判所から目と鼻の先に建つブライトバート・ニュースのワシントン支局、番組は十四部屋あるこのタウンハウスの手狭な一画から生で放送されていた。

二〇一五年二月下旬、恒例の保守政治活動協議会（CPAC）はこの年も盛会で、バノンもまた例年通り、中心的な立場としててんてこ舞いの忙しさに追われた。

その日のまだ早い時間、トランプは恒例となったスピーチを行ったが[1]、反響はそこそこで、長々と続いた話に多くの聴衆が飽き始めていた。スピーチが終わると、トランプが立つ講演台へフォックス・ニュースのショーン・ハニティーが歩んでいく。トランプブランドの深紅のネクタイを締めたハニティーは相手に向かい、大統領選出馬の可能性についておずおずと尋ねた。「一から一〇〇（パーセント）とするなら、七五から八〇と言っておこう。ぜひとも立候補したいと考えている。ご存じのように私にはテーマがある。余人にはかえがたいテーマだ。『アメリカをふたたび偉大にしよう』。これこそ私が望みとするところだ」とトランプは答えた。

しかしこの日、トランプは一番人気のリアリティー番組のスターではなかった——バノンがトランプを食っていたのだ。協議会のこの日、CPACには珍しいゲストの応援でバノンは終日を過ごしていた。右翼のイギリス独立党の党首ナイジェル・ファラージに加え、バンダナにアーヤトッラー・ホメイニーのようなひげを生やした「ダック・ダイナスティ」の家長フィル・ロバートソンがフリースピーチ部門の受賞で訪れていたのだ。これより以前、ゲイ発言を理由に放送局のA&Eから謹慎処分を受けたロバートソンは今大会の目玉ゲストで、ビートニクと性病をテーマに一席ぶちまけると満場の人気をさらい、バノンも手放しで喜んだ。イベントが終了すると、関係者一行は仕立てたバスに乗り込み、ブライトバートのタウンハウスへと向かった。

いつもならタウンハウスは人気《ひとけ》なく静まり、博物館のようである。麗々しく引かれた刺繡が施された黄色のシルクのカーテン、壁面に彩られた絵はいずれも細部に至るまで正真正銘のリンカーンが生きていた時代の装飾品で飾られている。ワシントン滞在中、バノンはこの家の上階で寝泊まりしていた。ブライトバートのニュース編集室は階下のひんやりとした地下室に置かれ、ここを拠点にスタッフは活動していた。しかし、二月のこの日の夜、室内の家具は片づけられ、自称〝密造酒〟——と口にしながらバノンは「ダック・ダイナスティ」関係のゲストにウインクしていた——を振る舞うために即製のバーが設けられた。パーティーは立錐の余地もないほど盛況で、至るところで大きな声があがっている。

大成功のCPACに加え、ピーター・シュバイツァーとともに丸々二年の歳月をかけて秘密裏に進めてきたクリントン本にようやく完成の見込みが立ち、弁護士による事前の入念なチェックも終わりを迎えていた。大統領選はこれでひっくり返るとバノンは手応えを覚えていた。「途轍もないことがこれから始まるからな」と繰り返し招待客にバノンは話していた。

同じ空の下のどこかでは、ヒラリー・クリントンがホワイトハウスへの道を用心深く検討していた。六週間後の四月十二日、ヒラリーは大統領選への出馬を正式に表明すると、いつもの例に漏れず右翼からの集中砲火に用心した。ヒラリーは以前から「巨大な右翼の陰謀」のせいで、夫のビル・クリントンともども右翼の攻撃を受けてきていた。

しかし、ヒラリーもこの先自分に待ちかまえている事態——あるいは、自分に向けて新たなる巨大な陰謀を画策している中心人物が、いまこうしているあいだも酔っ払ってワイワイ野次りながら、鴨の鳴き声を張り上げる「ダック・ダイナスティ」の汗臭い出演者に取り囲まれているとはつゆほどにも思わなかったはずだ。〔訳註：「ダック・ダイナスティ」は鴨狩りのアウトドア製品を販売するロバートソン一家の生活を追った番組。鴨笛で財をなした大富豪ながら、南部の田舎者丸出しのレッドネックぶりで、番組は高い視聴率を叩き出した。一家は敬虔なキリスト教徒で、家長フィル・ロバートソンの同性愛をめぐる発言は大きな論争を巻き起こした〕。

バノンは自ら生み出した混沌を生きがいとし、この混沌を押し広げようとあらゆる手を尽くした。客をかき分けて建物の奥まった部屋にたどりつくと、ヘッドセットを装着し、すでに進行していたブライトバートのラジオ番組に加わる。こうやって何万人ものリスナーを通称〝ブライトバート大使館〟——タウンハウスは皮肉にもその名で知られた——の聖域の内陣へと導き、そこからさらに大きな計画へと人を徴集するのがバノンのやり方だった。自分のまわりで高まっていく運動に並はずれた誇りを当人は覚えていた。この運動が持つ、分けへだてのない性質はバノンの自慢の種だ。外部者の目には、彼らは童話『ルドルフ：赤鼻のトナカイ』に登場する「できそこないの玩具の島」のエキストラにしか映らないかもしれない。だが、バノンの目には、これぞポピュリズムを求める〝もの言わぬ〟世論の堂々たる表明と映った。共和党と民主党を支配する「グローバリスト」と「ゲートキーパー」に向かい、敢然と沸き起こった抗議の声なのだ。

世界規模の権力構造をひっくり返す計画に、なぜ「ダック・ダイナスティ」のフィル・ロバートソンがかかわるようになったのかはわからない。バノンの友人の多くも首を傾げる。しかしそうではあっても、特権階級を糞味噌にする機会には、そのスリルを腹の底から堪能するのがバノンだ。自身のラジオ番組に電話してくる何千という不満を抱えたリスナー、あるいは何万という閲覧者がブライトバートのサイトに集まる。彼らなら怒りと疎外感に駆られた群れとなり、国の指導者に爆弾を投げつける企てに目を輝かせて参加してくれるはずとバノンは信じた。

この日、パーティーをあとにする招待客に、バノンが手ずから選んだ贈り物をドアマンが渡していた。銀製のスキットルで、〝ブライトバート〟のロゴがハニーバジャーの図案のうえに刻印されていた。ハニーバジャーはブライトバートのマスコットである。

政府アカウンタビリティー協会

バノンが帯びるカルト集団の指導者としての磁力は、有無を言わさず奇人や変人を引きつけ、強い魅力を両者に向けて放った。ゴールドマン・サックスやハリウッドなど、もともと国境とは無縁のコスモポリタンの軌道をさらに遠く離れ、バノンは自由に動きまわった。右へ右へと傾いていく衝動を抑えつける必要もすでにない。移民やイスラム教の問題についても忌憚のない見解を口にしていた。そのため、ワシントンの政治家の多くが人種差別的陰謀論者の巣窟と見なす過激な非主流派のあいだでさえ、バノンの存在はすっかり浮き上がっていた。

しかし、バノンは頭を抱えるどころか、こうした誹謗こそ自らの信念の正当性を裏付ける証しだと双手をあげて受け入れた。ボロをまとい、熊手を振りかざしたアウトサイダーの群集をおのが手でひとつにまとめ、奔流となってバリケードに突き進み、亡きアンドリュー・ブライトバートのひそみに倣って〝国を奪い返す〟——そんな壮大な野心を実現させようという思いがこうして育まれていく。自分と志を同じくする者の扇情的な考えに悩まされていたとしても、そうした様子をバノンは表には出さなかった。来る者は拒まずというのがこの男の変わらない流儀だ。

外見はどこからどう見ても無頓着でむさ苦しく、ビーチサンダルをはいた大兵肥満の老騎士《フォルスタッフ》といった風情で、政治の世界では安心して黙殺できるタイプだ。しかし、風貌や経営する会社で判断すると、当人の衰えを見せない解析能力、そしてこの能力が自堕落なハリウッドの映画会社の財務で物を言ったように、政治の世界でも発揮されている事実が覆い隠される。バノンは声高に叫ぶ狂信的な保守主義者とも進んで盟約を交わしたが、それでいて一九九〇年代、保守派がビル・クリントンをなぜ阻めなかったのか、バノンにはその理由がはっきりとわかった。保守派はクリントン糾弾に没頭し、二の次にされたメディアや肝心の有権者はその狂奔ぶりにあきれた。とりとめのない幻想に足をとられ、身内同士の話に終始し、現実にはすでに敗北しているのに、選挙では勝てると保守派は信じ切った。

ヒラリーに待ったをかけるには、単なる運動を超えた影響力を保守派は発揮しなくてはならないとバノンは考えた。一九九〇年代のときのように、突拍子もないクリントン謀略説にいちいちつきあうような真似は控えなくてはならない。当時、共和党下院議員ダン・バートンのような名のある政治家でさえ、次席法律顧問謀略説を立証するために拳銃でスイカを撃ちまくった。必要な影響力をものにするために保守派に求められているのは、確かな事実に基づいた政治事件を立証することだとバノンは信じた。その事実とは、ヒラリーが選挙で勝つために必要な支持者――有権者だけではなくメディアも――の目に、この女がいかに信用できない人間かと映る事実だった。

ブライトバート・ニュースを通じ、反ヒラリーを唱える保守派は集結できたが、このような抵抗勢力《パルチザン》を大っぴらに組織しても、民主党の支持者や主流の報道を堅持するメディアには、真っ当な発言者とは見なされないとバノンは踏んでいた。「〝扉を最初に通ってはいけない〟は、ゴールドマン・サックスが教える教訓のひとつだ」とバノンは言う。「ジャンク債ならマイケル・ミルケンにリードをとらせればいい。どんな商品であれ、ゴールドマンは決して先走るような真似はしない。ビジネスパートナーをかならず見つけろ」。

そうした目論みのもと活動していたのが、先述した政府アカウンタビリティー協会（GAI）だった。設立はマーサー家の出資だが、内国歳入法第五〇一条C項第三号に基づく、歴とした合法の調査機関である。公益が認められた場合、活動は非営利の報道機関に属する記者や制作者によって安全に行われ、政治的偏向を理由に罪に問われることはない。GAIを運営することは、ブライトバートで培った経歴と天と地ほども違ったが、バノンはその任を引き受けた。それまでのキャリアで多くの肩書をすでに手にしたが、いまさら新しい肩書がひとつ増えたところでまったく問題ではない。

バノンの多彩なバックグランドについて、ひと筋縄ではいかない右翼の相互関係のもとでは、ある種のジキル博士とハイド氏のような存在、つまり二重人格者として受け止める者がいた。ブライトバートで右翼に影響力を行使できれば、一方でGAIを通じ、左翼勢力にも微妙な影響を与えられる。こうすることで、ブライトバート・ニュースの旧来型の攻撃的ジャーナリズムとGAIの洗練された手法がひとつに結びついた。GAIの調査は著名な政治家に対し、事実に基づいた厳格な告発を行うと、主流の報道機関と提携し、最大限の視聴者に向けて探り当てた事実をばらまいた。そのとき鍵となるのは、一群の人間を煽りに煽って、バノンのような筋金入りのパルチザンと寸分たがわぬ執念と衝動を抱かせることにあった。その一群の人々こそ、主要紙やネットワークのテレビ局で調査報道を担当する記者にほかならない。

「調査報道に携わる一流の記者が共感を寄せるのは噂ではない。事実なんだ。ピーターと私はそれに気づいた」。GAI会長のピーター・シュバイツァーに言及しながら、バノンは説明する。ヒラリーをめぐる好ましくない事実が十分に集まれば、記者はその事実の後追いに執念を燃やす。さらに大きな物語の存在をほのめかす事実なら申し分はない。見事な共生関係がこれで生み出されていく。批判的な記事が主要紙に書き立てられるたび、潜在的なヒラリー支持者の熱い思いに水が差される。その一方でこの記事は、ブライトバート・ニュースによって、右翼のあいだで反ヒラリーの怒りをかき立てる材料として使われる。

この仕組みが生み出した最大の成果こそ、保守政治活動協議会（CPAC）のパーティーでバノンが興奮を隠しきれなかったプロジェクト、すなわち調査報道で書かれたシュバイツァーの著書『クリントン・キャッシュ』だった。ゴールドマン・サックス、インターネット・ゲーミング・エンターテイメント（IGE）、ハリウッド、そしてブライトバート・ニュースを通じてバノンが学びえたもののなかでも、この本の刊行はその頂点を極めた。ヒラリー・クリントン失墜を画策するうえで、成否を左右する鍵こそこの本だとバノンは見込んでいた。

ネットにたむろするオルタナ右翼

ブライトバート・ニュースのワシントン支局にいるときのバノンは、大半の日々をハイド氏の人格《ペルソナ》で過ごすことが多い。二〇一五年五月後半のある日、この日もバノンはワシントン支局に滞在していた。『クリントン・キャッシュ』がニューヨーク・タイムズのベストセラーリストの第二位に躍り出て数日が経過、この本の刊行はメディアのあいだで狂乱を巻き起こしていた。ブライトバートのスタッフの多くがよく知る心地のよい狂乱だ。

バノンの経営執行役会長の正式就任は突然だったが、ブライトバート・ニュース・ネットワークには創設者のDNAが深々と根づいており、新任に伴う負担は軽減された。どのようなタイプの記事が読者の共感を喚起してサイトに引き寄せ続けるのか、そうした理屈抜きの勘をブライトバートは編み出していた。「私にすれば、これぞアンドリューならではの知識と技能です。大衆がどんな記事に心を動かされるのかに彼は通じていました」と語るのはアレックス・マーロウだ。アシスタントとしてブライトバートに入社、のちにブライトバート・ニュースの編集長になった。「アンドリューはそうした手段を、話題作りにかけてはこの国の歴史始まって以来といわれるマット・ドラッジから学んでいました」。

ブライトバートの天才性は、二十世紀早々の新聞王たちが理解していた事柄に誰よりも通じていた点だ。つまり、事実を吸収する際、読者は客観的な行為として記事に向き合うのではなく、あらすじやヒーロー、悪漢が登場する進行中のドラマとして感情を交えながら体験している。ブライトバートはこうした物語や編集上の工夫に秀でており、その手法は当人亡きあとも息づいている。「編集上の判断をくだす際、一回限りの偶発的な事件と思える記事は扱いません。サイトにはうってつけの事件でも変わりません。大きな物語として展開する話題を探し出すのが揺るぎない方針です」とマーロウは語ると、不当に迫害されているという視点から、ブライトバートが集中的にカバーしてきたテーマをよどみなく語った。「大きく扱ってきたニュースは目新しくはないはずです。移民問題、イスラム国、人種暴動、それから私たちが『伝統的価値の崩壊』と呼んでいるものです。しかし、断トツはやはりヒラリー・クリントンにつきるでしょう」。そしてサイトでは、こうした物語がさらに大きな物語のなかに持ち込まれたのは一度や二度のことではなかった。

一風変わったメディア展開で大いに知られていたが、ブライトバート自身は新聞の片隅に置かれた記事や埋め草に、ほかの者には見えない（あるいは見ようともしない）物語を見抜く才能に恵まれていた。扇情的で毛色の異なる見出しを掲げては大々的にアピールした。容赦ないマスコミ批判として、報道機関が語ることを拒んだ記事にこそ、リベラルへの偏向がもっとも明白にうかがえると言い立てた。

「アンドリューは常々『主流のメディアを見てみなよ、連中はみんな同じ池で記事を釣ろうとしている』と口にしていた」。ブライトバートの最高経営責任者（CEO）のラリー・ソロブは回想する。「二番目の池があっても、そこでは誰も釣ろうとはしない」。主流派の報道機関から支配権をもぎ取ることによってのみ、この不均衡は正せると信じていた。ブライトバート・ニュースが目指しているのがこの地点だ。バノンは言う。「私たちが抱いているビジョン――つまりアンドリューのビジョンとは、中道右派にして大衆主義、反エスタブリッシュメントを奉じる世界規模のニュースサイトを確実に築き上げることにある」。

もっとも、ブライトバード自身の〝報道〟の定義は、政治的な行動主義が取り込まれている点で、いわゆるメディアが言う報道の定義とはいちじるしく異なっていた。ブライトバートの場合、報道はある目的を伴っていた。リベラルの欺瞞的な行為への激しい批判、そしてポリティカル・コレクトネスをめぐる理不尽な実例にハイライトを当てることにサイトのエネルギーの大半が捧げられた。ただ、定評ある報道機関とは違い、ブライトバートでは保守系活動家が怪しげな〝おとり〟調査で撮影した映像を進んで掲載した。リベラル派の地域社会活動家グループのＡＣＯＲＮが標的になった二〇〇九年の動画、オバマ政権のもとで、白人差別主義者として意図的に編集された農務省の黒人職員シャーリー・シェロッドの映像だ。

アンソニー・ウィーナー失脚で演じられた、ブライトバートの一糸乱れぬ動きに匹敵する報道機関などどこにもない。既婚の下院議員が年若い愛人の女性にツイートしたとおぼしき、出所もあやふやな股間写真を掲載するという決断もしかり。さらにこの話が事実だと判明すると、ウィーナーの記者会見を乗っ取り、話を盛りに盛って膨らませる芸当はブライトバートという人物をおいてほかにいない。このような出来事を通じ、他の保守系サイトには真似のできない、読者が胴震いするメッセージをこのニュースサイトは送り出してきた。

ブライトバートを引き継ぐ際、創業者の喧嘩腰の熱情が手つかずのまま継承されるのをバノンは望んだ。バノン体制のもとで大きく変わった違いは、サイトの報道からすでに見てとれた移民排斥を掲げるポピュリズム、そして民主党とともに共和党の〝グローバリスト〟に向けられた血気盛んな攻撃本能が激しさを増した点だ。〝ブライトバート大使館〟の地下室を根城に、サイトに住まう海賊の手下どもは、日の出の勢いのティーパーティー運動の擁護者となり、バノンと近しい関係にあるサラ・ペイリンの擁護者と化していく。共和党の指導者を悩ませ、二〇一三年の政府閉鎖へと至る片棒を担いだ。

　バノンはもうひとつ別の決定をくだしていた。その決定はただちに明らかになるようなものではなかったが、サイトを支持する読者の規模と性質に無視できない影響を与え、ついには二〇一六年大統領選さえ左右する。ネットの世界に生息する大勢の若者をバノンはサイトに引き寄せようとしたのだ。これより数年前、ネットを介して遭遇した若者たちであり、インターネットに住まう勢力は政治革命を扇動するうえで利用できるとバノンは信じていた。二〇〇七年、「ワールド・オブ・ウォークラフト」などの大規模多人数同時参加型（ＭＭＯ）ゲームで、オンラインマネー農場《ゴールドファーミング》を組織化した香港のインターネット・ゲーミング・エンターテイメント（ＩＧＥ）の経営をバノンは引き継いだ。「ワウヘッド」「アラカザム」、（そしてバノンお気に入りの）「ソットボット」といったＭＭＯの掲示板に集まるファンの規模や影響力にバノンは魅了された。「二〇〇六年と二〇〇七年には、閲覧者の数は一五億を稼ぎ続けていた。まったく信じられないようなカウントだ。ここから収益をあげられるとも考えたが、むしろ広告効果が手放せないとわかった」とバノンは振り返る。だが代わりに起きたのは、ＩＧＥのビジネスモデルの破綻だった。ゲーマーたちは自身で掲示板を立ち上げると、「ワールド・オブ・ウォークラフト」などのＭＭＯの制作会社に対し、オンラインマネー農場の破壊的行為を阻止するよう声をあげ始めたのだ。

　ＩＧＥへの出資者は何百万ドルという損失を被った。しかし、会社を破綻させたゲーマーに対し、バノンはこの人物ならではのひとひねりした評価を抱いていた。「こうした連中、つまり社会に根を張っていない白人男性は化け物じみた力を秘めていた。レディットの走りがこれだった。『ソットボット』の掲示板に書き込んでいた同じやつらが(こののち)レディットに書き込むようになった」。レディットと4ちゃんねる——これらの掲示板を舞台にオルタナ右翼は産声をあげる。

ブライトバートを引き継いだとき、バノンは彼らゲーマーを取り込もうと考えた。アンドリュー・ブライトバートは、人種やポリティカル・コレクトネスなどの問題をめぐり、挑発的な言葉を投げかけて彼らの一部をすでに取り込んでいた。バノンはそれをさらに推し進めた。思い描いていたのは、ネットでは圧倒的な力を発揮するものの、社会から浮いたゲーマーという集団と、過激な政治方針と容赦ない喧嘩腰に魅せられてサイトに引き寄せられた右翼アウトサイダーの大同団結だった。「実際問題、フォックス・ニュースの視聴者は年寄りばかりで、こうした若い連中と縁がある者は誰もいない」。それを結びつける方策をバノンは必要とした。白羽の矢が立ったのがゲイのイギリス人テクノロジーブロガーで、インターネットの比類なき巨人マイロ・ヤノプルスだった。

サイトの技術レベルを一気に拡充しようと人を探しているとき、バノンは友人を介してヤノプルスを知った。「履歴書とちょうど執筆中という本のタイトル、『シリコンバレーのエリートたちの病的自己愛』を送りつけてきた。『これはすごい』ということで会ってみた。本人を前にして、アンドリュー・ブライトバートに通じるカルチャーを持つ男にはじめて出会ったと思った。恐いもの知らずで、頭脳も明晰。こうした男たちが帯びているある種特別なもの、カリスマ性にも恵まれていた。二人ともいわく言いがたい何かをまぎれもなく持っていたよ。二人の違いは、ブライトバートは極めて強固な道徳的世界を抱いていたが、マイロは善悪を超えたニヒリストという点だ。こいつはとてつもなく大化けするとひと目でわかった」。

オルタナ右翼の本質とは、傷ついた男のイド（本能的衝動の源泉）と攻撃性がからみあって転がり続ける回転草《タンブルウィード》だ。＊この回転草を操ることにヤノプルスは天賦の才能を発揮する。ほかのサイトならテクノロジー関連の記事はとるに足りない批評や企業ニュースで構成するのとは対照的に、ブライトバートでは「ゲーマーゲート」のような扇情的なカルチャーの問題に焦点を当てていた。

ゲーマーゲートはビデオゲーム業界の性差別をめぐる論争で、この性差別には女性のゲーム開発者に対し、漫然と組織化されたハラスメントが関連していた。ヤノプルスは挑発的な意見を意図的に盛り込む腕を磨き、高いアクセス数の反響を常に呼び起こし、その編集スタイルはブライトバート・ニュース全体で採用された。サイト内で際立って攻撃的な見出しの大半はヤノプルスの手になる。また、オルタナ右翼が抱える執念、あるいはオルタナ右翼のマスコット「カエルのぺぺ」に見られるようなイコノグラフィーのセンスにもヤノプルスは通じていた。

ヤノプルスはキーボードの前に隠れてはいなかった。行動で示す技術を仕事にも取り込んでいく。アンドリュー・ブライトバートのように〝ポリティカル・コレクトネス〟をめぐって敵陣に乗り込み、好んで戦いをしかけた。リベラルな大学のキャンパスに出向くこともたびたびだった。言論の自由と開かれた討論の理念への肩入れと称するものなど、口やかましい左翼のまやかしだ。ヤノプルスが敵陣へ乗り込むと、決まって怒りに満ちた反応が引き起こされた。

一連の挑発は、いずれもネットにたむろする大勢の予備兵をブライトバートという柵に囲い込む点にあった。少なくともバノンはそう見ていた。「マイロなら若い連中をたちどころに結びつけられるとわかった。軍団を意のままに動かせる。ゲーマーゲートやその手の話を通じて集まった連中が、今度は政治やトランプへと向かっていった」。このようにしてブライトバートは、オルタナ右翼が政治的エネルギーを育む保育器と化していく。ヤノプルスの関心はもっぱら自身の知名度を高める点にあったが——〝男娼〟のようだとバノンは彼のことを考えていた——それ以上の熱心さで課された仕事をこなし、政治的な結びつきをはっきりと打ち出した。二〇一五年十月の署名記事には「ドナルド・トランプの勝利の方程式：銃、自動車、テクノ・ビザ、エタノール問題そして4ちゃんねる」という見出しが躍った。

トランプも「カエルのペペ」の画像をリツイートしてオルタナ右翼との同盟関係を深めた。ただし、スタッフが語るところでは、トランプはうかつにも「白人至上主義《ホワイト・ナショナリスト》」のアカウントからいつも発信していた。大統領選に向け、4ちゃんねるやレディットの住民がトランプ支持を買って出るようになったのはそれから間もなくだ。この〝支持〟の一面として著名なジャーナリスト、とりわけユダヤ人ジャーナリストのツイッターが露骨な反ユダヤ主義の言辞であふれた。名誉毀損防止同盟（ＡＤＬ）の調査では、選挙の実施年には主にジャーナリストに向けて二六〇万件もの反ユダヤ主義のツイートが送られ、さらに「攻撃者については、トランプ支持者、保守派、〝オルタナ右翼〟の一員と特定できる例が不自然なほど多い」ことを明らかにした。

＊　白人至上主義団体「国家政策研究所」代表のリチャード・スペンサーのように、〝オルタナ右翼〟に文化的なうわべを取りつくろおうと努めてきた発言者や書き手が一部に存在する。だが、この右翼思想に基づくエネルギーと活動の大半は、ニヒルでインターネット・ミームに夢中のゲーマーに駆り立てられている。彼らが用いる人種差別的かつ反ユダヤ主義的な言辞やイコノグラフィーは、歪んだ皮肉のセンスと標的を攪乱させたい熱望——そしてメディアの関心を引きたいという思いにもっぱら突き動かされている。バノンはスペンサーとのいかなる共闘も断り、相手のことを自己宣伝に長けた〝フリーク〟〝間抜け〟と呼んだ。

時にはバノンの攻撃本能がとんでもないミスを招いた。ノーベル経済学賞の受賞者で、リベラル派としてニューヨーク・タイムズのコラムを担当するポール・クルーグマンが自己破産申請をしたという皮肉たっぷりの記事をサイトに転載したことがある（事実無根）。また、オバマがロレッタ・リンチを司法長官に任命すると、ブライトバートの記者は、リンチはビル・クリントンの弁護団の一人として活動していると猛攻撃を加えた（こちらは別のロレッタ・リンチ）。「バノンにとって真実であること、正確であることは最優先事項ではなかった」[2]。ブライトバートのライターだったベン・シャピロは、バノンへの失望から二〇一六年に退職した。「事の真実ではなく、物語の真実のほうが彼には大切なんだ」。

バノンも基本的にはその点に異は唱えない。リンチの記事で気後れした当の記者が休暇を申し出てもバノンは一蹴した。失態を認めたとほのめかすような真似は、なんであれ嫌悪しているからだ。「彼にはこう言った。『だめだ。あいにくだが今週は一日も欠かさず記事を書いてもらう』とね」。そう口にしてバノンは肩をすくめる。「私たちはハニーバジャーなんだ。そんなことは屁とも思わなくていい」。

世界的な展開を画策するバノンは、マーサー家からの援助を得て、ロンドンとテキサスにブライトバート・ニュースの支局を開設した。「現在繰り広げている文化と政治をめぐる戦争では、ロンドンとテキサスはいずれも最前線だ」。二〇一四年、バノンはそう断言すると、「自国に居すわる永久的な政治階級、その彼らを支配してテキサス州ボックスからロンドンにかけ、人みなすべてに影響力を与えずにはおかない世界的なエリートに対し、いま地球規模の反エスタブリッシュメント革命が高まりつつある」と言い放った。

バノンが雇いたいライターのタイプは、過剰に挑発的でしかも実戦向きのジャーナリストだ。バノンにとってライターは、自分がしかけた戦争の兵士である。テキサス支局の開設に際して選ばれたのは、元アナーキストにして連邦捜査局（ＦＢＩ）のタレコミ屋という人物だ。[3] ロンドン支局で採用した二名は〝これぞブライトバートという正真正銘の地獄からの使者〟だった。バノンの部下でワシントン在駐の政治担当編集者マシュー・ボイルは、共和党と民主党の別なく党指導者をこきおろすトップ記事を書きまくった。キャピトル・ヒルで働く両党の報道担当者が、必要な情報を漏れなく即座に用意できなければ、居丈高にすごむことで悪名を馳せた。

バノンが集めた記者のなかでもおそらくもっとも異彩を放つのが、若くて美しい女性たちからなるチームで、バノンは「ワルキューレ」だと誇らしげに紹介する。戦場で兵士の命運を定める北欧神話の戦争の女神たちのことである。トランプ陣営に参加する以前・以後の期間、バノンはワルキューレを通じてヒラリー・クリントン追及の方法を組み立てた。ワルキューレの一人、ミシェル・フィールズは、ブライトバートに参加する以前からテレビと新聞を舞台に活躍した野心的なジャーナリストである。ユーチューブで保守系のセレブという名声を早々と得たのち、フォックス・ニュースに出演していた。[4] また、アレックス・スウォイヤーは金髪の美しい弁護士で、フロリダ州ネイプルズのアベ・マリア法科大学院時代にはミス・サウスウエストフロリダの優勝者に輝いた。[5]

しかし、バノンのお気に入りのワルキューレにして右腕のスタッフこそ、飛び切り頭の切れる二十五歳のジュリア・ハーンである。[6] ビバリーヒルズで育ち、シカゴ大学では哲学を学び、卒論のテーマは「精神分析とポスト・ミッシェル・フーコーの哲学的探究における共通点」。たたずまいは清楚で、感じのよい立ち振る舞いには非の打ちどころがないが、それとは裏腹にバノンが掲げるポピュリスト・ナショナリズムに激しく傾倒し、書く記事にまったく容赦はない。好みの標的は下院議長を務める共和党のポール・ライアンだ。ライアンが奉じる世界的な自由貿易と開かれた国境という考えに、ハーンは火のような非難を浴びせた。ポール・ライアンは〝第三世界からの移民を促す狂信者〟で、ヒラリー・クリントンをひそかに応援する〝二重スパイ〟だと猛烈に責め立てた。

宿敵の人物評の取材でライアンの地元選挙区ウィスコンシン州を訪れた際のことだ。あれがライアンの家だと教えてもらうや、ハーンはその屋敷が強固なフェンスで囲われていることをただちに認めた。車から飛びおりてすばやくシャッターを切った。この写真とともに掲載されたのがブライトバートの語り草になる「ポール・ライアン、自宅豪邸に境界の囲い。だが、包括法案の国境の囲いには予算をつけず」[7]という記事である。バノンお気に入りの記事だ。「一度ハーンに狙われたら、徹底的にやられて手のつけようもない」とバノンは鼻高々である。

クリントン家への攻撃を画策する際、バノンは元大統領ビル・クリントンのセックススキャンダルを一貫して持ち出した。ヒラリーには屈辱的な話題だが、共和党にとっても危険極まりないテーマだ。執拗な究明と弾劾請求は、ゴリ押しして失敗した格好の見本で、バノンもそれだけは避けたい。そこに降って湧いたのがビル・コスビー［訳註：アメリカの著名コメディアン］の突然の転落だった。コメディアンのハンニバル・バレスがショーのなかで、コスビーが犯した一連の性的暴行事件を蒸し返すと、直後からこの事件はふたたびニュースとしてメディアに取り上げられた。クリントン家についても、急所として改めて攻め立てられるかどうかバノンは考えた。

ワルキューレたちに問いただしたバノンは「行ける」と確信した。一九八〇年代から二〇〇〇年代初頭に生まれた世代、いわゆる「ミレニアル世代」に属する有権者のメンタリティーを考える際、バノンは、ある種のフォーカスグループとして若い彼女たちの声に耳を傾ける機会が少なくなかった。クリントン夫妻のスキャンダルはバノンの世代にはうんざりする話題だ。バノンもそれは認める。「しかし、彼女たちには話の大半が初耳だったのだ」。それだけではない。国内有権者の人口動態の点でも、ミレニアル世代はすでにベビー・ブーム時代に生まれた人口をうわまわっていた。[8]

二〇一五年六月、トランプが大統領予備選に名乗りをあげたころ、バノンの確信は揺るぎのないものになっていた。「世代論には絶大な信頼を寄せている」。ある日、ブライトバート大使館のダイニングルームの椅子に座ってバノンはこたえた。「どの世代の人間もみんなニュースには愛着を抱いているものだが、クリントンのセックススキャンダルが騒がれた当時、この世代はまだ七歳か八歳で、下世話な話はいっさい覚えていない」。この件でひっかき回すには時期が尚早すぎたが、手はずを整えるには最適な時期がやがて訪れる。「ここぞというときに、持ち出さなくてはと考えた」。

そうしているあいだも、もうひとつ別の手段をバノンは追い続けていた。ブライトバート・ニュースの運営がバノンにとってハイド氏の仮面なら、ジキル博士の仮面はヒラリー・クリントンに対して、はるかに大きな問題を突きつけようとしていた。

『クリントン・キャッシュ』の影響

フロリダ州タラハシーは、大統領選の遊説先として訪れるには地理的にも気持ちのうえでもこの国ではもっとも遠い場所にある。バノンが政府アカウンタビリティー協会（ＧＡＩ）の所在地としてこの町を選んだのもそうした理由からで、ＧＡＩ会長のピーター・シュバイツァーがワシントンからここにきたのも同じ理由からだ。「タラハシーでは何もやることがないので、仕事には首までどっぷり浸かっているよ」。二〇一五年秋、かの地を訪れた私にシュバイツァーはそんな軽口を叩いた。

スカーレット・オハラがオフィスパークを設計したら、こんな家並みになるのだろう。そんなふうに思えるレンガ造りの二階建ての家が建ち並ぶ静かな袋小路《カル・デ・サク》の一画にGAIはひっそりとたたずんでいる。これという表示のない入り口は小ぶりなヤシ《パルメット》で縁取られ、二階からせり出したベランダの下では、天井から吊り下げられた扇風機の風に当たり、スタッフ（もっぱら男性）が集まって腰を降ろし、煙草を吸ったり、熱心に意見を出し合ったりして午後を過ごしていた。

設立は二〇一二年、仲間うちで利益を優先する縁故資本主義《クローニー・キャピタリズム》と政府が関連する不正の調査を目的にしている。弁護士やデータ・サイエンティスト、科学的手法に長じた調査研究員をスタッフとして配属し、ニューズウィークやABCニュース、CBSの「シックスティー・ミニッツ」といった調査報道を行う主流メディアと手を組み、議会内のインサイダー取引から大統領選がらみのクレジットカード詐欺まで調べ上げた。政治的スクープ記事をものにする発掘作業を通じ、クリントン家を対象にした調査能力が二年間で鍛え上げられた。

『クリントン・キャッシュ』が予想以上の影響力を得られたのは、シュバイツァーの集めたクリントン家の明白な利益相反行為の実例のかずかずを主流メディアのニュースレポーターが頻繁に取り上げ、さらに掘り下げて報じていたからである。クリントン家は大口の資金供与者や海外政府から金を受け取っていた（「グロテスクとしか言いようがない」[9]と書いたのはハーバード・ロースクール教授のローレンス・レッシングで、つかの間ではあるがレッシングも民主党の大統領候補を目指していた。「公平な観点からいかに読もうとも、シュバイツァーが告発している行動パターンは不正行為にほかならない」[10]）。

この本の刊行直前、ニューヨーク・タイムズは一面にカナダ鉱業界の大立て者フランク・ギストラに関する記事を掲載している。ギストラがクリントン財団に数千万ドルの金を供与すると、ビル・クリントンはプライベートジェットに乗り込んでカザフスタンへと向かい、この国で独裁体制をしくヌルスルタン・ナザルバエフ大統領と食事をともにした。その後、ギストラは高収益が得られるアフガニスタンのウラニウム採掘権を勝ちとる。[11] 引用元として刊行前のシュバイツァーの本に言及したのがイギリスのタイムズの記事だった。その内容に読者の多くが困惑し、同紙のオンブズパーソンであるマーガレット・サリバンは、道義上の規範は犯されていないとはいえ、「どう見てもこんな方法は感心できるものではない」[12]と不承不承ながらもこたえざるをえなかった。

深刻な影響を受けたのがヒラリー・クリントンの人気だ。ヒラリーは「信用できない」と考えるアメリカ人の比率は六〇パーセント台に跳ね上がった。都合の悪いことに、民主党の予備選では注目度の高い対抗馬も現れていた。バーニー・サンダースは反ウォール街、良識ある政府という主張で一般の支持を集め、リベラルに対する混じり気のない姿勢はヒラリーの倫理観欠如を際立たせた。

バノンにすれば『クリントン・キャッシュ』がもたらした騒動は、前回、保守派はクリントンの弾劾に固執するあまり、ゴリ押しして失敗、別の手段を講じるべきだという自説の正しさを裏付けることになった。「当時、保守派がビル・クリントンを追い落とせなかったのは、掛け値なしの報道を軽視する一方で、主流メディアの歓心が買えず、何があっても弾劾だとまくし立てるばかりだったからだ。そんな憤慨に国民は鈍感になっていた」。

一九九〇年代、クリントンに関して、保守派が物した記事にはデビッド・ブロックがアメリカン・スペクテーター誌に書いたアーカンソー州知事時代の州職員ポーラ・ジョーンズへのセクハラ行為、いわゆる「トルーパーゲート」の調査報道などがある。ただ、明らかに共和党寄りだったため、主流メディアの編集者はとかく色眼鏡越しにこの記事を見た。ところがバノンは、保守派が長く見くだしていた同じメディアとのあいだに〝ビジネスパートナー〟の関係を見出していた。主要新聞社で調査報道部門を担当する記者に対する直感にもまちがいはなかった。つまり、こうした記者は保守派が夢想するようなリベラル思想の信奉者ではなく、バノンがたくらんでいる、より大きな企てに取り込むべき同類の存在だったのである。

二〇一五年当時、『クリントン・クラッシュ』がヒラリーに突きつけた脅威を正確に見抜いていた数少ない民主党員の一人がデビッド・ブロックである。支持していた保守主義からリベラルに転じたブロックは、その後、リベラル派の主要戦略家、資金調達者、そしてクリントンの協力者となる。ブロックに言わせると、保守派が一九九〇年代に学んだのは「境界を越えて主流メディアと渡りをつけなければ、その企てを成就させることはできない」という点だ。この国の政治を動かすのであれば、当時の保守派の報道は洗練されたロンダリングの手口を経験しなくてはならない。ブロックのような書き手の場合、知名度が低い雑誌やウエブサイトに記事を載せると、今度はその記事がイギリスのタブロイド紙に転載されるように努め、またニューヨーク・ポストやドラッジ・レポートなどの国内の右翼系メディアが取り上げることを望んだ。論争を巻き起こすことができてはじめて、主流の新聞へと突き抜けていける。

「私にはこう思える」とブロックは、バノンとシュバイツァーについて警告する。「タイムズとわたり合う点では同じ戦略だが、彼らの手はさらに込んでいて、潜在的にもっと効果的で破壊力があるのはタイムズの名声ゆえだ。リベラル派のあいだにヒラリー・クリントンへの疑惑と不安を生み出そうとするならタイムズこそふさわしい」。ブロックはひと呼吸置いた。「二人の見地に立てば、そこに潜んでいるウイルスにとって、タイムズは完璧な肉体を持つ宿主なんだろう」。

記事という兵器で主要メディアに浸透

研究者としてのシュバイツァーのキャリアは、保守系シンクタンクのフーバー研究所に始まり、ソビエトの公文書を掘り返して、冷戦中、ソ連がどのようにロナルド・レーガンを評価していたかを調べていた。二〇〇四年には高い評価を得た『ブッシュ一族：ある王朝の肖像画』（未邦訳）を刊行、この本は一族に連なる多くの者のインタビューをもとに書かれており、二〇一六年の共和党予備選に出馬したジェブ・ブッシュもその一人だ。

だが、シュバイツァーはワシントンに対する幻滅を深め、共和党と民主党の党派の垣根を越えた文化は腐敗だとして反発を募らせていく。「私にすれば、ワシントンDCはいささかプロレスの世界に似ている。子供時代はシアトルだったので、パブリックアクセスのチャンネル13でプロレスを観ていた。はじめこそ、『すごいな。この人たちはいがみ合っているから本気で相手をコテンパンにできるんだ』と思っていたよ。でも、実は彼らはビジネスパートナーであるのが最後にはわかった。というより、大事だったのは見せ場を作ることにあった。プロレスのようなことは、ワシントンDCでもひっきりなしに起きていた。見せ場のために行われているが、つまるところ当事者同士の仕事上のなれあいにすぎない」。

五十歳のシュバイツァーは、薄茶色の髪をした好人物でいささかぽっちゃりしている。バーベキューパーティーで出会ったら、たちまち意気投合する気さくな隣人といったタイプだ（本人がテレビに出演する際、どこにでもいるアメリカ人の印象を打ち出すため、ネクタイの着用はバノンに禁じられている)。『クリントン・キャッシュ』を着想したとき、バノンとシュバイツァーは二つのルールに従った。第一のルールは、ばかげた陰謀論は避けること。「呪文《マントラ》がひとつあった」とバノンは言う。「事実は支持をもたらし、意見は人を遠ざける」。そして、第二のルールは「精通すること」だ。バノンがゴールドマン・サックス時代に学んだこの教訓を二人は心に留めた。

　ヒラリー・クリントンの物語はあまりにも多岐にわたり、聞き馴染んだ話もあるので、話全体を攻め立てるには無理があると二人は判断した。そこで焦点を過去十年に限って絞った。記憶にも残っている直近の時期で、なかでもこの時期のクリントン財団に流れ込んだ何億ドルという資金に着目した。この手法をバノンは〝周期性分析〟と呼んでいた。

　クリントン家が抱える問題の多くがそうであるように、この夫婦自身の言動そのものがＧＡＩの不正調査に材料を提供していた。ヒラリーが国務長官に就任した際、クリントン財団はオバマ政権とのあいだで、寄付者の名前はすべて公表する誓約書に署名している。しかし、この作業は最後までやり尽くされていなかった。クリントン財団が秘匿する内容を明らかにするため、ＧＡＩの調査研究員は納税申告書、航空日誌、外国政府の文書をしらみつぶしに当たった。もっとも効果的な手段は、いわゆる深層《ディープ》ウェブの検索である。ここに置かれた情報の約九七パーセントはグーグルのような検索エンジンでは収集できず、そのため発見するのは容易ではない。

「マトリックスにようこそ」とトニーは言った。* ＧＡＩのデータサイエンス部門のチーフは、訪問客のためにホワイトボードで深層ウェブを図説してくれた。ウェブ上の隠れ場所をめぐるプレゼンテーションが続く。「深層ウェブはクズのような無数の情報や無意味な情報、あるいは外国の言語で書かれた情報といったものから成り立っています。ある塊として眺めると極めて有益ですが、それは見つけられた場合の話」。その役に立つものを発見するのがトニーの専門で、深層ウェブで情報検索を行うソフトウェアのプロトコルを書き、役に立つものを集めている。作業にはとてつもない演算能力が欠かせず、GAIはヨーロッパの巨大プロバイダとのあいだでオフピーク時間の利用に関する契約を結んでいる。「ほぼフル稼働させている装置は一三億ドルを投じて得たものです」。

こうした努力の結果、財団に対する未報告の寄付者の存在が続々と判明、クリントン家との関係を通じて金銭上の恩恵を得ていたと考えられた。そのなかの一人、カナダのウラニウム鉱業の重役の件はニューヨーク・タイムズに引用された（この重役の名前はカナダ政府のウエブサイトで索引のないページに現れた）。このような寄付行為は個人献金と政府の政策がどのように混合されていたのかを示すもので、民主党内でも多くの党員が頭を抱え込んでしまった。

『クリントン・キャッシュ』が引き起こした騒動は、以上のような暴露のみならず、それがどのようにしてもたらされたのかにも負っている。GAIはシンクタンクというよりハリウッドの映画スタジオのような組織だ。すべての調査は創造力のもとでなされ、創造力を通じて拡散されていく。そして、この創造力は異彩を放つ一人の若きフロリダ人に負っている。彼の名前はウィントン・ホール、非常に有名なゴーストライターで、物した十八冊の作品のうち六冊がニューヨーク・タイムズのベストセラーリストにランクインした。二〇一一年に刊行されたトランプの『タフな米国を取り戻せ：アメリカを再び偉大な国家にするために』もそうした一冊だ。

＊ トニーの名字については伏せる約束になっている。

ホールの仕事は、無味乾燥なシンクタンクの調査研究に生気を吹き込み、ソーシャルメディアを通じ、政治ドラマとしてすばやく拡散するように姿を改める点にある。そうすることで、夏休みの大ヒット映画さながら、規定のスケジュールに従って一挙公開が可能になる。「物語を構築するために本当に長い時間をかけて懸命に働き、絵コンテは何カ月も前から始めて練り上げ込んでいます。まともな出版社の編集者なら誰でも度肝を抜かれ、ぽかんとしたあまり記事に取り上げるのを忘れ、みすみす競合他社にスクープされるほど興味をかき立てるような物語です。そうした話ができてはじめて公表しています」とホールは説明する。

この目標のため、お馴染みのスローガンでホールは仲間にハッパをかけている。スローガンはオフィス中で知られ、頭文字で呼び交わされている。そのひとつ「ABBN」は「常に最新のニュースたれ（Always Be Breaking News）」という意味だ。ほかにもスローガンが掲げられている。「記事の奥行きは速報に勝る」。原稿締め切りに追われている記者たちだが、最新の内容でしかも事実に基づく調査研究ができるので評判はいい。記者のもとに広報から殺到する情報といえば大半がガラクタである。バノンは「現在の予算のもとでは、ニュース編集室も調査報道の大がかりな所帯を維持していけない」と言っていた。「ウォーターゲートやペンタゴン・ペーパーズのような記事はもうものにはできない。ひとつの記事に七カ月も記者を送り込める余裕はどこにもないだろう。だが、うちは違うね。うちは支援機能が動いている」。

GAIがこの活動を進めるのは、保守派が主流メディアを活用するうえでの秘訣だからだとバノンが肝に銘じているからだ。ホールはこの考えについてもスローガンに昇華していた。「錨《アンカー》は左、向かうは右」だ。つまり、記事を〝兵器化〟してニューヨーク・タイムズ（すなわち左）の第一面に掲載させることは、ブライトバート・ニュース（すなわち右）へのアップに比べ、圧倒的に計り知れない価値をもたらす。ニューヨーク・タイムズの購読者は一〇〇万人、そのなかには民主党の支持者も含まれている。こうした路線は、バノンと彼の仲間に対し、エリートメディアをめぐる見方に大変動を促した。

「僕たちは主流メディアを敵と見なしていません。自分たちの活動が、保守派の共同関係のもとにからめとられたくはないからです。死ぬも生きるもメディアしだい。本を刊行するたびに僕たちは戦闘地図を描いている。僕たちが想定するメディアの見出しという見出し、シュバイツァーの刊行に対する各社の論説記事といったぐあいに、カテゴリー別に文字通り綿密に分析したものです（略）。主流メディアに僕たちのメッセージを埋め込むことで、爆発規模を最大限にまで高められるのです」とホールは語る。

その活動がひとたび主流メディアに浸透――ブロックの言う「完璧な肉体の宿主」がいったん見つかるや、つぎにくるのが「向かうは右」だ。英雄と悪党が登場し、好奇心を煽るブライトバート・ニュース劇場の独り舞台と化していく。物語が独り歩きをしていく。話の目玉はヒラリー・クリントンで、GAIの調査報告はブライトバート・ニュースについてはまったく言及していない。バノンが言うように「事実、『クリントン・キャッシュ』は、私たちが真っ先に報じたわけではない。だが、みんなブライトバートにやってくる。私たちは二十もの出来事をすでに集め、ほかのみんなの問題として結びつけようとしている。いまも材料を集め続けているし、左翼からも話は引っ張ってくるつもりだ。これはぐるぐるとまわり続けている現象なんだ。アクセス数は途方もない。誰もかれもが投資の金を積み上げてきた」。

流砂にはまりこんだヒラリー

巧妙に仕組まれた筋書きだったが、ヒラリー本人があれほど熱心に火に油を注ぐような真似をしなければ、これほどの成果は得られなかったはずだ。この年の夏、最有力候補として世間が期待するような圧倒的な強みをヒラリーは見せつけることができなかった。クリントン財団がかかわっていた〝副業〟、さらに国務長官として私的なメールサーバーを使い続け、通信文の大半を破壊していた事実を報じる記事が足を引っ張っていた。ゴールドマン・サックスやウォール街の他のファームから高額な講演料をもらい、非公開で行われた講演について、ヒラリーは原稿の公開さえ拒んだ。八月にはビル・クリントンが財団を通じ、国務省に対して北朝鮮、コンゴ共和国といった人権抑圧国家の講演料の受け取りを申請した事実を示す電子メールの存在が明らかになる。同じこの日、世論調査が発表された。彼の妻に関して有権者が真っ先に思い浮かべるのは「嘘つき《ライアー》」という言葉だった。

間断なく漏れ伝わる秘密の発覚、それに対するヒラリーの調子はずれな反応に影響は深刻さを増すばかりだった。実はそこに見え隠れするヒラリーの権利意識に、同じ党員でさえ多くの者が反感を募らせた。海外の寄付者の開示不履行を責められると、ヒラリーと側近は押し黙ったままやりすごした。あるいは、そんな問題ではなく財団の功績をなぜ聞かないのかと記者にかみついたり、大した問題ではないと言い張ったりしていた。ヒラリーがオバマ政権と同意した海外寄付者の氏名公開について、クリントン財団の地方支部は〝一様に無視している〟。その事実を発見したボストン・グローブ紙に対し、財団のスポークスウーマンは、当財団は公開について〝その必要はないものと見なしている〟[13]と答えて開示を拒絶した。

右翼の辛辣な攻撃に備えようと、ヒラリーの側近はピーター・シュバイツァーの本に登場する大半の情報源を調べ上げた。一九九〇年代、噴出した反クリントン論争を見事にやり込めたように、『クリントン・キャッシュ』の信用失墜を試みた。しかし、その試みがほとんど功を奏しなかったのは、これまでの本とは異なり、シュバイツァーの本は突拍子もない噂や出どころも定かではない引用で満たされてはいなかったからである。この本はきちんとした資料に裏付けされたファクトで書かれ、その正否は主流メディアの記者が自身で裏を取っていた。バノンを喜ばせたのは、さらに記事を追う判断を記者たちがくだしたことである。「この国のベスト15の新聞社に所属する、ベスト15の調査報道の記者全員にヒラリー・クリントンを追い詰めさせたんだ」。

この年の夏は、バノンにはまたとない夏になった。

GAIのスタッフには、ヒラリーは流砂にはまったように思えた。あがけばあがくほど窮地に陥っていく。「僕たちはビーサンをはき、タラハシーにいて座っているだけだった」とウィントン・ホールは言う。「ちっぽけなNPOにすぎない僕たちに、ヒラリーの大軍勢は巨大な軍隊を相手にするつもりで攻め立ててきました。僕たちはといえば、バルコニーで煙草をふかしたり、プレスリリースを書いたりするだけでしたが、敵の頭が勝手に吹き飛んでいく。とてもシュールでしたよ」。

しかし、悪戦苦闘のさなかにあってさえ、最終的にはヒラリーが勝利を収めると民主党は自信満々だった。民主党のなかにも、バノン一派は二十年前にビル・クリントンを標的にした保守派連中よりも手強いと、進んで認めようとする者がいた。「彼らはさらに高度に進化した種だった」とクリス・ルヘインは言う。ルヘインはビル・クリントンの側近としてホワイトハウスで働き、九〇年代の攻防戦を戦った歴戦の強者だ。「しかし、そうした連中も最後には自滅するものと決まっていた」。

バノンはこの考えを認めない。いつものように歴史的なたとえでその理由を説明する。自分が本当に求めたのは、プロレタリアートに革命をけしかけることではない。むしろかのマルクス主義者が〝止揚〟と呼んでいた弁証法的な発想に通じるものだ。自然形成されたヒラリーの支持基盤層を覚醒させようと試みていた。予想外のバーニー・サンダースの強さは確かにうまくいくだろうとバノンは考えた。ただ、サンダースの躍進は激しい落胆をもたらす運命にあると予測した。

サンダースの大衆受けする純潔に胸を高鳴らせた支持者は、決してヒラリーを受け入れないだろう。『クリントン・キャッシュ』に出てくる寄付者は、リベラル派が慈しむ理念をことごとく踏みにじってきたからだ。「コロンビアの熱帯雨林で連中が何をしていたのか見るといい。武器商人、跋扈《ばっこ》する軍閥《ウォーロード》、人身売買に目を凝らしてほしい——左翼の学者が社会基盤を支える価値のどれかを取り上げたにせよ、実のところクリントン家の連中はそれを愚弄していた」とバノンは言う。「世界でも最悪の役どころを演じながら、一家は自分たちの懐を暖めてきた。ビル・クリントンはビル・ゲイツやGEのトップとともに世界を歴訪しない。野心はあるが一人では世界的な権力の奥の院に近づけないのが概してこんな輩だ。そこで第三世界の名声ロンダリングだ」。

そうしているあいだにも、新たな物語が姿を現しつつあった——バノンはその様子をブライトバート・ニュースのアクセス数に見ることができた。ドナルド・トランプの発信力は政界の誰よりも大きく、ヒラリーをもしのぐほどだ。トランプが見せつけるマスコミ報道を左右する比類ない能力には、バノンでさえ舌を巻いていた。メディアに向かい、トランプがこれまで一貫して、もっと詳しく報じろと求めたのはただひとつ。

それは「ドナルド・トランプ」にほかならなかった。

第8章　トランプ出馬

大統領選への出馬宣言

「トランプはまったく野獣だな」。バノンは乾いた笑い声を立てた。たったいま目の当たりにした光景にめまいさえ覚えていた。バノンにはまだ信じられない。二〇一五年六月十六日のことである。妻メラニアを従えてトランプタワーのエスカレーターを滑るように降りてきたトランプは、大統領選への出馬を宣言すると、ひき続き四十五分間に及ぶ圧倒的な大演説を始めた。大半がアドリブからなる演説で、この間、本人はメキシコからの移民についてためらうことなく〝レイピスト〟や犯罪者だと口にした。

「メキシコが自国民を送り込むとき、彼らは優秀な人間を送ろうとはしない」。講演台を前にして話すトランプは、そう言って聴衆を指さし、「彼らはあなたを送りはしない。あなたも送ったりはしない。送られてくるのは問題まみれの人間で、こうした人間が私たちに問題をもたらしている。ドラッグが持ち込まれている。犯罪も持ち込まれている。彼らはレイピストだ。もちろん、なかには善良な人間もいるとは思う」。

共和党の指導部にすれば、トランプのこうした行為はホラーショーを見ているようなものである。党の意向とはまさに正反対のメッセージだった。党が切望するのは移民推進をさらに積極的に図っていくことであり、それは二〇一二年の大統領選を敗北へと導いたミット・ロムニーただ一人を除き、全党あげての願いだった。大統領選敗退後、共和党全国委員会（ＲＮＣ）の委員長ラインス・プリーバスは、党は何を過ち、それを正すために何ができるのか、それらに関する厳密な事後分析をくまなく行わせていた。

いわゆる「共和党検視報告書」として知られる分析結果は、急速な人口増加を示すヒスパニック系の有権者を貶め、敵意を抱かせたことで、党は人口動態に関して自殺行為を犯したと結論づけていた。生活に不満があるなら不法移民は〝自主的国外退去〟すればいいというロムニーの提言など、ヒスパニック系の有権者は進んで受け入れたりはしない。「検視報告書」は緊急勧告として、この方針の無効、しかも速やかな無効を訴えていた。「ヒスパニック系アメリカ人が、この国に自分たちがいることを共和党の指名候補あるいは立候補補者が望んでいないと受け止めた場合（たとえば自主的国外退去など）、われわれがつぎに何を言っても彼らは無視するだろう」。「われわれは包括的移民制度改革を採用し、この改革を擁護しなければならない。これを怠れば、わが党の訴えを聞き入れる先はコアな支持者だけになるまで退潮を続ける」と続いた。

出馬宣言の演説を伝えるトランプのニュースはまたたく間に拡散し、ケーブルテレビやツイッターを駆けめぐった。〝レイピスト〟に共和党の指導部は顔をしかめたものの、小所帯のトランプのアドバイザー（娘のイバンカは除く）[1]は日頃の遊説先でもこうなので、〝レイピスト〟という攻撃的な発言に取り乱すことはなかった。実を言えば、大統領選への名乗りをついにあげたことに安堵し、むしろ興奮さえしていた。出馬宣言の数日前、トランプと側近らはニューヨーク・タイムズの花形記者マギー・ハバーマンに対し、次期大統領選への意向について独占取材を申し出ていた。[2]だが、この話にハバーマンは乗ってこなかった。

　出馬をもてあそぶトランプの自己宣伝に、関係者の大半は実際にやり通すのか疑っていた。このままでは相手にされなくなると考えた側近は、発表の時期を先送りにして調整した。「日程は当初、六月十四日に合わせて進めてきた。この日は国旗制定記念日で、トランプ氏の誕生日にも当たってい
た」と陣営の初代選挙対策本部長コーリー・ルワンドウスキーは語った。「しかし、当日は日曜日で、われわれとしては最大限の関心を得るべく火曜日、もしくは水曜日に公表を実施したほうがいいと承知していた」。そのまま日曜日の政治討論番組に持ち込められれば理想的だ。

　メキシコ移民に向けられた攻撃とアメリカ－メキシコ間に〝国境の壁を建設する〟という公約から、トランプには注意力が欠落していることがうかがえる。だが、この問題についてトランプ自身は、このときも、そののちもきちんと向き合うことはなかった。出馬宣言を済ませたトランプは、好機を逃すまいとブライトバート・ニュースの政治担当編集者マシュー・ボイルをタワー二十六階のオフィスに招いた。独占取材を受けつつ、反移民、反エスタブリッシュメントについてさらに滔々と弁じると、共和党の草の根の支持層に向けて自身のメッセージをはっきりと伝えた。

　支持者はメッセージに耳を傾け、大いに歓迎した。バノンもブライトバート・ニュースで大々的に報じている。トランプがその主張を軟化させることなく、本当に大統領選に出馬したことに有頂天になっていた。そして、数週間後にはトランプ自身がメキシコ国境に出向くという、現実離れした視察の手配にバノンは取りかかった。この視察を通じ、トランプの選挙運動の中枢に反移民政策という特徴が鮮明に打ち出されていく。

メキシコ国境への視察

直後に放送された夕方の報道番組では、悪評の〝レイピスト〟発言の録画は登場しなかったが、「私は国境警備官と話をしている。いま何が起きているのか、彼らは私に教えてくれる」とトランプは自分の主張を引き合いに出していた。実際、トランプは警備官の意見を聴取していた。世間的な認知度はさまざまながら、選挙キャンペーン中、一貫して図られた〈トランプ－バノン－ブライトバート〉の連携を早々と示す一例となった。トランプにとって自らの首席戦略官（しかも時として抜け目のない戦略官）は自分自身であるのは疑う余地はないが、情報の入力には常に渇望していた。情報のインプットは、ケーブルテレビのコメンテーター、友人との電話、あるいは国境警備官のように政治的な賛同を寄せる組織への訪問という形でもたらされた。

バノンがテキサス支局開設を決めた理由のひとつは、移民税関捜査局（ＩＣＥ）の捜査官やメキシコ国境に駐在する警備官とのあいだにブライトバートとのパイプを築くことにあった。移民には厳しい制限が必要だという関係者の見解は、ブライトバート・ニュースの編集方針と見事に一致しており、共和・民主両党の指導部のあいだで高まる情緒的な移民法改正賛成派との関係は、日増しに齟齬《そご》をきたした。

バノンに言わせると、ブライトバートは〝信頼できる相手〟だと知らしめることで、このサイトは国境警備官にとって目指すべき目的地となっていた。彼らが求めていたのは、自分たちの見解を代弁し、移民問題をめぐる不満を発散させてくれるシンパのメディアだ。主流派のメディアは、自分たちのこんな思いを意図して握りつぶしていると彼らは信じて疑わなかった。二〇一四年夏、アメリカ－メキシコ国境で起きている不法移民の子供をめぐる危機について、[3]ブライトバートが真っ先に報じられたのはそうした理由からである。不法移民であふれかえる入国者収容所の様子を撮影した警備官はブライトバートに画像を提供すると、サイトに掲載された扇情的な記事（「犯罪者に門戸を開放、不法移民のベビーシッターを強いられる係官」[4]）はドラッジ・レポートに大々的に取り上げられ、さらに十を超える主流派メディアに広がった。

出馬宣言から数週間後、バノンはトランプの国境視察を手配していた。テキサス州ラレドを管区とする国境警備の労働組合「ローカル２４５５」に対し、七月二十三日、トランプを当地に招くよう話をつけていた[5]（団体のラレド管区のスポークスマンは、バノンのラジオ番組のレギュラーゲストだった）。中央組織から圧力がかかり、「ローカル２４５５」はあと一歩で招待を見送るしかなかったが、それにもかかわらずトランプは来訪、うしろにマスコミの巨大な随行団を従えていた。現地の国境警備官は心から歓迎した＊。

ラレドの滑走路に「トランプ」の機体ロゴが記されたボーイング７５７－２００が着陸したその瞬間、来訪は天地をひっくり返したような混乱と化した。これに先立つ数日前、本人いわく「自分は危険な状況に身をさらすことになる」と突拍子もない発言を繰り返していた。だが、ＦＢＩの統計ではラレドはこの国で十九番目に安全な町である[7]。当日、トランプのいで立ちも、万が一の備えとは無縁だった。金ボタンのネイビーのブレザーにベージュのズボン、足元は白のゴルフシューズ。靴の色に

＊　国境警備隊の隊員の労働組合「全米国境警備協議会」（ＮＢＰＣ）は一万六五〇〇組織で構成され、約二万一〇〇〇名の隊員が国境警備隊員として働いている[6]。のちにトランプに推薦を与え、大統領選でトランプ支持を表明した最初の組合となる。全米七六〇〇名のＩＣＥ捜査官と従業員を代表する全米移民税関捜査局もまたトランプの推薦を表明、こちらも大統領選の最初の支持組織となった。

合わせ、「アメリカをふたたび偉大にしよう」のスローガンが記された白いキャップをかぶって飛行機から降り立つと、一〇〇名を超える記者と何十人というカメラマンに囲まれた。だが、トランプの物語は終わっていない。「大勢の人に言われた。『ミスター・トランプ、あなたがやろうとしているのは本当に危険なことです。危険極まりありません』」。集まったマスコミを相手に本人は真面目くさった顔で話していた。「私はやらなくてはならないんだ。私たちはいま何事かを見せつけようとしている最中なんだ」。

トランプが仕立てた二台の貸し切りバスに記者たちが乗り込むと、一行は警察が先導する車列に従ってワールド・トレード・ブリッジへ向かった。ここでは十八輪のトラックが列を連ねて待ちかまえ、これから国境を越えようとしていた。手短な記者会見の席上、常にその場を仕切るトランプは、根っからの反移民派のテキサス州知事のリック・ペリーを攻撃［訳註：このころリック・ペリーも共和党から大統領選出馬を表明］、自分を支持する世論調査の数字を誇示した。そして、ハイウエイに居並ぶ反トランプの抗議者は「一人残らずトランプ支持者だ」とうそぶき、壁を建設して〝不法移民を阻む〟という公約を繰り返し述べた。「仕事を取り戻す」と断言するが、「ご存じのようにヒスパニックが仕事を奪い取ってしまうのだから、彼らもこのトランプのことは愛してくれるだろう」と口にすると前言を訂正。「いやいや、彼らはすでに私にぞっこんだ」。そう語ると大急ぎで飛行場にとって返し、そのままニューヨークに帰っていった。地上で過ごしていたのはせいぜい三時間にすぎなかった。

訪問の目的は掛け値なしに見せ場を作る点にあった。口にしたことを実践し、実際に国境に赴き、そのものズバリの言葉を当地で発言することを見せつける意図が込められていた。また、〝レイピスト〟発言に寄せられた非難に対する、トランプなりのしっぺ返しの意味もあった。たとえばジェフ・

ブッシュである（ブッシュは「ただただ醜悪」と評していた）[8]。さらに、ブッシュに対しては、大統領選をめぐる報道を独占することで、ブッシュの政治的な露出度《ポリティカル・オキシジエン》を否定しようとしていた。事実、トランプのひっきりなしの骨抜き工作（〝萎えていく意気込み〟）に気圧《けお》され、ブッシュの支持者はすでになし崩しになっていた。ラレド訪問の三日前、ワシントン・ポスト－ABCニュースによる共和党の支持者を対象にした調査では、トランプがブッシュを抜き去り、圧倒的なリードを得ていた[9]。その位置をトランプが手放すことはなかった。

国境を訪問するような離れ業を思いつくにはある種の度胸が欠かせない。こうした豪胆ぶりをトランプは大いに歓迎した。バノンが寄せるアイデアも気に入っていた。とりわけケーブルテレビを舞台に、人が口をあんぐりさせるアイデアを二人でしかけるのが大好きだった。トランプ自身は細かな政策についてあれこれ考えず、その点でもバノンが買って出た。トランプは政策文書を一枚たりとも書いていないと非難され続けた。そこでバノンはトランプの選挙参謀サム・ナンバーグと保守系評論家のアン・コールターに対し、トランプの移民政策に関するホワイトペーパーを至急用意するように手配した（選挙運動が始まったのちのことだが、コールターは自身の役割を公開しないまま、この政策は「マグナ・カルタ」以降に書かれたもっとも偉大な政治文書だとツイートした）。

「実際に選挙運動に携わるずっと以前から、ブライトバートのみならず、バノンは一貫して活動に積極的にかかわり、極めて重要なアイデアを進んで提案してくれた」と語るのは初代選対本部長のコーリー・ルワンドウスキーだ。「ミスター・トランプや私のもとに『いいかい。いいアイデアがあるので検討してみてくれよ』とよく電話をかけてきた。私たちはバノンと何度も話し合った。ミスター・トランプがもっとも重んじたのは裏表がないということだと思う。そして、バノンは信頼できる人物だった。経済的にも成功していたので、意に染まない仕事を無理してやる必要はない自由があった。ヒゲも剃らないし、ネクタイもしていない。トランプの世界では前代未聞だ。しかし、驚くべき規模の個人的な成功を得ていた。トランプにはその点がとても大切だ」。

その意味では、ハリウッドとエンターテインメント業界を経歴に含むバノンの成功も功を奏していた。「アプレンティス」の収録ではトランプが台本に従うことはめったになく、番組のコンセプトを了解し、アドリブで役をこなした。テレビの世界同様、政治においてもトランプは名案をたちどころに見つけ、ある種の直感と虚勢が相半ばしたものを通じて行き当たりばったりでこなし、一貫して好結果をもたらしてきた。世界がいま学びつつあるように、テレビの世界も政治の世界もさしたる違いはないのである。

問題はポリティカル・コレクトネスだ!

二〇一五年八月まで、共和党の大統領予備選をめぐり、主要な世論調査が実施されるたびにトランプは首位を謳歌した。ラレドへの訪問、さらに広い観点から見れば、どれほど粗野で喧嘩腰であっても、自らの問題発言に対する謝罪を断固拒む姿勢に、それまで鳴りをひそめ、あまり政治にかかわってこなかった党の基盤層の一部に火がついていた。知名度とツイッターのアカウントで、世論調査ではこれまでもかなりの割合を獲得していたが、それらは通常、十代前半を中心にしていた。いまやその支持率が二十代半ばから後半の年齢層にまで急上昇し、十七名の候補者がひしめき合う予備選でトップの座を揺るぎないものにしていた。そうした状態にあったが、党のエスタブリッシュメントは、トランプは避けようのない失墜に向かっているとつかの間の慰めを得ていた。

八月六日、クリーブランドで開催されるフォックス・ニュース後援の第一回目の共和党候補者討論会が迫りつつあった。フォックスの社内では、当初、トランプは好悪が二分するキャラクターとして映っていた。局との蜜月関係は長く続き、「フォックス&フレンズ」で毎週月曜日に放送される視聴者参加コーナーはトランプも楽しんで務めてきた。だが、大統領選に出馬して共和党の候補者として驚異的な強みを示すようになると、緊張が高まっていく。他局のアンカー同様、フォックスのアンカーもまた眉をひそめつつも今回の立候補をおもしろがっていた。しかし、共和党の候補者としてトランプがリードするようになると様子が変わった。

社主のルパート・マードック、最高経営責任者のロジャー・エイルズはともに移民法の改革法案を擁護しており、フロリダ選出のダイナミックな若き上院議員マルコ・ルビオをかわいがっていた。二〇一三年、ニューズ・コーポレーションのマンハッタン本部にある重役用ダイニングルームで催された私的な食事会の席上、二人に対してルビオがギャング・オブ・エイト法案のメリットを売り込んで以来のことだ。[10]フォックスはこれに応じ、改革法案に向けた批判を控えるようになった。しかし、フォックス・ニュースのほかの面々は、バノンとの直接的なつながりからトランプの熱烈な支持者で、なかでもトークショーの司会者ショーン・ハニティーは格別だった（フォックスの司会者のなかにはバノンの影響力について知り、嫌っていた者もいた）。支持はしつつも本心では、トランプの奇矯な言動が共和党の看板を汚し、結果としてヒラリー・クリントンがホワイトハウスに至る道を容易にすると誰もが気を揉んでいた。

困惑と疑念のさなか、ある種のワイルド・カードになったのが、クリーブランドの討論会で共同司会が予定されていた女性キャスター、メーガン・ケリーの存在だった。元弁護士で政治的には無所属のケリーは、フォックス・ニュースの人気急上昇中の司会者で、本格派のジャーナリストを売りにしていた。この年の五月、トランプはケリーが司会を務めるプライムタイムのニュース番組「ケリー・ファイル」に出演したが、このときはとくに問題はなかった。しかし、討論会まであと一週間というころ、トランプの関係者はケリーへの警戒を強めた。トランプの前妻イバナの離婚申請書に、婚姻中の一九八九年にトランプからレイプされたことが理由として申し立てられており、この件に関する記事をケリーはザ・デイリー・ビーストに売り込んでいた。[11] ケリーは二晩かけて記事の内容を膨らませ、そのなかにはトランプの顧問弁護士マイケル・コーエンに対する手厳しい非難も含まれていた。「妻はレイプできない。それは判例からもはっきりしている」とする誤った主張を唱えると、コーエンはザ・デイリー・ビーストの記者をそれとなく脅していた。

トランプは討論会の三日前に「ケリー・ファイル」への出演が予定されていたが、すっかり怖じ気づき、土壇場で出演をキャンセルする。その一週間というものケリーはトランプをこきおろし続け、トランプは友人の一人に愚痴をこぼしていた。「自分をコテンパンにしようと躍起になっている」と確信していた。

予感は正しかった。トランプにとって討論会の一番の強敵は他の候補者ではなく、フォックス・ニュースの司会者だった。照準をぴたりとトランプに定め、このときのケリーほど生気に満ちた者はいなかったはずだ。

会場の灯りがともされると、ケリーはトランプののど笛めがけて食らいついていった。「あなたは女性に対し、〝太った豚〟〝醜女〟〝ずぼら〟〝汚らわしいけだもの〟と呼んできましたね」とケリーは切り捨てた。「大統領に選ぶべき人物の人柄として、あなたはこれをどのように思われますか」。

攻撃開始と見てとったトランプは、相手の話の腰を折った。「ロージー・オドネルについてだけだ」と吠え返していた［訳註：ロージー・オドネルは女性コメディアン。トランプの仇敵として知られる］。

「いいえ、違います」とケリーは応じ「あなた名義のツイッターには――」

ここでトランプを称賛する観客の拍手が割り込む。

「どうも」とトランプがこたえる。

「記録ではロージー・オドネルに留まる話ではありません」

「いや、あれは確かにロージー・オドネルのことだ」

「あなたの名義のツイッターには、女性の容姿を軽んじたコメントがいくつも書き込まれています。『セレブリティ・アプレンティス』の参加者に対し、〝膝だけ見ていれば本当にかわいいよな〟とかつて発言していますね。大統領に選ぶべき人物の人柄として、あなたはどのように思われますか。そして、女性を敵にした当事者として、民主党の大統領候補に選出されると目されるヒラリー・クリントンからの攻撃にどうこたえるつもりですか」。

「この国が抱えている大問題とは一貫してポリティカル・コレクトネスだ」。ほぼ叫び声に近い声をあげ、トランプは保守派が好んで使う蔑視の言葉を口にしていた。「私は本当にたくさんの人間から挑発されてきた。だから、正直に言えばポリティカル・コレクトネスの問題にはきちんと向き合う余裕はなかった――あなたにははっきり言っておこう。この国もまた時間の余裕がないのだ」。

聴衆はふたたび歓声をあげた。

トランプは侮蔑の言葉を投げ続けた。ロージー・オドネルや政治記者、タリバンに拘束されていた陸軍軍曹ボウ・バーグダル、中国、日本、金融業界の関係者、そしてワシントンにいるほぼ全員の政治家をあげつらった。「この国の指導者は愚か者だ」「この国の政治家は馬鹿者だ」と言い放った。そして、話はもっとも称賛を得たあの文言へと向かっていく。「われわれは壁を築かなくてはならない。しかも、大至急築かなくてはならない」「不法移民は締め出さなくてはならないのだ」。

ケリーの言及にいずれも誤りはなかった。だが、会場の聴衆は明らかにトランプの側についていた。身震いするような挑発をトランプが発するたびに歓声があがり、驚きの声が響いた。タイトルがかかったボクシングの一戦をリングサイドで見ている観客だった。この日の夕べはトランプにとって極めて重要な意味を持つことになる。これから先、政敵を相手に論争をする必要はまったくなくなり、年季の入ったジャーナリストが浴びせるいつもの意地の悪い質問にも応じる必要はなかった。討論では大半の候補者が政策の些細な違いを攻め立てるが、トランプはそんなことに興味があるふりさえしない。この討論会はトランプの楽勝に終わるというのが大方の予想だった。

事に動じない冷静さばかりか、トランプ特有の虚勢と攻撃性が討論会の流れを決めた。候補者という候補者が、無理をしてまでトランプの威勢のよさに同調してきたのだ。ニュージャージー州の知事クリス・クリスティはトランプの傲慢ぶりを真似、ケンタッキー州選出の上院議員ランド・ポールを激しくやりこめた。かといって、ランド・ポール以外の候補者がトランプとじかにやり合う勇気を奮い起こせたわけではない。ランド・ポールにしてもそんな真似をすれば後悔するはめに陥っていたのは、トランプは身も蓋もない当てこすり（「今夜は楽しい夜になりそうだな」）をすでにポールに見舞っていたからだ。このひと言が辛辣を極めているのは、それに嘘偽りがなかったからである。故意かそれとも無意識なのか、候補者のうちの何人かはトランプの論点をオウム返しに繰り返し、なかにはこの一種異様な有力候補者の前にひざまずく者さえいた。オハイオ州知事のジョン・ケーシックは

「ドナルド・トランプはこの国の痛いところを突いてくる」と口にした。「トランプ氏が問題の核心を指摘できるのは、国民が壁の建設を見たいと望んでいるからだ」。

討論会が進むにつれ、一番の大論争はトランプとジェブ・ブッシュとのあいだで交わされると思われていた。しかし、トランプは自分の本当の敵はフォックス・ニュースだとすでに気づいており、当日の夕刻、彼とその尋問官は古代ローマの剣闘士《グラディエーター》さながらの丁々発止を繰り広げた。ケリーもなんとか相手に手傷を負わせた。かつてトランプが奉じていたリベラルの見解についてまくし立てていると、「実際のところ、あなたはいつから共和党員になったのですか」と問いただし、トランプをたじろがせた。大言壮語がつかの間途切れる。「たくさんの問題に関して、私は時間をかけて進化してきたんだ。それは私だけじゃないだろう。ロナルド・レーガンもそうだった。極めて大きな進化だ」と煮え切らない調子でトランプはこたえた。

トランプの討論会はまだ終わっていない――司会者が仕事の終わりを告げていようが関係ない。この日の討論会のあとトランプは、ステージを降りるとその足でテレビ局のカメラの前に立ち、たったいま自分が参加したイベントを非難した。トランプのこうした行動はこのときに始まり、それから間もなく習慣と化す。これで済んだわけではなかった。翌日の夕方、トランプはフォックス・ニュースの司会者たち、とりわけケリーを激しく攻撃した。CNNの司会者ドン・レモンを相手に、「ケリーの目が血走っていた。ほかのところからも血を流しているんだろう」と話した。

ケリーが自分を不当に追及したのは生理のせいだとほのめかすトランプに、マスコミは即座に食ってかかった。だが、フォックス・ニュースとケリーに向けられたトランプの怒りはさらに別の騒動を引き起こし、翌日にはそれがはっきりと姿を現した。この騒動で共和党内では大統領選まで続く、抜きがたい分断が生じた。分断とは、党内主流派とトランプへの忠誠が第一という者とのあいだに生じた亀裂で、フォックスはマスコミとして当然の質問をトランプにしているのか。それとも、さらに好ましい候補者に道を開くため、トランプをつぶす意図のもとで攻撃をしているのではないのかという点に集中した。なによりもまず、この分断でフォックス・ニュースとブライトバート・ニュースが袂《たもと》を分かった。

フォックス・ニュース

討論会の終了直後、トランプが生番組を通じてやるかたない憤懣をこぼしていたころ、各社の記者たちは、ケリーによってあからさまに蒸し返されたトランプの過去の行状を暴露する必要に気がつき始めていた。だが、それは共和党を支持する有権者のあいだに激しい反応を起こし、その矛先はトランプではなく、フォックス・ニュースに向けられていた。

有権者の心情を推しはかる手法として、討論会の結論が出たらただちに話が聞けるよう、あらかじめ候補者ごとの支持者に段取りをつけておく。トランプの支持者たちのあいだでは、フォックス・ニュースに裏切られたという思いが際立っていた。「私はトランプではなく、今夜のフォックス・ニュースに対して思うところが大きかったわ」と語ったのはオハイオ州ベルビルに住む六十九歳の看護師ジャネット・ロバーツで、トランプを支持している。「ああした質問はプロとしてふさわしくない内容ね。あれじゃ弱い者いじめよ。どこからどう見ても、わざと悪者に見えるよう仕組まれたものばかりだった。この国は手をつけられない状態ね。今夜の討論会もその格好の見本みたい。私のトランプ支持は変わらないわ」。

バノンとブライトバート・ニュースの編集者もこれと同じ反応を示すと、ただちにメーガン・ケリーに対し、中傷記事の一斉攻撃を繰り広げた。最新記事として、卑怯者、自分を売り込むためなら信念さえ売り渡す者とあげつらった。ブライトバートはトランプの支持の拠点になるとともに、反フォックスを掲げる保守派の怒りの中心となる。討論会が開かれた木曜の夜から日曜日の夕方にかけ、ケリーに関する計二十五本の記事がアップされた。さらにサイトの編集長アレックス・マーロウはCNNに出演すると、フォックス・ニュースは「ドナルド・トランプを選挙から排除し」「陥れる討論会」[12]を計画したと糾弾した。

共和党の支持者の怒りの激しさにフォックス・ニュースの重役は腰を抜かす。討論会の視聴者は二四〇〇万人を記録。いまやその大半がネットワークの花形司会者に対し、カンカンになって怒っていた。「局に寄せられた最初のメールの一〇〇パーセントは事実上、メーガン・ケリーを非難していた」[13]。フォックスの関係者は、ニューヨーク誌の記者ガブリエル・シャーマンに打ち明けている。「CEOのロジャー・エイルズには不幸な話だった。フォックスの視聴者の大半がトランプ側を支持していたから」。ケリーは逆上して、エイルズに対して個人的に不平を訴えたという噂が局内を駆けめぐる。日曜日になってもケリーへの攻撃はやむ気配を見せない。保守系ラジオ司会者マーク・レビンのようなご意見番でさえ、トランプに対するケリーの質問は〝アンフェア〟という意見に与した。

すっかり当惑したエイルズはバノンのもとに電話をかけ、攻撃をやめるように申し込んだ。

「スティーブ、これはフェアなやり方ではないし、このままではこちらの命取りになりかねない。どうしてもやめてもらわなくてはならない」

「知ったことじゃないな。あの女のとんでもないやり口が問題だ」とバノンは言い返し、「左寄りの台本に従って、まんまと人をだまそうとした」

「スティーブ、こんな馬鹿げた真似はすぐにやめなければならない」

「あの女が引き下がればな――あの女、まだ番組でトランプをやりこめているじゃないか」

「彼女はうちのネットワークのスターなんだ。とにかくやめるんだ」

このときの電話はものわかれに終わる。このときから約一年、バノンとエイルズがふたたび言葉を交わすことはなかった。

実際のところケリーには引き下がるつもりなどなく、週末のフォックス・ニュースに登場したトランプを巧みなレトリックを利かせた質問であざ笑った。「私の質問をかわせられなければ、どうやってウラジミール・プーチンとやり合えるのですか」[14]。月曜日の「ケリー・ファイル」ではカメラ越しに直接視聴者に向かい、この論争について訴えた。「トランプ氏は選挙人の関心をわしづかみするほど興味をそそる人物です――だからこそ世論調査でもリードを続けています。最有力候補であるがゆえに、ご本人は決して謝罪しようとしません。そして、私もまた正しきジャーナリズムを理由に謝罪する考えはいっさい持ち合わせていません」[15]。

だが、バノンをさらにいらつかせたのは、保守の大義にとって、不倶戴天の敵と見なす者から突然寄せられたケリー支持への流れだった。MSNBCのニュース番組「モーニング・ジョー」の司会ジョー・スカーボロ、ミカ・ブルゼジンスキー、また「どいつもこいつもクソみたいな配役」のCNN、そしてなんと言っても癪に障ったのがヒラリー・クリントンだ。政治的利益ということでは、これほど願ったりのジェンダー論争にはヒラリーも出くわしたことはないだろうとバノンには思えた。

翌日、バノンとマーロウは怒りにかられながら、ケリーのいわゆる逸脱行為に関する詳細な告発記事を書き上げてサイトに掲載した。「権力の驕り：メーガン・ケリーの〝正しきジャーナリズム〟[16]」である。ブライトバートの編集上の特質を色濃く反映した記事だったが、この記事は二つの目的を果たした。戦闘の継続とともに、バノンが仲間に打ち明けていたように、「(サイトの) 閲覧数は天井知らず」に増えていたのだ。

ケリーとフォックス・ニュースとの戦いに伴う否定的な反応も高まる一方だった。トランプはたけり狂っていた。週末にはフォックス・ニュースのショーン・ハニティーに電話をかけ、フォックスへの出演をボイコットすると伝える。ボイコットによるフォックスのブランドダメージを恐れたエイルズは自ら折れ、詫びを入れたいとトランプに電話を入れる。この件についてトランプは「譲歩した」とツイートした。「ロジャー・エイルズからたったいま電話があった。エイルズは立派な男で、フォックス・ニュースは〝トランプ〟を公平に扱うことを請け合った[17]」。

だが、バノンの問題が残っていた。ブライトバートは折れたりはしない。実際、ケリーに向けられた攻撃は個人攻撃の色合いをますます募らせていた。「昔を思い出して《フラッシュバック》：メーガン・ケリー、夫のペニスと自身の乳房についてハワード・スターンと語る[18]」と題した見出しが、討論会からちょうど一週間目の記念日に躍った。ほかに妙案も浮かばないまま、ロジャー・エイルズは自分の顧問弁護士ピーター・ジョンソンJrに、ケリーをめぐる戦争に手を打とうという個人的なメッセージを託し、ワシントンのブライトバート大使館に派遣した。

バノンはピーター・ジョンソンJrを毛嫌いしており、「『フォックス&フレンズ』に出ている小賢しくて、節操のない弁護士」とひそかに評していた。エイルズとの近しい関係を利用して、ジョンソンは番組のコメンテーターの地位を手に入れていたのだ。ブライトバートに到着すると、ジョンソンは単刀直入に要点を切り出した。ただちに攻撃をやめなければ、フォックス・ニュースへの出入りは金輪際なくなるだろう。

「ロジャーとはかなり太いパイプを持っているようだが、メーガンへの攻撃はやめてもらおう。相手は大スターだ。やめなければ、相応の結果を招くことになる」とジョンソンは警告した。

この脅しにバノンは激昂する。

「あの女は根っからの性悪女だ。いつかまたトランプに攻撃をしかけてくるはずだ。手心を加えるつもりなどまったくない。攻撃をやめるつもりも毛頭ない。徹底的に追い詰めてやる」とこたえた。

つかの間のうちに終わった不快な面談だったが、最後は映画じみた捨て台詞で幕を引いた。

「とっととニューヨークに戻って、ロジャーにこう伝えろ――〝しゃしゃり出てくるな〟とな」

「われわれは愚か者たちに導かれている」

一般の関心は虜にしたが、トランプの大統領選出馬は現実の政治世界とは別の出来事と見なされていた。つまり、ありえないと知りつつも、あえて虚構の世界を信じたいという集合意識を通じてしか存続できないと、たびたびそう見なされた。確かに世論調査や討論会ではトランプは成功した。それにもかかわらずワシントンでは、投票前には有権者も正気を取り戻し、アメリカの政治史におけるこの一種異様な事態も通りすぎていくという見込みが幅を利かせていた。トランプという反攻勢力は、人を魅了してやまないリアリティー番組のすべての要素を備え、トランプその人もまた独特で、めったにお目にかかれるものではない。それだけに政治アナリストは、同時に起こりつつあった他の現象を踏まえたうえで、トランプ現象を検討しようとはしなかった。

しかし、現象の兆しは現れるべくして至るところで現れつつあった。二〇一五年九月には、共和党の大統領選を席巻するポピュリズムのうねりが台頭し、その第一波に呑まれ、共和党の一人の大物政治家が職を追われていた。連邦下院議長のジョン・ベイナーはそれまで三年の大半をかけ、党内の保守強硬派のあいだで高まる反抗を抑え込んできた。反抗する議員らはそれまでにも二回の反乱で打倒ベイナーを試みたが、いずれも失敗に終わった。しかし、二〇一五年秋、彼らはあるエネルギーに後押しされ、その影響力をいよいよ高めていく。トランプの選挙運動に拍車をかけたあのエネルギーであり、強い伝播力も秘めていた。

下院共和党議員にとって、反エスタブリッシュメントという立場を鮮明にすることは極めて重要な問題で、党執行部からの独立を旗印にする「共和党研究委員会」〔訳註：保守系議員で構成される院内最大の議員連合〕に所属する議員は勢力を伸ばし、党集会の主流派を凌駕するまでに拡大していた。しかし、当の保守強硬派がこれをいまいましく感じたのは、彼らが標榜してきた路線の違いがなし崩しになってしまったからである。二〇一五年早々、数十名の議員が離脱し、新たな党内派閥「下院フリーダム・コーカス」（ＨＦＣ）を結成、さらに強硬な保守路線を自らの位置として定めた。

フリーダム・コーカスの元議長でオハイオ州選出の下院議員ジム・ジョーダンは、フリーダム・コーカスとは「より小規模で、さらに団結力と敏捷性に優れ、能動的な」[19]保守系集団――〝能動的〟すなわち〝反抗的〟――になると語っていた。ほかの共和党員はフリーダム・コーカスの挑発に不快感を覚えた。党側近の一人は、「連中は議員ではなく、ただのたわけ者だ。狂信者中の狂信者にほかならない」[20]と不平を鳴らしている。民主党の大統領のもとであろうが、完璧な勝利以外は頑として認めるのを拒んだ。打ち出された規範はブライトバート・ニュースやラジオのトーク番組を通じ、保守世界を横断して増幅されていった。

ノースカロライナ州選出の下院議員で、ＨＦＣ創設に携わったマーク・メドウズは、この年の夏、下院議長ジョン・ベイナーの不信任投票への引き金となる動議を申し立てた。この動きは、少なくとも二〇〇九年のティーパーティー運動のうねり以降、共和党内で高まり続けた根深い怒りと不満を如実に示していた。共和党の指導者は、政権を取り戻したあかつきには、医療保険制度改革からドッド・フランク法（金融規制改革法）に至るまで、オバマが成立させた主だった政策は振り出しに戻すと何度も有権者に約束していた。二〇一三年にはオバマケアの予算削減をめぐる企てに失敗し、政府閉鎖という事態に至ったものの、共和党は下院をほぼ五年にわたって支配した。だが、この間、オバマの政策はほぼ無傷のままだった。皮肉なことに共和党の公約は、早急で容易な解決である。そしてジョン・ベイナーが約束を果たせなかったとき、それは裏切りだと支持者が見なすのはもはや避けられなかった。

トランプの夏が秋へ向かうにつれ、規範破りの最有力候補者に魅せられた共和党員はますます増え続けた。党の主だった指導者も、ポピュリズムという新たな強みをひとつの手段としてどうやら評価するまでになっていた。九月五日、ブライトバートは「ジョン・ベイナーが抱えるおぞましい悪夢の舞台裏：ＨＦＣのマーク・メドウズ、破綻した連邦議会修復のためミッションを始動」[21]という見出しの記事をここぞとばかりに打ち上げた。

同じころトランプはトランプで、連邦議会修復の方法は難しいことではないと国民に説いていた。有権者が正しいリーダーを選択さえすればそれで済む。「われわれは愚かを極めた者たちに導かれている」と九月九日のキャピトル・ヒルで開催された党の総決起集会でトランプは声を張り上げた。しかし、そんな輩に導かれる必要などないのだ。「私が選出されるなら、われわれは多くの勝利をまちがいなく手に入れるはずだ」[22]とトランプは誓った。「あきあきしてしまうほどの勝利が手に入るのだ」。

ブライトバートとトランプの挟撃にとらわれ、ジョン・ベイナーにはもはや逃れる術はなかった。九月二十三日、フォックス・ニュースの世論調査は、共和党支持者の六〇パーセントが党の指導者に「裏切られた」と感じていると報じた。[23]もはや疑う余地はなかった。翌日、ジョン・ベイナーは政界引退を表明する。

連邦議会を震源にしたニュースは、トランプと大統領選の報道一色へと至る突破口となるには十分な衝撃をもたらした。そして、このニュースが裏付けていた教訓とは、選挙遊説の際にトランプが叫んでいたまさにその言葉にほかならなかった――党指導者が気に入らなければ、彼らを一掃して別の誰かを任命することだってできるのだ。

第9章 裏表のないポピュリズム

ディープサウスでの戦い

選挙運動を通じ、トランプとフォックス・ニュースは強く結ばれ、社主であるルパート・マードックに対してトランプは、マードックの息子のような心理状態にあった。マードックのお墨付きを渇仰しているトランプだが、一度、手ひどい屈辱を受けたと、親しい友人に語ることがよくあった。話を聞いたという人物の記憶では、トランプが大統領選出馬の準備を進めていたころの出来事だという。マードックに出馬の話を伝えるため、娘のイバンカが昼食の席を設けた。「マードックは興味らしい興味をまったく示さなかった」とトランプはこの人物に語った。「マードックにしてみれば、大金を稼いだ不動産業者などありふれた輩にすぎないと思っていたのだろう」。

三人が席につくとウエイターがスープを運んできた。イバンカがここで話を切り出す。「とても重大な件について父が話をしたがっています」。

「なんのことだね」

「父は大統領選に出馬します」

「彼は出ないよ」。目をスープ皿に落としたままマードックはこたえた。

「いいえ、父はかならず出馬します」

マードックは話題を変えた。

この軽視は数カ月にわたってトランプの心にわだかまり、冷遇に怒りを募らせた。「スープから顔さえあげなかった」と愚痴をこぼした。このときの非礼はトランプの心にのしかかり、フォックス・ニュースに対して常に身構えるようになっていく。

いかなる規範もないがしろにするその意志は、トランプが持つパワフルな訴求力の源である。しかし、時にはそれが本人に跳ね返ってくる場合もあった。アイオワ州の党員集会直前のことだ。この地でトランプはついに有権者の非難にさらされる。棒立ちになったトランプは、しっぺ返しをくらうような失態を演じるはめに陥った。

八月に交わされたトランプとロジャー・エイルズとの緊張緩和《デタント》だったが、トランプが気合いを入れていた問題、つまり世論調査の数字に駆られ、直後からフォックス・ニュースに対する敵意は再燃した。二〇一五年の秋を通し、ツイッターで宿敵メーガン・ケリーをこきおろし続けた。自分に有利な世論調査の結果は無視し、不利な結果にはスポットを当てるケリーの罪を申し立てた。十一月には、「支持率がさがるとそちらの世論調査を使い、以前の（インベスターズ・ビジネス・デイリーの）調査は無視、支持率があがればそれは使わない。恐るべし、メーガン・ケリー」とツイートした。ケリーのことをトランプは「薄のろメーガン・ケリー」「買いかぶられすぎのイカレた女」と呼び続け、ケリーを〝やりまん《ビンボウ》〟という呼ぶ者のツイートに二回リツイートした。

ケリーに向けられた憎悪が感情に根差すのか、それとも戦略に基づくものかははっきりしない。いずれにせよ、ケリーには気の重くなる問題だった。二〇一六年二月一日に開かれるアイオワ州の党員集会の四日前、フォックス・ニュースは州都デモインで討論会を予定しており、司会者としてケリーがふたたびその任に当たった。トランプは自分が主役だと言い張り、ケリーの降板を迫った。開催の一週間前から「自分の利益優先と偏見に基づいている点を踏まえると、次回の討論会でケリーが司会を務めるのは許されるべきことではない」。しかし、二人の対決は高い視聴率を稼ぎ出すことがエイルズにはわかっていた。従うことをよしとせず、トランプは討論会への出場を拒否し、その代わり退役軍人の基金集めの対抗イベントを開催する。「自分抜きの討論会でフォックス・ニュースがどれだけ金を稼ぎ出せるのか見ものだ[1]」とトランプは語っていた。

この自信はブルームバーグ・ポリティクスと地元紙ザ・デモイン・レジスターによるアイオワ州の世論調査に負っていた。支持率調査を手がけるJ・アン・セルツァーはアイオワ州の調査員を長く務め、州きっての有能な調査員として広く知られ、その支持率調査はすでに伝説と化していた。息を殺しながらセルツァーが報告書を書き上げるのを待つのは政界の語り草だ。一月三十日、その報告書が届いた。そこにはトランプが五ポイントの差という圧倒的なリードを奪い、二三～二八パーセントの票を獲得し、テッド・クルーズをうわまわると記されていた。「党大会参加者の中核部分ならび周辺部――候補者なら誰もが望む――のいずれの領域においてもトランプはリードしている」とセルツァーは分析していた。

しかし、党大会当日の夜、記録的な参加者の来場でとてつもない番狂わせが起こり、テッド・クルーズが勝利を収める。キリスト教福音派の大規模なコミュニティーの組織票に勢いを得て、クルーズは二八パーセントの票を獲得、トランプ二四パーセント、マルコ・ルビオ二三パーセントだった。〝大勝利〟を断言していたトランプは見る影もなかった。「私はあなたたちを愛しているんだ[2]」。その日の夜、ウエストデモインに集まった支持者を前にトランプは話した。「共和党の指名を獲得したら、ヒラリーであろうがバーニー・サンダースであろうが、どんな候補者を持ち出してきてもひとひねりで倒してみせる」。

信じる者は誰もいない。投票結果は、専門家筋がトランプに対して抱く疑いをことごとく裏書きしているようだった。トランプは資金調達で苦労したこともなければ、選挙につきものの激務を経験したこともない。選挙基盤もなければ、票も読めない。接戦に弱く、性格は不安定。また、メディアの注目を投票に手堅く結びつける能力が致命的なほど欠落しているようにも思われる。専門家のこうした指摘を有権者が受け入れるにはしばらく時間がかかるが、最終的には共和党の指導者に耳を傾け、彼らも正気を取り戻していくだろう。トランプ自身も落ち度は認めた。「私が討論会に参加しなかったことにがっかりした人もいたのだろう」[3]。どこからどう見ても、有権者はトランプを見捨てたように思えた。

だがそうではなかった。八日後の二月九日、ニューハンプシャー州の予備選でトランプは圧倒的な勝利を見せつけ、二位のジョン・ケーシックに対し、倍する以上の代議員を獲得したのだ。「ワオ、ワオ、ワオ」と上機嫌なトランプは開票後こう宣言する。「アメリカをもう一度偉大な国に」[4]。どのような基準に照らしても、トランプの勝利は歴史的な事件だった。タブロイド紙の常連で、「アプレンティス」のあのドナルド・J・トランプが共和党の予備選で圧勝——一年前にそんなことを口にすれば、一笑に付されるのがおちだった。

トランプの真価は、ニューハンプシャー州に続き、数週間後に実施される南部諸州の予備選・党員集会で問われるだろう。側近の誰もが当初からそう考えていた。前年秋、ほかの共和党候補がアイオワ州、ニューハンプシャー州、サウスカロライナ州といった予備選が早めに始まる州をかけずり回っているのを尻目に、トランプはアラバマ州のような地域で大規模な遊説を重ねた。これまでの慣例からすればありえない動きだ。権力基盤の拡大を図る準備作業だと記者の大半は見なした。八月下旬にはアラバマ州モービルのスタジアムで集会を実施したが、地元政界の関係者はただ当惑するばかりだった。トランプ来訪の当日、地元紙のモービル・プレス・レジスターは「トランプ、モービルに遊説、なぜわが町に」[5]という見出しを一面に掲げた。

得体の知れない戦略には二つの理由があった。まず、トランプ陣営では「SECプライマリー」を制すれば、指名を早々に獲得できると考えていた。「SEC」は大学スポーツリーグのひとつ「サウスイースタン・カンファレンス」の略称で、ニューハンプシャー州以降、SECのメンバー校が所在する多くの州で早期の予備選《プライマリー》の実施が決まっていた。サウスカロライナ州（二月二十日）、アラバマ州・アーカンソー州・ジョージア州・テネシー州・テキサス州（三月一日）、ケンタッキー州（三月五日）などの州だ。

前年秋の時点では、信頼に足る世論調査が繰り返されていたわけではないが、発表された少数の調査を見る限り、トランプは善戦していた。モービルのスタジアムで開催された八月の遊説前日、顧問の一人は「現在、テキサスでリードしており、また一般に反エスタブリッシュメントの傾向が強い南部の勢いに乗って、三月一日には指名を獲得できる手応えをトランプは感じている」と語っていた。当てにしている数字は世論調査にとどまらなかった。「トランプブランドと彼のビジネスは南部で根強い。番組の視聴率、トランプのホテルを訪れるゲストたち――こうしたものが役に立つとトランプは考えていた」と顧問は言葉を添えた。

そして、トランプがこの国のディープサウスを重視したもうひとつの理由は、モービルの町にくることを当人に勧めた男の支持を得ることにあった（その男は実際にここで暮らしていた）。アラバマ州選出の上院議員ジェフ・セッションズである。予備選シーズンを迎えていたものの、トランプは共和党議員の支持を誰からも受けていなかった。立ち位置としてもっともトランプと近い立場にある議員は、セッションズを措いてほかにはいない。移民問題や共和党指導部に関する見解——いずれについてもものっぱら反対——で、セッションズは上院議員のなかで浮いた存在だった。自分とトランプは同じタイプの有権者にアピールするとセッションズは見抜いていた。「中流階級に属する大勢の労働者であり、エスタブリッシュメントの言葉など信用していない者たちだ。私が〝裏表のないポピュリズム〟と呼ぶものである」とセッションズは十月の時点で語った。だが、このときは正式な支持は差し控えている。

バノンといえば、この年の春はゴール前の直線コースに入った騎手さながらにブライトバートのスタッフを鞭打ち、トランプの擁護記事や対抗者を大いに悩ませる記事を書かせ続けていた。とはいえ、トランプとじかに話を交わした機会は数えるほどだった。トランプもバノンの助力をとりたてて必要としていなかったようで、相手が何をしているのかほとんど気づいていない。トランプが利用するメディアといえばもっぱらケーブルテレビに限られ、ラジオのトーク番組も聞かず、ネットでブライトバートの記事を読むわけでもない。この期間、バノンが果たした主たる貢献は、トランプの世界とセッションズの世界の同盟を取り結んでいた点に尽きるだろう。

一月、陣営の初代選対本部長コーリー・ルワンドウスキーを説き伏せ、セッションズの上級顧問としてスティーブン・ミラーを採用させた。二〇一四年にトランプが移民批判を唱えて以来、ミラーはトランプに傾倒していた。ミラーもまた同じような不満をますます募らせていたのだ。トランプの上級スピーチライターとして選挙運動に参加する直前、ミラーは「共和党の指導層は保守系の一般投票者についてあまりにも無関心で、それを表現できる強烈な形容詞を自分は持ち合わせていない」と不平を漏らしていた（ありがたいことにトランプなら腐るほど持っている）。

セッションズとこの国の南部に覚えていたバノンの切迫感は、共和党の大方の戦略担当者や理論家には理解しがたいものだった。過去二十年の大半、共和党内の知識層をもっぱら悩ませていたのは、党があまりにも南部じみていることだった。党体質に深く染みついた南部の習慣と価値観のせいで、急速に多様化していく選挙民への訴求力が妨げられると懸念されていた。一九九八年、ジャーナリストのクリストファー・コールドウェルが雑誌アトランティックに発表した「南部に囚われた共和党」には、そうした考えがもっとも鮮明に語られている。ポピュリズムを支持し、愛国的で親軍的、そして移民には懐疑的――バノンが考える南部とは、実は党の救世主なのだ。現世のグローバリズムにあまりにも足を踏み入れた共和党は、党の原点に立ち返らなくてはならない。

二〇一三年、ニューズ・コーポレーションの私的な食事会の席上、若き上院議員マルコ・ルビオがマードックとエイルズを相手に、移民改革法案について物申していた同じ週、バノンもまたブライトバート大使館で五時間に及ぶ食事会を開き、セッションズを相手に大統領選への出馬を口説いていた。「このままではあなたは大統領にはなれないだろうし、党の指名を獲得することもできないでしょう」と語るバノンのかたわらで、ミラーはその様子を見守っていた。「だが、われわれなら、あなたをポピュリストとして売り込み、貿易問題と移民問題を取り上げ、党の政策課題のトップに据えることができます」。

結局、セッションズを説得することはできなかった。セッションズは「私にはできないね」と言うと、「しかし、そのメッセージを伝えられる候補者なら見つけ出せるはずだ」とこたえていた。

それから三年後、その候補者が名乗りをあげた。メンフィス郊外にあるミリントン・リージョナル・ジェットポートにとめた車のなかで、セッションズはその人物が到着するのを待っていた。どうすればいいのか、セッションズはまだ腐心していた。二〇一六年二月二十七日のことである。トランプはクルーズを制し、サウスカロライナ州の予備選を物したばかりだった。しかし、セッションズは合衆国上院議員としてトランプ支持を表明するはじめての議員になるリスクに不安がぬぐえない。バノンとも電話で話し合った。一時間を超える電話だった。二〇一四年の中間選挙で共和党が上院で過半数を得られたのは、このときから十四カ月前のことだ。セッションズは予算委員会の有力メンバーだったが、議長就任を拒絶された。横紙破りの自分のやり方に向けられた懲罰にちがいないと考えた。トランプを承認することで、政治家としての自分のキャリアに代償が伴うのかどうか、その点についてはいまさらながらはっきりさせておきたかったのだ。

「私たちの理念という点では、トランプは願ってもない提唱者だ。だが、あの男で勝てるのかね」

「一〇〇パーセントまちがいありません」。ブライトバート大使館の前室では、サンダル履きのバノンが、部屋のなかを行ったり来たりしながら電話に応じていた。「トランプがあなたのメッセージを遵守し、その考えを形にできれば、まったく疑いようはありません」。

「予算委員会から私はすでに締め出されているんだよ」と念を押した。「支持を表明しても結果が出せなければ、党内での私のキャリアも終わりだ」。

「乗るかそるかの大勝負です。ここが腕の見せどころです。いまこそ正念場です」

この日の前日、共和党エスタブリッシュメントの中心人物の一人、クリス・クリスティがテキサス州の遊説先に現れてトランプ支持の名乗りをあげ、政界を驚かせていた。SECプライマリーが三日後に迫ったいま、セッションズの支持が勝敗を決すると、バノンは相手を諭した。南部が立ち上がり、トランプに指名を授けることができるのだ。

セッションズは同意した。

「わかった。全面的に応じよう。ただし、トランプが勝てなければ、そのときは私も終わりだな」

不法移民をなんとかしろ！

ちょうど陽が沈み始めたころにトランプを乗せたジェットが到着した。そのまま格納庫の前までタキシングしてとまると、一行を出迎えようと熱狂的な群集が押し寄せた。そのあとでセッションズは機に乗り込んでいった。トランプとの面談が行われ、正式な合意が結ばれた。翌日、トランプは選挙運動を再開、アラバマ州マディソンで行われた決起集会にはセッションズも立ち合い、トランプのかたわらで自らの支持を表明、共和党内のティーパーティー派がトランプ支持に同意したというシグナルを発した。

「これは選挙運動ではない。これは〝運動〟だとドナルド・トランプには言った」。集まった群衆に向かいセッションズは語りかけた。「いま何が起こっているのか目を向けてほしい。アメリカの国民は自分たちの政府に満足してはいない」。

自分の考えをセッションズははっきりさせた。

「不法移民をなんとかしろと私たちは三十年問いただし、政治家は政治家で三十年約束し続けてきた。

彼らは約束を実行してくれただろうか」

「だまされた《ノー》」。咆哮の声が鳴り響く。

「だが、ドナルド・トランプならきっとやってくれる。いまというこの時代、私の最善の判断では、アメリカの歴史のおけるまさにいまという時代に、アメリカをふたたび偉大な国にしなくてはならないのだ」

そう語ったセッションズは赤い野球帽をかぶった。帽子の正面にはトランプのあのスローガンが刺繡されていた。

破竹の勢いに乗るトランプ

二日後の三月一日、南部を席巻するようにトランプは勝利を収めていき、アラバマ州、アーカンソー州、テネシー州などの残っていたSECプライマリーの大半を制した。大票田のテキサス州こそ、同州出身のテッド・クルーズに持っていかれたが、その勝利が期待はずれに終わったのは、投票に先立ちクルーズが約束した代議員数を大幅に落としていたからだ。「三月一日には信じがたいほどの結果を出せる絶好の位置に私たちはつけている」[6]と、前年十二月中旬、クルーズは支持者に語っていた。「SECプラマリーに含まれる各州を見てほしい。ジョージア州、アラバマ州、アーカンソー州、オクラホマ州、大票田のテキサス州がある。根強い保守、南部バプテスト、福音派、退役軍人、銃規制反対を掲げる神に祝福されたこれらの州の立場からすれば、地図の色を大きく塗り替えるなどできるものではない」。

三月一日から翌週にかけ、トランプはさらに勝利を収め続け、ケンタッキー州、ルイジアナ州、ミシシッピ州の代議員を獲得すると、三月十五日にはフロリダ州がこれに加わる。[7]
破竹の勢いに乗るトランプに、党エスタブリッシュメントはただうろたえるばかりだったが、トランプの指名を拒む巧妙なシナリオを模索し始めた。この時点では有力な大統領候補の大半がすでに予備選から降り、クルーズ、ルビオ、ケーシックはいまだ参戦中とはいえ、反トランプの票は薄まりつつあった。

つかの間支持されたシナリオに、トランプの指名を阻むため、四年に一度開かれる七月の共和党全国大会で、代議員は代わりとなる救済者《ホワイトナイト》のもとでひとつに結集するという話があった。下院議長のポール・ライアンは二〇一二年の大統領選でミット・ロムニーの副大統領候補に選ばれ、政治的野心も持ち合わせ、口さがない「おしゃべり階級《チャッタリング・クラス》」にも受けがよかった。「彼のことは誰もが共和党の救世主と思っていた」[8]と、上院議員のあるスタッフはワシントンの動向に詳しいニュースメディア「ポリティコ」に語っていた。

それがどんなに望み薄であろうと、ポール・ライアンがトランプの指名を横取りするかもしれない可能性にバノンは心底うろたえた。そして、ブライトバート切っての鋭い爪を持つジュリア・ハーンに、両者を比較する厳正な調査を準備するよう命じた（ある匿名の調査員は「全国大会は党のエスタブリッシュメントのダンスパーティー《プロム》で、ポール・ライアンは連中のプロム・クイーンだ」[9]とハーンに語った）。さらに共和党の重鎮に対抗するため、オルタナ右翼のリーダーを集結させようと努めた。「ペペはやつらを徹底的に叩きのめすぞ」とバノンは口にした。人種差別主義のシンボル、あのカエルのペペのことだ。

四月十一日、記者たちがせわしなく出入りするブライトバート大使館で、バノンはシュリンプサラダを突つきながら、ライアンを阻止する全面戦争を練り上げていた。バノンにとってライアンは恐ろしくもあったが、軽んじているという矛盾する思いもあり、時には同じ文章のなかで相反する思いがにじみ出ていた。ライアンは「使えないナニをぶらさげたゲス野郎で、ヘリテージ財団のシャーレのなかで生まれた」と怒っていた。バノンの趣味からすれば、保守系シンクタンクは「グローバリストの資金提供階級」にあまりにも寄りすぎている。共和党全国委員会（ＲＮＣ）に対しても、バノンは怒っていた。予備選の討論会ではブライトバートをスポンサーに担ぎ出しながら、今度はトランプを締め出そうとしてライアンと共謀している。「五〇万ドルはもう払ってやるつもりはないな。ＲＮＣのような地に落ちたブランドをブライトバートと提携させるための金だ。いまは記事でＲＮＣを追いかけている」。

翌日、記者会見が開かれた。大統領選出馬の下馬評があまりにも騒ぎになったので、ライアンはライアンで会見を開き、きちんと説明しなくてはならないと感じていた。ライアンは出馬をきっぱりと否定して、疑問の余地を残さなかった。「私を頭数に数えないでくれ。本選挙に向けて党の指名がほしければ、実際に出馬すればいいだけだ。だが、私はそれを選ばなかった。だから、私のことは忘れてほしい。以上、話はこれで終わりだ[10]」。

だが、バノンはその言葉を信じなかった。ライアンの一件についてバノンをインタビューした記者が、記者会見の様子からその線はないと口にしたときも、バノンは疑ってかかっていた。「〝抜け目のないやつ〟のことは脇に押しやってもいいが、決して忘れてはならない」とメールした。

バノンの恐れは膨れ上がっていった。五月三日、インディアナ州の予備選でトランプは勝利を収める。クルーズは完敗を喫し、巻き返しを図るわずかな望みに通じる扉さえ閉ざされた。「勝利へと至る実行可能な道がある限り、邁進していくとお話ししました。今夜、その道が閉ざされてしまったことを残念ながらお伝えしなければなりません」。クルーズは意気消沈して敗戦の弁を述べた。それから三十分後、RNC委員長ラインス・プリーバス名義のアカウントでツイッターが流される。書いたのはスペルミスで悪名高いRNC広報部長ショーン・スパイサーだった。「ドナルド・トランプが共和党の大統領として指名される見ドジとなった。われわれが一致団結して、対ヒラリー・クリントンに集中しなくてはならない。#ネバー・クリントン」[11]。

この誤字はこれから迎える事態の前兆だったのかもしれない。

「私の見解とは、ほかの人々すべてが抱いている見解だ」

トランプタワー上階のオフィスでは、党の指名を待ちかまえている男がさまざまな人間と挨拶を交わしていた。記者、支援者、ショックで混乱している党の関係者が途切れずに訪れ、番狂わせの勝利の要因をふるいにかけていた。当のトランプは新聞や光沢のある雑誌が山と積まれた机の向こうから、「激戦だった」とこたえた。「汚い戦いだった。彼らに言わせると、これほど汚い戦いは政治の世界でもめったにないらしい」。

五月十七日。この年の秋、ヒラリー・クリントンと対決する共和党候補はトランプに決定――世界に向けてこのニュースが発せられるまであと二週間と迫っていた。にもかかわらず、どうしても現実とは思えない印象がしつこくつきまとった。トランプは自分が党の主導権をどのようにして握り、いまやまちがいなくその任にある党運営のビジョンについて語ろうとしていた。しかし、話はそのたびに自分の勝利の件に戻ってしまう。

「まず、ここから話を始めさせてもらおう」と前置きすると、「日頃の習い通り、まず大きく深呼吸してから決心した。妻を伴ってエスカレーターを降りていった。そのとき（フォックス・ニュースの常連出演者で）評論家のチャールズ・クラウトハマーの姿が目に入った。ちょっと前の話だが、今回の予備選の候補者は党の歴史を振り返っても、かつてないほど政治的な才能に恵まれた者が集まったとクラウトハマーは言っていた。たぶん、出馬を決心する一週間前の話だ。『それが本当なら、自分はどう応じればいいのだろう』。そんなことを考えていた。もし、本当に彼らがそれほど優秀なら。そして、ご存じの通り多くの人間がそう言っていた。知事も上院議員も言っていた。才能に恵まれたとびきり優れた集団だとね」。

床に積まれた雑誌の山から、一番うえに置かれていた一冊が滑り落ちてきた。「バニティ・フェア」だ。表紙写真はコルセットで締め上げ、豊かな胸の谷間を見せるコメディアンのエイミー・シューマーだ。トランプは気にも留めない。

主な話題をケーブルテレビに変えると、なぜ専門家はみんな自分のことを過小評価していたのかと声に出して考え始めた。専門家が見落としてきたものは何か。「たぶん、私のせいなのだろう」と自問自答した。「専門家には私が理解できなかったのかもしれない。私のことを知る大勢の人間は、私ならきっと勝てると口々に言っていた。実際、私なら極めてハイレベルな対応ができる」。

予備選で勝利を得たいま、いかにして共和党にトランプ色を植え付けるかが重要な課題になっていた。それは企業買収を通じてトランプがいつもやってきたことであり、その手際のよさに党はむしろ感謝するはずだとトランプは信じて疑わない。「私がいなければ、共和党が大統領選で勝てる見込みは皆無に等しい」と言い切っていた。だから、共和党もこれから変わっていく。

トランプが生み出したドラマではあったが、共和党のありきたりなドグマでは広範な支持基盤層にはもはやアピールできない。この事実に感づいていたのはトランプ一人だけである。実際、党のドグマを流布しようとする政治家に有権者は不満を募らせ、愛想をつかしている者さえいた。喧嘩腰と無礼な言動のせいで影は薄くなっていたが、トランプは予備選で記録的な数の投票者を引きつける明快な理念を唱え、守り抜いてきた。ただしそれは、社会保障制度と高齢者向け医療保険《メディケア》制度の受益保護、全米家族計画連盟の擁護、自由貿易の制限、不干渉主義、不法移民の国外退去と国境の壁の建設など、保守派が唱える正論としばしば対立するものだった。

有権者の声に耳を傾ける――政治家ならやって当然の行いを通じ、トランプはこうした異端の見解を抱くようになった。「綿密な分析によって、こんな見解に至るかどうかは私にも自信はない」とトランプも認めている。「私の見解とは、ほかの人々すべてが抱いている見解だ。演説をするとき、時にはサインをせがまれたとき、私はみんなと話すことで共和党に関する多くのことを学んでいる」。

トランプが断定するように、問題はおそまつなマーケティングにあった。党が発するメッセージの欠点を頭に入れると、トランプはこれをうわまわるメッセージを編み出した。それがアメリカ第一主義だ。このスローガンには第二次世界大戦中、飛行家のチャールズ・リンドバークが属していたアメリカ優先委員会《アメリカ・ファースト・コミッティー》の反ユダヤ主義の臭いがするという不平が寄せられた。だが、トランプはそれを無視した。「私にはどうでもいいことだ。有権者に目を向ければ、彼らが希望をほしがっているのはわかる。だが、希望などどこにもない。お先真っ暗だ。私たちはほかのみんなを守っていくつもりだ。私はアメリカを第一にしてやっていく」。トランプのもとでは、なにもかもいままでとは違ってくる。「いまから五年後、十年後、共和党は別の政党になっている」とトランプは言う。「労働者を優先する政党を持つことになるだろう」。

勝利の規模こそ自らの提案の力強さを証明するとトランプは考えていた。「何百万、何千万という
こうした人々すべてにとって、これは運動なのだ」。その運動と党の正論を打破するという自分の意志、それによって何十年にもわたって政治とは無縁だった一般の人たちが投票所に足を運び、本選挙で勝利を収める力を授けてくれるとトランプは信じた。「ワシントン州ではかなりの結果を出せると思う」とトランプは本選挙を予言していた。「テッド・クルーズなら手も出さないだろう。人々は『それはない』と言う。だが、オレゴン州、ニューメキシコ州はどうだ。私の第二の自宅があるフロリダ州はどうだ。彼らが常々話している三つの州、フロリダ州、ペンシルベニア州、オハイオ州でも私は結果を出せると思っている」。

荒唐無稽に聞こえる一連の主張をトランプはさらに続けた。そして、そのほとんどはつまるところ、アフリカ系アメリカ人とヒスパニック系の票を獲得し、その票数は前回、前々回の共和党の大統領候補ミット・ロムニーをうわまわっていた事実に裏付けられていた（彼らは「アプレンティス」に出ていたトランプの大ファンだった）。これによってトランプは、共和党のために選挙人団へと至る新たな道を開くことができた。ヒラリー・クリントンを退けることもできる。いまどきの大統領選でこれを達成しようとすれば一〇～二〇億ドルの資金を集めなくてはならないが、トランプはそんな真似をせずにやってのけた。

ただ、主要政党の大統領候補なら備えている典型的な資格をトランプは持ち合わせていなかった。その点はトランプも認めた。だが、そんなことは問題ではないと言い張っていた。自分は運動を巻き起こし、ツイッターを発信して、圧倒的な毒舌（〝嘘つきテッド〟〝チビ助マルコ〟）の才能さえ個人

的に備えており、その毒舌の標的が今度はヒラリーに向けられる。メディアにも通じ、その扱い方も心得ている。そればかりか、大統領の資格としてさらに重要と思える資質が自分にはある。つまり、「私は大声の持ち主なんだ」。

選挙対策本部長の更迭

選挙運動中は常に問題を起こして揺れ動いていたので、なおのことトランプの支持率の急上昇は信じがたかった。選挙運動を始めたころ、トランプがまだ政治的ジョークのオチと見なされていた時期、トランプは知謀に勝るロジャー・ストーンや右腕と見込んだサム・ナンバーグからアドバイスを得ていた。初代選対本部長のコーリー・ルワンドウスキーが陣営に加わると、ルワンドウスキーはストーンやナンバーグを目の敵にする。二〇一五年七月下旬、ナンバーグは陣営からクビを宣告される。何年も前にフェイスブックに投稿した人種差別発言が表沙汰になったからだ。ルワンドウスキーのせいだと考えたナンバーグは復讐を誓った。それから一週間後にはストーンが陣営を去る。クリーブランドで開催された党の討論会の席上、メーガン・ケリーに対するトランプの攻撃にへきえきしたのが理由だった(ストーンはクビにしたとトランプは突っぱねた)。

レッドブルを昼夜がぶ飲みして、ひたすらトランプに忠誠を尽くすルワンドウスキーは陣営の内外で大勢の敵を作っていた。致命的だったのは、トランプ家の人間とのあいだでも問題を起こした点である。ルワンドウスキーによって、陣営の混迷はトランプの外なる世界へチフスのように広く伝染していき、バノンやブライトバートを悩ませた。三月八日、トランプがミシガン州とミシシッピ州の予備選に勝利した当日の夜だった。フロリダ州ジュピターで開かれたトランプの記者会見の席上、ブライトバート・ニュースの記者ミシェル・フィールズが質問のためトランプに近づいたとき、ルワンドウスキーがフィールズをわしづかみにする。暴行を受けたとフィールズは主張、体に残る痣の写真をツイッターにアップした。

事件をきっかけにブライトバートの内部では火がついたような論争が起こる。フィールズの説明を公然と疑うスタッフもなかにはいた。ルワンドウスキーとは近しい関係にあったので、バノンもフィールズのことは守ろうとしない。自社のスタッフを差し置いて、トランプとルワンドウスキーの側に立つ様子に愕然としたフィールズは、ほか二名のスタッフともども抗議のために社をやめる。ルワンドウスキーは反省などどこ吹く風で、これはフィールズの〝妄想〟だと決めつけた。ただ、ジュピター警察は妄想とは認めず、暴行容疑で訴追するが、のちに訴追は取り下げられた。

からくも難を逃れたルワンドウスキーだったが、それも長くは続かなかった。「相手が気に入れば、トランプは自分の息子のように扱ってくれる」とナンバーグは言う。「ルワンドウスキーの失敗は、自分が本当の息子だと勘違いし、家族のほかのメンバーにも逆らえると思い込んでしまった点にある」。六月、トランプが本選挙の準備に失敗するのではないのかという懸念が党内で高まりつつあったころ、トランプの成人した息子たち、そして娘婿のジャレッド・クシュナーの権限はさらに確たるものになっていた。自らの権威が脅かされる不安を覚えたルワンドウスキーは、ひそかに反撃を企てていた。仇敵がクシュナーを貶める記事の掲載をたくらんでいることを記者から聞いたナンバーグは、この話をトランプの子供に伝えた。クシュナーの妻、イバンカ・トランプは激怒した。ストーンはストーンで裏から手をまわし、きたる党の全国大会の運営をトランプに代わって監督する人物として、かつてのビジネスパートナーであるポール・マナフォートを斡旋することで[12]、ルワンドウスキーの追い落としを図った。

六月二十日、トランプとトランプの二人の息子ドナルドJrとエリックが同席する会議でルワンドウスキーはクビを宣告された。* 代わってマナフォートが選対本部長に就任、本選挙の選挙運動に向け、具体的な活動に携わっていく。マナフォートはかつて共和党の辣腕選挙参謀として知られていた。一九七六年の全国大会では肉薄するロナルド・レーガンを押しとどめ、ジェラルド・フォードの攻防にひと役買うと、その後もレーガン、大ブッシュ、ボブ・ドールのもとで働いた。見劣りがする海外の選挙人名簿の政治家を顧客にしたのはだいぶ以前からのことで、[15] 反政府デモで自国を追われ、ロシアに亡命したウクライナの元大統領ビクトル・F・ヤヌコビッチもそうした顧客の一人だ。また、アンゴラ全面独立民族同盟（UNITA）の武装抵抗組織のリーダー、ジョナス・サヴィンビ、麻薬の密売組織との関係が取りざたされたバハマの元首相もいた。しかし、マナフォートはトランプタワーにコンドミニアムを所有して自由に働いていた。こうした条件がトランプの眼鏡によくかなった。

ルワンドウスキーは、トランプが感情のまま振る舞えるように背中を押していた。一方、マナフォートはこの候補者の角《かど》を取って洗練させ、攻撃的な部分を抑え込み、当人がご免被るような行為、つまり富裕な共和党員に対して寄付を募るように仕向けた。もっとも、こうした試みの大半は報われることがなかった。トランプは自分をコントロールする試みにはそっぽを向いた。全国大会の前日の時点で、ヒラリーが集めた資金は二億六四〇〇万ドル、[16] これに対してトランプは八九〇〇万ドル、全国共和党上院委員会元トップのロブ・ジェズマーは、「手の施しようがない大惨事のようなものだ[17]」と酷評した。トランプは相変わらずニュース報道を左右する自分の能力を頼みにしていた。これなら金はかからない。しかし、ここでもまた問題が頭をもたげつつあった。

予備選を制した以降は、フォックス・ニュースも律儀にトランプと歩調を合わせてきたが、そのフォックス・ニュースがスキャンダルの炎に包まれる。七月六日、同局で長年アンカーを務めてきたグレッチェン・カールソンが、セクハラを理由にCEOのロジャー・エイルズを訴えた。三日後、さらに六人の女性がエイルズからセクハラを受けたと主張する記事が雑誌ニューヨークに掲載される。[18] フォックス・ニュースのレジェンド、かつて無敵と呼ばれた男は、前触れもなく見る影をなくした。これまでならルパート・マードックが変わらずに庇護してくれた。しかし、そのマードックもすでに八十五歳、息子のジェームスとラックランはともに親会社の21世紀フォックスの重役ではあったが、エイルズのことは快く思っていなかった。

庇護してくれる支援者探しに必死のエイルズは、仲裁者を通じてバノンに手を伸ばしてきた。一年前のメーガン・ケリーの一件以来、二人は言葉を交わしていない。だが、バノンは相手に同情を寄せるとともに、このタイミングで出てきたエイルズへの訴訟は偶然ではないと確信した。トランプが指名を受ける全国大会に、水を差そうという意図が働いているのは確かだ。全国大会は七月十八日に始まる予定だった。

バノンはエイルズの自宅に電話をかけた。妻のベスが電話を取った。「スティーブ、電話をいただけて本当にうれしいわ」とこたえると夫に取り次ぐ。

＊ トランプをよく知る人物の話では、トランプを説得したルワンドウスキーは秘密保持契約違反を理由にナンバーグを告訴して報復を図っている。この訴訟に応じた宣誓供述書のなかで、既婚者のルワンドウスキーはトランプ陣営の女性スタッフと「下劣で明々白々な不倫関係」[13]を結んでいるとナンバーグは非難した。両陣営はのちに訴訟を取り下げることで合意した。[14]

「航空支援が必要だ」。エイルズは素っ気なかった。

相手の捨て鉢な様子にバノンは驚いた。「訳のわからないことばかり口にしていた。まともな状態ではなかった」とその後、知人に話している。

二人は一時間ほど話し合った。最後にこの件について担当の記者を置くとバノンは応じた。「これぞブライトバートという、とことん熱のこもった援護をぶち上げる」とエイルズには約束した。

だが、21世紀フォックスは、ニューヨークの「ポール、ワイス、リフキンド、ウォートン&ガリソン法律事務所」と外部の機関に委託し、この件に関する調査を行うことを決定する。これでエイルズは終わりだと判断したバノンは電話をかけた。

「もうわかっているな。これで終わりだ」

「どういう意味だ」

「外部の法律事務所を引き込んだ。この件を一掃するためだ——それから気をつけろ。メーガン・ケリーがあんたのことを追及してくるはずだ」

「私のバックにはマードックがいる」。エイルズは鼻で笑った。「息子たちは私の息の根をとめたがっているが、マードックが私を手放すわけはないだろう」。

翌日、エイルズが電話をかけなおしてくる。自信が消えていた。老マードックに電話をしたが、本人は妻とともにバケーションで南仏にいて電話ができない。

「どうしても電話がつながらない。きっと船に乗っているんだ」。エイルズはあえてそう口にした。

会社から示談金として目いっぱいの金をせしめ、それから事実に向き合えとバノンは相手に言い聞かせた。「もしこれが買収の話だったら、マードックも電話に飛びついてくる」。そして、エイルズにこう告げた。「あんたはもう終わったんだよ」。

ヒラリーのリード

七月十九日、外部法律事務所の調査に応じ、メーガン・ケリーもエイルズからセクハラを受けていたというニュースが発表された。土壇場ではあったが、ブライトバートも律儀に擁護記事を書き、エイルズが解雇されるようなことになれば、フォックス・ニュースのプライムタイムの番組は休止になると主張した。[19] その日の夕方、エイルズはフォックス・ニュースのビルから追放され、社用メールアドレスと電話番号が閉鎖されたことを雑誌ニューヨークは伝えた。[20] 七月二十一日、クリーブランドでトランプが共和党の大統領候補として正式に指名を受けるわずか数時間前、エイルズは四〇〇〇万ドルの退職手当に応じた。これでエイルズは終わった。

大会が代理人の反乱になることをマナフォートは回避したものの、全国大会そのものは快活というにはほど遠かった。共和党ならではの愛国的な式典とは打って変わり、四日間の日程は珍妙で不可解を極め、党をひとつにする試みとは裏腹の反ユートピア集会同然になっていた。テッド・クルーズがトランプを支持することを公の前で拒んだことで聴衆が騒ぎ出し、プライムタイムの放送中、ブーイングをしてクルーズをステージから退場させようとしたからである。

木曜日の夜、トランプは公認候補の受任演説で、「わが国は危機のとき」を迎えていると言い放った。殺人率を引用し、個々の殺人事件を描写して、この国の大量殺戮の様子を並べ立てた。「警察に向けられた攻撃、われわれの町で発生するテロリズム、われわれの生き方そのものが脅かされている」と警告した。「この危機が理解できない政治家は、われわれの国の指導者としてふさわしくない」。

トランプの演説は酷評され、その選挙運動がどうなるのかそれを最初から運命づけた。また、イラクで戦死したイスラム教徒のアメリカ人の英雄をめぐり、兵士の両親であるキズル・カーンとガザラ・カーンが民主党全国大会でトランプを批判すると、トランプはこの両親さえこきおろした。それから数週間にわたって、世論調査のトランプ支持は下降を続ける。ジョン・F・ケネディ暗殺にテッド・クルーズの父親が関係していたとほのめかしたこともある。記者会見の席上、この国の選挙に首を突っ込んでくれと、ロシアに呼びかけたこともあった。「ロシアよ、この声が聞こえるなら、お前なら（ヒラリー・クリントンの私的サーバーから）行方不明になった三万本のメールが発見できるはずだと願っている。わが国のマスコミなら大賛辞で報いてくれるだろう」。

八月中旬、全国規模の世論調査の多くで、ヒラリーはトランプとの支持率の差を二桁台に押し広げつつあった。共和党全国委員会（RNC）に対し、トランプの選挙運動の資金を削り、議会で多数派を占める下院や上院対策にまわせという圧力が党の上層部で高まった。トランプに大口寄付をする支持者の多くは、本人になんとしても選挙運動を一新してほしかった。マーサー家のレベッカ・マーサーもそうした一人だ。トランプと面談するためヘリコプターに乗り込むと、イーストハンプトンにあるNFLのニューヨーク・ジェッツのオーナー、ウッディ・ジョンソンの地所へと向かう。

トランプと直接会ったうえで、伝えたいメッセージがあると言ってレベッカは譲らなかった。そのメッセージとは、選挙運動を変え、さらに攻撃的な展開ができる誰かに運動を任せなくてはならないときを迎えたというものだ。レベッカは打ってつけの人物を知っていた。

第10章　戦略家バノン

怒り狂うトランプ

レベッカ・マーサーは本心を胸にしまっておけるタイプではない。「選挙は終わりよ。あなたがさっさと変わらなければね」とトランプに迫った。頭を抱えた寄付者の電話にレベッカは何時間も対応してきた。トランプにはマーサー家自身が三四〇万ドルを献金しており[1]、ブライトバートなどの関連組織への支持も含めれば、金額はさらに増える。日を置かず、共和党全国委員会（ＲＮＣ）がトランプから手を引き、下院と上院で院内過半数を占める共和党員の勢力維持に重点を置くと相手に伝えた。

「まずいな」

「違うわ。『まずいな』じゃないの――終わりなのよ」。ぴしゃりと言い返した。「あなたが変えなければね」。

この日の朝、ニューヨーク・タイムズは、機能不全に陥った選挙運動に関する情け容赦ない記事（「トランプの口舌を手なづける内部ミッション、不発に終わる」[2]）を掲載していた。陣営の側近は、トランプの激情を抑え込むのに必死なあまり、遊説中はお守り役として元ニューヨーク市長ルドルフ・ジュリアーニ、政治家のマイク・ハッカビーといった年来の友人を送り込んでいる旨が書かれていた。さらにレベッカは選対本部長のポール・マナフォートを更迭する必要があるとトランプに説いた。トランプの角《つの》を矯めて万人受けのするタイプに変えようというマナフォートの拙いコンセプトは、どう見てもずれている。そのうえ、マナフォートとクレムリン寄りの独裁政治家のつながりに向けた注目が高まり、選挙運動に差し障りが生じつつあった。

「スティーブ・バノンとケリーアン・コンウェイにまかせなさい。二人にはもう話しておいた。やってくれるそうよ」

トランプは承知した。

バノンやコンウェイ、デビッド・ボッシーは、トランプを支援するスーパーPAC（特別政治活動委員会）にかかわっていたので異存はなかった。このスーパーPACは「打倒！ いかさまヒラリーPAC」[3]と内々では呼ばれていた。マーサー家の支援を得て、取り組みは三カ月前に始まり、新規の工夫が盛り込まれていた。目的は打倒ヒラリーに限られ、トランプの選挙運動の後押しではない。トランプの支持に乗り気ではない保守派も、これなら心置きなく献金に応じられる（この反ヒラリー作戦はうまくいかなかった。ワシントンを拠点に、政治資金を調査・監視する非営利団体「センター・フォー・レスポンシブ・ポリティクス」の資料では、「打倒ヒラリー」に特化したスーパーPACに献金らしい献金が寄せられたのは、ロバート・マーサーの二〇〇万ドル、ペイパル創業者のピーター・ティールの一〇〇万ドルにすぎなかった）[4]。

五月、テッド・クルーズの予備選撤退後、イバンカと夫クシュナーはレベッカ・マーサーを訪れ、トランプの支持運動を組織してもらえないかと頼み込んだ。レベッカは話を受けた。だが、身も蓋もなく言えば、保守派の富裕層はトランプなど支持していない。「打倒ヒラリー」という視点は窮したあまり生まれたアイデアだった。だが、その考えは連邦選挙運動法に抵触するリスクを抱えている。

「献金者のなかには、トランプ支持を公然と支持するものにかかわるのを拒んだ者もいた」とボッシーは認める。「本来ならスーパーPACの名称は『アメリカを一番に』がふさわしい。それに『打倒！いかさまヒラリーPAC』と大っぴらに命名すれば、連邦選挙委員会（FEC）のルールに抵触する」。

八月十三日の夜、トランプとバノンは電話越しに話を進め、交渉をとりまとめた。選挙運動はバノンが引き継ぎ（マナフォートのように給料は見送り）、ケリーアン・コンウェイは選挙対策本部長に任命されることになる。のちにボッシーがコンウェイの代理役として参加する。トランプは、ニュージャージー州ベッドミンスターにある自分のゴルフクラブで翌朝、バノンに会いたいと伝えた。

翌日の日曜日、トランプの最高顧問らはベッドミンスターのトランプ・ナショナル・ゴルフクラブに集まった。だが、前日の夜に決まった参謀役の交代——と彼らのボスがピリピリしている気配には気づいていない。テーブルにはクリス・クリスティ、ルドルフ・ジュリアーニ、いまやトランプの顧問に就任した元フォックスのロジャー・エイルズ、マナフォート、そしてマナフォートの代理リック・ゲイツらが居並んだ（イバンカとクシュナーは、ドリームワークスのデビッド・ゲフィンとともにクルージングでクロアチアにいたため不在[5]）。

トランプはタイムの記事にいらついていた。マナフォートに向かって声を張り上げる。

「選挙運動がだいなしだと、誰がこんな記事を許した」。白状しろとトランプは命じた。勘違いした側近がのうのうとテレビに出て、自分について話したり、記事に書かれたりすることにトランプは怒り狂っていた。

「自分がテレビに出て、この私に話して聞かさなければならないと考えているのか」。怒鳴り声があがる。「私を赤ん坊扱いするのか。私はお前の赤ん坊なのか。赤ん坊みたいにそのへんに座って、テレビ越しにお前の話を聞かなくてはならないのか。マナフォート、私はよだれをたらした赤ん坊か」。部屋は静まり返った。

マナフォートはこのいたぶりを平然と受け流した。トランプの激怒はこれがはじめてではない。選対部長は更迭されたが、解雇されたわけではなかった。問題といえば、これ以上の問題をマナフォートは抱え込んでいた。会議を終えたマナフォートはトランプタワーの自宅にまっすぐ向かった。机にはプリントアウトされた記事が置かれている。明朝、ニューヨーク・タイムズに掲載される予定稿だ。ウクライナ政府の腐敗防止機関が手書きで記された裏帳簿を発見した事実を記した記事である。帳簿にはマナフォートの顧客、前大統領ビクトル・F・ヤヌコビッチとともに、親ロ派の政党からこれまで現金支払いをひそかに受けた者の氏名が記されていた。その裏帳簿に一二七〇万ドルの指定受益者としてマナフォートの名前が残されていたのだ。

タイムズの記者は何週間にもわたってコメントを求めたが、弁護士からは応じるなと忠告されていた。ここにきてマナフォートは疑い出した。差し迫った記事の件については選対本部にも隠している。妻にさえ打ち明けず、その日の夜、この記事を妻が見とがめたとき、マナフォートは激怒のあまり長いすから跳ね起きた。

月曜日の朝、マナフォートの記事(「ウクライナの裏帳簿にトランプの選対本部長の名前」[6])がニューヨーク・タイムズの一面を飾り立てると、その日のニュースを独占した。当日午後、トランプがオハイオ州で行った国家安全保障をめぐる注目度の高い演説は脇に追いやられていた(かつての敵に追い打ちをかけようと、ルワンドウスキーはツイッターでこの記事を触れまわる)。マナフォートもようやく正式表明を発表し、「私が現金を受け取ったという示唆は事実無根で、くだらないばかりか、馬鹿げている」[7]と発言、支払いはスタッフの給与、世論調査、政策研究に伴うものだと言い張った。

のちに陣営の最高顧問の一人は、この記事はトランプ以上に陣営のスタッフ全員を激怒させるほどの〝致命傷〟だったと語った。バノンとコンウェイが選挙運動を引き継いだ件は公表されていなかったが、水曜日の朝、ごたごたの一掃を期して二人の就任が発表されている。選挙運動について、陣営は〝拡大している〟と言い張ったが、実態は一目瞭然だった。むしろ退潮していた。トランプの我慢も木曜日までだった。マナフォートにとどめを刺すことを求めた。「まるでフランス革命のようだった」とロジャー・ストーンは言う。「革命の幕開けで人民の首を切っていた者が、最後には自分の首を切られた」。

「マナフォート、僕たちは本当に抜き差しならない問題を抱え込んでしまったようだ。君には辞任してもらわなくてはならない」。金曜日の朝食の席上、クロアチアの休暇から帰っていたクシュナーは努めて外交的な調子で話を切り出した。

しかし、マナフォートは言うことを聞かない。「私がのめるような話ではない。それでは自分が有罪と見られかねない」。

「辞任を申し出てもらえるなら助かる」とクシュナーは語気を強めた。

「そうだな。だが、受けられるような話じゃない」

この返答にクシュナーは表情を強ばらせた。そして、腕時計に目をやった。「君の辞任発表のため、九時に記者会見を予定している。あと三十分だ」。

マナフォートの指導のもと、トランプも一国の政治家にふさわしい態度を覚えるのではないか。だが、この追放で共和党の最後の願いも消え失せた。十一月の本選挙に勝てる見込みなどないと誰もが考えた。こうなったら上院選、下院選への波及で、見込まれる党の損失をできるだけ抑え込みたい一心で、党員はますます躍起になった。バノンの抜擢などあってはならないことで、党のエスタブリッシュメントには最悪の悪夢が現実になろうとしていた。

「これは映画『ヒトラー〜最期の12日間』の総統地下壕の場面だ。ただ、トランプの取り巻きはヒトラーに本当のことは話さないだろう。まったく正気の沙汰ではない[8]」。二〇一二年大統領選でミット・ロムニー陣営を指揮したスチュアート・スティーブンスは言っていた。「トランプはまともではないし、頭のおかしな連中に取り囲まれているのが好みだ。共和党には災難だった」。

共和党にはバノンを個人的に知る者はほとんどいない。だが、ブライトバートの攻撃的で妥協を許さないポピュリズムは、多くの者が知るところだった。ブライトバートの餌食として、叩かれた者が少なくなかったからである。党内の泡沫候補の思惑など、バノンは一顧だにしないことは彼らにもわかっていたし、実際、すべてを焼き尽くそうとするトランプの衝動なら、バノンは喜んで手を貸してくれるはずだ。

「論調と方向性を調べれば、バノンは人種を差別し、邪悪で不和を生むほうへと私たちを導いていくはずだ。選挙運動は、ナショナリズムを奉じる、憎悪に満ちたものになるだろう。共和党はさっさと退散すべきだ[9]」。共和党の政治コンサルタント、リック・ウィルソンは語っていた。

神秘主義者ルネ・ゲノン

このころになると、バノンとトランプの政治に用いられる〝ナショナリズム〟という言葉は、すでに政治報道では広く流布していた。ただ、この言葉が宿す意味は曖昧で（その点はいまも同じ）、十分に語りつくされることはなかった。トランプが掲げる〝アメリカ第一主義《アメリカン・ファースト》〟ナショナリズムには、選挙スローガンとしてこの考えが色濃く反映されている。ただ、バノンのナショナリズムへの傾倒は、それよりもはるかに奥深く、さらに複雑な血脈に根差していた。

バノンは一家の伝統主義的カトリシズムの影響を幼いころからじかに受けてきた。そのため、現実の社会的事件は広範な歴史的背景のもとで考えようとする。世間一般に保守を説くことはめったにないが、文化をむしばむ俗世界のリベラリズムには激しく反発した。二〇一五年には「ある種の伝統的価値が損なわれていくたびに、それを勝利として祭りあげるような真似は慎まなければならない」と語っている。海軍に入隊してもなお貪るように独学に励み、自称〝世界の宗教に関する体系的研究〟に乗り出す。以後十年以上にわたり研究を深めていく。まず、カトリック系ミリタリーハイスクールのベネディクティンでローマカトリック史を取り込むと、次いでキリスト教神秘主義へと向かい、さらに東洋の形而上学へと進んだ（海軍時代には短期間だが禅を実践、その後、トリエント・カトリックに回帰していく）。

読書を通じてバノンが最終的に導かれたのが、二十世紀初期のフランスのオカルト信仰者にして形而上学者のルネ・ゲノンだった。ゲノンはローマカトリックのもとで育ち、フリーメイソンに入会、その後、イスラム教神秘主義者となる。宗教と哲学の点でさまざまな顔を持つ人物だ。ゲノンが考えた哲学はしばしば「伝統主義学派」と呼ばれる。その名称が示す通りこの哲学は反近代主義思想であるが、ゲノンは〝根源的な〟伝統主義学派の思想家であるとともに、ある種の古代宗教の理念を信奉した。そうした原初の宗教――ヒンドゥー教ベーダーンタ学派、スーフィズム（イスラム教神秘主義哲学）、中世カトリシズム――は、共通する霊的真実をたたえた宝庫で、西洋世界で世俗的な近代主義が台頭するとともに一掃された人類最古の霊的真実を明らかにするとゲノンは考えた。一九二四年に書かれたゲノンの著作には、「西洋をそれにふさわしい伝統的文明に復すること」が自分の望みだと記されている。

バノンと同じようにゲノンもまた、二つの事件が西洋の精神的退廃をもたらしたという、大がかりで黙示録さながらの歴史観に魅せられていた。一三一四年のテンプル騎士団の壊滅と一六四八年のウエストファリア条約だ。また、ヒンズー教の輪廻思想にも魅了され、西洋は「カリ・ユガ」［訳註：インド哲学では四つの時代《ユガ》が循環すると考えられ、カリ・ユガは〝悪魔の時代〟とされる最後の時代］として知られる四番目にして最後の時代のさなかにあって、伝統がまったく顧みられない六〇〇〇年の〝暗黒時代〟を迎えたと信じていた。この点でもバノンと同じだ。

反近代主義を基調とするゲノン哲学の信奉者は、二十世紀という時代にこの復古をもたらすことで世界をふたたび魔法にかけようと試みた。そのなかには著名な人士も少なくない。悪名の高さで抜きん出ているのは、イタリアの知識人で伝統主義学派の面汚し、ユリウス・エボラである。君主主義者にして人種主義論者のエボラは、両大戦間のヨーロッパの政治をカリ・ユガによる堕落に求め、社会的な変革を駆り立てようと具体的な一歩を踏み出した。その点がゲノンとは違った（ゲノンはイスラム教の敬虔な信奉者で、もっぱら精神的な変容を求めていた）。一九三八年にはベニート・ムッソリーニと関係を結ぶと、エボラの思想はファシストが唱える人種論の理論的な裏付けをなす。のちにムッソリーニへの興味は失うものの、ゲノンの思想はナチス政権のドイツで広く受け入れられていく。[10]

バノンは、ゲノンの『世界の終末：現代世界の危機』（一九二七年）やエボラの『現代世界への反乱』（一九三四年・未邦訳）に書かれた西洋文明の崩壊と超越的存在の喪失といった共通テーマを通じ、伝統主義学派に対する興味を募らせた（この思想の精神的側面にもバノンは大いに魅了され、ゲノンが一九二五年に書いた『ベーダーンタによる人間とその生成』〈未邦訳〉については、「人生を一変させた発見」と語っている）＊。

バノンという人物は思想に固着する追随者ではなく、むしろ思想を合成するタイプで、ゲノンの伝統主義学派にカトリックの社会教説〔訳註：さまざまな社会問題について教会がどう考えるのか示した公の文書〕という劇薬を一服盛り込んだ。とくにこだわったのが「補完性の原理」だ。これは教皇ピアス十一世が発した一九三一年の回勅「クアドラジェジモ・アンノ」で表明されている基本原理で、政治的問題は責任をもってそれを扱えることができるもっとも小さな単位、中央の権威からもっとも遠い単位に委ねるべきだとしている。アメリカの政治的文脈で言うなら、小さな政府を唱える保守主義を反映した概念だ。

現代世界のどこを見渡しても、バノンの目に映るのは崩壊の兆しで、迫りくるグローバリズムの秩序は、最後に残った伝統の痕跡さえ踏みにじっている。バノンはその姿を欧州連合（ＥＵ）のような政府組織、あるいはドイツ首相アンゲラ・メルケルなどの政治指導者に見ていた。メルケルの言い分とは、各国はその主権、ひいては国民性を維持する能力を、国境消滅に我を忘れているよそよそしい世俗官僚に差し出せということなのだ。

バノンはカトリック教会にも同じものを見ていた。〝自由主義神学のイエズス会士〟〝移民を支持す

＊　ゲノン、エボラ、伝統主義学派について、現在、最良の入門書としてデンマークのオーフス大学教授マーク・セジウィックが書いた『反現代世界：伝統主義学派と二十世紀の秘密の精神史』〈未邦訳〉があげられる。

るグローバリスト〟のフランシスコ教皇が先代ベネディクト十六世に代わって二〇一三年に教皇に就任したとき、バノンはブライトバードのローマ支局を開設した。新教皇によって隅に追いやられたカトリック教会の伝統主義者の存在を知らしめる試みとして、レイモンド・バーク枢機卿とバチカンで会議を開催している。

なににもまして、ヨーロッパ、アメリカに流れ込む大量のイスラム教徒の難民や移民こそ、西洋の崩壊を証しづけるものだとバノンは考えた。〝この難民危機で具現化された文明的ジハード〟と鋭く断じている。二〇一四年のバチカンの会議で自分の考えを披瀝すべく、ゲノン、エボラ、バノン自身が覚える人種的恐怖と宗教的恐怖をひとつに組み合わせ、自らの信条を歴史的な文脈のもとで浮かび上がらせた。二十世紀の戦争で殺された何千万という人々に言及しながら、人類を「蛮行の申し子」と呼び、いまあるその様はいつの日か〝新暗黒時代〟として裁かれる。また「われわれはいまイスラムファシズムの聖戦士を相手にした全面戦争のさなかにいる。思うにこの戦争は、瞬く間にあちこちに転移していき、政府の手に負えるようなものではないのだ」。

そして、モダニティーの台頭に対するバノンの反応とは、ポピュリストや右翼ナショナリズムをこれに対抗させることだった。どこを訪れても、バノンはグローバリストの殿堂の打倒を誓う政治家や大義と手を携えた。それがレイモンド・バーク枢機卿のような超保守主義のカトリック教徒であり、イギリス独立党の党首ナイジェル・ファラージ、マリーヌ・ル・ペンの国民戦線、オランダのヘルト・ウィルダースと自由党、サラ・ペイリンとティーパーティー運動だった（大統領選を制してホワイトハウス入りを果たしてからは、国の貿易政策を利用してバノンはEUへの反攻を強化した）。トランプと組む以前でさえ、これは有意義な効果があった。「バノンは政治的な革新をもたらした。目が離せない人物だ。ブライトバート・ロンドンから支援の声が寄せられなければ、はたして、イギリスのEU離脱《ブレクジット》が成立したかどうかは確かではない」とナイジェル・ファラージは言う。

偏執狂的な警告ではあるが、バノンは、ナショナリズム運動はヨーロッパから日本、アメリカへと広がり、世界中で台頭して伝統主義が復興していく先触れになると心の底から信じている。「国境、通貨、軍事の三つを統制しなくてはならない。ナショナル・アイデンティティーも同じだ。人々はついにその事実を覚り、政治家はそのあとに続いていかなければならない」とバノンは語る。ロシアこそ、今日の伝統主義の政治的影響が一番はっきりとうかがえる好例だ。ウラジミール・プーチンの主要イデオロギー提唱者であるアレクサンドル・ドゥーギン――この人物にはバノンも言及している――がエボラの著作をロシア語に翻訳すると、その後、新ユーラシア主義として知られる伝統主義に基づくロシアのナショナリズムが確立された。

当初、台頭しつつある政治世代のあいだに、伝統主義の復興が普及するのはまだ数年先とバノンは考えていた。台頭しつつある世代とは、ドイツのオルタナ右翼「ドイツのための選択肢」の党首フラウケ・ペトリー、マリーヌ・ル・ペンの姪マリオン・マレシャル＝ルペンといった人物たちで、とくにマリオン・マレシャル＝ルペンのことは、その政治は「まぎれもなく中世のフランス」とたたえたばかりか、「彼女こそフランスの未来だ」と太鼓判を押していた。ただ、トランプがナショナリズムの大義を急速に推し進めていけるリーダーの素質を秘めていた点（フランス形而上学に対する当人の嗜みがどの程度かは一見してわかる通り）に気づくまでにはいささか時間はかかった。

二〇一六年夏、トランプの存在は「われわれにとって鈍器のようなものだ」とバノンは評した。しかし、翌年四月、トランプはホワイトハウスにいた。革新的なリーダーだと、バノンは自分の評価を改めた。「トランプはこのナショナリズム運動に火をつけ、運動を二十年先にまで推し進めた。フランスやドイツやイギリス、あるいは同じような国々にドナルド・トランプに相当する人物がいるなら、彼らも政権を取ることができるだろう。だが、彼らにはトランプがいない」。

トランプの選挙運動を引き受けた八月、バノンは人種、移民、文化、アイデンティティーといった問題を通じ、対立を煽るナショナリズムに基づく選挙運動を実際に展開していった。たとえ候補者その人が広範な歴史的背景にはてんでおかまいなしとはいえ、これは偶然でもなければ、破れかぶれだったわけでもない。はるか昔のナショナリズムの思想家の考えを掘り返すことで、バノンはトランプ主義――主義――ナショナリズムに基づくアメリカの伝統主義と言ったほうがむしろ正確かもしれない。バノンはトランプの知的基盤を築こうとした。どんなレッテルを貼るにせよ、トランプはメッセンジャーとして申し分なかった。

選挙対策本部長バノン就任

危機的状況にある選挙運動の後継者にバノンが抜擢されたことで、ブライトバートの扇情的ジャーナリズムとバノンの関係、共和党員のあいだで引き起こされた苦悶は政界の注目を一身に集めた。その結果、バノン、コンウェイ、のちにボッシーを取り込み、トランプが陣営を一新させたという、これまた重要な別の問題がその影に隠れてしまう。五億ドル規模の政治事業に関する手綱を、トランプは反クリントン作戦の工作員として、手練れの専門チームに委ねようとしていた。共和党の非主流派出身の三名はそれぞれアクの強い性格を備えていたが、なんの前触れもなく主要政党の大統領選の選挙運動を仕切ることになった。しかも対抗馬はヒラリー・クリントン。過去四半世紀の年月の大半、彼らが虎視眈々と打倒をたくらんできた当の人物である。

トランプ陣営の問題点のひとつは、トランプ本人の衝動に方針を委ね、ほとんど成り行きにまかされていた点だ。とりわけ事態が悪化したときなど、トランプの思い込みは暴走して、のたうちまわる消防ホースさながらだった。ある日はメーガン・ケリーを攻撃していたかと思えば、翌日には戦死したイスラム教徒のアメリカ兵の両親を責め立てた。もうひとつの問題点は、対立候補の身体検査が行われていない点にあった。選挙運動では通常、敵対候補を標的にしたフレームアップが手がけられる。トランプの場合、ケーブルテレビが唯一の情報源だったようである。

バノンの就任でいずれの問題も手際よく解決された。バノンはトランプの精神を明確な標的に集中させ続けるように定め、相手を攻撃し、小馬鹿――「いかさまヒラリー」――にすることに長けたトランプの豊かな才能を政敵にぶつけた。さらに、ヒラリー攻撃の素材に関しては百科事典なみの知識をつぎ込んでいた。政府アカウンタビリティー協会（ＧＡＩ）でピーター・シュバイツァーに書かせた『クリントン・キャッシュ』で仕入れた情報だ。この本を通じてトランプは、ヒラリー攻撃にふさわしい堂々たる主題を手に入れた。ひとつは、シュバイツァーやバノンらのおかげもあって、マスコミのあいだですでに醸成されていたイメージ、すなわち、ヒラリーは根っから腐敗しているというイメージだ。

誰にも手がつけられないバノンの過激主義はいまやはっきりと打ち出され、もはや押しとどめるものは何もない。「これまでの活動にはやる気もまったく感じられず、後手後手の対応ばかりだ。ありきたりな選挙運動にするつもりは毛頭ない」バノンは就任直後に言い放っていた。

「いかさまヒラリー」対「オルタナ右翼」

マナフォート解雇後のはじめての選挙運動で、トランプは選挙戦を仕切りなおす意図のもと、以下の声明を発表した。「ヒラリー・クリントンこそ腐敗と不正がはびこる現体制の守護者である。クリントン家はインサイダーとして何十年も私腹を肥やし、アメリカ国民ではなく、献金を差し出す者に手厚く応じてきた。政治史上、もっとも腐敗した組織がクリントン財団であるのはいまや明々白々である。〝いかさまヒラリー〟が国務長官在任中に行っていたのは不法行為であり、いまも不正は行われている。ただちにやめさせなくてはならない」。

それから数日、トランプ陣営はクリントン財団とヒラリーの腐敗を糾弾するプレスリリースを記者や支持者に向け、あふれるように発信した。

「ヒラリーの汚職、ふたたび白日のもとに」「ヒラリー・クリントン、財団を守るために邪魔立てする」「ＡＢＣニュース、クリントン財団の新たな不正行為を報じる」「フロリダの最大紙、ヒラリーに財団との決別を求める」「ヒラリー陣営、『財団に文句があるなら、ヒラリーに投票しなくてよし』と主張」「さらに多くの編集委員会が〝うしろ暗い〟ヒラリーの不正行為を追及」「ヒラリー、メールの除去に神の目さえ欺く特別装置を使用」

トランプは遊説先でこのテーマにこだわり抜いた。ヒラリーに向けられたかずかずの不正疑惑についてますます声をあげ、非難の声を惜しみなく差し出した。共和党全国大会で聴衆のあいだに湧き起こった「ヒラリーを逮捕、投獄せよ」[11]というスローガンは、いまやトランプの集会の目玉で、最大のヒット「壁を建設する」同様、聴衆の人気を得ていた。支持者もそれをお目当てに集会に集まり、拳を振り上げながら、大声で何度も繰り返し叫んでいた。その大半が「ヒラリーを監獄へ」と記されたTシャツを着込んでいる。

そうではあったが、少なくとも八月あるいは九月までこんな騒ぎもまったく問題ではなかった。決定的な意味を持つ激戦州の世論調査同様、全国世論調査もほぼすべてがトランプ不利を示していたからだ。その代わり陣営からうかがえた様子は、右翼の変人集団の偏狭な執着だ。大統領選の選挙運動を任され、思ってもみなかったチャンスに遭遇し、すっかり興奮しているという印象だった。とはいえ、ヒラリーの腐敗に対する攻撃は明けても暮れても繰り返された。一貫したテーマは徐々に何百万何千万のアメリカ国民の意識に染み込み、世論調査の結果とは裏腹に、有権者はいまだその心を決めかねた。

トランプがバノンを選んだことに民主党員がひそかに大喜びしたのは、このコンビで共和党は自滅するはずだと踏んだからである。ヒラリーとスタッフには好機到来だ。八月に起きたトランプ陣営の一連の騒動のあと、ヒラリーは選挙遊説から二週間離脱した。公の目を逃れ、ハンプトンズ、ナンタケット、ビバリーヒルズといった金持ちが集まるリゾート地を転々としながら、バケーションを堪能するとともに、歌手のジャスティン・ティンバーレイク、シェール、ジミー・バフェットらと資金集めを行った。しかし、バノンの過激主義に焦点を当て、トランプにダメージを与えるチャンスはどうしても見逃せない。つかの間、億万長者やセレブのもとを離れるがいたしかたない。

作戦を練ったのはヒラリー陣営の二名の上級補佐官、ジェニファー・パルミエリとジェイク・サリバンだった。ヒラリーは、バノンとオルタナ右翼（オルトライト）の関係を踏まえた重大な演説をネバダ州リノで行うことになった。

「オルタナ右翼」という言葉そのものに特定の意味はない。もっとも広い意味での定義づけは、中道右派のうちから、主流の共和党員と外交政策ではタカ派の新保守主義《ネオコン》を除き、残った多種多様のグループを取り込んだのがオルタナ右翼である。ポピュリスト、リバタリアン、移民制限主義者、反動主義者、超保守主義者、白人至上主義者、扇情的な新ナチ主義者が含まれる。あらゆるものが取り込められるこの定義は、バノンの念頭にあったものだ。この年の七月、ブライトバートは「オルタナ右翼のプラットフォーム」と考えているとバノン自身が語っている。

だが、八月二十五日の演説でヒラリーは、〝オルタナ右翼〟が意味するのは唯一白人至上主義者とナチスだと巧妙に決めつけると、過激な人種差別主義の罪をオルタナ右翼の全グループに敷衍した。ヒラリーのスタッフは〝オルタナ右翼〟という言葉をプレスリリースの見出しに掲載するかどうか議論を重ね、最終的に掲載すべきだという判断をくだす。「この言葉が政治の語彙に加わろうとしていた。猫にマタタビではないが、この言葉で人々の（オルタナ右翼に対する）好奇心と、その世界でバノンがどのような立場にあるのか関心を煽り立てようとたくらんだ。トランプの選挙運動が外国人嫌悪をたきつける衝動を基盤にするなら、バノン採用に至る過程の話を追い、その話を今度はトランプだけはどうしても容認できないという、もっと大きな批判に転じることができた」。ヒラリーの顧問の一人はそう説明する。

ヒラリーは課された任務に取りかかった。「トランプは――」とコミュニティ・カレッジに集まったさまざまな文化的背景を持つ聴衆の前で彼女は声をあげた。「危険な固定観念の強化を図り、極めて憎悪に満ちた支持者に向かい、ほかの者には聞こえない犬笛を吹き鳴らして攻撃を命じています。

トランプが当選したらどんなタイプの大統領になるのか、これはそれを明らかにした不穏な予告篇です。そして、本日私が明らかにしたいものこそ、それにほかなりません。人種差別について長い歴史を持ち、スーパーマーケットに並んでいるタブロイド紙から仕入れた禍々しい陰謀論を振りかざし、インターネットの深く暗い世界で躍起になって目を凝らしている。そんな男に私たちの政府を決して委ねてはならず、私たちの軍隊を指揮させてもなりません」。

こうして演説の根拠を整えると、今度は関心の的をバノンとブライトバートに向けた。「先日の陣営立て直しは〝トランプをトランプらしく〟する意図で行われました。そのために、選挙運動の総責任者として雇い入れたのがスティーブ・バノンであり、ブライトバート・コムという右翼のウエブサイトの代表です。バノンの仕事がどのようなものかわかっていただこうと、サイトの見出しを何本か用意してきました。

「避妊は女の魅力を奪って精神に変調をもたらす」
「子供をフェミニストにするか、それともガンにさせるのか」
「ガブリエル・ギフォーズ：銃規制運動は人間の盾」
「誇りをもって高々と掲げよ：南部連合旗は輝かしき伝統をたたえる」

クリントンの演説は続く。「ヘイト集団を解明する南部貧困法律センターの調査では、ブライトバートは『伝統的右翼の過激主義グループが奉じる理念』を掲げています。これは私たちが知るような保守主義ではありません。私たちが知る共和党の主義主張ではないのです。主張するのは人種攻撃、反イスラム教徒、反移民、反女性であり、こうしたすべての基本理念は〝オルタナ右翼〟として知られる、新たに台頭しつつある人種差別思想の柱となっています。（略）ブライトバートとトランプ陣営の事実上の融合は、オルタナ右翼にとっては転機となる画期的な達成を意味するものなのです。過激派勢力がまんまと共和党を乗っ取ってしまいました」。

オルタナ右翼という言葉に馴染みがない大半の有権者（とジャーナリストの多く）はヒラリーの定義を受け入れると、彼女が語った闇に覆われた地下世界についてきちんと説明し、調査を求める声が広まる。実際のところヒラリーの演説はあながち的はずれだったわけではない。「インターネットの深く暗い世界で躍起になって目を凝らしている」というくだりはまさにその通りで、過激派勢力が共和党を乗っ取ろうとしているという発言にも嘘はなかった。

かりに、バノンが反ユダヤ主義や白人至上主義という考えを抱いていなければ——本人は繰り返しその事実を否定し、アンドリュー・ブライトバートやブライトバートの最高経営責任者ラリー・ソロブの両名はユダヤ人だと口にしていた——この問題でとりたてて面倒に巻き込まれはしなかったはずだ。二〇一四年のバチカンの会議で、極右政党の多くに見られる人種差別的な要素について問われると、「そのすべては時間とともに徐々に薄まっていく」[12]と答えている。どうやらバノンは、人種差別とは避けられようのない邪悪だと考えていた節がうかがわれ、ポピュリズムが勝利に至る途上の通過点のたぐいと見なしていたようである。「ありとあらゆる革命に目をやれば——そして、これもひとつの革命だが——自暴自棄になった集団がかならず存在する。しかし、それも時とともに燃え尽きていき、中道右派ポピュリズムを主流とする運動を目にすることになるだろう」。

多くのメディア関係者のあいだでヒラリーの演説が共感を呼んだのは、現在、彼らが直面している暴言の奔流を説明していたからだ。とくにツイッターなど、ソーシャルメディアをプラットフォームにして暴言が繰り返されていた。ヒラリーの演説による結果は、彼女のスタッフが目論んだ通りの筋書きとなった。バノンとトランプ、そして二人の関係とオルタナ右翼との関連をめぐる否定的な報道はそれから数週間にわたって続いた。

これまでのような選挙運動なら、おそらく毒のように恐れられたテーマだったはずだ。だが、このテーマをもってしても、ヒラリーが期待したような政治的な原動力は引き起こせなかった。実際、この演説があった八月中にヒラリーのリードは縮まり、政治情報サイト「リアルクリア・ポリティクス」の世論調査の平均値では、その差は六ポイントから二ポイントに縮小していた。「もっともだ」とバノンは思った。「選挙戦の中身を調査しているが、そんなことはどうでもいいことだ。有権者を動かそうにもヒラリーの支持者はもう誰もいなくなっていたからな」。九月後半、バノンはそう語っていた。

セックスをめぐる暴言

トランプの選挙運動でなにより厄介な問題が下半身、つまりセックスをめぐる暴言だった。十月七日、ワシントン・ポストのデイビット・ファーレンソールドは、二〇〇五年にトランプが出演したNBCのショー番組「アクセス・ハリウッド」でカットされた録音テープを入手した。[13] 当時、トランプは再婚したばかりだった。そのトランプが番組司会者ビリー・ブッシュを相手に、自分がどんなふうに女性にキスしたり、体をまさぐったり、あるいはベッドに誘ったりするのか、テープには卑猥で、あけすけな調子で自慢気に話すトランプの声が残されていた。「スターならやらせてくれる。なんでもできる。プッシーをつかんでしまえ」とトランプは口にしていた。

録音テープのアップは金曜日の午後四時、直後から閲覧者が殺到し、ポストのサーバーは一時的にダウンした。[14] 共和党の政治家はパニックに陥る。トランプの選挙運動に向けられた弔いの鐘だと誰もが信じていた（頼りがいがある正統派の保守主義とテコでも動かない鈍感さを踏まえ、共和党員は副大統領候補マイク・ペンスの大統領選出馬をひそかに歓迎していたらしい）。党指導部の序列第三位にあるサウスダコタ州選出の上院議員ジョン・スーンは、同僚議員の多くに、トランプを選挙戦から降ろすことを呼びかけ続けた。「ドナルド・トランプは選挙戦を辞退し、マイク・ペンスを党の候補者としてすみやかに擁立すべきだ[15]」。

下院議長ポール・ライアンは、支持こそ取り下げなかったものの、この先トランプの選挙運動については援助も擁護もしないと断言した。「現在もそして今後も、ドナルド・トランプをかばうつもりはない[16]」と、下院の電話会議で同僚議員に話した。共和党全国委員会（ＲＮＣ）の委員長ラインス・プリーバスは日曜日の朝のニュース番組に出演する予定だったが、急遽取りやめた。雑誌ニューヨークがその後報じた話では、プリーバスはトランプのペントハウスで当人に会い、辞退しなければ「バリー・ゴールドウォーターの歴史的大敗を招いた一九六四年大統領選以上の負けを喫する[17]」と諭していたという。

いかなる批判にも決して詫びを入れないのがトランプの信条だ。だが、このときばかりはこれまでにない措置を講じていた。大急ぎで製作した九十秒の映像をサイトにアップすると、自責の念を表明している。「確かに口にした。私の過ちだ。これについては謝罪したい」とカメラに向かって話した。しかし、謝罪はいつの間にかクリントン家に対する攻撃に変わっていた。選挙を辞退する気などさらさらないのは明らかである。「愚かなことを口走った」と語ったその口で、「ビル・クリントンは実際に女性に暴行しているし、ヒラリーはヒラリーで夫の犠牲者をさいなみ、攻撃したり、辱めたりしたあげく、恫喝さえしている。この件については数日のうちにさらに討論したい。日曜日の討論会でお会いしよう」。

陣営はダメージを食い止めようと半狂乱の騒ぎに陥った。党による一連の離反に苦しめられたトランプは、ポール・ライアンに激しい怒りを覚え、自分を裏切らずに支えてくれる者は誰かと脳裏に刻んだ。身内の人間、バノン、ボッシー、元ニューヨーク市長のジュリアーニなど。だが、プリーバス、ライアン、クリス・クリスティはそうではない。ライアンにはクシュナーも厳しい調子で臨んだ。対立を繰り返してきた自身のこれまでにもかかわらず、バノンがこうした動きを気に病んだのは、それによって共和党が割れるのを恐れたからだ。「戦いに勝利するには手を結ぶことが必要だ」とバノンならではのドラマチックな例を引き合いに出した。「第二次世界大戦でアメリカがロシアとともに戦ったのとまったく同じだ。ファシストを破ったら、今度は身内で戦えばいい。選挙が終わったら、長い冷戦を戦うことができる」。ライアンに対するトランプの非難を抑え込もうと努めたが、どうしても抑え込むことはできなかった。

信義を示したグループにはマーサー家の顔もあった。翌朝、ロバート・マーサーと娘のレベッカは珍しく公式声明を出し、トランプに対する一家の支持を改めて明言した（一家の献金を望む共和党員には、注意して自分たちの意見を扱えというメッセージが込められている）。「ドナルド・トランプに関する検閲なしの批評には、過去現在を問わず、メディアによる執拗なある試みが反映されており、微に入り細にわたる分析が繰り返し行われてきた。その試みとは支持者をたきつけ、メディア自身が抱いている見せかけの怒りと同じ怒りの火を支持者のあいだに燃え上がらせることにある。トランプがすでに認めているような発言をブッシュ氏に話したかもしれないことについて、本当に驚いている人などいるのか。いるわけがない。ロッカールームの大ボラのような氏の話にまったく関心などないのだ（略）。私たちには救い出さなくてはならない国があり、その国を救うことができる人物はたった一人しかいない。私たちはもとより、この国と世界中のアメリカ人がドナルド・J・トランプをしっかり後押ししなくてはならないのだ[18]」。

土曜日の午後になっても危機はまだ手に負えない状況だとバノンは感じた。記者が訪れて、翌日夕方に予定されているヒラリーとの討論会の方針について問われ、遺憾の意の表明はするのかどうか聞かれたとき、バノンはうろたえることなくこうこたえた。「アタック、アタック、アタック、ひたすら攻め立てるのみだ」。

トランプは土曜日の夜の討論会が待ちきれなかった。バノンもまた、ビル・クリントンの女性問題とそのもみ消しにヒラリーが加担していること、それが世間の通念の許容を超え、政治問題として際立っていることは、ワルキューレ――ブライトバートの若き女性記者たち――との会話を通じ、「集中して取り上げる必要がある」（一年前の時点ですでに発言）と確信していた。スキャンダルを蒸し返し、フェミニズムを奉じる若い世代の女性層を混乱させるのがバノンのそもそもの狙いだ。ヒラリーは彼女たちフェミニストの支持を当てにしていた。しかし、「アクセス・ハリウッド」の録音テープの件を通じ、大統領選にクリントンを告発する当事者を登場させれば事態を紛糾させ、トランプにダメージを与えた録音テープ以上の関心をメディアに抱かせることができる。では、いかに無視できない方法でしかけるのか。鍵はその点に尽きた。

討論会当日の日曜日の午後、開始まであと一時間半というころ、会場となったセントルイスのワシントン大学に詰めかけた記者のあいだで、トランプが会見を開くという話が広まった。会見場に記者が身をよじらせて入室すると、黒いクロスで覆った即製の演壇が用意され、その中央にトランプが座り、両どなりにはベテランの政治記者ならよく知る四名の年配の女性が並んで座っていた。キャスリーン・ウィリー、ジュアニータ・ブロードドリック、キャシー・シェルトン、ポーラ・ジョーンズの四名だ。ウィリー、ブロードドリック、ジョーンズの三名は婦女暴行でビル・クリントンを告訴したことがある。一九七五年、シェルトンをレイプした罪で告訴された件について、判事は当時まだ若手弁護士だったヒラリーに当の男の弁護を命じた。[19] シェルトンはこのときまだ十二歳だった。

トランプが手短に前口上を述べると、四名は順にトランプを弁護するとともに、クリントン夫婦への攻撃を始めた。「トランプ氏には不穏当な発言があったかもしれません。ですが、ビル・クリントンは私をレイプしました」とブロードドリックは申し立てた。「そして、ヒラリー・クリントンは私を脅したのです。これ以上ひどいことはありません」。この公表がもたらした衝撃の様子はケーブルテレビで大々的に生中継される一方、トランプ陣営はフェイスブック経由で配信した。部屋をパンするカメラは、意地の悪い微笑みを浮かべながら、うしろに立っているバノンの姿をとらえていた。

会見した記者は「アクセス・ハリウッド」のテープに関する質問をトランプに浴びせた。にもかかわらず、バノンが仕組んだ鉄面皮で、芝居じみた策略と、クリントンの告発者とともに座るトランプという光景に、「アクセス・ハリウッド」の録音テープがもたらした第一印象は押しのけられた。二日間にわたり際限なく繰り返された録音テープは、いまやトランプの大胆な離れ業にとって代わられていた。コメディアンのビル・コスビーが何十年も前の事件の告発に屈した姿を見て、バノンはカメラ越しに見る証言には、とりわけ訴求力がある点に気づいた。犠牲者の大半は何十年も前に被害にあい、現在はかなりの年配になっていたことで同情はやはり避けられない。同様の反応がクリントンの告発者にも当てはまると考えたバノンは、彼女たちが可能な限りテレビに映るように算段した。

　そのひとつが、客席最前列に用意されたトランプの家族席に四名を座らせるという手口だった。ヒラリーにプレッシャーをかけつつ、四名の姿をカメラの前に置き続けることができる。バノンとクシュナーがこの方法を思いついたのは、九月二十六日に行われた第一回テレビ討論会のときである。ダラス・マーベリックスのオーナーで、億万長者の実業家マーク・キューバンが最前列に座っていたのだ。マーベリックスは忌憚なくものを言うヒラリーの支持者だった。トランプもこのアイデアを認めた。テレビドラマのような消しがたい記憶を残すことがわかっていた。両党の候補者の家族は討論会会場に同時に入場してくると握手を交わす。そのときビル・クリントンは自分の告発者と正面から向き合う状況に置かれる。

「四名の女性はＶＩＰ席に座ってもらうことになっていた。手はずは万端だった。彼女たちにはビルと握手をしてほしかったし、ビル・クリントンがその手を握るかどうか見たかったね」[10]とジュリアーニは説明する。しかし、討論会が始まろうとした直前、大統領選挙討論会委員会の共同議長フランク・ファーレンコがこの事実を知り、トランプのスタッフに計画の実行を禁じる。それにもかかわらずバノンは実行を急《せ》かしたが、結局実現はしなかった。ジュリアーニの話では「ファーレンコは『ノー』と断言し、警備担当に命じて四名を退去させるときっぱり言い放った。私たちがこれを計画したのは、全国放送にふさわしい激突を考えていたからだ」。討論に先立ち、対戦相手との握手は伝統だが、ヒラリーが紹介されたとき、彼女はトランプとの握手を拒んだ。

結局、バノンとクシュナーが準備した計画は信管を抜かれた。それでも大差ない結果を得られたのは、トランプ本人が勝手にこの問題に対処したからである。全国六七〇〇万人が目を凝らしていたその前でトランプは避けようのない「アクセス・ハリウッド」の問題を待ち続けた。そして、いよいよというその瞬間、トランプは反撃に躍り出る。「ビル・クリントンを見てほしい。質《たち》はもっと悪い。私の場合は言葉だけ、だがクリントンは実際に事に及んだ。クリントンの行為――彼が女性に対してしでかした行為は、この国の政治の歴史を振り返ってもほかにはない。それほど女性を虐待した（略）。ヒラリー・クリントンは被害者の女性を攻撃した。しかも、情け容赦なく攻め立てていた。その四名の女性が今夜ここにきている」。

これを聞いたバノンはトランプの恐いもの知らずにあきれた。「本当におそれ入ったよ。ある種の腹ができていないと、こんな芸当はできるものじゃない。それをトランプはやってのけた。まぎれもないハニーバジャーだ。ヒラリーは粉々にされていた」。

性的いやがらせの告発合戦

二日後、トランプの世論動向調査は、バノンの熱狂をかき立てる裏付けをいくつも示していた。選挙運動はいまや見慣れたあのパターンに従っていたのだ。ネガティブな事件（戦死したイスラム教徒の兵士の両親への攻撃、一回目の討論会での拙い応対ぶり）でひと悶着を起こすたびに支持率は落ちたものの、水に沈めた風船の勢いで支持率は上向きに転じ始めていた。九月二十六日の第一回テレビ討論会では手痛い負けを喫して支持率を落としたが、一週間たらずのうちに支持率は上昇している。「アクセス・ハリウッド」の一件が報じられた十月七日、支持率はふたたび下降、しかし四日後にはまたもや回復に向かった。
「アクセス・ハリウッド」の大失態で、選挙運動は表面上、致命的な大打撃を負ってしまった。クリントンの告発者という計略も、矛先を変えるためにしくんだ、人を小馬鹿にした見え見えの策略と思われていた。しかし、陣営内部では、ヒラリーへの攻撃こそ支持率上昇の手段だと顧問団は考えた。もっとも、ヒラリー攻撃を控えたいと願っても、トランプを押しとどめることなどできるはずもない。ただ、同様な事実を示している世論調査も少なからずあった。そのひとつがNBCニュースとサーベイモンキーが十月十二日に実施した共同調査だ。二回目の討論会を見たあと、ヒラリーよりもトランプに対する評価が改善したという回答者の数が増えている事実を示していた。[21]
しかし、同じ十二日水曜日、トランプから強引に体をまさぐられ、キスされたと複数の女性が名乗りをあげてトランプを訴えた。うち二名はニューヨーク・タイムズの一面で公表、三人目の女性はパームビーチ・ポスト紙に対し、トランプに十年前、「お尻をつかまれた」と語った。四人目の女性は雑誌ピープルの元記者で、当時、トランプと身ごもっていた妻メラニアのインタビューを予定していたところ、フロリダにあるトランプの別荘マー・ア・ラゴで、インタビュー前に強引にキスされたという話を記事に起こした。追い打ちをかけたのがミッシェル・オバマだ。翌日のスピーチでトランプに関して単刀直入に言及している。「これは単なる〝ロッカールームの冗談〟などではありません」。ニューハンプシャー州マンチェスターの聴衆に向かってミッシェルは声をあげた。「これは権力を持っている個人が、女性と見れば襲わずにいられない振る舞いをあけすけに語った卑猥な放言にほかなりません」。
思いがけない反撃に、トランプは頭に血をのぼらせた。ウエスト・パームビーチの集会では怒りに満ちた反論を行い、自分を告発する者は〝世界的な陰謀〟の一味の人間だと個人攻撃した。「この権力構造の中心にあるのがあの夫婦の組織だ」と言い放つと、あらかじめ用意されていた発言を繰り出したが、その発言にはバノンの手の跡がうかがえた。「彼らの支配に逆らう者は誰であれ、性差別主義者、人種差別主義者、外国人嫌悪の輩、道徳的に歪んだ者という烙印が押される。彼らはあなたに攻撃を加える。彼らはあなたを讒訴する。彼らが求めているのはあなたの経歴とあなたの家庭の破滅なのだ（略）。彼らが口にするのは嘘、嘘、嘘ばかりだ」。

民主党員は舞い上がった。想像を絶する鉄面皮な大統領候補が、ついに自滅する瞬間を目の当たりにしているのだと思った。ヒラリー支持のスーパーPAC「プライオリティーズUSA」の相談役ポール・ベガラはこの集会を見て、これでトランプも終わりだと断言した。「いまは亡き、偉大なる指導者ネルソン・マンデラの言葉を引用すれば、自ら毒をあおることで、自らの敵を傷つけようと考えるようなものだ。億万長者の大物実業家は、いまや完全にメルトダウンした状態にあった。そして、できるだけ多くの人間を自滅の道連れにしようとたくらんでいた。それは政治的戦略によるものではなかった。しかし、不快を極めた二十六日間を経て、ついにトランプを歴史の灰だまりに追いやることができた[22]」。

グローバリストと愛国主義者の対立

新たな告発者が押し寄せたことで、トランプ陣営は戦時体制に置かれた。トランプ本人はますます落ち着きをなくしていったようである。陣営内部にはバノンが本能的に備えている過剰な攻撃性にかなう者はいない。線引きする必要があるとバノンはスタッフに言った。それは、トランプの〝ロッカールーム〟での振る舞いと、バノンが主張するヒラリー・クリントンがこれまで言いくるめてきた性的暴力との違いだ。「これは合意のもとでの性的交渉や不倫などとはまったく関係はない」。その週の戦略会議でバノンは語った。「狙いはビル・クリントンだ。あの男をビル・コスビーに仕立てあげろ。あの男は性犯罪者で、やつに襲われた女は肉体的に虐待を被ることになる。そして、その犠牲者を恫喝することで主導権を握ってきたのがヒラリーだ」。

ボッシーは記者に手をまわし、陣営はつぎの話を大いに広めていくと説明していた。十一月、ヒラリーは「性的暴行の生存者は誰もがその話に耳を傾けてもらい、心からの信頼を得るとともに、支持を受けてしかるべきだ」とツイートしていた。この主張と、ヒラリーとその支持者たちが、夫のビル・クリントンの告発者を何年にもわたり攻め立ててきた攻撃性と並べてみると、明々白々な偽善だとボッシーは非難した。支持できるような話どころか笑止千万である。

レイプカルチャーが自明のもとでは、こうした事実はミレニアル世代の女性に衝撃を与える。こんな事実が明らかにされれば、ヒラリーに一票を投じようとするミレニアル世代の女性は一人もいなくなってしまうだろう。選挙戦の最後の直線レースに向けた戦略を要約するなら、「もうなりふりにはかまわない」[23]とトランプのある顧問は説明した。

トランプは確かに果敢だった。自分の〝足かせは解かれた〟と、その週に面会した資金調達担当者の一人に言い放ち、ヒラリーに対してどんな攻撃をしかけてやろうか、そんな見通しを楽しんでいるようにも思えた。トランプもバノンも告発者のパレードを指揮するのはヒラリーに違いないと踏んでいた。「ヒラリーに一票を投じるとは、この国の共和政体の存続を脅かしている公の腐敗と汚職、縁故主義にわれわれの政府を明け渡すことに一票を投じるようなものだ。われわれを格別な存在にしているのは、この国が法治国家であり、これらの法のもとでわれわれすべてが平等だからなのだ。ヒラリーの腐敗は、この国がよって立つ原理をずたずたにしてしまった」。

テレビと主要紙の一面では、トランプの劣勢がはっきりと目に見えるようだった。性的な嫌がらせを告発しようと新たな女性が名乗り出るたび、トランプの憤激とさらに敵意に満ちた演説が目玉の記事として書き立てられた。トランプはこうやって、人種差別主義者や反ユダヤ主義者に犬笛を吹いているのだという憶測が添えられていた。ワシントン・ポストのある記事は、メディアの見解を要約する形でつぎのように説明した。「トランプの発言には、この人物を自分たちの擁護者と見るオルタナ右翼の文書に記された国際的な陰謀、罵詈雑言のたぐいが織り交ざっている。ヒラリーが『アメリカの主権を破壊する目的で国際銀行と秘密裏に会い』、メディアや金融機関のエリートも卑劣な陰謀団の仲間というトランプの申し立てに、歴史的な中傷のこだまを聞きとめている評論家もいる」。

しかし、この見解には、有権者は大手銀行や国際機関、メディアや金融機関のエリートに怒りを覚えているのかもしれないという配慮がまったく欠落している。それは、彼らが心の奥底に抱える偏見のせいであり、同様な見解はヒラリーの選挙運動も分かち合っていた。バノンのナショナリズム政治が依拠する軸がこの点だ。その信条を国民戦線のマリーヌ・ル・ペンは「境界線は（もはや）左と右のあいだではなく、グローバリストと愛国主義者とのあいだに引かれている」と語っている。自らの告発者に食ってかかり、監獄に送るとヒラリーを脅しつつも、トランプは選挙戦終盤の演説のなかでこの考えを自身で認めていた。ある集会でトランプはこう語っていた。「世界の国歌などというものは存在しない。世界通貨もない。世界的市民権の証明書も存在しない。これからは〝アメリカン・ファースト〟でやっていく」。

ルネ・ゲノンの伝統主義学派に通じる者なら、トランプはうろつきまわる移民、イスラムのテロリスト、崩壊した国家主権、暗黒の時代への下降――すなわち、カリ・ユガの時代から、見るもおぞましい幽霊を呼び起こしたとわかるはずだ。この幽霊に馴染みのない何百万という人々には、トランプの黙示録めいた演説は、とりわけ力に満ちた表明として受け止められた。トランプは、人々が現状の政治に激しい不満を抱き、自分ならすみやかにそれを刷新できると承知していた。

十月中旬、トランプ陣営の独自調査では、芳しからぬニュースで受けた下降パターンが終息しつつあった。トランプの黙示録的転換、あるいはクリントン家への嫌悪、もしくは告発者の登場に単にうんざりしたせいだったのか。おそらく、これら三つの要因が結びついたからなのだろう。全体的にはまだヒラリーにリードされていた。しかし、データは動き出していた。支持率をさげた州（インディアナ州、ニューハンプシャー州、アリゾナ州）もあったが、ほかの州（フロリダ州、オハイオ州、ミシガン州）では実際にうわむいていた。トランプがヒラリーを論破した十月十九日の三回目にして最後の大統領選討論会の結果、支持率を示す数字はじりじりと上昇していった。

この動きはさらに明らかになり、ネイト・シルバーをはじめとする統計学の専門家も注意を向け始める。十月二十六日、「大統領選は接戦になっているのか」[24]というタイトルの記事でシルバーは自問している。トランプの好感度を示す数字が、共和党内と保守系のブログ「レッドステイト」の趨勢線で上昇している点を踏まえ、慎重ながらもおそらくまちがいないとシルバーは結論をくだした。そして十一月一日、シルバーに疑問の余地はもはやなかった。「まちがいない。ドナルド・トランプは勝利への道を手に入れた」[25]を同日の記事の見出しに掲げた。この記事のなかでシルバーは、全国世論調査にうかがえたヒラリーのリードは、十月中旬から七ポイントから三もしくは四ポイント減少したと言及している。「トランプがリードされている現状は変わらないが、しかし望み薄ではなくなった」とシルバーは書いた。

このころになるとトランプのデータ・サイエンティストも同様の結論に達していた。その後、自分たちのモデルに目を凝らし、さらに一歩進めてみると、有権者の動向はほかのほぼ全員が予想していた姿とまったく違って見えるのを確信した。もしも自分たちが正しければ、大半の専門家が読んでいる数よりも多い、二七〇名の選挙人獲得へと至る道がますますくっきりと姿を現してくる。その道とはアメリカの産業地帯、北中西部を横切って伸びる道にほかならなかった。

バノンもこの点は直感的に理解した。だが、ひとつだけ気がかりな点がある。トランプのデータ・サイエンティストがいまや勝機ありと考える北中西部の諸州で、ヒラリーはこれという動きをまったく見せていない。勝負はまだついていなかったのだ。この年の秋を通して定期的に行ってきたように、何週間にもわたって悩ませてきた問題について、バノンは知り合いの記者を問いただした。「ヒラリーは何をやっているんだ。どんな戦略をたくらんでいるんだ。選挙まであと一週間だというのに、あの女はアリゾナにいる」。

第11章　ヒラリー撃破

塗り替えられた選挙地図

ヒラリー・クリントンは、あらゆる点で選挙を別なふうに見ていた。選挙運動が始まった直後、独自に実施した世論調査は、二〇一二年の大統領選で民主党に投票した一〇〇〇万票は、いまやトランプ支持にまわっていることを示唆していたが、ヒラリーと顧問らはその事実を認めるのを拒んだ。こうした有権者は、いら立ちを抱え、幻滅してしまい、おそらくなんらかの〝メッセージを送っている〟のだろう。しかし、彼らも民主党支持者だ。最後にはヒラリーのもとに帰ってきてくれるはずだ。彼らの説得に、ヒラリーはわざわざ時間や政治資源を費やす必要はない。

そう確信するあまり、選挙戦の最後の数週間という時期に、ヒラリー陣営は共和党支持者が多い赤い州《レッド・ステイト》を遊説し、彼女の理解が及ぶアリゾナ州のような土地を訪れていた。勝利は動かないものと信じ、地滑り的な勝利を望んだが、北中西部については手遅れになるまで放っておかれた。

「私たちはすでに気候変動の影響を目の当たりにしていますが、私には再生可能エネルギーを拡大し、しかもクリーンエネルギー関連の雇用を創設するアイデアがあります。それは海外に輸出できるような仕事ではありません。その仕事とは、まさにここアリゾナで行われることになるのです」[1]。投票日の一週間前、アリゾナ州テンプルで、ヒラリーは一万人の参加者を前にして声を張り上げた。

版図を広げるこの企ては、決してフェイントではなかった。「アリゾナに迎合したわけではない」。ヒラリーの広報部長ブライアン・ファロンはツイートを寄こした。「ここはまぎれもない戦場だ。われわれがテレビに出ていたいくつかの地区よりも、現在ではたぶんもっと友好的だろう」[2]。若者、マイノリティー、郊外に住む婦人など、アリゾナの民主党寄りの組織が二度にわたってバラク・オバマをホワイトハウスに送ろうと表明した。ヒラリーの計画では、当初から同様な協力関係に応じようとしていた。ヒラリーがアメリカの社会運動「ブラック・ライブズ・マター」〔訳註：黒人差別を批判するスローガンで、直訳するなら「黒人の命だって大切だ」。二〇一四年から全国的な運動として拡大〕にかかわり、オバマより広範な規模で不法移民のコミュニティーを国外退去から守ると明言したのも、そうした理由からだった。オバマも勝てなかったアリゾナのような州で過半数を押さえることができれば、ヒラリーに負託される国民の意思はとても大きなものになる。

投票直前の時期になぜヒラリーがアリゾナ入りをしたのか。ヒラリーの動きにトランプ陣営は混乱したものの、トランプのデータ分析員は不在者投票と期日前投票から、投票当日に姿を現すのは年配の白人で、都会よりも地方、政治的信条としてはポピュリストを支持する有権者だと確信するようになっていた。そこでこの予測モデルを使い、別の選挙区にも検討を加えた。ただ、結果がどう出ようとも、彼らにはその結果を信じるよりほかなかった。選挙戦最後の日まで、このことがバノンやほかの顧問を悩ました。とやかく言いながらも、彼らにはそれ以外に打つ手がなかったのだ。

「この選挙でトランプが勝利するなら、それはＥＵ離脱のブレグジット・スタイルの精神構造と、人口動態の傾向をほかとは異なる視点で独自に分析した点が理由となるだろう」。トランプ陣営で働くケンブリッジ・アナリティカの上級調査員マット・オズコウスキーは語っていた。

トランプに友好的な投票率が想定できるようになったことで、選挙地図の構成が変わる。選挙戦の最後の週に向けた戦略も変わった。十月十八日、数値を再検討する前の段階では、「激戦州制圧〈勝利への道〉最適化装置」と命名された陣営内の選挙シミュレータは、必要とする二七〇名の選挙人をトランプが獲得する確率は七・八パーセントと弾き出していた。この分の悪さはもっぱら、選挙の行方を左右しそうな多くの州でトランプがリードされていたからだ（差は僅少）。なかでも極めて重要なのがフロリダ州だった。

年配で白人の有権者を織り込んだ予測モデルに置き換えてみた。主要な激戦州の大半で、わずかだが二〜三パーセントのポイントで獲得数に変化が生じている。しかし、勝利の確率は事実上トランプに向き直っていた。フロリダ州、ミシガン州、ペンシルベニア州、ウィスコンシン州などではトランプがリード、もしくは新たに競争力を高めていたからだ。それ以前、ヒラリーにリードされていたり、トランプには勝ち目がないと見なされたりしていた州だった（アリゾナ州の場合、トランプのいずれの予測モデルに従っても、ヒラリーには勝ち目がなかった）。ここではじめて、トランプの勝利への道に灯りがともされた。

何事かがほかにも起こりつつあった。十月二十五日、トランプ陣営の独自調査では、ほぼすべての激戦州でトランプ支持が上向き、この傾向はそれから三日間にわたり継続した。ヒラリーの後塵を拝することから抜け出し、トランプは怒りの長広舌を振るって宿敵をののしった。ヒラリーは「世界的な金融資本、友人の格別な利益、寄付者を金持ちにするためにこの国の主権を破壊する」ことをたくらんでいると非難した。

当初この発言は、巨大なエゴを抱えた男の原初の怒りの表明のようにも見えた。たとえ無意識だったにせよ、トランプ自身は、自らの失態で歴史的な天罰を受けようとしている自分をわきまえていた。しかし、共和党の有権者は、つい二週間前、「アクセス・ハリウッド」の録音テープで選挙戦が致命的な打撃を受けたとき、党のお偉方にも想像できなかった形で反応を示し始めていた。大方の予想に反し、トランプの支持が着実に高まっていったのだ。そして、偽善者ぶってトランプを見捨てた共和党議員は、屈辱的な転向を迫られることになる。

トランプ陣営の顧問の幾人かが、ユタ州選出の下院議員ジェイソン・シャフェッツのざまに快哉の声をあげていた。シャフェッツはメディアへの露出に貪欲で、世情にも敏く、テープスキャンダルのさなかにトランプ支持を真っ先に取り下げた議員の一人だ。「私は支持をやめる。この男が大統領にふさわしいとするのは私の良心が許さない」[3]と十月八日にユタ州のフォックス13ニュースで語ると、その夜遅くにはCNNのドン・レモンを相手に、「妻のジュリーとのあいだには十五歳になる娘がいる。こんな真似をしでかしておいて、パパはドナルド・トランプを支持しているなどと、娘の目を見て言えると思えるのか」[4]と話していた。

この発言から三週間とたたない十月二十六日、有権者のプレッシャーに屈してシャフェッツは急変、ツイッターを通じて「実はトランプに投票する」と宣言した。

FBIはそのメールの存在を突き止めた

それから数日後、爆弾ニュースが炸裂する。十月二十八日金曜日の午後早々のことだった。連邦捜査局（ＦＢＩ）長官のジェームズ・コミーが連邦議会に書簡を送付、そこにはヒラリー・クリントンのメール事件に関連して新たな証拠が現れたと記されていた。「本件とは無関係な事件を通じ、本件調査に関連する電子メールの存在を突き止めた」と書かれていた。〝無関係な事件〟とは、民主党の元下院議員アンソニー・ウィーナーが、ノースカロライナ州に住む十五歳の少女に性的なテキストメッセージを送ったという一件だ。ウィーナーの妻フーマ・アベディンはヒラリーの側近で、ヒラリーからのメールをウィーナーのパソコンに保存していた。このメール事件は七月に終結を宣言し、ヒラリーには「極めて軽率」な行為として、前例のない公然の非難を発表した。そのコミーが、今度はこの一件の捜査を再開すると議会に通告してきたのである。

国務長官時代、ヒラリーは公務で私用のメールサーバーと個人のメールアカウントを使用し、機密文書を敵対的な国外勢力にさらすリスクを冒した。二〇一五年三月二日、ニューヨーク・タイムズが報じて以来、このメール問題は彼女の選挙運動につきまとった。さらに『クリントン・キャッシュ』によるダメージが重なり、ヒラリーの社会的信用は徐々に蝕まれていく。司法省による犯罪調査照会、議会による数え切れないほどの公聴会、悪意に満ちた共和党から間断なく続けられる集中攻撃にもヒラリーは耐え抜いた。すでに過去のことと考えていたはずの論議は、いまやふたたび火勢を増し、大統領選をめぐる白熱のるつぼと化していった。

ヒラリーや彼女のスタッフには信じられなかった。「私たちの人生においてもっとも重要なこの国の選挙まで、あと十一日です」とヒラリーは急遽設定した夕方の記者会見で説明した。「この国ではすでに投票が始まっています。ですから、アメリカの国民はただちに完全な事実をもれなく知る当然の理由があります。書簡のなかで言及されているメールが重大なものかそうでないかはわからないと、

FBI長官自身が話しています（略）。したがって、当局は懸案となっているこの問題について、それがなんであれ、即刻説明する義務があります」。

トランプ陣営ではお祭り騒ぎだった。時ならぬ新事態をめぐり、われ先にコメントを求める記者からのひっきりなしのメールがバノンのもとに寄せられた。本人はコメントを控え、「コミーの台詞をまちがえるなよ」と返信した。ケーブルニュースのネットワークが、この新事態は「デフコン1」［訳註：アメリカの戦争準備態勢を五段階に分けた指標で「5」は平時、「1」は非常時を意味する］に相当すると指摘したが、トランプ陣営にとって最悪な事態とは、どのような形であれこの話題から注意がそらされる点につきた。

このニュースが流れたころ、トランプはニューハンプシャー州マンチェスターの集会を訪れ、ちょうどステージに登壇しようとしていた。講演台を前にしたトランプはさっそくこの話題を披露する。ネットワークニュースが何を待ち望んでいるかはトランプにもよくわかっていた。「極めて重要な最新ニュースをお伝えすることから話を始めなくてはなるまい」と口火を切った。「FBIが」――とひと呼吸置くと聴衆から歓声があがる――「連邦議会に書簡を送り、前国務長官ヒラリー・クリントンの調査に関連する電子メールを新たに発見したことを伝えてきた」。そう言うともう一度ひと呼吸置く。〝ヒラリーを監獄へ〟のシュプレヒコールが会場を席巻する。「アメリカ合衆国の安全保障を脅かす違法かつ不法なヒラリーの行為に対し、当局はふたたび捜査を開始する。ヒラリー・クリントンの腐敗はわれわれがこれまで目にしたこともない規模だ。ヒラリーの悪巧みを大統領執務室に決して持ち込ませてはならない」。

つぎの開催地メイン州リスボンに到着するまでには、ヒラリーが置かれた苦境を言い表した絶妙なキャッチフレーズをトランプは思いついていた。「これはウォーターゲート事件以後、最大規模の政治スキャンダルだ」。

それから十一日間、トランプは考えを集中させていた。ここ数カ月間、なかなか気持ちを集中させることができなかった。最後の土壇場を迎え、〝アメリカ第一主義《アメリカン・ファースト》〟ナショナリズムといったバノン流のスタイルを激賞する型を守りつつ、ヒラリーの人格や腐敗には巧妙な糾弾を繰り広げてきた。心に弾みがつく理由もあった。独自調査の結果、コミーの書簡以前からすでに支持率が上昇して、どの州においても急速な右肩あがりを示し、いまもまだ支持率を伸ばし続けていた。

十一月三日、「コミー効果」に関するレポートがトランプ陣営の最高顧問のあいだで閲覧された。「クリントン元国務長官への捜査再開による最新の事態に伴い、最後の数日間は有権者の心理状態を左右するうえで極めて重要」と書かれていた。「当初の調査による数値はヒラリー支持の減少を示し、支持はトランプ氏へとシフトするとともに、今回の大統領選に本質的な影響を与えていることを示唆している」。

コミーの書簡から五日を経過していたが、ほとんどの州でトランプはヒラリーにリードされていた。陣営の予測モデルも勝利の確率は改善してはいたものの、落選の確率が依然としてうわまわっている。つまり、コミーの書簡も万能薬ではなかった。レポートでは、コミー書簡による影響は実質的に一部の地域を除いてすでに平準化されていると指摘されていた。さらに「ペンシルベニア（PA）、インディアナ（IN）、ミズーリ（MO）、ニューハンプシャー（NH）の四州は上昇を継続しているが、本日以降、多くの州で何が〝天井〟なのかを意識しなくてはならない」と訴えている。「これら四州については、継続的な運動がどこに至るのか、それについて前向きな理解を得るため、引き続き追跡調査を進めていく」。

ダブルヘイターたち

両陣営とも本選挙期間中を通じ、最終的に選挙の行方を左右する有権者グループの獲得にしのぎを削ってきた。メディアは今回の大統領選の特徴を如実に示す顔となる人たちの存在に目を凝らした。トランプへの投票が見込まれる疎外された工場労働者、はたまた女性大統領の誕生を望む年配の婦人。しかし、双方の陣営で繰り広げられた実際の争点は、有権者にすればやはり生彩に乏しかった。

トランプ側のデータ分析員は、投票者にニックネームを授けた。〝両候補嫌い《ダブルヘイター》〟だ。いずれの候補者も好きではないが、昔から投票所に足を運ぶ人たちがいる。かなりまとまった塊で、トランプ陣営のスタッフが取り込められると想定する、十七の激戦州の有権者一五〇〇万人の三〜五パーセントを占めている。大統領選早々の時期、世論調査では多くの有権者が第三党の候補者ゲーリー・ジョンソンを支持していた。しかし、アレッポ（シリア内戦のさなかに包囲された都市）を知らないと認めたことを含め、一連の失態がテレビで報じられると、大勢の支持者がジョンソンを見限った。トランプのデータ分析員が〝両候補嫌い〟の存在にいらついていたのは、彼らの腹づもりがなかなか読めなかったからである。世論調査員の質問を拒み、決めかねていると断言する者が大勢いた。

ヒラリー陣営では、こうした取り込み可能な有権者の大半は〝ご都合主義の共和党員《ポケットブック・リパブリカン》〟と考えていた。つまり、一家のやりくりの問題に駆られて投票はするが、本心ではトランプの人種差別や性差別をめぐる放言を苦々しく思っている人たちととらえた。八月の〝オルタナ右翼〟演説でヒラリーがもぎ取ろうと考えていたのがこうした有権者である。

「だが、こうした有権者はとにかくつかみどころがなかった。世論調査員にはヒラリー寄りであるとか、トランプ寄りとこたえるなどどっちつかずで、その週のニュースの流れに左右されていた」とヒラリー陣営の広報部長ブライアン・ファロンは言う。「コミーの書簡がもたらした副産物でもこれが一番の影響だ。選挙運動も大詰めのころ、論争で気がついた一番悪い点を参加者に書きとめてもらうノートには、有権者のそんな気まぐれが見て取れた。こちら側に取り込んだはずの共和党寄りの有権者が、本選挙の期間中、最後にはトランプのもとに戻った」。

両陣営に違いは多々あるとはいえ、この点では両者の意見はおおむね一致している。コミーの書簡はダブルヘイターにある種の決断――ヒラリー支持の大半の有権者が選挙には行かず、自宅にとどまることを選択――を最終的に選ぶように仕向けてしまった。ケンブリッジ・アナリティカのマット・オズコウスキーは、「日の当たりにした現実をきっかけに、トランプ支持の代わりに反ヒラリーへの反対票が高まっていった」と言う。「彼らも最後には屈託なくその思いを調査員に認めた。ダブルヘイターやぎりぎりまで決めかねていた有権者が心の底のどこかで、たぶんトランプに投票するだろうと思ったそのとき、世論調査や実態調査には彼らがトランプ支持へと一挙に向かったことがうかがえた。いまや有権者には十分な理由があったのだ」。

そして、ヒラリーには彼らを押しとどめられる手段はなかった。

「トランプ‼ トランプ‼ トランプ‼」

十一月七日の真夜中を迎えようとしていた。ミシガン州グランドラピッズのデボスプレイス・コンベンションセンターでは、押しかけた聴衆がそわそわしながらトランプを待ちわびていた。明日が投票日というこの日、トランプは選挙運動のために数多くの州を遊説してまわり、運動はまさに佳境に達していた。フロリダ州、ノースカロライナ州、ペンシルベニア州、ニューハンプシャー州を経て、ミシガン州が最終の集会地だった。遅まきながら、厳しくなる選挙戦の危うさにヒラリーも気がつく。ヒラリーもペンシルベニア州（二回）、ノースカロライナ州をまわり、この日は早々のうちにグランドラピッズで遊説を行っていた。

トランプ登場に先立ち、迷彩柄のジャケットに帽子姿のテッド・ニュージェントがステージにあがり、エレキギターで「星条旗」を演奏、「これがミシガン流だ」と叫んだ。零時過ぎ、マイク・ペンスが講演台に立ち、「それではつぎのアメリカ合衆国大統領をご紹介する。ドナルド・トランプ」。「ご存じのように当地の訪問を決めたのは十二分前だ。そして、この会場をぜひ見てほしい。これを信じてもらえるだろうか」とトランプは声をあげた。「ジェイ・Zもビヨンセもいらないし、ジョン・ボン・ジョヴィも必要ない。レディ・ガガだっていらない。必要なことは、アメリカをふたたび偉大な国にする優れたアイデアにつきるのだ」。

トランプは、大統領候補として最後のこのときをお馴染みになったキャッチフレーズで語り通した。時にはもの言いたげに間を置きながら、聴衆のエネルギーを一身に浴びていた。「あと数時間のうちに一生に一度の変化が起こる。今日は私たちの独立記念日だ」。

「今日、アメリカの労働者階級が反撃に転じる」と口にすると、その考えに感極まった。「いまこそ選挙のとき。これが信じられるか。今日なんだぞ」。

やがてトランプと聴衆は、決起集会ではお馴染みのあの掛け合いのリズムに声を合わせていた。

「この国で大統領になろうとした人間のなかでヒラリー・クリントンほど腐った人間はいない」

――ヒラリーを監獄へ!!　ヒラリーを監獄へ!!

「赤ん坊からキャンディーを盗むように、われわれの仕事が奪われている。こんなことはもう二度とごめんだ」

――ブー!!

「かつてこの国の車はミシガンのフリントで作られ、メキシコの水は飲むこともできなかった。ところがいまはどうだ。車はメキシコで作られ、フリントでは水さえ飲めない。なんということだ」

――トランプ!!　トランプ!!　トランプ!!

「私たちは都心の町を昔のように戻そう。しかもただちに。安全な町がどこにもないからだ。パンを買いに歩いていく途中で撃ち殺される」

「トランプ政権はアメリカ国境の守りもしっかり固めよう。ひときわ大きな壁を国境に建設しよう」

――壁を建てろ!!　壁を建てろ!!

ここでトランプは講演台から数歩退き、両腕を広げて聴衆に微笑みかけると、「夜中の一時、こんな時間でも差し支えがなければ、ひとつだけ質問させていただきたい」と口にした。「その壁の代金は誰が払うことになるのだ」。

――メキシコ!!

「そう、一〇〇パーセント、メキシコ。彼らはまだわかっていないが、払うのは彼らだ」

最後はあの有名な決め台詞だった。聴衆の帽子に刺繍され、会場中に掲げられているプラカードにも記されたあの決め台詞だ。「この国の都市という都市、この国の町と町、この国で生きるアメリカ人一人ひとりに私はもう一度固く誓おう。アメリカをもう一度強い国にしよう。アメリカをもう一度安全な国にしよう。アメリカをもう一度偉大な国にしよう」。

そう言うとトランプは聴衆に向かって最後のお願いを伝えた。

「さ、早く眠ってくれ。すぐにベッドに行ってくれ。目が覚めたら投票に行ってくれ」

投票日当日、トランプ陣営の予測モデルはおそらく当選はできないと示唆していた。顧問のなかには当選確率は三〇パーセントと言う者がいた。四〇パーセントは届くと唱える者もいた。少なくとも一人の顧問は、「奇跡でも起きない限り、われわれに勝利はない」と口にしていた。

それから、世界は逆さまにひっくり返る。

ハリウッドにおあつらえ向きの現実

選挙を終えた翌日、バノンはほとんど眠らずに朝を迎えた。降って湧いた勝利、ステージに向かうトランプ、そのタイミングでかかってきたヒラリーの祝福の電話はまさにドラマだった。祝勝パーティーは、「アメリカをもう一度偉大な国に」の帽子をかぶり、酒を飲んでどんちゃん騒ぎで浮かれていた。その様子を凝視するバノンの双眸《そうぼう》はスポットライトの光を反射してぎらついていた――ただ、本人は早くこの場を立ち去りたかった。

しかし、太陽がマンハッタンの空にのぼろうとしているいま、一切合切はまさしく描いた台本通りだったとわかった。「トランプのメッセージにとって、ヒラリー・クリントンに勝る引き立て役はいなかった」。この言葉を聞いた記者は驚いた。「メール事件に始まり、ウォール街の銀行家が気前よく払っているヒラリーの講演料やＦＢＩの問題など、中流階級のアメリカ人にはもううんざりだという話をことごく体現していたからだよ」。

　そのツボは、迫りつつあるヒラリー失墜に誰も気づいていない点にあった。「連中は心底たまげていたな」とバノンは笑いながら語った。クリントンの最大の失敗——つまり民主党の最大の失敗——について、九〇年代の反クリントンの中傷戦に没頭する共和党の姿を見て、バノンにはよくわかっていたのだ。この中傷戦で共和党は「義はわれにあり」と酔いしれ、アイデンティティー政治に立脚するメッセージはいずれ勝利し、〝嘆かわしい人たち《デプロラブルズ》〟を押し流していくのだと思い込んだ。自らの幻想にとらわれたあまり、その考えに異を唱える何百万の声に共和党は耳を傾けようともしなかった——「それは君のようなメディアの人間も変わりはなかった」とバノンは記者に言い添えた。

　今度はトランプがその幻想を粉砕した。そして、ヨーロッパ大陸とグレート・ブリテンを席巻した波はアメリカの海岸に打ち寄せ、音を轟かせながら砕け散った。「トランプこそ、台頭するポピュリズムのリーダーだ」とバノンは誇らし気に明言する。「トランプが体現しているのは復興、すなわち本来のアメリカ資本主義の再生で、国家が後押しする社会主義に対する革命にほかならない。おいしいところはエリートが全部さらって、そのつけは労働者や中流階級のアメリカ人に押しつけてきたからな」。バーニー・サンダースも警告をしていたが、民主党は耳を貸さなかったし、仲良しの縁故資本主義とも手を切らなかった。「トランプはそれを見て取り、この国の人間もそれを見ていた。そして、それを粉砕するために彼らは立ち上がった」。バノンはそう言い切った。

　早朝から威勢はよかったが、その声には本人でさえまだ心から信じていない響きがこもっていた。実際、それはおいそれと信じられるような話ではなかった。

　アメリカの歴史において、もっとも壮大な逆転劇にバノンが果たした中心的な役割を踏まえつつ、記者はこの出来事はまさにハリウッドにおあつらえ向きではないかと水を向けた。

バノンは、心から愛してやまない映画『頭上の敵機』の名優グレゴリー・ペックさながらの調子で、間髪を容れずにこう切り返した。

「君なあ、悪党が勝つ映画なんてハリウッドは作らないんだよ」

おわりに　暗黒の時代

選挙戦直後の衝撃的な余波のさなか、大統領バラク・オバマがホワイトハウスのローズガーデンに姿を現した。国民に平静――この国は無傷のままだという根源的な信頼感を求めるために声明を発表するが、そう語る本人が激しく動揺しているのは隠せなかった。オバマは説いた。「太陽がのぼりました。長い夜を誰もが過ごしたことでしょう。私もまたそうです。昨晩――午前三時三十分ごろ、次期大統領と話をする機会がありました。当選の祝いを伝えようと考えていました」。

翌日、大統領執務室に二人の男の姿が認められたとき、世界はまるで鏡の向こう側に滑りおちてしまったように思えた。トランプはバノンをただちに首席戦略官に任命、政府の各部門はことごとく共和党に占められていく。政治的な規範という規範に食ってかかるトランプの能力を持ってすれば、いまやすべてが可能だ。たったいま起きたそのあとで、誰がそれに異を唱えることなどできようか。

大統領就任から数日、ホワイトハウスのトランプ政権は、回復不能な混迷とスキャンダルに突き進んでいった。おそらく抜け出せることは決してないだろう。創造力に恵まれたアメリカ政治の再構築家バノンは、ホワイトハウスのウエストウイング（西棟）の壁の向こうから、トランプの〝公約〟を記したペーパーを矢継ぎ早に打ち出している。その戦略はいつもの通りの猛攻であり、今回は〝システムに揺さぶり〟をかけ、連邦政府の舵をこれまで以上にナショナリズムを重んじた方向に切り替えることを急いでいる。トランプの力を打ち出したこの路線について、バノンは〝衝撃と畏怖〟［訳註：「衝撃と畏怖」は二〇〇三年のイラク戦争の際に米国が命名した作戦名］と呼んだが、バノンは意図して皮肉を交えたと私は見ている。

しかし、トランプのあいつぐ振る舞いはただちに問題を引き起こした。大統領就任から一週間して早くも飛び出してきたのは、イスラム圏主要七カ国からの移民を禁じるという大統領令の署名だった。これに対して全米規模の抗議が湧き起こり、各裁判所が入国制限を阻んだ。それから二週間後には国家安全保障問題担当大統領補佐官のマイケル・フリンがロシア疑惑を理由に解任され、立法上最初に行った主要な取り組みのはじめての破綻となった。さらに医療保険制度改革（オバマケア）の廃止案、連邦捜査局（FBI）長官ジェームズ・コミーの解任、ウエストウイングは密告とリークがはびこる毒蛇のねぐらにたちまち化していった。

一転して破綻へと向かうこのさまは、まったく予想できなかったわけでもなければ、驚くようなことでもなかった。しかし、敵を抑え込んで勝った候補者としての成功に比べると、その違いはやはり際立つ。新聞の一面を飾り、他の政治家なら圧倒されるしかない力にもトランプはほとんどびくともしなかったときとは歴然たる違いだ。

選挙運動では変わらずに繰り出されてきたバノンの途方もない策略は、ヒラリー・クリントンという標的を見失ったいま、手品の種もどうやら品切れしたようである。政府機関は、共和党やケーブルテレビのニュースのようにトランプやバノンの喧嘩腰でどうにかなるようなものではなかった。裁判所、連邦議会の右派強硬派、自らの経験不足、トランプの不用意なツイート、自分たちが監督するはずの官僚制度に絶えず足元をすくわれ、あるいは攻撃にさらされている。こうした失策がホワイトハウス内で積もりに積もった結果生じた危機によって、バノンは影響力の大半を失い、間もなくトランプの大統領職も脅かされていった。

任期早々にもかかわらず、熱心な支持者がトランプの大統領職に描いた可能性は、すでに大半がなしくずしにされてしまったようにも思える。トランプ政権がなぜこれほど急速に混沌に陥り、迷走を深めていったのか、そこには主に三つの理由があるように私には思える。

大統領であることは、支配を主張することだとトランプは考えている。

共和党の大統領候補に決定した直後、トランプは私に対して自らの政治観にかかわる話を具体的に語り、それに伴う多くの困難について切々と訴えた。トランプはこう語った。「私がかかわっているのは非常に特別な才能に恵まれた人間だ。ラスベガスのカジノ王スティーブ・ウィンと取引している。投資家のカール・アイカーンとも取引している。（あんな政治家を）一掃する殺し屋《キラー》とも取引している。カテゴリーはもちろん違う。これは——本人が言う政治という意味で——レベルで言えば十九段階も劣るカテゴリーだ。私が何を言いたいのか、君ならわかってもらえるだろう。すばらしい殺し屋たちだ」。

トランプは政治をビジネスと同一視し、大統領職を大物CEO、つまり〝殺し屋《キラー》〟が手がける仕事と同じものと見なしている。政権の要職には似たような考えの持ち主をずらりとそろえた。経済担当大統領補佐官のゲイリー・コーン、商務長官のウィルバー・ロス、スティーブ・バノンである。いずれも攻撃的で傲慢な男たちで、その地位を通じて思い通りに振る舞ってきた。しかし、政府の経験など誰も持ち合わせていないので（ウエストウイングのオフィスにいる大半の者も同じ）、政権運営に対するこうした向き合い方がどんな問題を招くのか読める者がいない。

トランプが自己に抱いている、自分は「アプレンティス」の万能のボスというイメージは、現代の大統領職に関する根本的な実態、つまり、連邦議会が大統領を必要とする以上に、大統領は議会の協力を必要としている現実から目を遠ざけることになってしまった。トランプの支配本能など役に立たないのは、連邦議会に属する議員の職務と責任は、もっぱら彼らの有権者によって保証されているからだ。そして、上長のボスである自分への忠誠の誓いを拒絶したＦＢＩ長官コミーを解任したとき、それは破滅的なしっぺ返しとなってトランプを見舞っていた。

トランプは共和党、ウォール街、下院議長ポール・ライアンと対立していたが、のちに彼らとの協議事項を受け入れている。

ポピュリストは権力を求めて大いに戦ってきた。しかし、トランプは公約したポピュリズム革命を主導しようとはしない。五月、トランプは私に向かい、共和党を「労働者の党」に変えていくと話していた。しかし、ポピュリズム特有の言辞は口にする一方で、本人が取り上げる立法議案はポール・ライアンあたりが出してくる保守系のありきたりな内容だ。共和党の予備選のさなか、抜け目のないトランプはこれが攻めどころになると感づいた。ライアンは富裕層のために金融資産の減税を実施することを念願としてきたが、そのために必要な社会保障制度やメディケイドなどの予算削減は、党の支持基盤である白人のブルーカラー層を傷つけることになる。

トランプはこの件について直接ライアンに確認したと私に話した。「こう言ったんだ。『共和党が社会保障の予算削減』を唱え、民主党が『われわれは社会保障制度を維持して、さらに手厚くします』

と言っているなら、党が民主党の鼻を明かす手立てなどあるわけはない」。

しかし、トランプが議会に対して最初に働きかけたのは、医療保険制度改革法つまりオバマケアの廃止を求めるライアンの法案だった。高額所得者の減税のために、この法案で二四〇〇万人をカバーする医療保険がなくなり、また低所得者向けの医療保険制度であるメディケイドも大幅に削減される。メディケイドはトランプの労働者階級の投票者に利益を与えていた。

法案はまったく支持されなかったばかりか——コネティカット州のクイニピアック大学が三月に実施した世論調査では法案を支持したのはわずか一七パーセントの国民だった[1]——民主党の反対を草の根レベルまで奮い立たせ、反トランプへと駆り立てていった。バノンがこの法案に賛成したのは、ライアンがナショナリズムに転向したと考えたからで、そうであるなら北中西部の選挙人に対し、共和党は圧倒的な支配力が得られると信じた。また、ライアンの輸入税の創設という税制計画は「もっとも実現可能なナショナリズム的な計画」で、しかもかつての政敵がその計画をやり遂げてくれる。

民主党の指導者が心から恐れたのは、トランプが公約を守り、自党の存在を危うくしかねないポピュリズムの反乱を率いることだった。「何をやろうとしているのかはわかっている。だが、そんな真似をさせるつもりはない」。政権が発足した早々のある日、民主党の指導者でニューヨーク州選出の上院議員チャック・シューマーはバノンに断言した。

シューマーの恐れとは、トランプが打ち上げた一兆ドルのインフラ建設法案を始動させることだった。道路を整備して橋梁を架設する巨大プロジェクトは、トランプがまとう〝建設者〟のイメージに見事に一致する。そればかりか、実際に恩恵をもたらし、民主党が頼みとする組合票を取り込んで、〝アメリカ第一主義ナショナリズム〟が意味する実例を体現することになる。もっとも、蓋を開けてみれば、シューマーも気に病む必要などなかった。

トランプはナショナリズムを信じておらず、ほかの政治理念も抱いていない——本人は根源的にエゴの塊だ。

何年にもわたりトランプはポピュリズムに関するテーマを繰り返してきた。貿易交渉においては、海外の競合他社によってアメリカは収奪され続けている。エリートも政治家も能なしのペテン師だ。ただし、それは政治に関連する一連の言質というより、ある種のマーケティングキャンペーンのような意識に基づいた表現である。ナショナリズムではもはやこれという反応を引き出せないと覚るや、トランプはさっさと見切りをつけ、四月には「私はナショナリストであり、グローバリストである」と言い放ち、矛盾などどてんで気にしていない様子だった。本心においては、トランプはこれという指針を抱いた政治家というより、世間の称賛に煽られた日和見主義者《オポチュニスト》なのだ。

それを早々に示したのが、政権をゴールドマン・サックスのベテランで固めようと決めた点である。選挙中、ゴールドマン・サックスを非難していたにもかかわらず、トランプは自分に尽くそうと望む彼らに満足を覚え、助言に耳を傾けることもやぶさかではなかった。その結果、バノンのような〝ナショナリスト〟と、商務長官になったゴールドマン・サックスの元トップ、ゲイリー・コーンのような〝グローバリスト〟とのあいだで軋轢が生じていった。これは選挙運動中には見られなかった亀裂である。

トランプ政権の上級顧問という最高位にあったバノンだが、その失墜は政治論争の結果によるものではない。バノンの存在が自分の存在感を脅かすようになったことに対するトランプのいら立ちにほかならなかった。実際はバノンが采配を振るっている、と世間が見なしていることにトランプは激怒していた。タイムの表紙を飾った有名な〝トランプを操る男《グレート・マニピュレーター》〟がバノンである。それから間もなくしてバノンはこれという儀式もないまま解任された。だが自身の役割は継続してしだいに影響力を取り戻していった。トランプといえば、ニューヨーク・ポストのインタビューで「スティーブは好きだが、思い出していただきたい。彼は選挙戦の終盤になって私の陣営に参加した」と語り、「戦略家は私自身なのだ[2]」と言い放っていた。

世界のある特定のグループには、「トランプ」というブランドはそれだけで強い訴求力を帯びている。その力はアメリカの政治史上かつてない混乱を引き起こすほど十分なパワーを秘めていた。この騒動以前、そのブランド力はドナルド・トランプと手を組めるということで、マイアミからはるかモスクワ、ドバイ、アゼルバイジャンに及び、さまざまな地でビジネスパートナーを呼び込んできた。声のかけ方はいつも同じだ。パートナーシップを組めばたがいにうま味のある話がまとまる。しかし、たいていの場合、最後はパートナーの失望で終わっていたようだ。

トランプ政権が迷走を続け、政権周辺でスキャンダルが噴出するたび、選挙運動中に掲げていた強固なナショナリズムの実現という計画を遂行するなど、ますます遠ざかっていくように思える。もっとも、かりにトランプがその気になったにせよ、実現させるのは容易なことではないだろう。

とはいえ、歴代の大統領という大統領がアメリカの政治の等高線に変化をもたらしてきた。トランプもその例外ではないはずだ。ただし、それはトランプと手を組んだときにバノンが思い描いたほど好戦的なものではなく、かならずしもバノンが望んだ方向でもないだろう。だが、トランプ退陣後の共和党で、自由貿易と移民の門戸開放はますます困難になるのはまちがいないはずだ。そして、おそらくさらに大きな影響とは、ジェフ・セッションズの司法長官就任であり、ポピュリスト・ナショナリズムを奉じる者たちが是認する形で何年にもわたって問題を残すことになる。
トランプとの取引がつぶれると、そのたびにビジネスパートナーは落胆した。だからとはいえ、バノンとバノンが代弁する軍団もまた同じように気落ちして終わるだろうとは、容易に想像できるようなことではない。

二〇一七年六月五日

謝辞

二〇一六年十一月八日、世界はぐらりと動いたとほとんどの人がそう感じた。もちろん私もその一人だ。だが、最前列の席にいて、やがてトランプが大統領就任に至る多くの出来事を目の当たりにし、数年をかけてそれに加担した多くの人間を知ることができたのは、トランプの大統領就任に劣らず奇妙な出来事だった。

選挙が動き始めた時点から、私は記者としてトランプの運動をカバーするために取り組んできた。からかい半分の好奇心を交えながら、この物語の案内役として投票日まで続くジェットコースター——急上昇もあれば急下降のときも——に乗り合わせることになる。もちろん、選挙はローラーコースターなどではない。しかし、このローラーコースターに全員が乗り合わせてしまったのだから、今回の物語についてきちんと話しておくことにも価値があるのではないだろうか。

本書はブルームバーグ・ビジネスウィークの編集者ジョッシュ・ティランジェルがいなければ世に出なかった。調査のため八カ月の時間をかけ、元ゴールドマン・サックスの銀行員で、この国の政治を転覆させる壮大な計画を描いた人物をめぐり、八〇〇〇語の特集記事を物する許可を与えてくれた。スティーブ・バノンは当時まだまったくの無名だった。自分が担当するライターに対し、この種の信頼を示す編集者はめったにいるものではない。ジョッシュほどの評価を得ている編集者がいないのはそうした理由からだ。

エレン・ポロック、ブラッド・ウイナーズの二人もジョッシュのカテゴリーに連なる編集者で、この記事をビジネスウィークのカバーストーリーに置いたばかりか、忘れがたい見出しを添えてくれた（「アメリカの政治史上、この男はもっとも危険な策謀家」）。当時、この見出しはほかの誰にもまして事の本質を深くとらえていた。

敬愛するストーリーエディターのジョン・ホーマンズにも格別のお礼を申し上げる。当初の記事を見違えるほど優れたものにしてくれただけではなく、各章についても目を通し（こちらも大幅に改善）してくれた。また、ブルームバーグの上司たちにも心からのお礼を申し上げる。マイク・ブルームバーグ、ジョン・クルスウェイト、レト・グレゴリー、ウエス・コソバの各氏には、記憶している限り、もっとも報道が過熱した大統領就任直後の期間に本書を執筆する時間を許可していただいた。

また、職務上の義務をはるかに超えて情報や専門知識を提供してくれたブルームバーグの現同僚や元同僚にもお礼を申し上げる。とりわけザカリー・ミダーは、ロバート・マーサーとレベッカ・マーサーについて、他の記者に先駆けて取材を行い、このテーマにかけてはもっとも事情通のジャーナリストであるのはまちがいない。二〇一五年に行われたマーサー家のクリスマスパーティーの様子は、ミダーの惜しみない資料と現場の情報の提供をもとにして再現できた。また、マーサー家に関してはミダーの労作をもとに書かれた部分がほかにも何カ所かある。

サーシャ・アイゼンバーグは他には代えがたい協力者であり、大統領選の追い込み期間中はよき旅の相棒になって、そのまま投票日翌日の朝ぼらけへと突入、ブルームバーグのためにトランプがどうやって勝ち抜いたのかその全貌を二人で明らかにした。データ分析やモデリング、選挙運動をめぐる最先端の調査報道に対するサーシャの比類ない知識（さらにそれらを平易な言葉で説明する彼の能力）で私たちの記事、ひいては本書ははるかによいものになった。私一人ではここまでできなかっただろう。

ジェニファー・エプスタインは選挙運動の報道に関しては歴戦の強者で、ヒラリー・クリントンに最後まで同行した。彼女もまた取材資料や収集した情報を惜しみなく分け与えてくれた。フランスのインテレクチュアル・ヒストリーと反近代主義の思想について教示してくれたマーク・リラにもお礼を申し上げる。マーク・セジウィックには伝統主義学派の興味深い歴史と、バノンの伝統主義学派への傾倒に関する本書の原稿について、忌憚のない意見を聞くことができた。

起業国家アメリカで「アプレンティス」支持の歴史とトランプが魅了した多文化の視聴者の存在を知りえたのは、記者冥利に尽きる予期せぬ領域で、もっとも興味を引かれた点のひとつだ。トランプの視聴者にリベラル派が多いことに目を配るようになったのは二〇一一年、ウィル・フェルタスのご教示によってだ。オバマ元大統領の出生疑惑《バーセリズム》が燃えさかっていたころである。以来、ウィルとナショナル・メディアのスタッフは、私のために興味深い動態調査を何度か実施してくれた。そのたびに私は感謝した。また、ケロッグ経営大学院のエリック・レイニンガー（マクドナルドの元最高マーケティング責任者）にもお礼を申し上げる。「フォーチュン５００」に掲載される企業がどのように出広先を決定するのか教えてもらうとともに、放送開始数年のあいだ「アプレンティス」の広告の買い付け作業を含め、関係する数社を紹介していただけた。ユニワールドの最高経営責任者モニーク・ネルソンにもお礼を申し上げる。プライムタイムのテレビ放送でマイノリティーが示す意義について、ご本人の洞察をうかがうことができた。ビジネス誌の記者として、彼女ほど明晰で思慮に富んだＣＥＯ

にはお会いしたことがない。有益なお話をうかがえたQスコアズの執行副社長ヘンリー・シェーファーにも感謝を申し上げる。

本書は私が大統領選中に書いた記事がもとになっている。記事は才能あるジャーナリストチームが担当し、編集作業を行ったうえで発表された。チームにはマイク・ニーツァ、エリザベス・タイタス、ケリー・ベア、アリソン・ホフマン、マシュー・フィリプス、ハワード・チュアーアンがいる。また、ブルームバーグのテレビ番組「お言葉ですが」で私が担当するコーナーを通じ、情報源と関係を結んだり、あるいは深めていったりすることができた。その機会を授けてくれたマーク・ハルペリン、ジョン・ハイレマンにお礼を申し上げる。MSNBCのニュース番組「モーニング・ジョー」の司会ジョー・スカーボロ、ミカ・ブルゼジンスキー、ジェシー・ロドリゲスに感謝する。「たいていの取材は控え室で行われている」とはワシントンのジャーナリズムをめぐる古い言い伝えだが、今回もそれにまちがいはなかった。この場に頻繁に訪れる機会を設けてくれたブルームバーグの記者レイチェル・ナグラー、ジュリア・ウォーカーに感謝する。

ブラッド・ストーン、デビッド・フラム、ジョナサン・ケリーからは有益な助言と的確な批評をいただき勇気づけられた。ペンギンブックスの担当編集者スコット・モイヤーは愉快な仕事仲間で、彼が本書のあらましを説明したはじめての打ち合わせから原稿を書き上げるまで、その様子に変わりはなかった。本書の原稿が書き上がる最後の日々、時として私にもトランプ的混沌とも思える場合もあったが、実際はこれぞ編集という見事な出来映えを誇示することになった。以上の作業では、クリストファー・リチャーズ、キアラ・バロー、リズ・カラマリ、ビル・ピーボディー、カレン・メイヤー、アン・ゴッドフ、マット・ボイド、セイラ・ハトスン、トリシア・コンリー、ジョン・ロートン、クリストファー・デュフォルトといった方々にご協力をいただいた。ダレン・ハガー、アマンダ・デューイのお二人にもお礼を申し上げる。

何十名という才能ある記者によって選挙運動の記事が報道されている。今回もその例外ではなかった。あまりに数が多いので個々の記者の名前をあげることはできないが、改めて一人ひとりにお礼を申し上げる。アメリカの政治に対する私の理解は、彼らのこうした労作によって成り立っている。また、トランプのスタッフや顧問、当局筋の各氏には新旧にかかわらずお礼を申し上げる。そのなかには、人目をはばかりトランプタワーの食料庫で話を交わした方もいる。人に利用されることが多い人たちなので、ここでお名前をあげるのは立場上適当ではないため、みなさん全員へという形でお礼を申し述べるだけにとどめる。また、ブライトバート・ニュース、政府アカウンタビリティー協会（GAI）、フォックス・ニュースの関係者からもご協力を賜ることができた。

私の代理人であるゲイル・ロスは有能な人物で、今回の執筆をすばやく企画化しただけではなく、精神的にも家族との兼ね合いの点からも、自殺行為にならないように取り計らってくれた。友人や家族の支援だけではなかった。ダイアン・ロバーツは犬の鳴き声と落ち葉集めのリーフブロアーの騒音を控え、私の執筆環境を整えてくれた。私の姉と義理の兄弟であるアビー・ホーファン、クリス・ホーファン、アレック・ウッダードには、締め切りに追われる私に代わり、私の家族を愛して元気づけてもらえた。親戚のマーク・ウッダード、スージー・ウッダードは私の家族を自宅に招き、一人で執筆できる時間を作ってくれた。両親のゲアリー・グリーンとパトリシア・グリーンは物を書く人生の手本と意欲を示してくれるとともに、失意のときに際しては親にしかできない勇気を授けてくれた。

そして誰よりも妻アリシアと二人の子供に感謝を捧げたい。ストレスと家を不在にするのも選挙が終わる十一月までと約束しながら、本書の執筆を決断したことで三人の生活をさらに厄介なものにしてしまった。最初にその話をしたときから、留守や思いがけないいきちがい、家族がいっしょではないさみしさ、深夜に鳴り響くトランプの当局筋からの予期せぬ電話などにかかわらず、アリシアの支援は決して変わらなかった。妻や子供に会えず私はむしょうにさみしかった。家族のことは心から愛しているし、こうやってふたたび家族いっしょにいられる無上の幸せを改めてかみしめている。

訳者あとがき

二〇一六年アメリカ大統領選でヒラリー・クリントンを制し、ドナルド・トランプを第四十五代大統領に仕立てあげた男、スティーブ・バノン――本書は、トランプの元側近中の側近だった人物の正体とその桁はずれの経歴、またこの人物が奉じる危険で際どい思想を明らかにした一冊である。そして、大統領選でこの人物がどのような役割を担い、ヒラリー・クリントンをいかに攻め立てて当選へと至ったのか、本書はその内情に迫ったノンフィクションでもある。

ご一読いただければ、バノンとトランプとのそもそもの出会いや二人がどのような関係にあったのか、また暗黙のうちに結ばれた両者の盟約とは何かが了解していただけるはずだ。この点を了解していなければ、二〇一七年八月十八日のバノン退任の意味、そして二〇一八年に起きた一連の騒動のいきさつや思惑をすんなりと理解することはできないだろう。

本書の原題は *Devil's Bargain: Steve Bannon, Donald Trump, and the Storming of the Presidency* という。直訳するなら「悪魔の取引：スティーブ・バノン、ドナルド・トランプ、そして大統領職への猛攻」、原書は二〇一七年七月、ペンギンプレスから刊行された。翌月の八月六日にはニューヨーク・タイムズのベストセラーリスト（ノンフィクション部門）に一位で初登場している。

著者のジョシュア・グリーンがバノンを知ったのは、原書が刊行される六年前の二〇一一年初夏のことだった。当時、香港から帰国したバノンは保守系プロパガンダ映画のプロデューサーとして活動していた。トランプとはすでに面識はあったものの、このころのバノンといえばまだまったく無名の存在である。だが、グリーンはひと目でバノンの存在感に圧倒された。そして、相手が口にした嘘のような経歴が事実だと判明するや、グリーンはますます興味を募らせ、ついにはこの人物を記事にしようと心に決める。

そうして書き上げた記事が「アメリカの政治史上、この男はもっとも危険な策謀家」である。記事は二〇一五年八月八日、ブルームバーグ・ポリティクスに掲載された。途中、グリーン自身がアトランティックからブルームバーグへ移籍するという事情はあったにせよ、相手の正体を見定める視点を得るまで、四年という時間がグリーンには必要だったようである。バノンはやはりやすやすと視野に収まるような人物ではなかった。この記事をベースに、バノンや関係スタッフへの取材を改めて行い、さらにはトランプ本人とのロングインタビューを踏まえたうえで、投票日翌日の朝までの出来事が本書には書かれている。

バノンがトランプ陣営の選挙参謀に就任したのは二〇一六年八月十七日。十一月八日の本選挙まで、その時点ですでに三カ月を切っていた。だが、ロバート・マーサーという奇矯な大富豪の支援を受け、トランプとは無関係な場所で反クリントンの包囲網はすでに周到に進められていた。トランプにすればまさに渡りに船である。注目すべきはそのメディア戦略だ。ブライトバート・ニュースと政府アカウンタビリティー協会（ＧＡＩ）との連携、さらに主流メディアを手玉にとり、リベラルなメディアに反クリントンの記事を書かせる手口はまさにバノンならではのものだろう。ヒラリーのイメージは地に落ちていく一方だった。そして、選挙資源を北中西部地域、すなわちラストベルトに集中させていく。民主党を見限った白人労働者を取り込むことで、劣勢にあった陣営の立て直しをバノンは見事に図った。

こうして、アメリカの政治史上かつてない番くるわせが実現する。当のアメリカ国民のみならず、世界中の誰もがその結果に息をのんだ。開票のさなか、トランプ陣営のスタッフが「やばいな。本当に大統領になってしまうぞ」と声を漏らすような衝撃である。その衝撃的な事実がなぜ起きたのか。本書を読まれたいま、それは偶然などではなく、起こるべくして起きた必然のなりゆきだと納得できるのではないだろうか。

そもそも、トランプをして大統領選出馬へと駆り立てた決定的なきっかけが、出生疑惑で騒ぎ立てたトランプに対するオバマの痛烈なしっぺ返しだったという点も皮肉を極めた話である。

政権移行にともない、バノンも大統領の最側近としてホワイトハウス入りを果たす。任命された首席戦略官は新設ポストで、上級顧問としての権限は〝影のナンバー2〟である首席補佐官にほぼ匹敵した。ホワイトハウス在任は八月十八日までと一年にも満たないが、この間、メディアとは激しく対立している。ニューヨーク・タイムズの電話インタビューに、トランプの勝利を予想できなかったメディアは口をつぐめと言い放つと、主流メディアは野党だと切り捨てた。「イスラムは世界最大の脅威」と叫び、「行政国家の解体」を宣言、パリ協定離脱へとアメリカを導いた影の中心人物こそスティーブ・バノンにほかならない。その一方で、トランプの娘婿クシュナーとの対立は深まり、国家安全保障会議（ＮＳＣ）の常任メンバーからははずされた。辞任の噂は四月の時点ですでにささやかれている。

本書の最終章「暗黒の時代」は二〇一七年六月に書かれている。発足から半年後のトランプ政権の品定めだが、トランプに対するバノンの失望は行間からもうかがえる。この失望について、著者グリーンは「シェークスピア的アイロニーだ」とラジオのトーク番組で話していた。つまり、自らの大義を託し、大統領にまで祭り上げた当の相手には、それを実現させる気もなければ、そもそも大統領職に必要な自制心さえ欠落していたのだ。

「ホワイトハウスのラスプーチン」「バノン大統領」「トランプを操る男」などの異名をとったが、自身に抱いていたバノン本人のイメージはそうではないようだ。大統領選直後の二〇一六年十一月十八日、エンターテインメント業界の情報誌ハリウッド・リポーターに対し、バノンは単独インタビューを許可している（このときのライターが『炎と怒り：トランプ政権の内幕』の著者マイケル・ウォルフである）。「闇とはいいものだ。ディック・チェイニー、ダース・ベイダー、サタン、それは力だ」「私は白人至上主義者ではない。私はナショナリストで、経済ナショナリズムを信奉している」とバノンらしい言葉が続く。だが、記事の最後に発していたひと言は「私はチューダー朝のトマス・クロムウェルだ」であった。

十六世紀、トマス・クロムウェルはイングランド国王ヘンリー八世に腹心として仕えた。宗教改革を断行してローマ・カトリック教会から離脱してイギリス国教会を設立、修道院を解体するとその資産を国庫に没収した。しかし、推挙した王妃をヘンリー八世は気に入らず離縁すると、責任をとらされたクロムウェルはロンドン塔に閉じ込められる。「アプレンティス」ではないが、クロムウェルのほうは文字通り首をはねられた。

そのクロムウェルに自分の姿を重ねるバノン、いずれ身内の騒動に巻き込まれると察していたのだろうか。ヘンリー八世は魅力的でカリスマ性に恵まれていたというが、残忍な一面があり、晩年は好色で独善的な王になりはてたという。

最後になるが、編集作業の労をとっていただいた草思社取締役編集部長の藤田博氏にお礼を申し上げる。

なお、巻頭の「途方もない野望」は、本書の刊行に合わせて日本語版まえがきとしてグリーンが書き下ろした。話は退任当日の八月十八日、グリーンのもとにかかってきたバノンの電話から始まる。第一報を知らせる点に、両者にはある種の信頼関係が存在することがうかがえる。原稿はクリスマス休暇前の二〇一七月十二月十八日に届いた。

訳　者

二〇一八年二月

update-is- the-presidential-race-tightening/.

25 Nate Silver, "Election Update: Yes, Donald Trump Has a Path to Victory," FiveThirtyEight, New York Times, November 1, 2016, fivethirtyeight.com/features/election-update-yes-donald-trump-has-a-path-to-victory/.

第11章 ヒラリー撃破

1 "Hillary Clinton Speaks to Estimated Crowd of 10,000+," AZCentral.com, November 2, 2016, www.azcentral.com/story/news/politics/elections/2016/11/02/hillary-clinton-arizona-asu-presidential-campaign-rally/93143352/.

2 Brian Fallon, Twitter post, October 29, 2016, 9: 41 a.m., twitter.com/brianefallon/status/792043601463283713.

3 Cristiano Limo," 'I'm Out': Rep. Chaffetz Withdraws His Endorsement of Trump," Politico. com, October 8, 2016, www.politico.com/story/2016/10/rep-chaffetz-withdraws-his-endorsement-of-trump-229335.

4 Daniella Diaz, "Chaffetz Explains Why He's Pulling Support for Trump," CNN. com, October 8, 2016, www.cnn.com/2016/10/08/politics/jason-chaffetz-donald-trump-republican-2016-election/.

おわりに 暗黒の時代

1 http://www.businessinsider.com/quinnipiac-poll-shows-17-percent-of-american-support-trumpcare-ahca-2017-3.

2 http://nypost.com/2017/04/11/trump-wont-definitively-say-he-still-backs-bannon/.9780735225022_Untitled_TX.indd 263 6.

the Story Was On," Washington Post, October 7, 2016, www.washingtonpost.com/lifestyle/style/the-caller-had-a-lewd-tape-of-donald-trump-then-the-race-was-on/2016/10/07/31d74714-8ce5-11e6-875e-2c1bfe943b66_story.html.
15 Alex Pappas, "Here Are the Republicans Calling on Donald Trump to Withdraw," Daily Caller, October 8, 2016, daily caller.com/2016/10/08/here-are-the-republicans-calling-on- donald-trump-to-withdraw-video/.
16 Matthew Boyle, "Exclusive–Audio Emerges of When Paul Ryan Abandoned Donald Trump: 'I Am Not Going to Defend Donald Trump–Not Now, Not in the Future,'" Breitbart.com, March 13, 2017, www.breitbart.com/big-government/2017/03/13/exclusive-audio-emerges-of-when-paul-ryan-abandoned-donald-trump-i-am-not-going-to-defend-donald-trump-not-now-not-in-the-future/.
17 Gabriel Sherman, "Trump's Transition Team 'Is Like Game of Thrones,'" New York, December 8, 2016, nymag.com/daily/intelligencer/2016/12/trumps-transition-team-is-like-game-of-thrones.html.
18 Matea Gold, "GOP Mega-Donors Robert and Rebekah Mercer Stand by Trump, Washington Post, October 8, 2016, www.washingtonpost.com/news/post-politics/wp/2016/10/08/gop-mega-donors-robert-and-rebekah-mercer-stand-by-trump/.
19 Kim LaCapria, "Hillary Clinton Freed Child Rapist," Snopes.com Fact Check, May 2, 2016, updated August 13, 2016, www.snopes.com/hillary-clinton-freed-child-rapist-laughed-about-it/.
20 Robert Costa, Dan Balz, and Philip Rucker, "Trump Wanted to Put Bill Clinton's Accusers in His Family Box. Debate Officials Said No," Washington Post, October 10, 2016, www.washingtonpost.com/news/post-politics/wp/2016/10/10/trumps-debate-plan-to-seat-bill-clintons-accusers-in-family-box-was-thwarted/?postshare=811476078962605&tid=ss_tw.
21 Christine Wang, "Positive Opinions of Trump Grow After Second Debate, NBC/Surveymonkey Poll Says," CNBC.com, October 12, 2016, www.cnbc.com/2016/10/11/positive-opinions-of-trump-grow-after-second-debate-nbcsuveymonkey-poll-says.html.
22 Philip Rucker and Sean Sullivan, "Trump Says Groping Allegations Are Part of a Global Conspiracy to Help Clinton," Washington Post, October 13, 2016, www.washingtonpost.com/politics/trump-says-groping-allegations-are-part-of-a-global-conspiracy-to- help-clinton/2016/10/13/e377d7e4-915a-11e6-a6a3-d50061aa9fae_story.html.
23 Joshua Green, "Trump to Intensify Attacks on Clinton over Husband's Accusers," Bloomberg.com, October 12, 2016, www.bloomberg.com/politics/articles/2016-10-12/trump-takes-a-back-to-the-future-focus-on-bill-clinton-s-women.
24 Nate Silver, "Election Update: Is the Presidential Race Tightening?" FiveThirtyEight, New York Times, October 26, 2016, fivethirtyeight.com/features/election-

Won't Back Trump but Loathe Clinton,"Bloomberg.com, June 21, 2016, www.bloomberg.com/politics/articles/2016-06-22/new-super-pac-launches-for-donors-who-won-t-back-trump-but-loathe-clinton.
4 "Contributors, 2016 Cycle" Opensecrets.org, n.d., www.opensecrets.org/pacs/pacgave2.php?cmte=C00575373&cycle=2016.
5 Chris Spargo, "Yachting with the Enemy: Ivanka Trump and Jared Kushner Take the Jet Skis Out and Relax on Democratic Hollywood Billionaire David Geffen's $200m Mega-Yacht Off the Coast of Croatia," Daily Mail (UK), August 16, 2016, www.dailymail.co.uk/news/article-3743316/Yachting-enemy-Ivanka-Trump-Jared-Kushner-jet-ski-Croatia-Democratic-Hollywood-billionaire-David-Geffen-s-200m-boat.html.
6 Andrew E. Kramer, Mike McIntire, and Barry Meier, "Secret Ledger in Ukraine Lists Cash for Donald Trump's Campaign Chief," New York Times, August 14, 2016, www.nytimes.com/2016/08/15/us/politics/paul-manafort-ukraine-donald-trump.html.
7 David E. Sanger and Maggie Haberman, "Donald Trump's Terrorism Plan Mixes Cold War Concepts and Limits on Immigrants," New York Times, August 15, 2016, www.nytimes.com/2016/08/16/us/politics/donald-trump-terrorism.html.
8 Joshua Green, "Steve Bannon's Plan to Free Donald Trump and Save His Campaign," Bloomberg.com, August 18, 2016, www.bloomberg.com/politics/articles/2016-08-18/trump-resuscitate-campaign.
9 Robert Costa, Jose A. DelReal, and Jenna Johnson, "Trump Shakes Up Campaign, Demotes Top Adviser," Washington Post, August 17, 2016, www.washingtonpost.com/news/post-politics/wp/2016/08/17/trump-reshuffles-staff-in-his-own-image/.
10 Nicholas Goodrick-Clarke, Black Sun: Aryan Cults, Esoteric Nazism, and the Politics of Identity (New York: New York University Press, 2002).
11 Peter W. Stevenson "A Brief History of the 'Lock Her Up!' Chant by Trump Supporters Against Clinton," Washington Post, November 22, 2016, www.washingtonpost.com/news/the-fix/wp/2016/11/22/a-brief-history-of-the-lock-her-up-chant-as-it-looks-like-trump-might-not-even-try/.
12 J. Lester Feder, "This Is How Steve Bannon Sees the Entire World," BuzzFeed, November 15, 2016, updated November 16, 2016, www.buzzfeed.com/lesterfeder/this-is-how-steve-bannon-sees-the-entire-world?utm_term=.ulolXPzAad#.ck2Px3AGgn.
13 David Fahrenthold, "Trump Recorded Having Extremely Lewd Conversation About Women in 2005," Washington Post, October 8, 2016, www.washingtonpost.com/politics/trump-recorded-having-extremely-lewd-conversation-about-women-in-2005/2016/10/07/3b9ce776-8cb4-11e6-bf8a-3d26847eeed4_story.html.
14 Paul Farhi, "A Caller Had a Lewd Tape of Donald Trump. Then the Race to Break

04/21/roger-stone-convinced-trump-to-hire-paul-manafort-former-officials-say.html.
13 "Read Ex-Aide Samuel Nunberg's Response to Donald Trump's Lawsuit," Guardian, July 13, 2016, www.theguardian.com/us-news/ng-interactive/2016/jul/13/donald-trump-samuel-nunberg-affidavit.
14 Chris Dolmetsch, "Former Trump Adviser Nunberg Agrees to Drop Campaign Suit," Bloomberg.com, August 11, 2016, www.bloomberg.com/politics/trackers/2016-08-11/former-trump-adviser-nunberg-agrees-to-drop-campaign-suit.
15 Steven Mufson and Tom Hamburger, "Inside Trump Adviser Manafort's World of Politics and Global Financial Dealmaking," Washington Post, April 26, 2016.
16 Bill Allison, Mira Rojanasakul, and Brittany Harris, "Tracking the 2016 Presidential Money Race," Bloomberg.com, July 21, 2016, www.bloomberg.com/politics/graphics/2016-presidential-campaign-fundraising/july/public/index.html.
17 Lauren Fox and Tierney Sneed, "Why Trump's Fundraising Struggles Spell Disaster for the Entire GOP," Talking Points memo, June 22, 2016, talkingpointsmemo.com/dc/donald-trump-down-the-ballot-fundraising.
18 Gabriel Sherman, "6 More Women Allege That Roger Ailes Sexually Harassed Them," New York, July 9, 2016, nymag.com/daily/intelligencer/2016/07/six-more-women-allege-ailes-sexual-harassment.html.
19 Matthew Boyle, "Exclusive–Fox News Stars Stand with Roger Ailes Against Megyn Kelly, More Than 50 Fox Contributors, All Primetime, Willing to Walk," Breitbart.com, July 19, 2016, www.breitbart.com/big-government/2016/07/19/exclusive-fox-news-stands-roger-ailes-megyn-kelly-50-fox-contributors-primetime-willing-walk-ailes/.
20 Gabriel Sherman, "The Revenge of Roger's Angels," New York, September 2, 2016, nymag.com/daily/intelligencer/2016/09/how-fox-news-women-took-down-roger-ailes.html.

第10章　戦略家バノン

1 Matea Gold and Anu Narayanswamy, "Six Donors That Trump Appointed Gave Almost $12 Million with Their Families to Back His Campaign and the Party," Washington Post, December 9, 2016, www.washingtonpost.com/news/post-politics/wp/2016/12/09/the-six-donors-trump-appointed-to-his-administration-gave-almost-12-million-with-their-families-to-his-campaign-and-the-party/?utm_term=.2ca68c2efbe8&tid=a_inl.
2 Alexander Burns and Maggie Haberman, "Inside the Failing Mission to Tame Donald Trump's Tongue," New York Times, August 13, 2016, www.nytimes.com/2016/08/14/us/politics/donald-trump-campaign-gop.html.
3 Joshua Green and Zachary Mider, "New Super-PAC Launches for Donors Who

23, 2015, www.foxnews.com/politics/interactive/2015/09/23/fox-news-poll-2016-election-pope-francis-popularity.html.

第9章　裏表のないポピュリズム

1　Brian Stelter, "Donald Trump Will Skip Fox News Debate on Thursday, "Money. CNN.com, January 27, 2016, money.cnn.com/2016/01/26/media/donald-trump-poll-debate-fox/index.html.
2　Jonathan Martin, "Ted Cruz Wins Republican Caucuses in Iowa," New York Times, February 1, 2016, www.nytimes.com/2016/02/02/us/ted-cruz-wins-republican-caucus.html?_r=0.
3　Jeremy Diamond, "Trump Says Skipping Debate Might Have Cost Him in Iowa," CNN.com, February 3, 2016, www.cnn.com/2016/02/02/politics/donald-trump-iowa-new-hampshire/.
4　Stephen Collinson, "Outsiders Sweep to Victory in New Hampshire," CNN.com, February 10, 2016, www.cnn.com/2016/02/09/politics/new-hampshire-primary-highlights/.
5　Dave Weigel, Twitter post, August 21, 2015, 7: 14 a.m., twitter.com/daveweigel/status/634730184508317696.
6　Todd J. Gillman, "Ted Cruz's Southern Strategy Is No Longer the Sure Bet He Hoped For," Dallasnews.com, February 28, 2016, www.dallasnews.com/news/local-politics/2016/02/28/ted-cruz-s-southern-strategy-is-no-longer-the-sure-bet-he-hoped-for.
7　Wilson Andrews, Kitty Bennett, and Alicia Parlapiano, "2016 Delegate Count and Primary Results," New York Times, July 5, 2016, nytimes.com/interactive/2016/us/elections/primary-calendar-and-results.html.
8　Eli Stokols and Alex Isenstadt, "GOP Establishment on the Ropes,"Politico.com, March 16, 2016, www.politico.com/story/2016/03/trump-contested-convention-establishment-plans-220848.
9　Julia Hahn, "Concerns About Paul Ryan Emerging Out of Ted Cruz-Created Contested Convention as Nominee Dominate Wisconsin," Breitbart.com, April 2, 2016, www.breitbart.com/2016-presidential-race/2016/04/02/concerns-paul-ryan-emerging-ted-cruz-created-contested-convention-nominee-dominate-wisconsin/.
10　Katie Reilly, "Paul Ryan Says He Doesn't Want and Won't Accept the GOP Nomination," Time.com, April 12, 2016, time.com/4291293/paul-ryan-republican-nomination/.
11　Reince Priebus, Twitter post, May 3, 2016, 8: 58 p.m., twitter.com/jeneps/status/727664278908620800.
12　Gideon Resnick, "Roger Stone Convinced Trump to Hire Paul Manafort, Former Officials Say," Daily Beast, April 21, 2017, www.thedailybeast.com/articles/2017/

12 Ian Hanchett, "Breitbart's Editor Alex Marlow:Fox News 'Trying to Take Out Trump' for GOP Establishment, "Breitbart.com, August 7, 2015, www.breitbart.com/video/2015/08/07/breitbarts-editor-alex-marlow-fox-news-trying-to-take-out-trump-for-gop-establishment/.

13 Gabriel Sherman, "Donald Trump and Roger Ailes Make Up–for Now, "New York, August 10, 2015, nymag.com/daily/intelligencer/2015/08/donald-trump-and-roger-ailes-make-up-for-now.html.

14 Pam Key, "Megyn Kelly: 'If You Can't Get Past Me, How Are You Gonna Handle Vladimir Putin?' " Breitbart.com, August 9, 2015, www.breitbart.com/video/2015/08/09/megyn-kelly-if-you-cant-get-past-me-how-are-you-gonna-handle-vladimir-putin/.

15 Megyn Kelly, "Megyn Kelly Addresses Donald Trump's Remarks," The Kelly File, August 10, 2015, video.foxnews.com/v/4412819805001/?#sp=show-clips.

16 Stephen K. Bannon and Alexander Marlow, "The Arrogance of Power: Megyn Kelly's 'Good Journalism,' " Breitbart.com, August 11, 2015, www.breitbart.com/big-journalism/2015/08/11/the-arrogance-of-power-megyn-kellys-good-journalism/.

17 Donald J. Trump, Twitter post, August 10, 2015, 8: 35 a.m., twitter.com/realdonaldtrump/status/630764447716540417.

18 Katie McHugh, "Flashback: Megyn Kelly Discusses Her Husband's Penis and Her Breasts on Howard Stern, "Breitbart.com, August 12, 2015, www.breitbart.com/big-journalism/2015/08/12/flashback-megyn-kelly-discusses-her-husbands-penis-and-her-breasts-on-howard-stern/.

19 Sabrina Eaton, "It's Official: Rep. Jim Jordan Now Chairs the House Freedom Caucus,"Cleveland.com, February 11, 2015, www.cleveland.com/open/index.ssf/2015/02/its_official_rep_jim_jordan_no.html.

20 Matt Fuller, "House Freedom Caucus Looks to Be a Force–in Leadership and Lawmaking," Roll Call, February 4, 2015, www.rollcall.com/218/house-freedom-caucus-looks-to-be-force-in-leadership-and-lawmaking/.

21 Matthew Boyle, "Behind the Scenes with John Boehner's Worst Nightmare: Mark Meadows Launches Mission to Fix Broken Congress," Breitbart, September 5, 2015, http://www.breitbart.com/big-government/2015/09/05/exclusive-behind-the-scenes-with-john-boehners-worst-nightmare-mark-meadows-launches-mission-to- fix-broken-congress/.

22 Ian Schwartz, "Trump: 'We Will Have So Much Winning if I Get Elected That You May Get Bored with Winning,'" RealClearPolitics.com,www.realclearpolitics.com/video/2015/09/09/trump_we_will_have_so_much_winning_if_i_get_elected_that_you_may_get_bored _with_winning.html.

23 "Fox News Poll:2016 Election, Pope Francis' Popularity," Fox News, September

第8章　トランプ出馬

1　Gabriel Sherman, "The Trump Campaign Has Descended into Civil War–Even Ivanka Has Gotten Involved," New York, August 6, 2015, nymag.com/daily/intelligencer/2015/08/trump-campaign-has-descended-into-civil-war.html.

2　Dylan Byers, "Maggie Haberman: The New York Times Reporter Trump Can't Quit," Money. CNN.com, April 7, 2017, money.cnn.com/2017/04/07/media/maggie-haberman-trump/.

3　Brandon Darby, "Leaked Images Reveal Children Warehoused in Crowded U.S. Cells, Border Patrol Overwhelmed, "Breitbart.com, June 5, 2014, www.breitbart.com/texas/2014/06/05/leaked-images-reveal-children-warehoused-in-crowded-us-cells-border-patrol-overwhelmed/.

4　Robert Wilde, "Border Patrol Union Spokesman: Border Open for Criminals as Agents Forced to Babysit Illegals, "Breitbart.com, June 30, 2014, www.breitbart.com/big-government/2014/06/30/border-patrol-agent-interview-claims-70-of-manpower-not-patrolling-border/.

5　David Sherfinsky, "Local Union for Border Patrol Agents Pulls Out of Donald Trump Events, "Washington Times, July 23, 2015, www.washingtontimes.com/news/2015/jul/23/local-union-border-patrol-agents-pull-trump-events/.

6　Richard Marosi, "Union for Border Patrol Agents Under Fire for Endorsement of Trump," Los Angeles Times, May 12, 2016, www.latimes.com/nation/politics/la-na-border-patrol-trump-20160511-snap-story.html.

7　Amelia Acosta and Annmargaret Warner, "The 20 Safest Cities in America," BusinessInsider.com, July 25, 2013, "http://www.businessinsider.com/safe-cities-in-america-2013-7.

8　Patrick Healy, "Indignant Jeb Bush Says He Takes Donald Trump's Remarks Personally," New York Times, July 4, 2015, www.nytimes.com/politics/first-draft/2015/07/04/an-angry-jeb-bush-says-he-takes-donald-trumps-remarks-personally/.

9　Dan Balz and Peyton M. Craighill, "Poll: Trump Surges to Big Lead in GOP Presidential Race," Washington Post, July 20, 2015, www.washingtonpost.com/politics/poll-trump-surges-to-big-lead-in-gop-presidential-race/2015/07/20/efd2e0d0-2ef8-11e5-8f36-18d1d501920d_story.html?tid=a_inl.

10　Jason Horowitz, "Marco Rubio Pushed for Immigration Reform with Conservative Media," New York Times, February 27, 2016, www.nytimes.com/2016/02/28/us/politics/marco-rubio-pushed-for-immigration-reform-with-conservative-media.html?_r=0.

11　Brandy Zadrozny and Tim Mak, "Ex-Wife: Donald Trump Made Me Feel 'Violated' During Sex, "Daily Beast, July 27, 2015, www.thedailybeast.com/articles/2015/07/27/ex-wife-donald-trump-made-feel-violated-during-sex.html.

video/?324558-11/donald-trump-remarks-cpac.
2 Matthew Garrahan, "Breitbart News:from Populist Fringe to the White House and Beyond," Financial Times, December 7, 2016, www.ft.com/content/a61e8e12-bb9c-11e6-8b45-b8b81dd5d080.
3 Josh Harkinson, "How a Radical Leftist Became the FBI's BFF," Mother Jones, September/October 2011.
4 McKay Coppins, "Young, Pretty, and Political: The Highs and Lows of Conservative Media Stardom," BuzzFeed, March 10, 2014, www.buzzfeed.com/mckaycoppins/the-highs-and-lows-of-being-a-ris?utm_term=.pkDJX4vB0n#.xnYV9w4l3M.
5 Terri, "New Miss Southwest Florida Is Crowned," Cape Coral Internet Services, February 21, 2011, capecoralinternetservices.com/new-miss-southwest-florida-is-crowned/; "Alex Swoyer Joins Breitbart News as Newest Capitol Hill Reporter," Breitbart.com, March 29, 2015, www.breitbart.com/big-journalism/2015/03/29/alex-swoyer-joins-breitbart-news-as-newest-capitol-hill-reporter/.
6 Andrew Maratnz, "Becoming Steve Bannon's Bannon," New Yorker, February 13 and 20, 2017, www.newyorker.com/magazine/2017/02/13/becoming-steve-bannons-bannon.
7 Julia Hahn, "Paul Ryan Builds Border Fence Around His Mansion, Doesn't Fund Border Fence in Omnibus," Breitbart.com, December 7, 2015, www.breitbart.com/big-government/2015/12/17/paul-ryan-builds-border-fence-around-mansion-doesnt-fund-border-fence-omnibus/.
8 Richard Fry, "Millennials Overtake Baby Boomers as America's Largest Generation," Pew Research Center, Fact Tank, April 25, 2016, www.pewresearch.org/fact-tank/2016/04/25/millennials-overtake-baby-boomers/.
9 Lawrence Lessig, "Democrats Embrace the Logic of 'Citizens United,'" Washington Post, May 8, 2015, https://www.washingtonpost.com/opinions/the-clintons-citizens-united-and-21st-century-corruption/2015/05/08/7f11a0d6-f57b-11e4-b2f3-af5479e6bbdd_story.html?utm_term=.c4341d792faa.
10 同上.
11 Jo Becker and Mike McIntire, "Cash Flowed to Clinton Foundation Amid Russian Uranium Deal," New York Times, April 23, 2015.
12 Margaret Sullivan, "An 'Exclusive' Arrangement on a Clinton Book, and Many Questions," New York Times, April 23, 2015, publiceditor.blogs.nytimes.com/2015/04/23/an-exclusive-arrangement-on-a-clinton-book-and-many-questions/?_r=0.
13 Annie Linsky, "Clinton Charity Never Provided Foreign Donor Data," Boston Globe, April 30, 2015, www.bostonglobe.com/news politics/2015/04/29/clinton-health-charity-failed-report-foreign-grant-increases-required-under-agreement-for-hillary-clinton-confirmation/yTYoUTi3wGhy3oDonxy6gI/story.html.

governor.html.
22 Ryan Lizza, "Kellyanne Conway's Political Machinations," New Yorker, October 17, 2016, http://www.newyorker.com/magazine/2016/10/17/kellyanne-conways-political-machinations.

第6章 マーサー家の人々

1 Owl's Nest Party research: Zachary Mider, "What Kind of Man Spends Millions to Elect Ted Cruz?" Bloomberg.com, January 20, 2016, www.bloomberg.com/politics/features/2016-01-20/what-kind-of-man-spends-millions-to-elect-ted-cruz-.
2 Jane Mayer, "The Reclusive Hedge Fund Tycoon Behind the Trump Presidency," New Yorker, March 27, 2017.
3 Oregon Institute of Science and Medicine, mailer, n.d., www.oism.org/Sample_Bank_A_34_For_Internet_op.pdf.
4 Dan Eggen, "Concerned Taxpayers of America Supported by Only Two Donors," Washington Post, October 16, 2010, www.wash ingtonpost.com/wp-dyn/content/article/2010/10/16/AR2010101602804.html.
5 Elise Viebeck and Matea Gold," Pro-Trump Megadonor Is Part Owner of Breitbart News Empire, CEO Reveals," Washington Post, February 24, 2017. ワシントン・ポストによると、2009年から2014年にかけ、一家は保守系シンクタンクに3500万ドル、また共和党の個々の選挙戦に対し、総額で少なくとも3650万ドルの寄付を行っている. www.washingtonpost.com/politics/pro-trump-megadonor-is-part-owner-of-breitbart-news-empire-ceo-reveals/2017/02/24/9f16eea4-fad8-11e6-9845-576c69081518_story.html?utm_term=.86e1f0f5e7c4.
6 Zachary Mider, "What Kind of Man Spends Millions to Elect Ted Cruz? " Bloomberg Politics, January 20, 2016, https://www.bloomberg.com/politics/features/2016-01-20/what-kind-of-man-spends-millions-to-elect-ted-cruz-.
7 Jane Mayer, "The Reclusive Hedge-Fund Tycoon Behind the Trump Presidency," New Yorker, March 27, 2017, www.newyorker.com/magazine/2017/03/27/the-reclusive-hedge-fund-tycoon-behind-the-trump-presidency.
8 Joshua Green," 'Clinton Cash' Has Been Made into a Movie," Bloomberg.com, April 28, 2016, www.bloomberg.com/politics/articles/2016-04-28/clinton-cash-has-been-made-into-a-movie.
9 Jane Mayer, "The Reclusive Hedge-Fund Tycoon Behind the Trump Presidency."
10 Davis Richardson, "Hillary Spokesman: We Didn't Account for the 'Breitbart Effect,'" Daily Caller, March 29, 2017, dailycaller.com/2017/03/29/hillary-spokesman-we-didnt-account-for-the-breitbart-effect/.

第7章 ブライトバート

1 "Donald Trump Remarks at CPAC," C-SPAN, February 26, 2015, www.c-span.org/

9 Joshua Green, "Trump's Birther Antics Are Driving Away His Liberal Audience," Atlantic, April 27, 2011, www.theatlantic.com/politics/archive/2011/04/trumps-birther-antics-are-driving-away-his-liberal-audience/237965/.

10 Michael Isikoff, "The Strange Case of Christopher Ruddy, Slate, October 19, 1997, http://www.slate.com/articles/arts/books/1997/10/the_strange_case_of_christopher_ruddy.html.

11 Caitlin Huey-Burns, "Q&A with Chris Ruddy: Trump Spokes Pal, Newsmax Chief," RealClearPolitics.com, March 2, 2017, www.realclearpolitics.com/articles/2017/03/12/qa_with_chris_ruddy_trump _spokespal_newsmax_chief.html.

12 Jim Meyers, "Trump Declines Prime-Time GOP Convention Speech." Newsmax, August 9, 2012, www.newsmax.com/Newsfront/trump-convention-gop-romney/2012/08/09/id/448081/.

13 Jeremy W. Peters, "Trump to Moderate Republican Debate," New York Times, The Caucus (blog), December 2, 2011, thecaucus.blogs.nytimes.com/2011/12/02/trump-to-moderate-republican-debate/.

14 Alexander Burns, "Trump Debate Appearance Canceled," Politico.com, Burns & Haberman Blog, December 13, 2011, www.polit ico.com/blogs/burns-haberman/2011/12/trump-debate-appearance-canceled-107281.

15 Mean-Spirited GOP Won't Win Elections, Newsmax, November 26, 2012, http://www.newsmax.com/Newsfront/Donald-Trump-Ronald-Kessler/2012/11/26/id/465363/.

16 Byron Tau, "Obama: Republican 'Fever' Will Break After the Election," Politico.com, June 1, 2012, www.politico.com/blogs/politico44/2012/06/obama-republican-fever-will-break-after-the-election-125059.

17 Rupert Murdoch, "Immigration Reform Can't Wait," Wall Street Journal, June 18, 2014, www.wsj.com/articles/rupert-murdoch-immigration-reform-cant-wait-1403134311.

18 Ryan Lizza, "Getting to Maybe," New Yorker, June 24, 2013, www.newyorker.com/magazine/2013/06/24/getting-to-maybe.

19 Transcript of Donald Trump's Remarks (2013 Conservative Political Action Conference, March 15, 2013, Washington, DC), Democracy in Action, www.p2016.org/photos13/cpac13/trump031513spt.html.

20 Matthew Boyle, "Donald Trump: Cantor's Defeat Shows 'Everybody' in Congress Is Vulnerable if They Support Amnesty," Breitbart.com, June 12, 2014, www.breitbart.com/big-government/2014/06/12/donald-trump-cantor-s-defeat-shows-everybody-in-congress-is-vulnerable-if-they-support-amnesty/.

21 Susanne Craig and David W. Chen, "Donald Trump Considered Path to Presidency Starting at the Governor's Mansion in New York," New York Times, March 5, 2016, https://www.nytimes.com/2016/03/06/nyre gion/donald-trump-new-york-

200万ドルを得ている．

7　Carl DiOrio and Josef Adalian, “Hypnotic Wins Big in Vegas,” Variety, January 8, 2004, variety.com/2004/film/markets-festivals/hypnotic-wins-big-in-vegas-1117898069/.

8　Sharon Waxman, “Firm Believer,” Washington Post, July 8, 2002, www.washingtonpost.com/archive/lifestyle/2002/07/08/firm-believer/c1a53bfe-f8f0-4888-a5b7-8315d85aa78e/.

9　Sharon Waxman, “Firm Believer,” Washington Post, July 8, 2002.

10　この段落の文章は以下に負っている． Julian Dibbell, “The Decline and Fall of an Ultra-Rich Gaming Empire,” Wired, November 2008.

11　Julian Dibbell, “The Decline and Fall of an Ultra Rich Online Gaming Empire,” Wired, November 24, 2008, www.wired.com/2008/11/ff-ige/.

12　Steve Oney, “Citizen Breitbart,” Tim, March 25, 2010, content.time.com/time/magazine/article/0,9171,1975339,00.html?iid=pw-ent.

13　Michael Calderone, “Not All Kennedy Critics Hold Fire,” Politico.com, August 26, 2009, www.politico.com/story/2009/08/not-all-kennedy-critics-hold-fire-026475.

第5章　国境の「壁」

1　Emily Yahr, Caitlin Moore, and Emily Chow, “How We Went from ‘Survivor’ to More Than 300 Reality Shows: A Complete Guide,” Washington Post, May 29, 2015, www.washingtonpost.com/graphics/entertainment/reality-tv-shows/.

2　Michael Kranish and Marc Fisher, “The Inside Story of How ‘The Apprentice’ Rescued Donald Trump,” Fortune, September 8, 2016, fortune.com/2016/09/08/donald-trump-the-apprentice-burnett/.

3　Kathleen Fearn-Banks and Anne Burford-Johnson, Historical Dictionary of African American Television (Lanham, MD: Rowman & Littlefield, 2014).

4　“Race Becomes More Central to TV Advertising,” NBCNews.com, March 1, 2009, www.nbcnews.com/id/29453960/ns/business-us_business/t/race-becomes-more-central-tv-advertising/.

5　“Race Becomes More Central to TV Advertising,” NBCNews.com.

6　R. W. Apple, Jr., “G.O.P. Tries Hard to Win Black Votes, but Recent History Works Against It,” New York Times, September 19, 1996, www.nytimes.com/1996/09/19/us/gop-tries-hard-to- win-black-votes-but-recent-history-works-against-it.html.

7　“How Groups Voted in 2008,” Roper Center for Public Opinion Research, Cornell University, n.d., ropercenter.cornell.edu/polls/us-elections/how-groups-voted/how-groups-voted-2008/.

8　Sarah Burns, “Why Trump Doubled Down on the Central Park Five,” New York Times Op-Ed, October 17, 2016, www.nytimes.com/2016/10/18/opinion/why-trump-doubled-down-on-the-central-park-five.html?_r=0.

5　Michael Kranish and Craig Whitlock, "How Bannon's Navy Service During the Iran Hostage Crisis Shaped His Views," Washington Post, February 10, 2017, www.washingtonpost.com/politics/how-bannons-navy-service-during-the-iran-hostage-crisis-shaped-his-views/2017/02/09/99f1e58a-e991-11e6-bf6f-301b6b443624_story.html? utm_term=.55daec272e01.

6　Matt Viser, "Harvard Classmates Barely Recognize Bannon of Today, Boston Globe, November 26, 2016, https://www.bostonglobe.com/news/politics/2016/11/26/look-steven-bannon- and-his-years-harvard-business-school/B2m0j85jh5jRKzKbMastzK/story.html.

第４章　危険な世界観

1　Bannon started a production company: Daniel Miller, "Inside the Hollywood Past of Stephen K. Bannon, Donald Trump's Campaign Chief," Los Angeles Times, August 20, 2016, www.latimes.com/entertainment/envelope/cotown/la-et-ct-stephen-bannon-donald-trump-hollywood-20160830-snap-story.html.

2　David McClintick and Anne Faircloth, "The Predator: How an Italian Thug Looted MGM, Brought Crédit Lyonnais to Its Knees, and Made the Pope Cry, Fortune, July 8, 1996, archive.fortune.com/magazines/fortune/fortune_archive/1996/07/08/214344/index.htm.

3　"Rob Wells, Financial Settles Fraud Charges with SEC," The Hour（Norwalk, CT）, January 5, 1996, news.google.com/newspapers?nid=1916&dat=19960105&id=yxVJAAAAIBAJ&sjid=jwYNAAAAIBAJ&pg=4634, 444961, James Bates, "Ex-Studio Owner Parretti Arrested on Fraud Warrant," Los Angeles Times, October 19, 1995, articles.latimes.com/1995-10-19/business/fi-58839_1_giancarlo-parretti.

4　Stephen Prince, A New Pot of Gold: Hollywood Under the Electronic Rainbow, 1980-1989（Oakland, CA: University of California Press, 2002), 158.

5　Lisa Bannon and Bruce Orwall, "Kerkorian Group to Acquire MGM for $1.3 Billion," Wall Street Journal, July 17, 1996, www.wsj.com/articles/SB837557246545964000.

6　「となりのサインフェルド」の権利は3200万ドルに相当するとフォーブスは試算している．バノンに言わせると、2015年、私がブルームバーグ・ビジネスウィークに書いた記事でそれに触れて以来、ニューヨーク誌のコニー・バックはその金は実在するのかどうか疑問を投げかけるなど、一件は世間の関心を浴びるようになった．この契約に詳しい情報源の話では、フランスの銀行ソシエテ・ジェネラルがバノンの会社を買収した際、「となりのサインフェルド」の権利はソシエテ・ジェネラルに移った．その結果、バノンと共同経営者は総資産にかかる莫大な課税はなくなり、収益を繰り延ばすことができた．「となりのサインフェルド」による収入はソシエテ・ジェネラルを通じてバノンに支払われ、その金額はホワイトハウスの資産公開で見ることができる．額は一定していないものの、バノンと共同経営者はそれぞれ

PBS NewsHour transcript, PBS.org, July 20, 2106, www.pbs.org/newshour/bb/2016-donald-trump-history-toying-presidential-run/.

12 Michael Kruse, "The True Story of Donald Trump's First Campaign Speech–in 1987," Politico, February 5, 2016, www.politico.com/magazine/story/2016/02/donald-trump-first-campaign-speech-new-hampshire-1987-213595.

13 "Trump on Obama's Birth Certificate: 'Maybe It Says He's a Muslim,'" FoxNews.com, nation.foxnews.com/donald-trump/2011/03/30/trump-obama-maybe-hes-muslim.

14 National polls taken in mid-April: "Poll: Donald Trump Leads 2012 GOP Field," USNews.com, April 15, 2011, www.usnews.com/news/articles/2011/04/15/poll-donald-trump-leads-2012-gop-field.

15 Newsmakers, "Newsmakers with Reince Priebus," C-SPAN, April 8, 2011, www.c-span.org/video/?298925-1/newsmakers-reince-priebus.

16 Haberman and Burns, "Donald Trump's Presidential Run Began in an Effort to Gain Stature," op. cit.

17 Ryan Lizza, "Kellyanne Conway's Political Machinations," New Yorker, October 17, 2016, www.newyorker.com/magazine/2016/10/17/kellyanne-conways-political-machinations.

18 "Donald Trump Offers Obama 5 Million Dollars," posted on October 24, 2012, www.youtube.com/watch?v=I-lWv0cpCnM.

19 Charles Warzel and Lam Thuy Vo, "Here's Where Donald Trump Gets His News," BuzzFeed News, December 3, 2016, www.buzzfeed.com/charliewarzel/trumps-information-universe?utm_term=.alYW6Dqgx#.hhxxJnvK4.

第3章　バノンの足跡

1 Graham Moomaw,"Steve Bannon Talks Richmond Roots, Says Trump Will Condemn All Forms of Racism,"RichmondTimes-Dispatch, November 26, 2016, www.richmond.com/news/local/government-politics/article_0f87d838-4aaa-5e4f-b717-6a342a00b89c.html.

2 Matt Viser, "Harvard Classmates Barely Recognize the Bannon of Today, "BostonGlobe, November 26, 2016, www.bostonglobe.com/news/politics/2016/11/26/look-steve-bannon-and-his-years-harvard-business-school/B2m0j85jh5jRKzKbMastzK/story.html.

3 同上.

4 Matea Gold, Rosalind S. Helderman, Gregory S. Schneider, and Frances Stead Sellers, "For Trump Adviser Stephen Bannon, Fiery Populism Followed Life in Elite Circles," Washington Post, November 19, 016, www.washingtonpost.com/politics/for-trump-adviser-stephen-bannon-fiery-populism-followed-life-in-elite-circles/2016/11/19/de91ef40-ac57-11e6-977a-1030f822fc35_story.html.

原　註

はじめに その男、バノン

1　"The Tragedy of Sarah Palin," Joshua Green, *The Atlantic*, June 2011.

第2章　トランプの屈辱

1　トランプとウィンの話は以下による. George Anastasia, "Donald Trump Vs. Steve Wynn," Philadelphia Inquirer, March 12, 2000.

2　Francis X. Clines," 'Pit Bull' Congressman Gets Chance to Be More Aggressive, New York Times, March 9, 1997, http://www.nytimes.com/1997/03/09/us/pit-bull-congressman-gets-a-chance-to-be-more-aggressive.html.

3　Lloyd Grove, "A Firefighter's Blazing Trail," Washington Post, November 13, 1997, www.washingtonpost.com/archive/lifestyle/1997/11/13/a-firefighters-blazing-trail/b9beb874-fd7b-4dfe-b285-ffcd385501a2/.

4　George Lardner Jr. and John Mintz, "Burton Releases Hubbell Tapes," Washington Post, May 5, 1998, www.washingtonpost.com/wp-srv/politics/special/clinton/stories/hubbell050598.htm.

5　David Brock, "Sunday, Bloody Sunday," New York, May 18, 1998, nymag.com/nymetro/news/media/features/2732/.

6　Paul Kane,"Rep. Dan Burton, Who Transformed House Panel into a Feared Committee, to Retire," Washington Post, January 31, 2012, www.washingtonpost.com/politics/rep-dan-burton-who-transformed-house-panel-into-a-feared-committee-to-retire/2012/01/31/gIQACFD2fQ_story.html.

7　Elizabeth Leonard, "George Clooney Unloads on Casino Owner Steve Wynn," People, May 2, 2014, people.com/celebrity/george-clooney-unloads-on-casino-owner-steve-wynn/.

8　PageSix.com staff ,"Doubled Up," New York Post, March 25, 2011, pagesix.com/2011/03/25/doubled-up/.

9　Roxanne Roberts, "I Sat Next to Donald Trump at the Infamous 2011 White House Correspondents' Dinner," Washington Post, April 28, 2016, www.washingtonpost.com/lifestyle/style/i-sat-next-to-donald-trump-at-the-infamous-2011-white-house-correspondents-dinner/2016/04/27/5cf46b74-0bea-11e6-8ab8-9ad050f76d7d_story.html.

10　Maggie Haberman and Alexander Burns, "Donald Trump's Presidential Run Began in an Effort to Gain Stature," New York Times, March 12, 2016, www.nytimes.com/2016/03/13/us/politics/donald-trump-campaign.html?_r=0.

11　"Before 2016, Donald Trump Had a History of Toying with a Presidential Run,"

著者略歴――――
ジョシュア・グリーン(Joshua Green)
1972年生まれ。ジャーナリスト。コネチカット大学卒業後、ノースウェスタン大学メディル・ジャーナリズム研究科で学位を取得、その後ワシントン・マンスリー、アトランティックの記者や編集デスクなどを経て、現在、ブルームバーグ・ビジネスウィークの上級通信員として国内問題を担当している。ボストン・グローブ、ニューヨーカー、エスクァイア、ローリングストーンなどへの寄稿のほか、Morning Joe(MSNBC)、Meet the Press(NBC)、Real Time with Bill Maher (HBO)、Washington Week(PBS)などの番組にも定期的に出演している。

訳者略歴――――
秋山勝(あきやま・まさる)
立教大学卒業。出版社勤務を経て翻訳の仕事に。訳書に、ジャレド・ダイアモンド『若い読者のための第三のチンパンジー』、デヴィッド・マカルー『ライト兄弟』、バーバラ・キング『死を悼む動物たち』、曹惠虹『女たちの王国』(以上、草思社)、ジェニファー・ウェルシュ『歴史の逆襲』、マーティン・フォード『テクノロジーが雇用の75%を奪う』(以上、朝日新聞出版)など。

バノン 悪魔の取引

トランプを大統領にした男の危険な野望

2018年3月21日　第1刷発行

著　者　ジョシュア・グリーン
訳　者　秋山　勝
装幀者　間村俊一
発行者　藤田　博
発行所　株式会社 草思社
〒160-0022　東京都新宿区新宿1-10-1
電話　営業 03(4580)7676　編集 03(4580)7680

本文組版　株式会社 キャップス
本文印刷　株式会社 三陽社
付物印刷　株式会社 暁印刷
製本所　大口製本印刷 株式会社

ISBN978-4-7942-2325-8 Printed in Japan　検印省略